ALICE NO PAÍS DAS IDEIAS

ROGER-POL DROIT

ALICE NO PAÍS DAS IDEIAS

Um romance para descobrir a filosofia

tradução
IVONE BENEDETTI

1ª Edição

EDITORA RECORD
RIO DE JANEIRO • SÃO PAULO
2025

CIP-BRASIL. CATALOGAÇÃO NA PUBLICAÇÃO
SINDICATO NACIONAL DOS EDITORES DE LIVROS, RJ

D848a

Droit, Roger-Pol, 1949-
Alice no país das Ideias / Roger-Pol Droit; tradução Ivone Benedetti. – 1. ed. – Rio de Janeiro: Record, 2025.

Tradução de: Alice au pays des Idées
ISBN 978-85-01-92356-1

1. Ficção francesa. I. Benedetti, Ivone. II. Título.

25-97968.0 CDD: 843
CDU: 82-3(44)

Gabriela Faray Ferreira Lopes – Bibliotecária – CRB-7/6643

Título original: Alice au pays des idées

Capa: Filipa Damião Pinto (@filipa_)

Imagens de capa: Lord Derby Kangaroo, Aroe Kangaroo, Parry's Kangaroo, Woolly Kangaroo, Brush Tailed Kangaroo, Rat-Tailed Hypsiprymnus, and Rabbit-Eared Perameles. Digitally enhanced from our own original edition of A History of the Earth and Animated Nature (1820) by Oliver Goldsmith (1730-1774).
Sandro Botticelli's The Birth of Venus (1485) aesthetic painting. Original public domain image from Wikimedia Commons. Digitally enhanced by rawpixel.
Mus from Die Säugthiere in Abbildungen nach der Natur (1778-1855) by Georg August Goldfuss, Johann Andreas Wagener and Johann Christian Daniel von Schreber.
Rama, Lakshmana, and Hanuman, India

Texto revisado segundo o Acordo Ortográfico da Língua Portuguesa de 1990.

Editoração eletrônica: Abreu's System

Direitos exclusivos de publicação em língua portuguesa somente para o Brasil adquiridos pela
EDITORA RECORD LTDA.
Rua Argentina, 171 – Rio de Janeiro, RJ – 20921-380 – Tel.: (21) 2585-2000,
que se reserva a propriedade literária desta tradução.

Impresso no Brasil

ISBN 978-85-01-92356-1

Para Léonia
e Arno,
meus netos,
quando puderem viajar com Alice.

PRÓLOGO

Em que se fica sabendo como tudo começou

1

Alice muda de país e conversa com duas camundongas

É de manhã, Alice está sozinha em casa. Tenta terminar, com dificuldade, sua dissertação. Gosta de redações. Descrever uma viagem, um aniversário, um encontro é um exercício que lhe agrada há muito tempo. Mas agora, como se organizar? É a primeira vez que precisa construir um texto argumentativo, pesar os prós e os contras, fundamentar ideias. Ela não sabe como fazer isso.

A mãe foi fazer compras, ninguém a vigia, então Alice sonha acordada, segue com os olhos um raio de sol, um pássaro no gramado, observa sua gata Diná, que está dormindo no sofá. "Como está calma!", pensa Alice. Parece até que vive em outro mundo, sem preocupações, sem guerra, sem angústia, sem perguntas.

Faz algum tempo que Alice tem cada vez mais interrogações e inquietações. Questiona-se incessantemente sobre o futuro do planeta, a sobrevivência da humanidade. Por que os humanos guerreiam entre si? Por que destroem a Terra, os animais, a vida? O que fazer para deter essa carnificina? Como todos, tão diferentes, podem viver sem devastar o mundo? É possível? Onde encontrar o caminho?

"E a minha existenciazinha", pensa Alice, "o que vou fazer com ela? Que profissão, que cidade, que amores, que futuro? E com qual bússola?" Às vezes, ela é animada por uma energia transbordante que a torna capaz de devorar tudo. Esta manhã, como muitas vezes ocorre, essa bela confiança desapareceu, e ela é invadida por uma sensação de abatimento. Alice se sente perdida, busca referências para agir.

O sonho da noite a persegue de maneira obsessiva. Um daqueles sonhos que dão a impressão de realidade incrível. Ela ouve seu avô falar. O velho, no sonho, lhe estende a mão murmurando:

— Venha, vou lhe mostrar caminhos que podem ajudá-la.

Então, ela se lembra, ele falou por muito tempo.

"Ele me contou", pensa Alice, "que os humanos refletem há milhares de anos sobre as questões que me preocupam, que não se deve acreditar que o mundo está em perigo, sem saídas ou soluções. É melhor ir descobrir o que foi dito, ao longo dos séculos, em todo o mundo, por filósofos e sábios, comparar suas ideias, buscar aquelas que nos são úteis para descobrir como pensar e como viver.

Avisou que a viagem será longa, que às vezes ficarei confusa, mas que é o único caminho possível para progredir. Posso confiar nele, eu o adoro. Mas não entendo para onde ele quer me levar.

E aí acordei."

Alice conclui que não passou de sonho. Definitivamente, aquela dissertação a entedia. Não é um bom dia. É melhor ir respirar no jardim, com o maravilhoso smartphone que a mãe lhe deu de aniversário na semana anterior. Naquele dia, ela acordou Alice gritando a plenos pulmões: "Hoje, minha filha, você deixou de ser criança! Continua de cabelo loiro, com os mesmos olhos dourados, a mesma expressão pensativa, mas realmente já não é criança! Será que percebeu?"

Não, Alice não percebeu. Por mais que olhe os pés, as mãos, os joelhos, tudo está como sempre esteve. Quando era pequena, imaginava que, no dia D, tudo ia mudar. Ela se tornaria uma pessoa muito diferente, muito maior. Mas nada acontecia. A cada ano, recebia presentes, bolos, afagos. Todo mundo repetia que ela *estava ficando* grande, mas ela tinha sempre a mesma cabeça e os mesmos pensamentos. Com o tempo, ela passou a esperar apenas presentes, bolos e afagos. A grande transformação do dia do aniversário era ilusão.

"Aliás", matuta Alice, "de que serve ficar adulta? Os adultos tendem a estragar tudo, a danificar tudo. É só ver o clima, a vida dos animais, a água dos oceanos. Além disso, eles não fazem o que dizem. Proclamam que é indispensável mudar nossa maneira de viver, e tudo continua como antes." Alice faz o melhor que pode, não deixa a água aberta o tempo todo quando está no chuveiro, separa o lixo, anda de bicicleta, pede à mãe que evite embalagens... Mas sabe muito bem que isso não é suficiente. A catástrofe se aproxima, ela está convencida disso, todos os seus amigos também. É aterrorizante.

Às vezes, ela afasta essas preocupações, coloca os fones de ouvido e dança, jogando os cabelos para todos os lados. No fundo, gostaria de voltar a ser criança e ir procurar debaixo da cerca viva a toca do Coelho Branco, como a outra Alice, a de Lewis Carroll, que se encontra no *País das Maravilhas* e viaja *Através do espelho*. A mãe adora essas histórias, lia várias páginas todas as noites. Alice se chama Alice por causa dessa paixão.

Quando era criança, ela adorava o Coelho atrasado que olha o relógio, a menina que quer alcançá-lo, cai em sua toca e vive estranhos encontros. A mãe repetia: "Você é a minha Alice das Maravilhas." Muitas vezes, para brincar, iam olhar debaixo da cerca viva, para ver se a toca estava visível. Alice tinha esperança, sem acreditar muito naquilo.

Por isso, naquela manhã, lhe ocorre a ideia de ir ver, como antigamente, como está a famosa toca no fundo do jardim. Ela sabe muito bem que aquilo não existe, faz tempo que não tem oito anos. Mas nada a impede de ir até o fundo do jardim.

Debaixo da cerca viva, evidentemente, nenhum Coelho Branco está olhando o relógio. Mas há uma toca, que Alice nunca viu. Toca de verdade. Imensa, uma grande abertura, "para um coelho gigante!", exclama Alice em voz alta. E, de repente, lá está ela atraída, fisgada, aspirada, incapaz de resistir, carregada por um vento silencioso e fortíssimo.

Sua queda é suave e lenta. Exatamente como a da Alice de antigamente, no ar abafado e na escuridão total. Sensação estranha, mas não desagradável, depois que a gente se acostuma.

"Que boa ideia foi a de ir ver!", pensa Alice. Durante o tempo da queda, que demora, demora, ela se deita de costas, fica boiando como na piscina, muda de posição. Puxa o smartphone novinho, e a luz dele atravessa de repente a escuridão total. Não há maneira de se conectar, sem internet!

Alice não tem escolha a não ser pensar. No País das Maravilhas ela não acredita. Bicho que fala, biscoito escrito "me come", mudanças de tamanho em todas as direções, maior, menor, mais nada disso a diverte.

Naquele túnel sem internet, começa a achar o tempo demorado. Concentra-se na tatuagem com que sonha. Tornou-se obsessão. Nem unicórnio, nem borboleta, nem flor de lótus, não é seu estilo. Não. Alice sonha com uma frase que possa escrever na dobra do braço direito. Palavras que estariam sempre com ela. "A" frase que poderá ajudá-la a viver, a atravessar os cataclismos iminentes. A frase que nunca a abandonará, que lhe mostrará o caminho a seguir e ganhará um sentido novo a cada etapa. Uma frase-bússola, jangada, proteção. Mas também horizonte, desafio, aguilhão. Tudo ao mesmo tempo. É isso que ela quer. Uma ideia que a console nos dias nublados, que a ilumine à noite, que a puxe para as estrelas, que a repreenda e lhe perdoe, que seja sua amiga, exigente, sempre perto, aonde quer que ela vá, o que quer que faça.

"Mas onde encontrar uma frase assim?", pergunta-se Alice, sempre caindo, afundando cada vez mais profundamente em direção ao centro da Terra. "Tenho certeza absoluta de que ela existe, mas onde a procurar?"

De repente, ela aterrissa, suavemente, num monte macio de folhas secas. Alice constata que saiu da penumbra. A luz é suave, como uma névoa dourada. Onde está?

— Bem-vinda! — diz uma vozinha muito aguda.

— Bem-vinda! — repete uma vozinha parecida.

Alice não distingue quem está falando.

— Muito obrigada! — responde ela educadamente. — Com quem tenho a honra de falar?

Alice se lembra de que no País das Maravilhas existem rainhas capazes de ter acessos assustadores de fúria. Ela se esforça por ser respeitosa, nunca se sabe.

— Ei! Estamos aqui, aos seus pés!

Alice procura, não vê nada, esforça-se, insiste... e acaba enxergando, entre os seus sapatos, duas silhuetas que gesticulam. Dois microscópicos camundongos cor-de-rosa. Absurdo, pensa ela, mas não preocupante.

— Pronto — diz Alice. — Estou vendo! Quem são vocês?

— Quem somos nós? Suas camundongas! — replicam em coro as vozinhas, como se Alice estivesse fazendo uma pergunta idiota.

— Meu nome é Camundonga Maluca, mas pode ser que eu seja a mais sensata — diz a voz mais aguda.

— Meu nome é Camundonga Sensata, mas pode ser que eu seja a mais louca — diz a outra voz.

Imediatamente, começam a cantar, numa melodia que Alice já ouviu: "Somos duas irmãs gêmeas, nascidas no signo de Gêmeos, mi fá sol lá mi ré, ré mi fá sol sol sol ré dó..."

Alice, muito espantada, pensa em sua gata Diná, que ficaria muito zangada se soubesse que ela fica ouvindo a cantoria de camundongas.

— Onde estamos? Digam-me! — pergunta Alice.

Como única resposta, ouve uma gargalhada. Supõe que seja uma gargalhada, porque nunca ouviu camundongas cor-de-rosa gargalhando, muito menos ao mesmo tempo.

— Onde estamos? Ora, AQUI! Onde você quer que a gente esteja? — diz a Sensata.

— Não se pode estar em outro lugar que não seja AQUI! Por outro lado, você não está do lado de lá! — diz a Maluca.

Alice começa a ficar impaciente.

— Eu sei muito bem que estamos aqui! Só peço que me digam que lugar é este, o que acontece aqui, a que tipo de lugar acabei de chegar... Não é complicado!

— É, sim, grande senhorita, é complicado saber onde se está — diz uma delas.

— Compreender onde a gente se encontra nunca é simples — diz a outra.

— Estamos... no País das Ideias! No País das Ideias! No País das Ideias! — gritam as camundongas, saltitando em volta dos sapatos de Alice.

— E o que acontece neste país?

A pergunta de Alice deixa as camundongas mudas. Durante um momento, elas ficam petrificadas. Nem um gesto, nem uma palavra.

— Desculpe — diz a Camundonga Sensata, rompendo o silêncio —, mas sua pergunta, senhorita, me deixou espantadíssima! Porque, veja só, TUDO acontece no País das Ideias. Por exemplo, se você ama uma pessoa, é por causa da ideia que tem dela. Se quer ser feliz, é por causa da ideia que tem de felicidade. Se não quer morar numa casa assombrada, é por causa da ideia que tem dos fantasmas. Se tem medo de que a Terra se torne inabitável, é por causa da ideia que tem do futuro... Tudo o que você ama, não ama, detesta, deseja, tudo o que já sabe, tudo o que ainda tem para aprender, TUDO está ligado às ideias que estão em sua cabeça, na dos outros, nos livros, nos jornais, nas conversas...

— Interessante — volta a falar Alice —, nunca pensei que as ideias fossem tão importantes... Aprendi que há ideias boas, más, verdadeiras, falsas, mas, no fundo, não sei exatamente do que se trata. Ouvi falar de ideias de presentes, ideias feitas, ideias das crianças e dos adultos, ideias de receitas, ideias de passeio, ideias de penteados, ideias de viagens. Brinquei de adivinha e, quando não tinha ideia da resposta, diziam que o... — Ela ia dizer "que o gato tinha comido a minha língua", mas, em cima da hora, lembrou-se de que estava falando com camundongas!

Estas a olham com um sorrisinho, meio zombeteiro, meio compadecido. A Camundonga Sensata toma a palavra.

— Você sabe mais do que pensa, mas não pensa o suficiente. Quando sonha ser livre, é por causa da ideia que tem de liberdade. Desde pequena, toda vez que você grita "Não é justo!" (já gritou isso mil vezes e ainda vai gritar muitas mais), é por causa da ideia que tem de justiça. Quando pensa no futuro, no que vai fazer depois, em sua vida adulta, é também por causa da ideia de tempo, da ideia de futuro, da ideia de previsão que você possui. Você tem muitas ideias, elas guiam sua vida. Precisa saber que elas existem e examiná-las. Estão todas aqui, neste país.

2

Em que se vê surgir um canguru, com a bolsa cheia de fichas

A Camundonga Maluca anda em círculos, parece movida a energia elétrica.

— Atenção! — diz ela —, não devemos esquecer que muitas ideias de coisas que *não existem* também são muito úteis! Você tem a ideia de liberdade de todos os seres vivos, ao passo que, na realidade, muitos animais vivem acorrentados e muitos humanos estão escravizados. Tem a ideia de igualdade entre mulheres e homens, e na prática muitas mulheres são mantidas em situação de inferioridade. Eu, a Camundonga Maluca, tenho a ideia de um mundo onde a violência teria desaparecido, as guerras e os infortúnios também, as fomes e a pobreza idem. Sei muito bem que isso não existe, por enquanto, mas essa ideia nos permite viver e agir.

E a Maluca começa a dançar e a cantar: "Amo quem sonha o impossível."

— Esta é uma boa frase! — murmura Alice. — Preciso memorizá-la... Vou escrever aqui no meu smartphone, na lista de frases que acho interessantes, para a minha tatuagem...

— Se me permite, essa é de Goethe, em *O Segundo Fausto*, II ato, cena intitulada "O baixo Peneus" — murmura às suas costas uma voz grave e terna que ela não conhece.

Alice vira-se.

O recém-chegado tem pelagem bege, olhos meigos e uma grande bolsa de couro na qual guarda suas fichas. Fichas de aulas de verdade, como aquelas que Alice escreve quando estuda para as provas. Ele se parece com um canguru como duas gotas se parecem.

— Quem é você?

— Não dá para ver? Meu nome é Izgurpa, mas todos me chamam de Canguru. Sou responsável por referências de todo o tipo. Citações, autores, datas, livros, línguas, traduções, mas também resumos, exposições, contextos, explicações... Tenho tudo à disposição, dia e noite, nem é preciso pedir.

— Utilíssimo — arrisca Alice com cautela, para ser simpática. — Mas como todas essas referências podem contribuir para o nosso futuro? A Terra está pegando fogo, o clima está desregulado e... ninguém faz nada! Não entendo que ideia pode nos tirar dessa.

— É aí que você se engana! — replica a Camundonga Sensata. — É um grande erro esquecer que as ideias existem e que é indispensável examiná-las, testá-las, confrontá-las umas com as outras. É a única maneira de descobrir como viver. Para que você descubra, precisamos levá-la para visitar o País. Ele contém as ideias de todos os livros, de todos os pensadores, de todas as épocas, de todas as civilizações, de todas as tradições. Essas ideias são conservadas, verificadas, mantidas e reparadas por especialistas. Chamam-se filósofos. São artesãos das ideias. Sabem como mantê-las em funcionamento, como testá-las, compará-las. Às vezes, até inventam ideias novas. Você não as encontrará todas, seriam necessárias várias vidas.

— Vou encontrar os meios de nos salvar?

— Só você poderá dizer. Nossa missão é conduzi-la ao essencial, fazer você descobrir a diversidade, o poder e a utilidade das ideias.

Alice pensa no avô. Sabe que ele passou a vida na companhia de filósofos. Ele teria se tornado um deles, mais ou menos, e isso não a surpreenderia. Mas ele não fala dessas coisas. Quando ela o questiona, ele sempre responde que ela compreenderá mais tarde, que é preciso esperar um pouco. Agora que está no País das Ideias, quer tirar aquilo a limpo. Quer descobrir a filosofia, os jogos com as ideias, sejam eles divertidos ou sérios. Mas por que não sozinha?

— Por que vocês vêm comigo?

— Você já perguntou e já respondemos: somos tuas camundongas...

— Por que *minhas* camundongas?

— Porque é *você* quem estamos encarregadas de acompanhar — diz a Camundonga Sensata. — Estamos aqui para lhe dar informações, esclarecimentos, explicação de tudo o que você encontrar. E também para protegê-la em caso de necessidade.

— E eu — exclama a Camundonga Maluca — estou aqui para fazer você rir, dar piruetas, fazer loucuras, e para impedir que você leve a sério a velha sabichona que me serve de irmã!

— Não lhe dê ouvidos, ela é louca! — interrompe a Sensata.

— Não lhe dê ouvidos, você vai morrer de tédio! — retorque a Maluca.

— Eu tenho de instruí-la, você está estragando tudo! — responde a Sensata.

— Eu tenho de distraí-la, você não está entendendo nada! Ideia é coisa alegre — insiste a Maluca.

De repente, Alice nota que as duas irmãs, enquanto gritam cada vez mais alto, estão ficando cada vez maiores. O tamanho delas vai aumentando à medida que o tom sobe. As gêmeas, agora quase da altura de Alice, dirigem para ela olhares envergonhados.

— De grande ajuda é discutir, pois nos impede de dormir — diz a Sensata, só para voltar à conversa.

— La Fontaine, "O Gato e a Raposa", livro IX, fábula 14, versos 9 e 10 — diz Canguru, que tirou a ficha certa da bolsa.

— Essa não seria uma frase para tatuar no antebraço? — pergunta a Camundonga Maluca.

— Como vocês sabem disso? — pergunta Alice, indignada.

— Simples, nós sabemos tudo — responde a Camundonga Sensata, calmamente.

Alice está estupefata. Como é que uma camundonga que ela nunca viu pode saber do seu projeto de tatuagem? Plano absolutamente secreto. Ela não falou do assunto com ninguém, nem com a mãe.

— Sabem tudo? Não consigo acreditar.

— Não há nada para acreditar, é assim — explica a Camundonga Sensata. — Aqui, no País das Ideias, há ideias de tudo, portanto sabemos tudo.

— Vocês têm uma ideia da minha ideia de fazer tatuagem?

— Claro que sim.

Alice se esforça para compreender, sem sucesso. Sua ideia está na sua cabeça, em nenhum outro lugar. Como ela poderia estar ao mesmo tempo na sua cabeça e no País das Ideias? E sem ela saber! E, se uma coisa assim pudesse acontecer, como é que a camundonga saberia que é a ideia dela, Alice? Aliás, antes de saber que é de fato uma ideia de Alice, de que maneira a camundonga poderia saber o que há nessa ideia, seu significado, seu conteúdo?

"Não entendi direito. Essa coisa é vaga demais", pensa Alice.

— Não, não é vaga! — grita a Camundonga Maluca. — Quem diz vaga divaga.

— Mas eu não disse nada! Como sabem o que estou pensando?

— Vamos repetir: é muito simples, sabemos tudo — insiste a Camundonga Maluca.

— Mas então — grita Alice, tendo um lampejo —, se vocês sabem tudo, podem me ensinar tudo!

— Claro — dizem em coro as Camundongas —, é por isso que vamos levar você para visitar o País. E não somos só nós. Também vai o Canguru, e você encontrará outros pelo caminho.

Alice vê que há surpresas à sua espera. Boas ou más?

As Camundongas ficam sérias.

— Antes de viajar conosco, você precisa saber várias coisas sobre o País — diz a Sensata.

— Não é como os outros! — acrescenta a Maluca.

— Quem o habita? — pergunta Alice.

— Pessoas de todas as nacionalidades e de todas as épocas — diz a Sensata. — Você vai viajar no tempo, descobrir sociedades diferentes, arquiteturas e regimes políticos diversos. As ideias não são plantas em vasos, elas emergem em ambientes vivos, no meio de situações diversas.

— Na verdade, todo mundo habita esse país — diz a Maluca. — Quem quer que se pergunte onde é possível encontrar uma verdade, o que fazer para viver bem, como aprender a pensar, habita aqui.

— É um país perigoso? — indaga Alice, preocupada com o que a espera.

As Camundongas não respondem. Alice não sabe se elas ouviram a pergunta. Estão olhando para outro lado, em silêncio.

— É perigoso? — pergunta novamente Alice, falando mais alto.

— Tudo depende de você — diz a Camundonga Sensata. — No País das Ideias, nenhum perigo vem de fora. Se você abrigar más ideias, poderá ser muito infeliz, sofrer ou fazer sofrer, não saber mais onde está, perder os pontos de referência.

— Como reconhecer essas más ideias?

— Na verdade, não existem ideias ruins por si sós — responde a Camundonga Maluca. — Elas são más ou boas para alguém. Você precisa encontrar por si mesma as que lhe convêm. Uma má ideia para você pode ser boa para outra pessoa.

— Não lhe dê ouvidos! — protesta a Camundonga Sensata. — Ela está falando bobagem, como sempre! As ideias ruins são ideias falsas. As boas são as verdadeiras. Ponto final!

— E como reconhecer as verdadeiras? — pergunta Alice, não muito tranquilizada.

— Esse é o problema! — gritam as Camundongas em coro.

"Que história!", pensa Alice. "Resumindo: não sei realmente onde estou, nem aonde vou. Este país é habitado por pessoas de todas as épocas e de todos os continentes, e cabe a mim descobrir as ideias verdadeiras ou que me convêm, mas sem saber como conseguir fazer isso. E, se me engano, pode ser perigoso. E, apesar de tudo, isso deveria me ajudar a viver! Que confusão... E, como guias, só tenho essa bela dupla de..."

— Camundongas — diz a Camundonga Sensata. — Não se esqueça de que sabemos o que está pensando enquanto você pensa, e tão bem quanto você!

Alice está tentadíssima pela aventura, principalmente se isso lhe der uma oportunidade de topar com a bendita frase que está procurando e talvez com a possibilidade de descobrir como ajudar mais o planeta e preparar o futuro da sua geração. Por outro lado, não sabe no que está se metendo.

— Há um ponto importante que precisamos esclarecer — diz a Camundonga Sensata.

— Exato — acrescenta a irmã, que não sabe o que dizer, mas não consegue ficar calada.

— Você está no país da liberdade! — retoma a Camundonga Sensata. — Aqui, ninguém jamais a obrigará a pensar o que você não quiser. No País das Ideias, você pode acreditar em tudo, dizer tudo, ousar tudo. Pode achar que todos os seres humanos são bons, ou que são todos maus. Pode dizer que isso depende do dia, ou que não dá para saber...

— Imagine! — continua a Camundonga Maluca, saltitando em volta de Alice. — Você pode ter a ideia de que o mundo não tem nada de realidade e de que vivemos num sonho! De que a morte é uma lenda! De que nascemos sabendo tudo e esquecemos depois! Pode ter a ideia de que as palavras mudam o mundo, ou de que o mundo muda as palavras! De que somos todos iguais ou somos todos diferentes! Pode dizer que o tempo não passa ou que está sempre passando! Pode afirmar tudo! É livre! Está ouvindo? LI-VRE!

— COM UMA CONDIÇÃO! — especifica a irmã. — Uma única condição, mas absolutamente ESSENCIAL.

— Qual? — pergunta Alice.

— Precisa justificar sua ideia, precisa ser capaz de mostrar por qual razão ela é verdadeira, portanto saber o que responder a quem defender uma ideia oposta.

— E se eu não conseguir? — pergunta Alice, preocupada.

— Bom, pode pedir ajuda!

— A quem?

— À Fada!

— Que Fada?

— Aqui, só há uma, a Fada Objeção!

3

Em que se apresenta uma Fada poderosa

— Alguém me chamou?

A voz forte e autoritária pode ser ouvida de longe. Alice vê uma senhora majestosa se aproximar, com vestido de veludo vermelho, longos cabelos castanhos presos, chapéu preto, peito imponente. A cintura dela deve ser três ou quatro vezes mais larga do que a de Alice. Por via das dúvidas, lembrada das leituras da infância, Alice faz uma reverência... Nunca se sabe, pode ser uma rainha. A terrível Rainha Vermelha! Se, por acaso, ela for tão cruel quanto no País das Maravilhas, é melhor demonstrar humildade.

— Por favor, Alice, não sou majestade! Sou a Fada Objeção, estou aqui para ajudar! Sem mim, o País das Ideias nem existiria!

— Como assim? — pergunta Alice, que já não se espanta por aquela Fada enorme saber seu nome, pois começa a perceber que aqui pode acontecer de tudo.

— Uma ideia nunca existe sozinha — explica a Fada. — Não há "alto" sem "baixo", "direita" sem "esquerda", "positivo" sem "negativo" etc. O meu trabalho é, em primeiro lugar, lembrar essa face dupla, porque os filósofos e todas as pessoas que lidam com ideias tendem a esquecê-la, cedo ou tarde. Quem tem uma ideia logo acredita que ela é única. Todos os pensadores, pequenos ou grandes, começam um dia ou outro a subir nas nuvens. Imaginam que sua ideia responde a tudo, sem dificuldade, que não encontra nenhum obstáculo. Eu, Fada Objeção, sou a campeã dos obstáculos! Quando vejo um pensador subir muito alto, trago-o de volta ao chão. "E aí, homenzinho, está achando que encontrou a solução para o mundo ser justo? Bom, veja bem, na sua solução ainda há injustiça! Acha que encontrou a chave da verdade pura? Olhe melhor, ainda há erro em sua poção mágica!"

A Fada Objeção solta uma grande gargalhada.

— Mesmo assim, não é legal agir desse jeito! — observa Alice.

— Pelo contrário! É indispensável! — responde a Fada. — É assim que as ideias vivem, se mantêm e se fortalecem. Na verdade, *todas* as ideias *precisam* encontrar objeções. Sem isso, murcham. É respondendo àquilo que as questiona que elas compreendem melhor a si mesmas. Não estou aqui apenas para trazer as ideias de volta ao chão, mas também para fazê-las crescer! Há quem acredite que sou inimiga das ideias, de jeito nenhum, sou a babá delas! Parece que estou amolando todo mundo, semeando confusão, impedindo as pessoas de pensar tranquilamente. Na verdade, eu as ajudo a pensar melhor, com mais precisão, mais clareza.

— Mas isso provoca discussões… — retruca Alice.

— E daí? — diz a Fada Objeção com um largo sorriso. — No País das Ideias, as discussões são essenciais. É na oposição que se avança! Para termos certeza disso, vamos começar visitando o grande inventor da contradição e do obstáculo. Vou levá-la já para ver Sócrates, é a melhor forma de começar a viagem. Esse homem inventou um jogo extraordinário: levar cada um de nós a discutir consigo mesmo.

— Que loucura é essa? — pergunta Alice, preocupada.

— Uma questão de sabedoria — diz a Camundonga Maluca.

Diário de Alice

Não consigo entender qual mistério me trouxe a este país onde o tempo parece não existir e onde os ratos falam. O canguru que sabe tudo parece muito simpático, e a Fadona de bochechas vermelhas dá a impressão de ser rabugenta, mas inteligente. Estou com muita vontade de visitar essa terra estranha. Se esta viagem vai ajudar o planeta, não sei, não acredito muito nisso. Vamos ver.

Enquanto isso, vou continuar anotando as frases que me interessam.

Qual é a frase para viver?

"Amo quem sonha o impossível"
(Goethe, *Segundo Fausto*, II ato).

Sonhar o impossível é querer mudar o mundo. A paz mundial parece impossível, a justiça universal, também, a liberdade geral, idem. Sem esquecer o amor a todos, a igualdade de cada uma e cada um, o respeito à Terra e aos animais. É justamente por tudo isso parecer impossível que devemos lutar sem nos resignar, portanto amar aqueles que têm esses sonhos.

A Fada indicou que essa frase contém dois problemas — o do possível e o do impossível, o do sonho. A mudança parece impossível, mas é realizável. A Fada explicou que Mark Twain dizia: "Não sabiam que aquilo era impossível, por isso fizeram." Neste caso, o sonho é considerado um projeto motor, uma força capaz de transformar a realidade.

A situação é muito diferente quando "impossível" quer dizer "absolutamente irrealizável". Imagine, por exemplo, propôs a Fada, uma pessoa que sonha em ir a pé à Lua. É impraticável, a não ser em imaginação. É possível gostar dessa fábula, mas seria estúpido acreditar realmente nela e trabalhar para realizá-la. Nesse caso, não cabe amar quem sonha o impossível. Quem faz isso delira e leva os outros a delirar. Essa Fada é forte em objeções!

PRIMEIRA PARTE

Em que Alice descobre os primeiros filósofos gregos e os modos como eles examinam as ideias

4

A Fada Objeção toma a palavra

— Antes de partirmos, devo-lhe uma última explicação. Vamos começar pelos tempos mais antigos: o nascimento da filosofia e da vida das ideias. Isso para você entender melhor, claro, mas também porque aquelas ideias não desapareceram ao longo dos milênios. Ainda hoje continuam ativas, são retomadas, discutidas.

"Esses pensamentos fundadores desenvolveram-se em mundos nos quais as mudanças eram lentas. Na Grécia antiga, entre os romanos, entre os hebreus, na antiga Índia ou na China de outrora, as pessoas viviam como seus pais e esperavam ver os filhos vivendo do mesmo modo. Claro que ocorriam evoluções nos transportes, na agricultura, nas ferramentas, no comércio, mas de maneira tão progressiva que não eram enxergadas. O mundo parecia fixo. Às vezes eram inventadas ideias novas, mas sem se imaginar que tudo ia mudar da noite para o dia. A verdade, como as estrelas, ficava sempre no mesmo lugar. Ou quase.

"Surpreenda-se com tudo, mas não tenha medo de nada! Você vai descobrir cidades, línguas, maneiras de viver que não são as suas. Vai encontrar concepções opostas da verdade, da vida que os humanos devem levar, do exercício da autoridade e até da morte. Vai deparar com ideias filosóficas, religiosas, espirituais que discordam entre si. Ficará diante de filósofos célebres que se opõem uns aos outros.

"Não desanime na primeira contradição! Seja paciente. Com nossa ajuda, a minha, a das Camundongas e a do Canguru, você vai traçar seu próprio caminho entre esses mundos, tenho certeza.

"Chega de conversa, está na hora de mudar de ares. Destino: Atenas, século V antes da nossa era.

5

Na feira, com Sócrates

Que labirinto, estas ruelas! Alice nunca pegou tantos atalhos para ir a algum lugar. Ao pé da Acrópole, dominada pelas colunas do Partenon, Atenas é um emaranhado de casas, pequenos jardins, cisternas, mercadorias à venda. Entre os prédios, o espaço para circular às vezes é tão estreito que a Fada Objeção, com seus quadris tamanho família, mal consegue passar. Ela faz questão de apresentar pessoalmente Alice a Sócrates.

— Questão de princípio! — diz com seu vozeirão. — É preciso começar pelo começo. E o começo, Alice, é ele!

— O começo de quê?

— Da filosofia.

— Não havia filósofos antes de Sócrates?

— Difícil saber com precisão. Se eu responder que não e afirmar que ele é o primeiro, vou ter de fazer objeções a mim mesma!

— Como assim?

— Na Grécia, várias gerações antes de Sócrates, alguns pensadores começam a querer explicar o mundo de forma diferente dos mitos e dos poderes dos deuses. Chamam-se Pitágoras, Tales...

— Como os teoremas?

— Sim, aqueles teoremas têm o nome deles, porque foram eles que os demonstraram. O projeto deles era encontrar uma explicação lógica para a existência da Terra, dos animais, dos humanos e para o funcionamento do todo, que chamavam de *cosmos*. Outros pensadores, antes de Sócrates, também trabalham nessa explicação. Chamam-se, por exemplo, Heráclito, Empédocles, Parmênides.

Suas respostas divergem, mas eles têm o mesmo projeto em comum: construir um conhecimento sólido da realidade, unicamente por meio da reflexão e do raciocínio, sem se fiarem nas crenças habituais.

— Cientistas, em suma...

— Boa observação, Alice! Pelo menos em parte, porque para eles não existe divisão entre doutos, filósofos, sábios, profetas. Aqueles primeiros pensadores eram homens nos quais o conhecimento não se dissociava da sabedoria. Na língua deles, o grego antigo, a palavra *sophos* significa ao mesmo tempo "sapiente" e "sábio". Aquele que possui um conhecimento verdadeiro é transformado moralmente por aquilo que sabe, e isso lhe permite transformar os outros e agir sobre os acontecimentos.

— Então são como gurus, se entendi bem!

— Sim, em parte. Esses pensadores são ao mesmo tempo matemáticos e poetas, físicos e adivinhos, moralistas e médicos, diplomatas e curandeiros. A lenda lhes atribui, por exemplo, o poder de falar com os animais, como Pitágoras, o inventor do teorema sobre os triângulos, ou de tratar doenças cantando, como Empédocles. As competências deles vão da medicina à política, do governo dos homens às leis da natureza. Muitas vezes impõem regras de vida rigorosas aos seus discípulos. Por exemplo, para serem admitidos, os discípulos de Pitágoras precisam não comer carne, devem vestir-se de forma simples e não falar durante um ano.

— Parece seita! Eles eram veganos?

— Pitágoras, sim. Seitas? Não exatamente. As escolas existentes antes de Sócrates são comunidades que comungam as mesmas ideias e o mesmo modo de vida.

— E o que muda com Sócrates?

— Nem tudo, a ligação entre as ideias e o modo de viver permanece. Mas a concepção de "sábio-e-sapiente" se transforma completamente. Começa a desaparecer.

— Como assim?

— Antes, havia "sábios", homens que possuíam as respostas. Com Sócrates, só existem "buscadores de sabedoria". Os sábios têm poderes relacionados com seus conhecimentos, *possuem* verdades.

Os buscadores de sabedoria estão apenas à procura da verdade. É isso que significa a palavra "filó-sofos": aqueles que amam a sabedoria, que a desejam e a buscam, exatamente porque não a possuem e não têm, aliás, certeza de que a encontrarão. Do lado dos sábios, o conhecimento. Do lado dos filósofos, a ignorância. Esse foi o novo trabalho inventado por Sócrates: trazer à tona primeiro a ignorância, para começar a procurar a verdade, levar a pessoa a tomar consciência de que não sabe, para começar a refletir.

— E como é que ele teve essa ideia?

— Ele mesmo vai lhe dizer isso. Chegamos.

A Fada esbarra com todo o seu corpanzil num camponês que está vendendo cebolas numa esquina, antes de desviar por um triz de um burro que vem arriado debaixo de uma carga de azeitonas. Alice por pouco não tropeça numa pedra. Os transeuntes olham para elas de um jeito esquisito. Finalmente, elas desembocam numa pracinha onde há uma feira. Lá se vendem casacos de lã, tapetes de ovelha, lamparinas de terracota, frutas e legumes. Um homem grisalho, meio malvestido, percorre as barracas, atento, com um sorriso nos lábios.

— Tantas coisas de que não preciso! — murmura ele no final.

Alice fica agradavelmente surpresa. Ali está um adulto que não se interessa unicamente pelo consumo! Apesar disso, aquela feirinha não é um despejo de objetos inúteis, de novidades sem necessidade, de invenções bestas. Na verdade, cochicha a Fada, Sócrates só se interessa pelo indispensável. Um manto velho já lhe é suficiente para não ter frio, e ele usa sandálias de couro, até mesmo na neve do inverno. O que lhe importa, mais que tudo, são as ideias. Porque a vida, boa ou ruim, depende delas.

Alice já havia sido avisada: Sócrates não é bonito. Pior: é feio pra dedéu. Baixo e curvado, cabeça enorme, olhões redondos e salientes, nariz achatado, dentes escuros... "Tomara que seja bonito por dentro", pensa Alice.

— Então é você a mocinha de quem me falaram? — pergunta Sócrates.

— Então o senhor *sabe* que estou aqui. Ouvi dizer que o senhor afirma que não sabe nada. Pelo menos isso sabe!

— Já está tentando me provocar? Claro que sei isso, assim como também sei falar, andar, respirar. Sei também esculpir a pedra, minha primeira profissão, e usar lança e escudo, pois estive na guerra. Acrescento que também sei acender fogo, depenar frango, fazer sopa de alho e um monte de outras coisas! Não é disso que estou falando quando digo que a única coisa que sei é que não sei.

— Por favor, explique!

— Fiquei muito surpreso quando o oráculo de Delfos declarou, há algum tempo, que eu era o mais sábio!

O Canguru põe uma fichinha diante do nariz de Alice:

No templo de Apolo, em Delfos, a sacerdotisa, que era chamada de Pítia, respondia às perguntas dos peregrinos de uma maneira muitas vezes difícil de entender. Considerava-se que aquelas respostas eram inspiradas pelo próprio deus. Quando perguntaram "Quem é o homem mais sábio?", ela teria respondido: "Sócrates."

— Ouvir isso sobre mim — continua Sócrates — me parecia brincadeira, pois não estudei, não frequentei grandes mestres. Então, fui ao encontro de pessoas consideradas sábias, que afirmavam possuir um saber, e lhes fiz perguntas, que é o meu jeito de agir. Fiquei muito surpreso...

— Com quê?

— Com a constatação de que eles não sabiam de fato o que afirmavam conhecer. Por exemplo, discutindo com Laques, grande militar, logo percebi que ele não sabia o que é coragem. Ele afirmava que coragem consiste em não ter medo. Mas, quem tem medo e supera esse pavor não é corajoso? Foi a pergunta que lhe fiz. Ele teve de reconhecer o erro. Imaginava saber, ao passo que, na verdade, não conhecia realmente a ideia de coragem.

"Eu poderia lhe dar muitos outros exemplos. Ao questionar Hípias, famoso orador que se gabava de saber tudo e ser capaz de falar sobre tudo, provoquei o mesmo efeito. Pergunto se ele sabe o que é a beleza. Ele responde que sim, claro, e começa a fazer uma lista de coisas que considera belas: um belo vaso, uma bela égua, uma bela jovem... No entanto, é incapaz de definir a *ideia* de beleza, mesmo precisando dessa ideia para saber o que incluir ou não em sua lista! Está entendendo? Para dizer que uma coisa é bela ou não, é preciso ter uma ideia de beleza, ser capaz de definir beleza! Aquele pretensioso não foi capaz de definir sua ideia de beleza!

— Imagino que ele não ficou contente!

— Ele ficou furioso comigo, como todos aqueles aos quais demonstrei que, na verdade, não sabiam o que acreditavam saber. No entanto, se fossem mais lúcidos, eles deveriam ter me agradecido! Eu os livro de uma ilusão, liberto de um falso saber, permito que comecem a procurar a ideia verdadeira que lhes falta.

A Fada Objeção, até então silenciosa, intervém:

— Com seus questionamentos, eles se desestabilizam! Eles exibem seus saberes e, de repente, por causa das perguntas que você faz, percebem que aquilo que afirmavam não faz sentido. Portanto, sentem-se ridículos. Não é de admirar que fiquem zangados com você!

— Tem razão, Fada — responde Sócrates. — Noto essa raiva de mim e a compreendo. Mas essa irritação me parece superficial. Sabe como alguns me apelidaram?

— Diga!

— Arraia-elétrica...

— Aquela que dá um choque e paralisa quem a toca?

— Exatamente! Portanto, sua objeção não me surpreende, querida Fada. As pessoas muitas vezes ficam paralisadas por minhas perguntas. Mas afirmo que essa estupefação não é o mais importante. O que importa é que aqueles com quem falo sejam libertados dos seus falsos saberes. Porque não há nada pior do que um falso saber.

— Por quê? — pergunta Alice, preocupada.

Sócrates senta-se na beirada de um poço. Alice faz o mesmo. A Fada prefere ficar de pé, apoiada na mureta. Os transeuntes são menos numerosos, a tarde cai. Sócrates, por sua vez, tem todo o tempo do mundo. Seus olhos grandes olham para Alice com muita brandura.

— Vou responder à sua pergunta, gentil estrangeira. Ou melhor, você mesma vai responder, com a minha ajuda. É meu jeito de agir. Você perguntou por que os falsos saberes são o que há de pior?

— Sim.

— Quando você sabe que horas são, pergunta por elas?

— Não, né?!

— Quando sabe a hora exata, pode chegar a tempo, nem adiantada nem atrasada, certo?

— Exatamente.

— E se estiver enganada, se tiver em mente uma hora que não é a certa, o que vai acontecer?

— Vai dar tudo errado, vou chegar atrasada ou adiantada.

— Mas se você não sabe que a hora que acredita ser a certa não é a certa, vai procurar saber a hora exata?

— Claro que não!

— Pois bem, é isso aí. Você mesma respondeu à sua pergunta. Você acha que sabe a hora certa, portanto não pergunta. Mas, se aquilo que você acha ser verdade de fato for falso, nada funcionará. E, como desconhece seu erro, não consegue sair dele. Por isso os falsos saberes são o que há de pior!

Alice fica calada, pensando. Quer ter certeza de que entendeu bem.

— Os falsos saberes são como as paredes de uma prisão? — diz ela após um momento.

— Exatamente — responde Sócrates —, a pior de todas, uma prisão que nem sabemos existir.

Alice fecha os olhos, respira fundo, concentra-se apertando as mãos uma contra a outra. Tem a impressão de que tudo está girando a toda velocidade dentro de sua cabeça, como o tambor da máquina de lavar na etapa de centrifugação.

— Então, na verdade, Sócrates, seu trabalho é demolir prisões invisíveis?

— Com mil trovões, menina, você fala como uma deusa! Sim, é uma boa imagem. Demolido esse falso saber, a pessoa se vê ignorante, mas desta vez sabendo que ignora, o que faz toda a diferença. Aposto que você já entendeu por quê...

— Bom, porque... espere... quem sabe que não sabe começa a procurar?

— Perfeito! Saber que não sabe é a condição inicial. Você vê alguma outra?

— Não, não vejo.

— Examinar as ideias uma a uma também é indispensável. É preciso ver se estão bem constituídas ou mal organizadas.

— Como se faz isso?

— A minha mãe era parteira, ajudava nos partos. Costumo dizer que exerço um pouco a mesma profissão. Ela fazia sair os recém-nascidos da barriga das mulheres, eu faço sair as ideias da cabeça dos meus interlocutores.

Alice sente um cochicho no ouvido, e uma voz murmura:

— É isso que se chama "maiêutica" de Sócrates. A palavra está ligada à obstetrícia. É mencionada num diálogo intitulado *Teeteto*, em que Platão põe Sócrates em cena, conversando com um jovem matemático...

— Cale a boca, Izgurpa! Estou prestando atenção...

O Canguru guarda a ficha e fica quieto, com cara de coitado.

— Nessa comparação — continua Sócrates —, as pessoas frequentemente se esquecem de um ponto essencial.

— Que ponto? Diga! — pergunta Alice, animada.

— Receio chocá-la. Os costumes, aqui, não são como os seus. As condições de vida são difíceis, muitos recém-nascidos não sobrevivem ao frio, às doenças, às febres ruins. Só os mais robustos conseguem atravessar os primeiros meses. Para saber se são resistentes, as parteiras, como minha mãe, fazem um teste com os recém-nascidos. Elas os pegam pelos pés, os sacodem e os mergulham em água fria. Os mais frágeis morrem na hora. Isso lhe parece cruel, desumano, eu sei. É uma sociedade diferente da sua, com maneiras de agir diferentes...

— Por que contar esses horrores?

— Para lhe mostrar que uma parte da comparação entre meu trabalho e o das parteiras muitas vezes não é compreendida. Eu não me limito a fazer sair as ideias da cabeça dos outros! Também as testo, coloco-as à prova, para ver se essas ideias são robustas ou fracas demais para subsistir. Também as sacudo, também as viro de cabeça para baixo. Em outras palavras, eu as examino de maneira lógica, para ver se são coerentes ou se contêm contradições que as tornem incapazes de sobreviver.

— E para que serve isso?

— Para viver.

— Para viver? Vou ter de pedir mais explicações!

— Não é complicado. O objetivo é separar as ideias ilusórias das que têm conteúdo. Mas esse exame precisa ser permanente, prosseguir em relação a todas as ideias descobertas, mas também em relação às decisões tomadas, aos juízos que fazemos sobre todas as coisas que nos acontecem. A cada vez, estão em jogo ideias ilusórias ou sólidas. Por isso podemos tornar-nos melhores examinando as ideias que nos fazem viver.

Volta o cochicho:

— Sócrates disse durante seu julgamento: "Uma vida não examinada não vale a pena ser vivida." A frase é relatada por Platão em *Apologia de Sócrates*.

A citação provoca um estalo na cabeça de Alice. "Tenho vontade de mandar tatuar essas palavras no braço", pensa. "Assim, vou sempre me lembrar de examinar o que faço, as ideias que me ocorrem, as minhas escolhas..."

— Desculpe — retoma Alice —, não estou certa de ter entendido direito. Tornar-nos melhores, diz o senhor, mas melhores *em quê*?

— Não se trata de nos tornarmos melhores em dança, corrida, luta, cálculo ou gramática, mas de nos tornarmos mais humanos, mais condizentes com nossa natureza e com nosso lugar no mundo. Se vivermos seguindo apenas nossos desejos, satisfazendo nossos apetites, sem distinção, sem reflexão, nos tornaremos injustos. Olhe os tiranos. Eles assassinam e traem para subir ao poder.

Depois que estão no poder, continuam eliminando os adversários, enriquecendo por meio do desvio do dinheiro público, apoderando-se dos bens dos outros. Eles violentam, torturam, deportam como querem, sem serem perseguidos, uma vez que controlam a polícia e os tribunais. Se refletissem, não se comportariam assim.

— Por quê? Esses indivíduos malvados estão felizes dominando. A reflexão não pode mudar nada...

— Pelo contrário! Estou convencido de que a reflexão pode transformar tudo. Essas pessoas que você chama de "malvadas" não são demônios, são apenas ignorantes. Como todo mundo, querem o bem, mas se enganam quanto ao bem: acham que ele corresponde ao prazer, à dominação, ao poder pessoal e às satisfações deles. Ignoram que o verdadeiro bem diz respeito à ordem do mundo, às relações entre os seres humanos, às relações entre os animais, os humanos e os deuses.

— O senhor acha mesmo que, refletindo mais, eles podem deixar de ser malvados?

— Tenho certeza. Por uma razão simples: eles querem ser felizes, como todos os seres humanos, e os injustos não podem ser felizes.

— Mas existem tiranos felizes! Eles podem fazer o que quiserem e nunca serão punidos!

— Vejo isso como você: há assassinos que vivem em palácios suntuosos, carrascos que levam uma vida de luxo, criminosos que morrem na cama... Mas essa é apenas uma face da realidade. Estou convencido de que existe outra realidade, em que a ideia de bem e a ideia de injustiça não são compatíveis. Só o justo pode ser feliz, mesmo que não possua dinheiro nem palácios suntuosos, porque sua mente está em ordem. A mente dos injustos é desordenada, inflada, caótica, desorganizada. Por essa razão, defendo que é melhor ser vítima do que carrasco...

— Mas isso é loucura! Não pode ser melhor ser vítima!

— Pode, sim. É a conclusão inevitável de um exame feito com a ajuda da razão.

— Ficarei feliz em saber mais...

— Se você ficar apenas no mundo dos fatos, das coisas, dos corpos, vai constatar, efetivamente, que o carrasco sai ganhando. A vítima apanha, contorce-se de dor, acaba morrendo. No registro dos fatos, perdeu. A vitória cabe ao carrasco, que não é ferido nem morto e volta para casa a fim de continuar vivendo confortavelmente. Mas existe outro plano de realidade, o da ideia de justiça e da ideia de bem. Nesse registro dos valores, o carrasco é um eterno perdedor: a vítima sempre o vence.

Alice fica sem palavras, em choque. Por um lado, pressente que Sócrates tem razão. Sim, percebe que as vítimas são mais dignas, mais humanas, mais respeitáveis do que os carrascos, que, por sua vez, são impiedosos, desumanos, indignos. Apesar de tudo, dizer que as vítimas vencem, que o destino delas é preferível, que é melhor estar entre elas, é algo que Alice tem dificuldade para admitir. Ela sente que é verdade, mas não consegue aderir completamente.

Está prestes a fazer novas perguntas, mas Sócrates desapareceu! Desvaneceu-se, sumiu, evaporou depressa como uma bolha de sabão. Na beirada do poço, mais nenhum vestígio do homenzinho curvado e grisalho! Ao redor, nada se moveu. As ruelas, a feira, os transeuntes, o Canguru, tudo ficou no mesmo lugar. Mas Sócrates já não está lá. Alice está aturdida.

— Eu o fiz desaparecer, já chega — resmunga a Fada Objeção. — Quando a gente o ouve por muito tempo, acaba sendo enrolada e depois não tem jeito de se desenredar.

— Mas... se ele diz a verdade, por que se livrar dele?

— A verdade não é divertida! É sempre a mesma coisa, é muito chato — começa a cantarolar a Camundonga Maluca.

— Ora, vocês estão aí, Camundongas? — diz Alice.

— Estivemos aqui o tempo todo, é só que voltamos a ficar pequenas, e você nem nos viu.

— Mesmo assim — continua Alice, dirigindo-se à Fada —, acho que a senhora está exagerando! Eu gostaria de continuar conversando com Sócrates. É muito interessante o que ele diz.

— Nada a impede de continuar.

— Como? Lendo o que ele escreveu?

O Canguru pigarreia, fazendo um barulhinho tímido, e começa a falar com voz de quem não quer incomodar.

— Há um problema. Sócrates não escreveu nada. Só falou, interrogou, questionou, dialogou. Não deixou nenhuma obra, um único texto, o menor livro.

— Mas então, como a gente sabe o que ele disse? — pergunta Alice.

— Por meio daqueles que escreveram para contar a sua maneira de agir, discípulos, como Xenofonte, que assistiram às suas conversas, testemunhas que o ouviram. O principal é Platão. Aos vinte anos, conhece Sócrates, e isso muda o curso de sua vida. Em vez de se tornar comandante de exército ou estadista, como está destinado por sua origem numa grande família de Atenas, esse jovem aristocrata se torna filósofo e escritor. Põe em cena seu mestre Sócrates em muitos diálogos, redigidos como peças de teatro.

— Quero ler! — exclama Alice, curiosa.

— Recomendo! — aprova o Canguru. — Não há dúvida de que não há nada mais divertido, inteligente e estimulante do que os diálogos de Platão. Esses diálogos são uma festa, palavra de Canguru, uma comédia com personagens variadas, piadas, momentos trágicos, histórias de amor, explicações científicas, raivas, poesia... É genial! Aliás, esse é o problema.

— O que está querendo dizer com isso, caro Canguru?

— Como Platão era um gênio, muitas vezes é difícil confiar nele para saber o que Sócrates disse de verdade. Ele transforma o mestre na personagem central dos diálogos que escreve, mas reinventado. Como ele escreve e pensa a vida toda, acaba fazendo de Sócrates uma personagem que expõe as ideias... de Platão! Na verdade, o mistério de Sócrates permanece ao longo dos séculos.

— Por que é que ele não escreveu nada?

— É difícil dizer com certeza. O mais provável é que confiasse apenas no diálogo vivo, nas interações entre as mentes. Os escritos não respondem àqueles que interrogam, não podem se ajustar em função dos interlocutores, como faz uma mente viva ao falar. Apesar de tudo, Sócrates transformou o modo de pensar, sem escrever nada. Aliás, não é o único que transformou o mundo só falando. Na mesma época de Sócrates, vivia na Ásia aquele que chamam de Buda. Este também nunca escreveu nada. E sua palavra mudou grande parte da história da humanidade. Um pouco depois, Jesus também não deixou nenhum texto, falou apenas. Sócrates, Buda e Cristo transformaram a história sem escreverem. As ideias deles foram transmitidas por discípulos ou alunos depois que eles morreram.

— Como Sócrates morreu?

— Pergunte à Fada — diz o Canguru —, dá para perceber que ela está ficando impaciente.

A Fada ficou mais vermelha que seu vestido. Parece que está fervendo.

— Está zangada? — pergunta Alice.

— Esse Canguru é muito simpático, muito útil, mas imagina que é preciso explicar, comentar, confirmar tudo. Enxerga o mundo através de uma biblioteca. Na vida não há só livros! As ideias também estão na rua, nas conversas, nas peças de teatro, nas assembleias políticas, nos tribunais... em todo lugar onde haja discussão, onde haja entusiasmo!

— Entendi — diz Alice, esforçando-se para acalmar a Fada —, mas me diga como Sócrates morreu.

— Venha! Vai ver por si mesma.

Qual é a frase para viver?

"Uma vida não examinada não vale a pena ser vivida" (Platão, *Apologia a Sócrates*).

Acabo de ouvir Sócrates dizer essa frase. Quero anotá-la imediatamente, porque ela me deixa abalada. Tem a ver com o que sinto dentro de mim de mais forte e, ao mesmo tempo, de mais frágil. Uma existência que transcorre mecanicamente, sem refletir sobre o que é, não desperta interesse. Tudo se encadeia, a pessoa respira, come, dorme, acorda e começa tudo de novo... sem pensar, sem olhar o que está fazendo, sem procurar o sentido que isso possa ter.

Isso não é vida. Quero dizer: não é vida verdadeira, vida humana. É uma existência vegetativa, uma sobrevivência em coma. Alguns humanos, em certos hospitais, são mantidos vivos durante semanas, meses ou anos, sem consciência de nada. Alimentados por sondas, ventilados por tubos, sobrevivem adormecidos, sem sonhos nem pensamentos, incapazes de examinar o que lhes acontece.

Não estou criticando o que os médicos fazem! Só quero dizer que, se estamos assim constantemente, sem podermos refletir sobre o que nos acontece, não estamos vivendo. Viver é começar a olhar o que fazemos, o que nos fazem, o que queremos fazer.

— Examine o que quer dizer 'examinada'! —, cochichou a Camundonga Maluca. Não entendi de primeira. Pensei que ela estava brincando, mas não estava, de jeito nenhum, que gênia. Porque essa frase de Sócrates, "uma vida não examinada", não pode querer dizer apenas uma vida "contemplada" ou "observada". É uma vida julgada, interrogada ativamente, para ser melhorada.

Quando eu disse isso à Fada, ela concordou: este exame não se limita a uma descrição. Examinamos o que vivemos para compreender, para procurar o que vai bem e o que vai mal, para mudar o que deve ser mudado.

— E o tempo todo! —, acrescentou a Camundonga Sensata. Eu não tinha pensado nisso. Mas é verdade, o exame é permanente. Caso contrário, a gente recai na vida vegetativa... É incrível.

6

Sócrates no tribunal

De repente, Alice se sente carregada por uma ventania. Um turbilhão gira ao seu redor. Num instante, está no meio de várias centenas de pessoas sentadas, ao ar livre, em degraus quase circulares de pedra. Não entende por que está usando um grande manto com capuz lhe cobrindo a cabeça.

— Não mostre o rosto, não se deixe notar — sussurra a Fada ao seu ouvido. — As mulheres não têm o direito de estar aqui. Entre os atenienses, só os homens participam da assembleia do povo.

Alice está para perguntar à Fada como ela se disfarça, mas percebe que ela se tornou invisível. Está sentada ao lado de Alice, mas ninguém a vê. É bem prático ser Fada.

— Estamos no julgamento de Sócrates — sussurra a Fada —, fique quieta, ouça, observe.

Há muita gente, mas pouquíssimo barulho. A maioria das pessoas está com o rosto sério, tenso, atento, como o de um homenzinho volumoso que, sentado ao lado de Alice, come azeitonas com um sorriso malvado. Alice ouve-o murmurar:

— A gente vai acabar pegando esse iluminado. Faz muito tempo que ele enche os nossos ouvidos com bobagens...

Na assembleia, Alice identifica homens vestidos com roupas pobres, outros adornados com tecidos preciosos. Distingue, à frente, um grupinho isolado e, a pouca distância dali, reconhece Sócrates, sozinho, emagrecido, fisionomia cansada, mas com um ar calmo e resoluto.

— Onde estamos? — cochicha Alice, esperando que a Fada ainda esteja ao seu lado.

— Na assembleia do povo, que se reúne como tribunal. Aqueles que você vê lá embaixo são os três acusadores de Sócrates, cidadãos como ele. Denunciaram as suas maneiras de agir, alegando que eram perigosas para a Cidade. No sistema ateniense, é preciso que um cidadão faça uma acusação para que um caso seja julgado. A assembleia decide depois de ouvir a acusação e a defesa. Sócrates está sendo processado por três motivos: não reconhecer os deuses da Cidade, querer introduzir novos deuses e corromper a juventude. Nenhuma dessas acusações corresponde aos seus comportamentos ou aos seus discursos. São apenas rumores, erros, mentiras. Mas Sócrates pode ser condenado à morte. Xiu! Ele vai tomar a palavra para se defender...

O velho levanta-se, começa a falar. Sua voz é clara, serena, não treme. Esclarece que vai se expressar como de costume, sem efeitos especiais, já que não é advogado nem orador habilidoso. O que importa não é um belo discurso, explica Sócrates, mas a verdade.

Ele sabe que há muito tempo circulam rumores sobre ele. Vozes anônimas espalharam que ele é um manipulador perigoso, que contesta as leis e as tradições, que incita os jovens a rebelar-se contra os pais. Essas calúnias o perseguem há muitos anos. Construíram má reputação para ele, que não teve a possibilidade de combatê-las.

— Hum... — diz Canguru em voz baixa. — Numa peça cômica escrita por Aristófanes, um personagem chamado Sócrates incentiva um jovem a não respeitar o pai. Essa peça foi vista por muitos atenienses, vinte anos antes do julgamento de hoje. Chama-se *As nuvens*, para sugerir que gente como ele vive nas nuvens...

— Obrigada, querido Cang, mas... Xiu! Não quero perder a sequência! — responde Alice.

Sócrates explica que não falta ao respeito com os deuses, que nunca tentou perturbar a juventude. Essas acusações não se baseiam em nada sólido. São apenas boatos, calúnias sem fundamento, sem provas. E sem rosto. Quem as espalha? Todos e ninguém. "Sou obrigado a lutar contra sombras", diz ele.

A verdade, recorda ele, é que começou a sua jornada apenas para verificar uma fala do oráculo de Delfos. Consultado por seu amigo Querefonte, o oráculo respondeu que o homem mais sábio de Atenas era ele, Sócrates, enquanto ele mesmo afirma não saber nada. Visto que o oráculo do deus Apolo não pode mentir, ele iniciou uma investigação para compreender o sentido dessa afirmação.

Por isso, foi interrogar as pessoas consideradas mais sábias, até perceber que elas só têm vento na cabeça, assim que colocadas à prova com perguntas.

"Ele confirma o que me disse", pensa Alice.

— No fim das contas, ninguém sabe nada! — continua Sócrates. — Os conhecimentos dos seres humanos não passam de ilusões, aparências, arremedos de saber. Se sou o mais sábio, é apenas por saber que sou ignorante.

Alice está impressionada. Pela dignidade e simplicidade daquele velho obstinado e sincero, mas não só. Está impactada também pelo que descobre graças às explicações dele. Como assim? Então todos os conhecimentos, as ciências, as disciplinas ensinadas e respeitadas não seriam nada? Seriam só miragens? Vento? Cenários ilusionistas? A única coisa para se saber seria que nunca se sabe nada? É terrivelmente perturbador.

Por um momento, Alice deixa de ouvir. Está tomada por uma espécie de revelação: ninguém sabe nada! Nunca tinha pensado numa coisa dessa. Sempre havia acreditado que um dia, finalmente, ficaria sabendo quem somos, o que fazemos aqui, como devemos agir. Estava convencida de que alguém lhe explicaria isso de fato, definitivamente. E agora descobre, com esse homenzinho esquisito, chamado Sócrates, que a ignorância humana pode não ter solução.

Isso muda tudo. É provável que nunca venhamos a possuir a verdade. É preciso procurá-la, sem fim. Alice tem a impressão de que o chão foge debaixo dos seus pés. Mesmo estando sentada, sente vertigens, como se tudo evaporasse sob suas nádegas e sob seus pés. Quase tem vontade de detestar esse Sócrates que causa dúvidas tão intensas. No fundo, ele destrói ilusões. Limpa escombros, afasta miragens, mas quase não dá respostas.

Enquanto isso, Sócrates continua se dirigindo à assembleia.

— É dizendo a verdade que ganho inimigos.

Alice guarda essa frase. Para a tatuagem, não seria ruim! Para se lembrar de que a verdade não protege, mas põe em perigo.

Sócrates passa à ofensiva, e Alice não acredita no que está ouvindo. Esse velho é espantoso! Está no tribunal, diante do povo, arriscando a pele, seus concidadãos lhe são hostis, na grande maioria, e ele se nega a se rebaixar. Não pede desculpas por nada! Melhor, ou pior: provoca. Sócrates explica aos atenienses que, se o condenarem, eles é que serão condenáveis, que estarão errados para sempre. Ele é inocente. Não só não fez nada de mau, como também age para despertar os habitantes da Cidade, trabalha para o bem deles, apesar da hostilidade que manifestam. Ao invés de o punirem, deveriam recompensá-lo! Em vez de o condenarem à morte, ao exílio ou a uma multa, deveriam alojá-lo e alimentá-lo à custa do Estado, como um herói, uma glória nacional, um benfeitor do povo!

Elevam-se gritos de protesto, um burburinho indignado toma conta dos presentes. "Ele está exagerando", pensa Alice. Isso vai se voltar contra ele. Sócrates persiste, proclama que não tem medo de morrer, que prefere perder a vida a se desdizer. Aliás, a morte é um mal ou um bem? Quem sabe?

O barulho se amplifica. A atmosfera está tensa. O filósofo, é verdade, não faz nada para seduzir. Chega a hora da votação.

Sócrates é condenado à morte. Alice tem lágrimas nos olhos e sente um aperto no peito. Ao pranto logo se somam a raiva e a revolta. "É essa a justiça deles? O melhor homem do mundo, o mais atencioso, o mais respeitoso de todos, condenado à morte como o pior dos criminosos?" De repente, já não enxerga o semicírculo e a multidão. A Fada abraça Alice e aperta-a com força para tentar consolá-la.

— O que vai acontecer com ele? Acha que pode ser salvo? — pergunta Alice.

— Não — responde a Fada —, ele vai morrer. Vou contar o restante da história dele. As prisões da antiga Atenas não são como as que você conhece. É possível fugir com facilidade. Os amigos de Sócrates vão tentar tirá-lo de lá, para que ele possa ir para outra Cidade e continuar a viver longe. É viável. Ele recusa.

— Ué, por quê?

— Por estrito respeito às leis. Mesmo sendo injusta, a decisão é legal. Por virtude, Sócrates se recusa a transgredir as leis da Cidade, que o educaram e protegeram. Não tem medo de morrer e escolhe ser vítima de uma injustiça em vez de fugir ilegalmente.

— É doido...

— Ou então é exemplar. Pode-se dizer as duas coisas, você deveria pensar nisso...

— Como é que ele morreu?

— De forma exemplar também. Os condenados precisam ingerir um veneno, a cicuta, que demora várias horas para provocar a morte. Essa substância paralisa primeiro as pernas, depois o tronco. Durante esse tempo, Sócrates continua dialogando com os discípulos. Consola-os, pede-lhes que não fiquem tristes e continua refletindo com eles até...

A Fada não termina a frase. Uma gigantesca avalanche de lama acaba de invadir a praça. Carrega tudo de passagem, a Fada, as camundongas, o Canguru e tudo o que os rodeia. Sem falar de Alice, claro, que se pergunta se não vai acabar afogada, levada pela correnteza. Desmaia.

7

Na caverna de Platão

Quando abre os olhos, Alice primeiro saboreia a alegria de estar viva. Teve tanto medo de morrer! Não se lembra de mais nada. Ah, sim... o País das Ideias, as Camundongas, a Fada, o Canguru, aos poucos tudo lhe vem à memória. Sócrates, aquele incrível velho rebelde, reaparece também, com o choque que provocou na sua cabeça.

Alice está sozinha, aparentemente, na penumbra. Seu jeans está coberto de terra ressecada, seu cabelo está sujo e emaranhado. Sente fome e sede e descobre que está amarrada. Laços de couro nos tornozelos, cordas nos pulsos. Está atada a uma espécie de cadeira de madeira. Não consegue fazer nenhum movimento. Virar a cabeça também é impossível. Só pode olhar em frente.

Está escuro, ela não enxerga nada. Entra em pânico. Onde está? Por que está presa? Pensa na mãe. Gostaria de pedir socorro a ela. Tem vontade de chorar, de fugir. E as Camundongas? Tinham prometido ajudá-la. A Fada jurou protegê-la. Elas deviam acompanhá-la, guiá-la naquele país desconhecido. O canguru sabe tudo sobre tudo... Onde foram parar? Por que a abandonaram? Por que não há luz?

Depois de algum tempo, seus olhos se acostumam. Alice começa a distinguir sombras na parede do fundo, silhuetas, reflexos de objetos. Devagar, começa a enxergar um pouco melhor, a ouvir com um pouco mais de nitidez.

Em breve começa a reconhecer, nas imagens que desfilam, pessoas passando, uma cama, uma mesa, uma árvore. As personagens fazem gestos como que aos solavancos, a luz é irregular, como nos velhos filmes em preto e branco.

— Que engraçado — diz Alice em voz alta —, parece até que a gente está no cinema!

— O que é cinema? — pergunta uma voz à sua direita.

— Sim, o que é? Nunca ouvi falar disso — diz outra voz à sua esquerda.

— Quem são vocês? — grita Alice.

— Somos os habitantes daqui! — dizem várias vozes, que vêm de diversos lados e ecoam na parede do fundo.

"Incrível!", pensa Alice, "está cheio de gente..." Primeiro fica espantada com aquelas vozes misteriosas, depois começa a se sentir tranquilizada por não estar sozinha. Tenta reunir os elementos da situação. Aquelas pessoas parecem ser bem numerosas. Ela as ouve, mas não consegue vê-las. Tudo indica que elas também não a veem, mas a ouvem. E não sabem o que é cinema...

— Vocês também estão amarrados? — grita Alice.

— Naturalmente... claro... que pergunta! — dizem as vozes.

— E por quê?

— Como assim por quê?

— Por que estão amarrados?

— É assim e sempre foi assim!

— Sempre... foi assim? O que quer dizer isso? Desde que nasceram?

— Sim, crescemos aqui! Sempre estivemos aqui!

— E sempre amarrados?

— É evidente, mas a gente olha para a frente, enxerga tudo, e conversa sobre o que vê!

— E o que é que vocês veem?

— Tudo! A realidade, o mundo, tudo o que acontece...

— Nas imagens à frente?

— Que imagens? O que é imagem?

Alice se pergunta se estará sonhando. Quem são essas pessoas, sentadas no cinema sem saberem que estão vendo um filme?

Se vivem assim desde que nasceram, só podem acreditar que estão vendo a realidade. Ignoram que existe um mundo real lá fora.

— O mundo real é o que vamos mostrar a eles! — sussurra uma voz de homem ao ouvido de Alice. — Venha, vou soltá-la e também vou libertar o prisioneiro que está ao seu lado e iremos para fora. Mas seja paciente... Você sabe andar, mas ele vai ter dificuldade!

— Quem é o senhor?

— Vai saber em breve... Por enquanto me chame de Filósofo, é o que basta.

Alice se cala e obedece. Não quer estragar aquela oportunidade. O importante é sair daquele buraco escuro. Ser solta, estar ao ar livre. O resto ela verá mais tarde.

O desconhecido a desamarra. Alice esfrega os pulsos e os tornozelos, bate nas calças, sacode o cabelo. Estar de pé e conseguir se mover já está bom! Com um hambúrguer e um refrigerante, estaria melhor ainda. O prisioneiro ao lado dela não consegue se endireitar. O desconhecido o segura, obriga-o a pôr um pé na frente do outro.

— Para onde me leva? Para onde vamos? — pergunta o prisioneiro.

— Para fora! — responde o homem. — Coragem, apoie-se no meu braço, a ladeira é íngreme, vai precisar fazer grande esforço.

— Para fora? O que é "fora?"

— O mundo verdadeiro, o mundo real!

— Mas o mundo real é aqui!

— Pois então, não é, você vai ver... — insiste o Filósofo.

Alice tenta compreender. Essa história de dois mundos é obscura. Ela vai seguindo o movimento. De qualquer forma, não tem escolha. Além disso, no mundo real haverá alguma coisa para comer...

Mas falta chegar lá. O caminho é íngreme e pedregoso. O prisioneiro cambaleia, cai várias vezes. Alice ajuda como pode. Subindo, de vez em quando lança um olhar para trás e compreende onde estava. É uma caverna profunda, a saída está lá em cima, invisível para quem está dentro.

À medida que se aproximam da abertura, Alice fica ofuscada por uma luz de intensidade insuportável. Será que ela já sentiu alguma coisa parecida? O exterior parece tão luminoso que é impossível olhar. Um dia, quando era pequena, sentiu algo desse tipo, numa casa de férias. Estava no porão e não conseguia enxergar a praia, bem ao lado, pois o sol brilhava tanto que a deixava cega.

Lá fora, descobre algo pior. Tem de colocar a mão na testa, como uma viseira, e olhar para o chão. O prisioneiro, por sua vez, mantém os dedos sobre os olhos fechados.

— Vai demorar muito para ele se habituar. Vamos deixá-lo aí. Você pode vir, não viveu na sombra tanto tempo quanto ele — diz a Alice o seu misterioso libertador.

Ele tem razão. Aos poucos, Alice começa a distinguir o que a rodeia. É confuso, de início é penoso, mas vai melhorando. Depois de algum tempo, ela consegue abrir bem os olhos. O que contempla é realmente muito estranho.

É como um céu estrelado, mas brilhante, povoado por uma multidão de formas. Círculos, quadrados, losangos, retângulos e mil outras figuras cujo nome Alice não sabe, que não se parecem com nada do que ela conhece.

— O que são todas essas coisas? — pergunta.

— Não são coisas. São Ideias! — responde o Filósofo.

— Ideias? Mas ideia não se vê! Quero dizer: não se vê com os olhos, como se vê uma cama, um cavalo ou uma casa! Estão na cabeça, não fora dela!

— É o que todo mundo acha, de fato. Mas é uma ilusão. As Ideias existem realmente. Estão na sua frente, é o que você está contemplando.

"Que história é essa?", pensa Alice. "Esse barbudo não sabe o que diz. Se acha que vou entrar no delírio dele..."

— E cada ideia vem de onde? — pergunta Alice, que começa a perceber que talvez não tenha motivo para acreditar que a questão é simples.

— Cada uma vem daqui, do País das Ideias. Cada uma reside aqui.

— E como é que elas apareceram?

— Sempre estiveram aqui!

Alice está desorientada. Depois do cansaço, da lama, do desmaio, do pânico no escuro, da saída para a luz, vem esse filósofo explicar que as ideias são eternas e possuem seu próprio mundo... É muita coisa em tão pouco tempo. Ela precisaria de uma pausa para pôr um pouco de ordem na cabeça. Alice gostaria de se deitar, tirar uma soneca.

— Por favor... Onde eu poderia encontrar uma cama?

O filósofo olha para ela com a mesma expressão séria, mas Alice nota um leve sorriso nos seus lábios.

— Acho que você ainda não entendeu onde está. Aqui, é impossível encontrar *uma* cama. Há apenas A cama, a Ideia de cama, a forma que serve de modelo para todas as camas. Mas não vai poder se deitar nela para descansar, porque não é uma cama de madeira, lã, palha, nem de qualquer outro material. É a Ideia de cama.

— E qual é essa ideia?

— Vou repetir, é a forma, o modelo ou, se preferir, o "plano" que serve de ponto de partida para fabricar todas as camas que você chama de "reais".

Parece difícil entender essa história.

— Explique melhor. As camas de madeira e de ferro não são reais?

— São, mas de uma maneira inferior, secundária. Todas as camas materiais são perecíveis e diferentes umas das outras, menores ou maiores. O que nunca muda é a Ideia de cama, a forma-modelo que serve para fabricá-las todas. Todas as camas nas quais se dorme são apenas reflexos dessa realidade superior. É por isso que a Ideia de cama é, na verdade, mais real do que todas as camas que você chama de reais.

Alice continua não entendendo essa explicação. É desconcertante. Parece que o mundo foi virado pelo avesso. Ela está cansada, precisa de um momento de descanso. Insiste.

— Tem certeza de que não posso me deitar por um momento nessa Ideia de cama, para descansar um pouco?

— Olhe, a Ideia de cama está ali. Tente você mesma e verá...

A luz é tão intensa que Alice não consegue distinguir imediatamente a Ideia de cama entre todas as formas brilhantes que contempla.

Há ali ideias de tudo! Ideias de elementos abstratos, como o dois, o três, o quatro e todos os outros números, o quadrado, o círculo, o triângulo e todas as figuras da geometria. Ideias das coisas que são usadas todos os dias, tigela, mesa, cadeira, roupas. Ideias de qualidades, defeitos, sentimentos, ternura e raiva, respeito e desprezo, amor e ódio. Bem no alto, como um sol que ilumina tudo, a ideia do que há de melhor, o Bem, o Belo, o Justo...

A vertigem apodera-se de Alice. Ela precisa de uma cama. Acaba por localizá-la, entre a mesa e a cadeira. Evidentemente, não é uma cama, já que é A cama, a Ideia, a forma. Difícil de descrever, aliás. "Como eu poderia descrever isso?", pergunta-se Alice. É um espaço plano, horizontal, abrigado, nem muito duro nem muito exposto ao frio ou ao calor, onde um ser humano pode deitar-se e adormecer.

Teimosa, Alice tenta agarrar a Ideia de cama. Suas mãos não conseguem apanhá-la. Ela tenta dar um pulo, para cair suavemente sobre o colchão, como faz no seu quarto. Não adianta... Insiste, tenta pôr a perna, o joelho, as nádegas, para conseguir descansar algum tempo. O problema, percebe Alice, é que ninguém consegue se deitar sobre uma ideia! Quem quiser se deitar precisará de uma cama de verdade, não da Ideia de cama!

— Ei, Filósofo... Não funciona!

— Eu avisei!

— Onde posso encontrar uma cama *de verdade*, por favor?

— Aqui!

— Como assim, aqui?

— De novo, a cama "de verdade" é a Ideia de cama. Todas as outras são cópias, reflexos perecíveis, são menos verdadeiras e menos reais, quantas vezes preciso repetir?

— Então a cama "de verdade" é a única em que a gente não pode se deitar? Não sou sábia como o senhor, mas prefiro uma cama feiosa, malfeita e podre, mas onde eu possa dormir!

O homem não diz nada. Está claro que a reação de Alice o deixa desorientado por um instante. Ele procura um modo de explicar, enfia os dedos na barba encaracolada, coça o nariz. Depois sorri.

— É perfeitamente normal! — diz, triunfante. — Todo mundo quer uma cama na qual possa se deitar, em vez de uma cama em que isso é impossível. Mesmo assim, você se engana num ponto fundamental. Porque não é com os olhos que você vê a Ideia de cama, e sim com a mente. E sua mente não se deita!

— Olha só… — responde Alice. — Pode repetir devagar?

— O que você faz com os olhos?

— Vejo.

— Vê o quê?

— Tudo!

— Não tenho certeza. Você vê muitas coisas, mas há elementos que não vê com os olhos.

— Por exemplo?

— Já viu o Dois?

— Quer dizer o dois?

— Não, não o *algarismo* dois, mas o que esse algarismo representa, ou seja, o *número* Dois.

— Qual é a diferença?

— Enorme! O algarismo dois é um signo, uma espécie de imagem ligada à ideia. A ideia é Dois, o número, e você só pode pensar nessa ideia, não pode vê-la com os olhos, como vê pratos, sapatos ou bonecas. Essa ideia não está entre os objetos. Não está no mundo que você pode tocar, ouvir, saborear, cheirar ou olhar. Já encontrou o número dois em algum lugar?

— Quer dizer o número dois em pessoa, na minha frente, em carne e osso, como um gato no meu jardim?

— Digamos assim…

— Não, claro que não! Já encontrei dois gatos e até…

Alice cai em prantos. Acaba de se lembrar das duas camundongas, suas novas amigas. O que aconteceu com elas? A avalanche de lama as levou para sempre? E a Fada Objeção? Alice chora, achando que elas podem estar em perigo, talvez feridas ou mortas.

O Filósofo não entende nada daquela emoção súbita.

— Afinal, o que houve com os dois gatos?

— Uma história que me aconteceu, há muito tempo — responde Alice, enxugando os olhos, pois não confia totalmente naquele homem que acabou de conhecer.

Assoa o nariz, respira fundo e retoma a conversa, apesar do cansaço, porque está buscando uma maneira de sair dali e finalmente ir dormir. O barbudo é o seu único interlocutor, ela não tem escolha.

— Desculpe, esqueci a sua pergunta...

— Eu estava perguntando se você já encontrou o número dois.

— Ah sim, e eu dizia que não. Sei contar, mas nunca me encontrei cara a cara com ele de verdade!

— Bom, aí está ele, pode cumprimentá-lo...

Alice fica boquiaberta, com os olhos arregalados. Entre as formas que povoam a paisagem, distingue uma que se torna mais nítida, cresce, move-se para vir em sua direção. Vistas de longe, barras luminosas verticais. À medida que se aproximam, dão a impressão de se tornarem mais claras, uma de cada vez, uma depois da outra. Mas não é realmente um pisca-pisca, nem uma alternância, e o intervalo entre uma barra e outra parece vir à frente, como se fosse mais importante do que cada uma delas.

Alice nunca contemplou espetáculo semelhante. Essa "coisa" é incrível. Parece que é ao mesmo tempo fixa e animada, móvel e imóvel, real e irreal, visível e invisível. Alice esforça-se para não parecer abobalhada.

— Então, quer dizer que você é o Dois?

A "coisa" se inclina ligeiramente, como para dizer que sim.

— Portanto, é graças a você que posso contar... até dois?

Pulinho da coisa, quase imperceptível, mas Alice entende imediatamente como uma confirmação.

— Você mora aqui?

Novo pulinho, mais nítido.

— Mas, se você está aqui, como pode estar ao mesmo tempo na minha cabeça?

Retorno rápido da coisa, a toda velocidade, para retomar seu lugar no Céu das Ideias.

— Falei bobagem? Eu o ofendi? — pergunta Alice ao filósofo barbudo.

— Pelo contrário, fez uma ótima pergunta! Mas ele não é capaz de responder, por isso foi embora.

— Então quem pode responder? Todas essas ideias estão onde? Na minha cabeça? Ou fora dela?

— Estão todas neste Céu, mas é com a mente que você as percebe. É direcionando a mente para as Ideias que você pode contemplar o Dois, a Cama, mas também a Verdade, o Bem, o Belo, o Justo.

— Caso contrário, eu não as conheceria?

— Não, sem as Ideias, você não saberia nada e não poderia saber nada.

— Mas como fazer para contemplá-las? Eu acabei aqui por acaso, não foi? Se o senhor não tivesse vindo me buscar, se não tivesse me desamarrado e me trazido com aquele prisioneiro infeliz, eu nunca saberia de nada?

— Você é muito astuta, Alice, muito esperta! Vou tentar responder, mas seja paciente, fique atenta e respire, porque corre o risco de ficar surpresa. Você compreendeu o problema: se as Ideias nos servem para conhecer, como podemos saber algo antes de as termos na cabeça?

— Exato!

— Pois bem, reflita... Não vê a solução?

— Não, francamente, de jeito nenhum!

— A única resposta coerente é: você *já* nasceu com essas Ideias na cabeça!

— Como é possível?

— Antes de nascer, a sua mente as contemplou, e essa visão original foi apagada, velada. Você tem a impressão de aprender, descobrir, adquirir conhecimentos e novas ideias, mas em grande parte é ilusão. O essencial você já sabe.

— Difícil acreditar!

— Pelo contrário, é muito lógico. A gente não aprende, apenas se recorda. À medida que você reflete, reencontra a pureza das Ideias que contemplou antes.

— E o que é preciso fazer para reencontrar as Ideias? Qual é o caminho?

— Esse caminho se chama "filosofia". Para percorrê-lo, é preciso desviar-se das sensações, de todas as imagens mutáveis que o corpo nos incita a considerar como realidades estáveis. Essa ilusão nos desencaminha e desvia da verdade. Só há uma saída: voltar a mente para a busca das Ideias, fazê-la avançar em direção ao mundo imutável das verdades. Não só para conhecer, mas para guiar nossa existência.

— Então as Ideias nos ajudam a viver?

— Exatamente! Elas nos fazem saber o que é Bom, Justo, Verdadeiro. Elas nos salvam da ignorância, portanto da crueldade, da maldade, da infelicidade, das injustiças…

— Por que a ignorância tornaria alguém malvado e infeliz?

— O malvado se engana de bem, meu mestre Sócrates já lhe disse isso. Não sabe que o verdadeiro Bem está ligado à ordem do mundo, que o Bem ilumina o Céu das Ideias, assim como o sol ilumina o céu terrestre. Sócrates explica que "ninguém é mau voluntariamente".

A frase atrai Alice. Ela se perguntou muitas vezes por que os humanos são tão cruéis, por que o mundo, tão bonito, está transformado em inferno por maldades incompreensíveis.

— O que Sócrates quer dizer exatamente? Ninguém é malvado de propósito?

— As pessoas querem algo que consideram bom. Quem rouba ou mata sabe perfeitamente que todos consideram que isso é ruim, mas diz a si mesmo que é bom, porque lhe é proveitoso. Portanto, quer o bem, mas se engana de bem. Se refletisse, poderia compreender seu erro e mudar de conduta.

— As Ideias têm esse poder?

— Claro! Nossa conduta depende diretamente delas. O importante não é viver, mas viver *bem*, "como deve ser", como um ser humano deve viver. Isso só pode ser descoberto por meio das Ideias. É o que Sócrates me fez entender.

"Continuando a refletir sobre o que ele me fez descobrir, percebi a impossibilidade de os filósofos continuarem contemplando as Ideias. Depois que saem da caverna, eles devem voltar a ela, para transformar a Cidade e organizá-la a partir do modelo das Ideias. Nessa Cidade justa, meu mestre Sócrates já não poderá ser condenado à morte.

Alice esquece a canseira. O que começa a descobrir desperta tanto o seu interesse que ela quer saber mais. Decididamente, esse Sócrates é um gênio. E aquele barbudo parece muito bom na coisa também. Mas como ele se chama?

— Senhor... Desculpe, nem sei o seu nome!

— Platão, meu nome é Platão. Meu nome verdadeiro é Arístocles, mas todo mundo me conhece por esse apelido, Platão, que significa "largo".

Olhando para ele, Alice entende por que o chamam assim: ele parece um verdadeiro lutador, com uma largura de ombros impressionante!

— O senhor é esportista?

— Não conheço essa palavra.

— Quero dizer: faz exercício, ginástica, participa de competições?

— Ganhei medalhas de luta nos Jogos Olímpicos.

Alice fica impressionada. Imaginava os filósofos como campeões de ideias, mas não como atletas. Esse Platão é impressionante.

— Gostaria de lhe perguntar se...

Alice não tem tempo de terminar a frase. É subitamente interrompida por gritos, uivos, risadas que perturbam a calma do Céu das Ideias.

— Quero encontrá-la! Prometi que a ajudaria! Não posso deixá-la!

Alice reconhece aquela voz estridente. Claro, é a Camundonga Sensata! Que alegria!

"Ela não desapareceu, vem me socorrer!", pensa Alice.

Logo, a Camundonga Maluca também aparece. E a Fada Objeção. Alice corre para abraçá-las, perguntando:

— Mas o que aconteceu com vocês?

— É uma longa história! — respondem elas em coro.

— Quer a ficha de Platão? — cochicha o Canguru.

8

Alice aprende como viajar bem

— Eu achei que tinha perdido vocês de verdade! O que aconteceu? Foram arrastados por uma imensa avalanche e desapareceram não sei onde...

— Não se preocupe, Alice, são coisas que acontecem — diz a Camundonga Sensata.

— Sim, sim, o tempo todo, sim, sim, país podre — canta a Camundonga Maluca.

— São correntes de ideias — explica a Fada Objeção. — Quando surgem ideias novas, ou quando voltam ideias antigas, essas avalanches arrastam tudo pelo caminho. Grande número de pessoas comunga as mesmas ideias ao mesmo tempo, e a consequência são perturbações, pressões e depressões, como no clima. Isso aconteceu na noite passada, na hora em que íamos receber você. A Camundonga Sensata tem razão: não é perigoso, pelo menos na maioria das vezes...

— O que devo fazer se isso se repetir? — pergunta Alice, preocupada.

— Relaxe! Aqui, não há perigo! Estamos na parte mais calma do País.

— Espero que não haja outra avalanche...

— Impossível prever — diz a Fada Objeção. — A região está cheia de surpresas. A gente depara com temporais, tempestades, períodos de seca. E conflitos entre correntes contrárias. É movimentado o País das Ideias!

Alice está feliz por ter reencontrado os amigos. As aventuras anunciadas não a assustam: ela gosta do imprevisto. Por enquanto, um bom descanso não lhe faria mal.

— Difícil! Difícil! — grita a Camundonga Maluca. — Não há camas por aqui, você sabe! Mas eu tenho uma solução!

— Diga depressa, estou morrendo de cansaço...

— Pense na Ideia de sono!

— Ideia não faz dormir!

— Neste país, pensar no sono é a mesma coisa que dormir. A Ideia de bem-estar faz a gente se sentir bem, a Ideia de descanso restaura as energias, a Ideia de felicidade torna feliz. Aqui, sim, sim, sim... — diz a Maluca.

— E a Ideia de água molha? A Ideia do chuveiro vai me lavar?

— Experimente e verá...

Alice pensa no boxe do banheiro do seu quarto. Imagina que está abrindo a porta, fechando-a, girando a torneira. Uma sensação deliciosa invade o topo de sua cabeça, desce como água morna ao longo de seus cabelos e de suas costas. Que relaxante! Pôr o rosto debaixo das gotas mornas nunca foi tão agradável.

O que está acontecendo? Num piscar de olhos, suas roupas estão encharcadas.

— Você não teve a ideia de tirar a roupa antes de pensar no chuveiro! Essa é boa... — diz a Camundonga Sensata. — Veja bem, aqui, quando você tem a Ideia de uma coisa, tem a coisa. Pensa na água, ela jorra de verdade.

Alice pensa então em tirar a roupa, depois pensa em se ensaboar, em pegar o roupão de banho e a camisola. Pensa na sua cama, bem macia, nos seus lençóis, branquinhos, em seu edredom, cor de malva, em seu travesseiro, fofinho. Pensa em dormir. Já está sonhando.

Enquanto isso, as duas camundongas dançam, a Fada as observa batendo os pés, o Canguru cantarola organizando suas fichas.

No sonho de Alice, ou na realidade? Difícil saber, especialmente para Alice, que dorme como pedra.

Ao acordar, lá está ela sozinha, no meio de uma floresta, com roupas limpas, com o smartphone aos seus pés. Liga-o, vê um novo aplicativo, abre-o.

Na tela aparece uma mensagem das Camundongas:

Querida Alice, tivemos de nos ausentar por um momento. Mas a conectamos à rede do País das Ideias. Você nunca mais ficará sem ajuda e informações. Vai encontrar as explicações de que precisar tocando nos diferentes ícones (definições, autores, citações, doutrinas, localização, vocabulário...). Para falar conosco ou nos chamar, toque no ícone "Urgência", e estaremos imediatamente com você.

Tudo melhorou depois que Alice dormiu. Ela se sente descansada. E aliviada por ter reencontrado o telefone, por estar sendo guiada naquele país esquisito, enquanto espera rever as novas amigas.

Quem é, afinal, aquele barbudo chamado Platão? Alice abre o aplicativo, toca em "autor", insere o nome dele. Aparece a ficha:

Platão

Nascido em 427 ou 428 antes de nossa era numa importante família de Atenas, recebe a melhor educação de seu tempo, literatura, poesia, matemática e esportes.

Destaca-se na luta, ganhando vários prêmios.

Aos vinte anos, conhece Sócrates, e isso muda o rumo de sua vida. Platão convive vários anos com Sócrates, e as palavras deste o iluminam e o convencem a se dedicar à busca das ideias verdadeiras.

A condenação à morte de Sócrates, em 399 antes de nossa era, é a injustiça suprema para Platão: o homem mais justo é condenado por causa de rumores infundados.

Após a morte de Sócrates, Platão permanece fora de Atenas durante doze anos, viajando ao Egito, ao sul da Itália e à Sicília, onde fica com Dionísio, que governa Siracusa e cujo cunhado, Díon, se interessa por filosofia. Com a proteção deles, Platão ambiciona implementar um novo regime político, em conformidade com os valores de ordem e justiça, mas não consegue.

Por meio dos diálogos que escreve, semelhantes a verdadeiras peças de teatro, Platão vai primeiro divulgar o ensinamento de seu mestre Sócrates, que não escreveu nada. Sócrates é posto em cena em suas discussões com várias personagens, fazendo-as tomar consciência da própria ignorância sobre assuntos que acreditam conhecer bem.

De volta a Atenas, em 387 antes de nossa era, Platão funda uma escola, a Academia. Compõe então suas principais obras, em especial *O Banquete*, *Fedro*, *A República*, nas quais expõe a própria filosofia. Sócrates, sempre presente nesses diálogos, torna-se uma personagem que desenvolve as ideias de Platão.

Em 361, empreende a última viagem a Siracusa, na esperança de implementar o regime político ideal que concebeu, mas essa tentativa é um derradeiro fracasso.

Regressa a Atenas, onde morre aos oitenta anos, após ter redigido *Leis*, seu último diálogo.

"É melhor quando posso falar com a Fada", pensa Alice. "Explicado desse jeito é muito chato!... Aliás, não entendo no que esse Platão pode me servir. O que me interessa são o nosso planeta e as catástrofes que nos aguardam, não essas velhas teorias dos gregos..."

Alice toca levemente a tela, a Fada aparece.

— Obrigada pelo aplicativo — diz Alice —, mas prefiro ouvir você! Preciso de sua ajuda para entender. Fiquei conhecendo Sócrates, depois Platão. Eles me fazem pensar, me desestabilizam, mas não sei o que fazer com o que dizem.

— Aí é que você se engana! Eles podem ser extremamente úteis. Para entender quais ideias nos trouxeram à situação atual e assim evitar continuar por esse caminho. Ou para encontrar maneiras de julgar de forma diferente nossa situação e enriquecer nossa reflexão sobre o presente. Ou também para perceber, nesses pensamentos da Antiguidade, elementos que poderiam realmente nos ajudar no futuro.

— Você acha?

— Tenho certeza! Mas você não é obrigada a confiar em mim. Precisa julgar por si mesma, tentando entender, honestamente. Estou pronta a ajudar. E acho que não vai se arrepender...

— Está bem, vamos tentar! Por exemplo, Sócrates, que fui conhecer junto com você, como pode ser útil para mim? Como as ideias dele sobre o Bem e o Justo podem me servir, hoje, na luta contra o aquecimento global?

— É tão evidente que nem pensei que tivesse de esclarecer! Quando você diz que é preciso mudar nossos comportamentos, melhorar nosso balanço de carbono, abandonar velhos hábitos, acha que essa é a melhor solução?

— É óbvio!

— Acha também que é a forma mais justa de agir?

— Sim, claro...

— E está convencida de que aqueles que viajam frequentemente de avião, comem frutas de outro continente ou deixam as luzes dos escritórios acesas a noite toda estão errados e agem mal, mesmo que se enriqueçam e dominem os outros? Mesmo que as pessoas sóbrias e respeitosas ante a natureza estejam atualmente em desvantagem, você acredita que são moralmente vencedoras?

— Exatamente!

— Então, você pode ver por si mesma, agora: o que Sócrates diz deve ajudá-la!

Alice fica em silêncio por um momento. Olha fixamente para a ponta dos sapatos, sinal de intensa reflexão. Está se perguntando quem é a Fada. O que ela espera? Quais são seus planos para Alice? Por que a faz visitar o País das Ideias com tanto cuidado e atenção? Com que objetivo?

— Ei — exclama a Fada —, está esquecendo que eu também leio seus pensamentos!

— É bem desagradável esse costume que vocês têm. Não dá para desativar essa função?

— Não, não dá. Aqui, todas as cabeças são transparentes. A gente sabe o que cada um pensa, sempre, o tempo todo.

— É horrível!

— Talvez nem tanto. Esse dispositivo elimina mentiras, hipocrisias, segredinhos de todos os tipos. Então, você pergunta o que quero fazer com você.

— Exatamente. Não está claro.

— Vamos esclarecer! Está imaginando que tenho um objetivo preciso?

— Certamente.

— Tem razão, mas é muito diferente do que imagina. Você acredita que quero convencê-la, fazê-la aderir a algumas ideias, e não a outras?

— Só pode ser.

— De jeito nenhum! Meu objetivo é que você encontre as ideias que lhe convenham e trace seu próprio caminho. Não tenho de lhe impor nada. Quero mostrar os principais caminhos de ideias, a diversidade, as oposições e até mesmo os conflitos entre elas. Só isso. Cabe a você escolher como continuar sua jornada.

Alice volta a examinar os sapatos, meio encabulada, meio descontente, antes de voltar a falar:

— Mesmo assim, eu me pergunto por que preciso visitar este país com você para viver minha própria vida. Eu deveria conseguir fazer isso sozinha, ser capaz de escolher o que penso, sem você, sem essas viagens, sem todas essas questões!

— É uma possibilidade. Mas você está subestimando o poder das ilusões, a força das crenças, tudo o que nos dá a impressão de possuir verdades, quando são só aparências, arremedos de ideias, falsos conhecimentos. O que quero lhe oferecer não é um conhecimento pronto para consumo, um estoque de ideias para viagem. É uma visão das ideias possíveis, dos campos em confronto e das armadilhas que devem ser evitadas. Aí está o essencial do que é útil para suas viagens futuras, sejam elas quais forem. E quando digo "útil", acredite, estou pensando em "indispensável".

— Mas, afinal, por qual razão?

— Simplesmente porque a vida depende das ideias que as pessoas tenham! No País das Ideias, você não está em outro lugar, em outro mundo, num universo separado. Está onde tudo acontece, tudo se decide. Tudo depende das ideias. Não são apenas sua atitude e seu caráter que estão em jogo. Toda a existência depende das ideias: a sua, a dos outros humanos, a dos não humanos, a do planeta. Isto deveria começar a despertar mais o seu interesse...

— Tenho dificuldade para acreditar. O CO_2 não é uma ideia. Os gases de efeito estufa, o plástico nos oceanos, o aquecimento global são fatos. É preciso combater isso tudo concretamente, não passeando pelas Ideias.

— Você tem a sorte de eu ser uma Fada paciente, Alice! Compreendo que você tenha dificuldade para levar a sério o que digo. Aliás, tem razão: fatos concretos só podem ser alterados com ações concretas. Para mudar a realidade, não é suficiente uma ideia. Seria magia, se bastasse pensar alguma coisa para vê-la existir.

— Como está vendo, as ideias não são assim tão importantes!

— Engano seu, minha cara, porque as ações dependem das ideias. Você decide agir em função do que pensa. Certas ideias sobre a natureza, a humanidade e a felicidade produziram a indústria, o consumismo excessivo, a exploração de energias fósseis. Essas ideias, sozinhas, não teriam sido suficientes. Mas possibilitaram, incentivaram e acompanharam as ações que levaram à situação que você combate. E você precisa de outras ideias para lutar contra essas consequências!

Alice fica muda. Seus longos cabelos loiros escondem seu rosto, o que a favorece, pois não quer que Objeção note sua estupefação. Alice acaba de compreender. De verdade. Apesar de tudo, suas surpresas ainda não acabaram.

Diário de Alice

Tudo se agita na minha cabeça enquanto descubro este país. Desde que ouvi Sócrates, percebo que minhas convicções devem ser questionadas. Sensação esquisita. Como se eu saísse de mim mesma para me observar de fora. Antes, tudo me parecia simples e claro. Eu sabia do que gostava ou não, o que me amedrontava ou não.

Espero que minha mãe tenha sido informada. Não quero que fique preocupada. A Fada me prometeu que lhe enviaria mensagens. Confio. Ela parece durona, mas é só fachada.

E se nossas ideias também fossem fachadas? As ideias não são como acreditamos. Elas me parecem cheias de surpresas que perturbam, fazem rir ou surpreendem. Aguardo a continuação.

9

A lição de Aristóteles

Quantas pessoas há na sala? Difícil contar. Umas cem, calcula Alice. Talvez um pouco menos. Só homens. Jovens, com algumas exceções, e vestidos com togas. Sentados em semicírculo, ouvem o mestre com atenção. Alguns tomam notas, outros não.

Alice e Canguru estão sentados ao fundo, perto da entrada, um pouco escondidos. Alice está impressionada com esses rostos atentos, essas expressões sérias. O que está acontecendo parece muito importante.

— Já havia universidades na Grécia antiga? — pergunta Alice em voz baixa.

— Já — sussurra o Canguru. — Platão foi o primeiro que criou sua escola e lhe deu o nome de Academia. É em memória desse primeiro estabelecimento que instituições de ensino superior e de caráter científico, literário ou artístico são chamadas "academias". Não era exatamente uma universidade como as de hoje: aqueles que estudavam nelas viviam no local, obedecendo a um regulamento interno muito rigoroso. Depois da morte de Platão, essa instituição continuou funcionando durante séculos.

— Séculos?

— Sim, Alice, séculos! Platão morre em 347 antes de nossa era, e sua escola continua funcionando por cerca de quatrocentos anos, no início do Império Romano. Aí ela fica fechada durante algum tempo, depois é reaberta e assim permanece até o início da Idade Média. A Academia de Platão transmitiria suas ideias e a filosofia durante quase mil anos!

— Impressionante!

— E sabe onde estamos? — continua Izgurpa, sempre em voz baixa.

— Não, a Fada me trouxe aqui sem esclarecer nada, só que você viria e me explicaria.

— Estamos no Liceu.

— Como aquele onde estou terminando os estudos?

— Não, mas o nome é o mesmo. Trata-se de uma escola aberta por um antigo aluno de Platão, Aristóteles. É em memória desse Liceu que os liceus que você conhece têm esse nome. Aristóteles quis fundar sua própria escola, porque se opunha a Platão.

— A respeito do quê?

— A respeito das Ideias, evidentemente. Você se lembra, Platão afirma que as Ideias existem por si mesmas, independentemente de nós. Considera que elas se encontram num mundo à parte, eterno e imóvel. Para contemplá-las, portanto para conhecer a verdade, precisamos nos desviar da realidade que temos diante dos olhos e voltar nossa inteligência para as Ideias. Lembra-se?

— Perfeitamente! Não parei de pensar nisso, porque é bizarro e, ao mesmo tempo, interessante.

— Bom, Aristóteles não concorda com seu mestre Platão! Defende que as Ideias não existem num mundo à parte. Elas estão na terra, no que observamos, na matéria das coisas, na organização dos corpos vivos, assim como na organização de nossa inteligência, na construção de nossas frases ou de nossas sociedades. Podemos extrair ideias do mundo observando-o com método.

— Xiu! Xiu! A aula está começando!

Alice ajusta pequenos fones de ouvido tradutores para acompanhar o que Aristóteles diz. Ele está falando da amizade, ressaltando logo de início que ela é a coisa mais necessária à existência. "Sem amigos, ninguém escolheria viver."

"Que frase! Esta é uma ideia que me representa de verdade!", pensa Alice. Lembra-se dos amigos. Sem eles, sua vida não seria o que é.

Ela presta atenção à aula de Aristóteles, que continua – barba branca, careca, voz pausada. Ele explica que a amizade consiste em querermos tudo de bom àquelas e àqueles de quem nos sentimos amigos e em ficarmos felizes com o que lhes acontece de positivo. Acrescenta que esperamos benevolência da parte de nossos amigos. É por isso que não se pode sentir amizade por um objeto. Quando "gostamos" de uma peça de roupa, não queremos o seu bem e não esperamos que ela nos queira bem.

— É verdade! Mas eu nunca tinha pensado em tudo isso — diz Alice. E acompanha com atenção o desenvolvimento da aula, que se torna mais difícil. Aristóteles procura entender o que aumenta ou diminui a intensidade ou a duração de uma amizade. Em todos os tipos de amizade, como distinguir as mais fortes? Existem condições especiais que garantam que não brigaremos, que não nos separaremos?

Todos prendem a respiração. O mestre considera primeiramente as amizades baseadas num interesse em comum, aquelas em que se trabalha em conjunto, em que a conexão decorre de uma mesma atividade, um mesmo negócio, entre pessoas aproximadas por uma forma de associação. Essas não são as amizades mais duradouras, explica. Isto porque, se a situação mudar, se os negócios correrem mal, se os interesses divergirem, os laços se afrouxarão.

Examina outro tipo de amizade, a que nasce dos prazeres compartilhados. Gosta-se das mesmas coisas, têm-se gostos semelhantes, praticam-se as mesmas atividades... Assim as pessoas se tornam amigas por causa dos prazeres que lhes são comuns. Se os gostos mudarem, se o prazer diminuir, a amizade se tornará mais fraca ou desaparecerá.

Em que consiste, então, a amizade verdadeira, intensa e duradoura? É isso que Aristóteles quer definir, depois de ter descartado as amizades superficiais. Alice está hipnotizada. Com os dedos nos fones de ouvido, para ter certeza de ouvir bem, não perde uma palavra dessa construção da noção de amizade.

Aristóteles volta à ideia de que, na verdadeira amizade, cada um deseja o bem do outro, independentemente de qualquer interesse ou prazer. Isso pressupõe que cada um conheça o outro e lhe tenha confiança. Essa é uma amizade que se constrói, que exige tempo. Mas, depois de estabelecida, não muda mais, porque não depende de situações externas. Baseia-se naquilo que cada um dos amigos é por si mesmo e no que eles têm de melhor. O que cada amigo ama no outro já não é um interesse nem um prazer, é a própria pessoa!

— Impressionante! — cochicha Alice para o Canguru.

— Você encontrará essas análises no livro de Aristóteles intitulado *Ética a Nicômaco*, livro VIII.

— Certo, vejo isso depois. Não preciso das suas fichas...

Alice está contrariada. Ela comunica seu entusiasmo, e aquele idiota lhe responde com uma referência. Não entende nada esse animal?

O Canguru olha para outro lado, visivelmente magoado. Seus olhos estão quase fechados, suas orelhas se inclinam – nos cangurus, isso é sinal de raiva contida. Pelo menos no Canguru do País das Ideias. "Quanto aos outros, não sei", pensou Alice, "não conheço bem os cangurus para ter certeza. Esse aí é óbvio que não está contente. Fui tão ríspida assim?" Ela dá uma tossidinha, se mexe e decide fazer um gesto de reconciliação.

— É bonito o que ele disse sobre a amizade — murmura Alice. — Gostaria que fôssemos amigos assim, você e eu.

O bicho levanta uma orelha, começa a abrir os olhos. "Bom sinal", pensa Alice.

— Amigos como? — sussurra o animalão com voz emocionada.

— Amigos... de verdade — diz Alice.

— Para nos tornarmos melhores? — pergunta Izgurpa com lágrimas nos olhos (Alice já ouviu falar de lágrimas de crocodilo, mas nunca de lágrimas de canguru).

— Sim, claro! — diz ela, pondo a mão no pescoço dele.

Imediatamente, sente nos ombros duas grandes patas mornas e, na bochecha, um beijinho úmido.

— Sabe — diz o Canguru —, as minhas fichas são para te ajudar, não para te aborrecer! Só quero que você entenda melhor o País das Ideias. Aristóteles, na história deste país, é uma figura e tanto!

— Então explique, em vez de me dar números de página!

Alice não sabe exatamente como os cangurus sorriem, mas acha que deve ser parecido com o que vê.

— Venha, para conversarmos com tranquilidade, vamos sair desta sala e nos sentar debaixo da árvore daquela pracinha ali — propõe ele.

Depois que se sentam, o Canguru fica imóvel, abaixa a cabeça e se concentra. As pessoas que nunca contemplaram um canguru-bibliotecário sentado debaixo de uma figueira, tentando descobrir como explicar a importância de Aristóteles a uma mocinha que não sabe quase nada de filosofia, não conseguem imaginar a seriedade e o esforço visíveis em sua expressão naquele momento. Ele coça o queixo com as patas da frente, que é sua maneira de organizar os pensamentos, e acaba por retomar a palavra.

— Aristóteles inventa as ciências naturais! Não faz só isso, como você acabou de verificar quando o ouviu falar da amizade, mas, começando por esse ponto, vai entender rapidamente no que ele se distingue dos outros filósofos. Refletindo sobre tantos assuntos diferentes, querendo conhecer tudo o que é possível conhecer, ele inventa as ciências naturais, o estudo das plantas, dos organismos vivos, dos animais.

"Dedica-se a isso o tempo todo, observando minuciosamente. Os pescadores lhe trazem peixes desconhecidos ou estranhos, apanhados nas redes, para que ele estude sua anatomia. Ele se interessa pelos órgãos das diferentes espécies animais, pelas maneiras como eles se movem, digerem, se reproduzem. Tenta, ao mesmo tempo, classificar suas diferenças e compreender a lógica de sua organização interna e de seus diferentes comportamentos.

Alice está pensativa. Está contente por finalmente encontrar, no País das Ideias, alguém que se interesse pelos animais, pelas plantas, pela Terra.

— Esse Aristóteles parece mais um cientista do que um filósofo! — diz ela.

— Tem razão — responde Izgurpa. — Mas lembre-se do que a Fada Objeção explicou antes do encontro com Sócrates: naquela época, não se fazia diferença entre ciência e sabedoria; aliás o mesmo termo grego se aplica às duas. O conhecimento engloba elementos científicos e transformação moral. Aprender algo verdadeiro é...

— O que me interessa — interrompe Alice — é principalmente que ele se preocupa em conhecer o meio onde vivemos, as espécies vivas com as quais dividimos a Terra.

— Compreendo que isso lhe fale mais de perto do que o Céu das Ideias de Platão! O mais importante, na realidade, não é Platão se interessar pelas Ideias eternas e Aristóteles, pelo tubo digestivo dos peixes. Não acredite depressa demais que um deles é puro teórico, voltado para abstrações, e o outro, um observador atento das realidades. O essencial, na verdade, é a maneira diferente que eles têm de tratar a existência das ideias. Eles não veem da mesma maneira a formação e o papel das ideias. É isso que quero lhe mostrar, pois é isso que permite compreender por que, entre Platão e Aristóteles, não há uma simples oposição de dois pensadores, mas sim uma tensão permanente, ainda ativa, entre maneiras de considerar as ideias.

— Esta questão parece complicada, Canguru!

— Não é tanto assim, Alice, fique calma! Vou começar com uma imagem.

Eis que os dois são transportados por uma ventania para um lugar novo. A névoa em torno deles se dissipa, e Alice descobre um grande mural pintado numa sala imensa, que lhe parece familiar. O cenário monumental e o estilo da pintura são coisas que ela já viu em algum lugar...

— Conhece *A Escola de Atenas*?

— É isso que está diante dos nossos olhos?

— É. Estamos no Vaticano, diante desta obra composta por volta de 1510. Rafael representou toda a filosofia antiga, reunindo num único afresco uns vinte pensadores que viveram em épocas diferentes: Sócrates, que você já conheceu, Diógenes, que vai conhecer em breve, e muitos outros. No meio do quadro estão Platão, que você vê ali, vestido de vermelho, com longos cabelos brancos, e Aristóteles, a seu lado, mais jovem, barbudo, vestido de azul. Os dois têm grandes livros na mão.

— E daí?

— Bom, um detalhe diz tudo. Olhe: Platão está com o braço na vertical. Com um dedo, aponta para o céu. Aristóteles, ao contrário, com o braço na horizontal, estende a mão paralelamente ao chão.

— E daí?

— Espere um pouco, Alice, por favor! Essa diferença de atitude simboliza as respectivas maneiras de considerar as ideias. Para Platão, como você já entendeu, elas se situam fora do mundo e constituem a realidade primeira. As Ideias, existindo por si mesmas, eternamente, são os modelos que dão forma às coisas que chamamos de "reais" por erro. O "verdadeiramente" real, para Platão, são apenas as Ideias. Tornar-se filósofo, portanto, é desviar a atenção deste mundo feito de aparências, de mudanças incessantes, de ilusões, e olhar para as Ideias, para o eterno e o imutável. É isso que significa o dedo levantado.

— E a mão de Aristóteles?

— Ela indica, ao contrário, que as ideias se encontram na terra, e não no céu. Elas não residem em outro mundo, não habitam um lugar extraterrestre. Pelo contrário, estão misturadas com as coisas, com os corpos, com a matéria. São formas sempre encarnadas, inseparáveis de uma matéria real.

"Uma das fórmulas essenciais de Aristóteles é que não existe forma sem matéria, nem matéria sem forma. Isso significa que as ideias que temos na nossa mente podem moldar as coisas (tenho na cabeça a ideia de gato, e com essa forma vou configurar a massa de modelar, a madeira ou o barro, para fazer a estátua de um gato). Mas o movimento inverso também existe: examinar atentamente as coisas e os seres que encontramos permite transformar nossas ideias.

— Se entendi direito, amigo Canguru, para Aristóteles as ideias são construídas?

— Na mosca, Alice! É exatamente essa a diferença entre Platão, que foi o mestre, e Aristóteles, que se opôs a ele. Para Platão, as ideias existem por si mesmas. O caminho – você se lembra da caverna – consiste em nos fazer sair deste mundo de ilusões e direcionar nossa mente para as Ideias. Aristóteles recusa isso, por não acreditar que as ideias existam sem nós. Para ele, temos na cabeça ferramentas suficientes, a memória para nos lembrar, a lógica para comparar e deduzir, a linguagem para formular e expressar nossos pensamentos. Usando esses instrumentos, podemos examinar nossas ideias, organizá-las. Algumas serão eliminadas, outras, reforçadas. Podemos até inventar novas ideias.

— Bela explicação, meu querido Canguru, mas para que serve tudo isso? É muito abstrato!

— Paciência, Alice. Ao contrário do que você pensa, as consequências concretas da oposição entre os dois são colossais!

— Vai nessa, Guru, vai nessa, Guru... — diverte-se Alice cantarolando e sorrindo, enquanto o bravo Cang, impassível e aplicado, retoma a explicação.

— Saber o que é justo e o que é injusto lhe parece importante?

— Que pergunta, claro! — exclama Alice.

— Então, veja. Se você pensar como Platão, vai procurar a ideia de justiça no Céu das Ideias. É preciso pôr em prática essa ideia única e eterna na sociedade, nos tribunais, na conduta de cada um de nós. Mas, se você pensar como Aristóteles, vai comparar formas de justiça diferentes. Por exemplo, se todas as crianças, na hora do lanche, recebem um doce, as que não receberem dirão, com razão, que é injusto. Não foram tratadas como as outras, quando deviam ter sido. O princípio é, então: "Para cada criança, um doce." É o que se chama justiça comutativa. Todos são tratados de forma idêntica.

"Imagine agora que se leve em conta outro princípio para distribuir os doces. As crianças que receberão doces serão aquelas que tiverem aprendido as lições ou arrumado o quarto. As que tiverem feito essas coisas acharão justo receber um doce e injusto que também recebam um doce aquelas que não fizeram o que lhes foi pedido. Dessa vez, tratar todas as crianças da mesma maneira torna-se injusto! A regra é então a dos méritos, com recompensas e punições. É o que se chama justiça distributiva. Cada um é tratado de acordo com sua conduta.

— Isso significa que a justiça pode mudar?

— Ou melhor, significa que não há uma ideia de justiça eterna e fixa, mas definições variáveis de acordo com as situações concretas e as realidades consideradas. É o que há de mais interessante no ensinamento de Aristóteles: a preocupação com o concreto e o sentido das situações diversas. Você acabou de constatar isso quando assistiu à aula dele sobre a amizade. Ele não parte de uma ideia única, não chega a uma definição absoluta. Trabalha na distinção de diferentes formas de amizade, tenta classificá-las, procura o que elas têm em comum. Esforça-se por distinguir a amizade mais sólida, a mais duradoura, mas sem desconsiderar outras formas de amizade menos fortes.

— E ele faz isso com tudo?

— Sim, com tudo o que pode examinar e conhecer, com todas as questões que se apresentam, Aristóteles começa por fazer o inventário das realidades, comparando-as umas com as outras. É assim que ele age com os regimes políticos. Não decide qual é o regime político ideal, não descreve a Cidade perfeita, como Platão. Pelo contrário, examina as formas de constituições encontradas nos diferentes países. Num lugar, alguém governa de forma absoluta, sem ser controlado por ninguém, e esse regime chama-se "tirania". Em outro, vários homens de elite governam juntos, é o que se chama "oligarquia". Em grego antigo, a palavra *arqué* designa poder, comando, princípio de autoridade. *Oligoi* significa "alguns". Olig-arquia é, portanto, o sistema político em que o poder é dominado e exercido por um pequeno número de pessoas. Ao passo que a mon-arquia ("único" se diz *monos*) é o regime em que uma única pessoa comanda, seja um rei, que chega à liderança do Estado de forma hereditária, ou um tirano, que se apodera do poder pela astúcia e pela força.

— E a democracia?

— O termo significa "poder do povo". Não há outros chefes senão os cidadãos. Todos iguais, governam juntos e, após debate, decidem por maioria. Os gregos conhecem bem esse regime político, em especial os cidadãos de Atenas, que o aperfeiçoaram ao extremo.

— Gosto muito disso! — interrompe Alice.

— Entendo que você prefira a democracia. Mas precisa saber que a dos atenienses da Antiguidade é muito diferente da nossa. Como eram apenas alguns milhares de cidadãos, podiam reunir-se, discutir e votar diretamente todas as decisões referentes à vida da Cidade. Nas democracias modernas, em que há milhões de cidadãos, isso não é possível. É necessário eleger representantes, o que cria outros problemas...

— Por que os atenienses eram tão poucos?

— Porque o Estado deles não era muito grande, só um pouco mais extenso que a cidade de Atenas, que era muito menos populosa do que hoje. E também porque apenas os homens livres eram cidadãos. Todas as mulheres e todos os escravos estavam excluídos da vida política. Só os homens votavam e decidiam!

— Ué, por quê?

— É a época do patriarcado. A inteligência, a lógica e o poder são atribuídos aos homens. As mulheres, salvo exceções, cuidam apenas da cozinha, dos filhos, da casa. Elas não têm voz nas decisões políticas.

— E o seu amigo Aristóteles acha normal essa situação?

— Completamente normal! Sabe, os filósofos, mesmo os mais interessantes, nem sempre conseguem se erguer acima das ideias de sua época. O grande Aristóteles, que será mais tarde chamado "mestre dos que sabem", também diz besteiras, aos nossos olhos, porque vê o mundo pelas lentes de seu tempo. Chega até a afirmar que os únicos humanos "normais" são os homens. As mulheres seriam mais ou menos uns monstros, machos anormais!

— Ah, não vou poder ser amiga desse velho misógino! — grita Alice, furiosa.

— Compreendo... — diz o Canguru com um jeito triste. — Compreendo. Essas afirmações deixam você chocada. Mas seria errado rejeitar Aristóteles inteiro por causa desses preconceitos. Em todos os filósofos, você encontrará ideias interessantes e outras que podem deixá-la furiosa. Precisa aprender a fazer a seleção, a não rejeitar tudo nem aceitar tudo em bloco.

— E o que é que eu devo aprender com esse homem que considera as mulheres como seres inferiores?

— O método, que consiste em separar os elementos que compõem as ideias, distinguir as formas que as coisas têm em comum e as suas características específicas. Diferenciar as noções, as palavras que designam as noções, refinar as diferenças para agir com mais lucidez e discernimento, isso é o que você deve conservar. Mudar as ideias é mudar a vida.

— Você deveria fazer Aristóteles mudar de ideia sobre as mulheres... Isso mudaria a vida dele!

— No caso dele, já é muito tarde. Mais do que os conteúdos, o que importa é o método que se deve adotar para pensar. Podemos afastar ideias falsas e preconceitos. Devemos conservar o método!

— Bem anotado, bem entendido, querido Cang! Vamos ficar com o método. Para usarmos na hora certa... Não sei bem onde o colocar, não tenho bolsos. Pode fazer o favor de guardá-lo na sua bolsa, queridinho Cangu?

O rosto do marsupial se ilumina com um sorriso gentil, que revela dentes grandes e não muito bonitos. Cada um imaginará a cara dele como quiser. Como descrever com exatidão um canguru erudito, admirador de Aristóteles, ficando vermelho?

Diário de Alice

O Cang é muito legal, mas o que é que eu vou fazer com essa história de método? O planeta está desregulado. A natureza sofre cada vez mais. E tudo continua como antes, enquanto é preciso mudar tudo o mais depressa possível. E ele vem me vender método! Ainda por cima tomado de empréstimo de um velho pensador que considera que as mulheres são monstros.

A propósito, onde estão as mulheres no País das Ideias? Além da Fada, não vi nenhuma. Como é possível? Tenho de fazer essa pergunta. Este país me parece estranho. Interessante, mas estranho.

Onde estão os rebeldes, os de verdade? Aqueles que se recusam a ser escravos? Aqueles que não querem a ordem estabelecida? Eles não têm ideias? Onde estão elas? Onde estão as pessoas que resistem?

Palavra de Alice, vou pedir para conhecer essas pessoas!

Qual é a frase para viver?

"Sem amigos, ninguém escolheria viver"
(Aristóteles, *Ética a Nicômaco*, livro VIII).

Gostaria de guardar essa frase comigo para sempre. Para me lembrar, a cada instante, que é impossível viver sozinha. O canguru indicou uma frase de John Donne, um poeta inglês, que ecoa a de Aristóteles: "Nenhum homem é uma ilha à parte." Estamos todos ligados uns aos outros. Cada um de nós é parte de um todo.

A frase de Aristóteles sobre a amizade diz mais. Não se limita a ressaltar que estamos unidos uns aos outros "em geral" ou "porque tem de ser". Não se limita a constatar que estamos ligados aos nossos semelhantes pela vida orgânica, pela vida social, pela linguagem, pelas trocas. Fala dos laços de afeto que se criam entre alguns de nós. Queremos o bem dessas pessoas, e elas querem nosso bem. Ficamos felizes quando elas estão felizes, e vice-versa. Sofremos com sua infelicidade, e vice-versa. Nós as amamos.

A vida é isso. Sem ninguém para amar, sem ninguém que nos amasse, a morte venceria. Não há vida sem amigos. — E a traição, as amizades que terminam em rompimentos? —, perguntou a Fada Objeção. — E a confiança traída, que descobre as mentiras, as maledicências? — acrescentou. A Fada citou Blaise Pascal, filósofo francês: — Se todos soubessem o que uns dizem dos outros, não haveria quatro amigos no mundo. — Exagero dele, acho, e a Fada também acha. É preciso confiar na amizade, apesar das decepções. Elas são mais raras que as alegrias.

Aliás, essa frase de Aristóteles também poderá me consolar, se eu perder alguns amigos pelo caminho...

10

Alice fica conhecendo a Rainha Branca

Ao entrar no parque, Alice percebe que está chegando a um ponto central. Vários caminhos convergem para aquela área, que dá a impressão de estar fora do tempo. Na extremidade de uma longuíssima alameda ladeada por árvores muito altas, distingue-se, ao longe, um majestoso palácio branco. E Alice só está avistando uma parte da fachada. Quem mora aqui?

— Vou levá-la à casa da Rainha Branca — explica a Fada Objeção. — É a chefa de todos nós. Ela supervisiona todas as viagens ao País das Ideias e recebe os visitantes para orientá-los pessoalmente. É obrigatório, e eu tenho de deixar você sozinha com ela. Não se preocupe. Ela parece um pouco severa, mas na verdade é muito atenta à liberdade de cada um.

— Por que ela mora nesse lugar tão majestoso?

— É um antigo palácio real, que data da época em que a Rainha Sofia reinava sobre o País das Ideias. Hoje, a Rainha Branca não exerce nenhum poder. O Palácio abriga tradutores, bibliotecários, arquivistas e aquela que você vai conhecer. O papel dela é ajudar a ver com clareza. Responda às perguntas dela, pode perguntar o que quiser. Preciso ir. Até breve!

A Fada desaparece, deixando Alice sozinha, pensativa, na alameda do parque. Ela se lembra de uma Rainha Branca, sua personagem favorita quando a mãe lia para ela *Alice através do espelho e o que ela encontrou por lá*. Sua fascinação de criança pela Rainha Branca estava ligada à espantosa memória da personagem, que caminha nos dois sentidos: sua lembrança do futuro é melhor do que a do passado. Seria a mesma? Ou só coincidência?

À medida que Alice avança, a majestade do lugar se confirma. Estátuas de filósofos e sábios emolduram a escadaria de entrada. No alto, uma mulher de vestido branco aguarda a visitante.

— Bom dia, Alice, estou feliz por recebê-la. Aqui é o centro do País das Ideias, um cruzamento onde nos encontramos para fazermos um balanço, nos orientarmos ou mudarmos de direção. Meu papel é ajudá-la a se localizar melhor.

— Acha que não consigo me localizar sozinha?

— Disseram-me que você é muito inteligente, mas este país é composto por tantas regiões que às vezes a gente se perde. Isso pode ser perigoso, muito mais do que você imagina. É comum vermos viajantes que se desorientam, confundem uma ideia com outra, entendem ao contrário, apaixonam-se por uma ideia imaginando que ela pode resolver tudo... Nesses casos, a viagem pode acabar mal! Meu papel é, em primeiro lugar, verificar se não existem graves mal-entendidos. Vamos entrar, se não se importa, lá dentro estaremos melhor.

A dama de branco convida Alice a segui-la. "Ela é mais simpática de perto", pensa Alice, atravessando o terraço. O palácio é de fato gigantesco. Duas alas, que não é possível ver da alameda central, cercam o edifício principal. O parque, adornado com numerosos lagos, estende-se a perder de vista. Mas Alice não tem tempo de contemplar o lugar, já estão diante da grande vidraça.

Atravessam uma enorme sala oval e acabam numa salinha de estar onde reinam sofás antigos de couro. O chá está servido numa mesinha de centro.

— Vi que você esteve caminhando em companhia de nossos amigos. Ficou conhecendo Sócrates, Platão e Aristóteles, grandes fundadores da filosofia. Para entender em que ponto você está, diga-me primeiro o que é ideia.

— Preciso responder?

— Precisa. Não é um teste! Diga simplesmente, neste ponto de sua viagem, como define o que se chama ideia.

Alice franze a testa, passa a mão pelos cabelos loiros. Olha para os sapatos, como faz sempre que se concentra. Depois de um momento, esboça um sorrisinho.

— É um pensamento verdadeiro que nos torna melhores!

— Nada mau! — diz a Rainha. — Realmente, nada mau. E de onde vem esse pensamento verdadeiro?

— Platão afirma que essas ideias verdadeiras existem por si mesmas, como as estrelas no céu. Teríamos de nos desviar das nossas sensações para contemplar as ideias e ajustar nossos comportamentos a esses modelos. Aristóteles, ao contrário, pensa que devemos observar o mundo para construir as ideias aos poucos, refletindo no que vemos. Errei?...

A Rainha repete que aquela conversa não é um teste de conhecimentos. Mas que Alice compreendeu perfeitamente o essencial. Ou as ideias existem por si mesmas, ou nós as construímos. É um ponto fundamental, destaca a mulher de branco, porque essas duas soluções opõem os filósofos ainda hoje.

Ela recorda que as duas hipóteses contam com argumentos sólidos, e que não há como bater o martelo. Dois mil e quinhentos anos depois de Platão, continuamos encontrando matemáticos que afirmam que as ideias dos números e o mundo dos conjuntos existem independentemente de nós. Para esses cientistas, suas descobertas de propriedades novas não são invenções, criações de sua mente. Em oposição, muitos pensadores defendem que nossas ideias são elaboradas por nossa mente a partir de sensações e percepções.

Conciliar essas duas teorias parece impossível. Por exemplo, para Platão e seus seguidores, a ideia de círculo existe desde toda a eternidade. Os círculos desenhados com giz ou na areia, os que vemos impressos ou mesmo o aro de um anel são apenas cópias desse modelo ideal. Ao contrário, para aqueles que acham que nossas sensações constroem nossas ideias, fomos fabricando, aos poucos, a ideia de círculo ao contemplarmos coisas circulares, como a lua cheia, o sol poente, a pupila dos olhos etc.

Alice pergunta à Rainha Branca se essa oposição muda a maneira de viver. Afinal, talvez não seja assim tão importante.

— Tem certeza? Parece que, ao perguntar "como viver?", você não estará na mesma perspectiva se as ideias existirem por si mesmas, independentemente da nossa mente, ou se existirem apenas em função de nossa atividade mental. No primeiro caso, em algum lugar existem modelos eternos que será preciso saber encontrar e pôr em prática. No segundo caso, tudo parece estar em nosso poder. Nós criamos as ideias. Se existir um mundo das ideias, eterno, independente de nossa mente, esse mundo não será humano. É um mundo supra-humano, divino, que deve servir de regra para descobrir como viver. Ao contrário, se nossas ideias forem apenas humanas, fabricadas por nosso cérebro, cabe a nós inventar as regras de nossa existência. Como vê, a paisagem não é a mesma!

— E de que lado se encontra o País das Ideias?

— Boa pergunta, Alice! Alguns dirão que este país existe realmente, fora de nossa cabeça, como um verdadeiro país. Outros afirmarão, ao contrário, que esse país existe apenas dentro de nossa cabeça, por meio de nossos pensamentos...

— Em nossa cabeça ou no céu... Não há outra solução?

— Pense!

— Não chego a nenhuma conclusão...

— Onde você encontra ideias?

— Nas aulas, falando com meus amigos, lendo livros, ouvindo podcasts, vendo programas de tevê...

— Como você vê, tudo isso não está no céu nem na sua cabeça. As ideias também estão em bibliotecas, jornais, revistas, bases de dados, conversas... Circulam em páginas impressas, nas telas, nas trocas de palavras... Passam de um cérebro a outro, de um lugar a outro, circulam, intercambiam-se, metamorfoseiam-se.

— Nunca tinha pensado nisso!

— Ainda há muitas descobertas para você fazer...

A Rainha Branca apresenta um novo enigma à visitante, perguntando se ela consegue pensar num campo em que a diferença entre ideias existentes fora de nós e ideias construídas por nós teria pouco impacto.

Alice mergulha outra vez na contemplação dos seus sapatos, calando-se de novo. Reflete intensamente. Não tem certeza da resposta, mas a Rainha Branca lhe inspira confiança. Finalmente, ela arrisca.

— Volto à minha primeira intuição. Poderíamos talvez considerar que essa oposição não muda muito quando se trata de nos tornarmos melhores...

— Sutil, Alice! Muito bem! Eu não tinha certeza de que você perceberia esse caminho. Mas tem razão: ao contrário do que disse há pouco, quando se trata de nos tornarmos melhores por meio de ideias verdadeiras, essas divergências podem passar para segundo plano. À primeira vista, temos a impressão de que são decisivas. Mas, no fundo, não importa se a nossa melhoria se deve a ideias que existem por si mesmas e são tomadas como guias dos nossos comportamentos, ou se é devida a ideias fabricadas por nossa mente. O essencial é que as ideias justas nos transformem. E evitem sofrimentos.

— E até nos curem, talvez?

— Você nem imagina como está certa. Uma das grandes tendências da Antiguidade, entre os gregos e, mais tarde, entre os romanos, é conceber a filosofia como terapêutica – "medicina da alma", diz o romano Cícero. Discernir as ideias justas seria uma forma de nos curar, de transformar nossa existência, de adquirir uma saúde que traz felicidade...

"Você começou a perceber isso com Sócrates, Platão e Aristóteles. O que eles esperam da filosofia? A lista é bonita: sair da ilusão, da mentira, da imprecisão, do excesso, deixar de errar, de ir para todos os lados a esmo, levar vida reta, clara, sábia, controlada, em conformidade com a natureza de nosso corpo e de nossa mente, usar o raciocínio de forma eficaz para não sofrer e encontrar uma maneira estável de nos comportar. Esse objetivo eles têm em comum, mesmo que procurem alcançá-lo por caminhos diferentes e métodos distintos.

"A ideia central é tornar-se sábio, capaz de levar uma vida humana perfeita, livre de erros, medos e desejos inúteis. O sábio deixa de ser acessível às desgraças. Ele controla sua existência.

"Você vai entender isso melhor quando descobrir as escolas de sabedoria da Antiguidade. Inventadas pelos gregos e prolongadas pelos romanos, todas têm o objetivo de ensinar como viver feliz tornando-se sábio.

— Estou ansiosa! — exclama Alice.

— Não quero atrasá-la. A Fada, as Camundongas e o Canguru estão esperando. Aviso: você ficará surpresa e talvez chocada. Depois a gente se encontra de novo. Boa viagem, Alice!

Pronto! Alice já não sabe onde está. Tudo em volta desaparece. Ela tem a impressão de estar adormecendo. "Onde é que eu vou parar agora?" é o último pensamento que lhe atravessa a mente. Não está preocupada de fato, mas sim curiosa, louca para viver novas aventuras. Sábios que sabem como viver? Rápido!

SEGUNDA PARTE

Em que Alice explora as escolas de sabedoria da Antiguidade para aprender como viver

11

Diógenes vive na rua

— Chega! Estou cheia de ser Camundonga, Maluca ou Sensata. Cheia de guiar visitas neste país, de responder a perguntas. Cheia de levar bronca de uma fada, um canguru ou quem quer que seja. Quero ser só uma camundonga! Viver de acordo com a minha natureza. Só peço isso. Passear, ver os arredores. Andar sem sobressaltos, parar, mordiscar. Ir para a direita, voltar para a esquerda, dormir escondida, não falar com ninguém. Só isso. Só viver. Até que enfim!

Alice não pode deixar de rir em silêncio. Ela e a camundonga – impossível saber se é a Maluca ou a Sensata – estão num celeiro aparentemente abandonado. Alguns velhos utensílios e palha: só isso se encontra naquela construção que começa a virar ruína. A camundonga parece preocupada. Fica imóvel por um momento. Nunca se sabe, pode haver gatos escondidos entre aquelas velhas paredes. A rebelde avista uma ponta de pão num canto. Engole-a depressa e corre para digerir debaixo de um fardo de feno.

Alice então nota que estão sendo observadas de cima por um homem; ele está deitado numa viga, naquilo que resta da estrutura de madeira. Faz alguns dias que dorme ali, como um andarilho. Fugiu de sua terra e não sabe como viver. Todas as saídas parecem fechadas para ele.

Ao contemplar a camundonga, ele acaba de encontrar a resposta! Que revelação! O mais surpreendente é que não é preciso procurar nada. Tudo está ali, diante dos seus olhos. Bobagem queimar os miolos, questionar-se sem fim. Basta viver de acordo com a natureza. Como a camundonga.

Alice ouve o homem murmurar:

— É preciso viver como essa camundonga, sem roupa, sem casa, sem trabalho, sem sujeição! Nossa maneira de viver virou tudo do avesso. É preciso pôr tudo do direito, romper com o que é inútil, reencontrar a natureza.

"Vou viver como a camundonga. Ou melhor, como um cão. Sim, como um cão. Urinar em qualquer lugar. Comer qualquer coisa, revirar o lixo. Dormir no chão. Como um cão, vou latir quando me incomodarem, mostrar os dentes quando se aproximarem de mim. Serei meu próprio senhor. Sem se preocupar com leis, fazendo o que lhe dá na telha, o animal é feliz. Os humanos inventaram um monte de proibições e obrigações inúteis. Tão esquecidos ficaram da natureza que fabricaram sua própria infelicidade. Está na hora de romper com essas sujeições. Sair dessa prisão, de uma vez.

Alice está espantada. O canguru cochicha que aquele estranho personagem se chama Diógenes. Natural de Sinope, nas margens do mar Negro, fugiu de sua pátria, onde foi condenado à morte por falsificação de dinheiro. Refugiado em Atenas, decidiu falsificar tudo: convenções, polidez, regras da vida coletiva. Vai seguir a natureza, pelas vias diretas, e mostrar o exemplo de uma existência livre.

Alice decide segui-lo discretamente pelas ruas de Atenas, onde conheceu Sócrates. Sujo, desgrenhado, ela o vê surrupiar comida, apanhar o que cai no chão nas feiras. Num templo, afana a carne grelhada dos sacrifícios oferecidos aos deuses. Sem domicílio, Diógenes perambula o dia todo, dorme numa cisterna desativada. Nada de roupa: uma velha túnica, uma bolsa. Nada de objetos: ao ver uma criança tomando água com as mãos, ele quebra sua própria tigela – mais uma coisa inútil, mais um artifício do qual se pode prescindir.

Alice segue-o com o olhar na casa de um ateniense rico. Os criados recomendam a Diógenes que não cuspa no chão — um piso feito de mármore impecável que acaba de ser lavado. Assim que o proprietário chega, Diógenes cospe em seu rosto. Saindo, grita:

— Foi o único lugar sujo que encontrei!

"Essa foi demais!", pensa Alice, que oscila entre duas atitudes. Admira a coragem de Diógenes, mas não sabe o que pensar de suas extravagâncias. Ele está exagerando. Ela o vê xingar os transeuntes, zombar dos outros. É engraçado, na maioria das vezes, mas não é educado, pensa ela. No entanto, em certos momentos, acha impressionante aquele filósofo mendigo. Com gestos, quase sem palavras, ele dá lições profundas. Lá está ele mendigando diante de uma estátua. Fica muito tempo de frente para ela, com a mão estendida, sem se mexer.

— Por que está fazendo isso? — pergunta um transeunte.

— Para me acostumar ao não — responde Diógenes.

A camundonga, que se acalmou, comenta a situação com Alice:

— Acostumar-se às contrariedades, para não sofrer quando elas surgem, é a regra básica, segundo Diógenes. Ele se exercita em suportar o frio, andando descalço na neve, em suportar o calor, ficando sob o sol tórrido. Na verdade, treina para não se surpreender, para estar sempre em paz e viver de acordo com a natureza.

— Um ecologista? — pergunta Alice, intrigada.

— De certa forma sim — diz a Camundonga —, porque afinal ele zomba de tudo, menos da natureza. Só importa o que realmente vivemos no presente, com o corpo. Não importa o que nos ensinaram. Não importa tudo o que acreditamos ser obrigados a fazer por cortesia, por respeito às convenções e aos poderes. Há uma cena que mostra isso perfeitamente: o encontro de Diógenes com o imperador Alexandre, o Grande. Com o tempo, o velho rebelde se tornou famoso, e Alexandre, que se tornou o dono do mundo, vai visitá-lo. O imperador gosta de filósofos, foi educado pelo próprio Aristóteles. Portanto, vem cumprimentar Diógenes e lhe propõe a realização de um desejo muito acalentado. E Diógenes responde com esta frase famosa: "Saia da frente do meu sol." O poder não o impressiona. A sombra lhe é desagradável. O mais poderoso dos imperadores precisa afastar-se.

— Excelente! A menos que seja apenas uma provocação... — murmura Alice.

— Se me permite... — intervém o Canguru.

— Você também está aqui? — diz Alice.

— Estou SEMPRE aqui, Alteza — responde Izgurpa.

— Permita-se, senhor Cang, permita-se...

— Diógenes pertence a um grupo de filósofos que foram chamados de cínicos. Na Grécia antiga, a palavra "cão" era *kunos*. Esses filósofos chamados "cínicos" são "caninos", homens e mulheres que vivem "como cães". No início, esse termo foi aplicado a eles de forma hostil, e eles escolheram adotá-lo. Hoje, chamamos de "cínico", na vida cotidiana, alguém que diz coisas chocantes, que recusa os valores morais aceitos. Não tem o mesmo sentido, mas, de qualquer modo, há uma ligação, já que os cínicos chocavam as pessoas ao adotarem valores opostos aos comuns.

— Ué, por quê? — pergunta Alice.

— Porque, para os cínicos, a felicidade não está na riqueza, no poder, nem mesmo no conhecimento. Está, acima de tudo, em nosso corpo, e é necessário dar ao corpo o que ele precisa por natureza: comida, descanso, sexo, liberdade de movimento, e... é mais ou menos isso! Por esse motivo, cada um pode ser feliz com quase nada, desde que deixe de lado as felicidades enganosas inventadas pela sociedade. O mais importante: livrar-se do que é inútil!

— Que doido! — sussurra Alice.

— Você nem imagina como está certa — continua o Canguru. — Platão, que você já conheceu, afirma que Diógenes é um "Sócrates enlouquecido".

— O que é que isso quer dizer? — resmunga Alice.

— Da mesma forma que Sócrates, ele quer nos tornar melhores, levar-nos a mudar a nossa existência a partir das ideias. Mas Diógenes ultrapassa os limites. Ao querer viver de acordo com a natureza, acaba destruindo a sociedade. Os filósofos cínicos são rebeldes radicais.

— Meu querido Canguru, que sabe tudo, diga lá: há mulheres entre os cínicos?

— Há, sim, querida Alice — responde o Canguru, lisonjeado —, há mulheres. Uma das mais conhecidas se chama Hipárquia. Filha de boa família, está prometida a um grande casamento com um aristocrata jovem, rico e bonito. Mas se apaixona por Crates, filósofo cínico idoso, pobre e feio. Você pode imaginar tudo o que os pais dela fazem para separá-los! Hipárquia não quer saber, ameaça se suicidar e acaba se casando com Crates. Passa então a ter uma vida perfeitamente livre. Recusa-se a ficar na sombra, como as mulheres da época, e defende suas ideias em público. Causa escândalo, porque ela e o marido fazem amor na rua, à vista de todos. Como cães! Afirma que aquilo é viver de acordo com a natureza. O pudor é uma invenção social inútil e até prejudicial, que leva a crer que o sexo é vergonhoso e impuro. Inacreditável!

Alice está pensativa. Desde que começou a lutar para salvar o planeta, sempre achou que a natureza é mais sábia, mais equilibrada, mais harmoniosa do que os humanos. Foi a loucura deles que acabou desregulando tudo. Mas, agora, não sabe o que pensar. A natureza é boa, não é? Não será preciso segui-la? Por outro lado, não é simples sair da civilização e viver apenas de acordo com a natureza. Há comportamentos que devem ser evitados, coisas que não devem ser feitas...

— Desculpe, mas primeiro seria preciso perguntar que ideia temos da natureza!

É a voz da Fada Objeção! Alice a reconheceria entre mil.

— Querida Fada! Por onde andou?

Alice corre para lhe dar um abraço.

— Que grande alegria reencontrá-la — diz. — Estou descobrindo Diógenes e os filósofos que querem viver de acordo com a natureza, como cães.

— Pois justamente, Alice, vou fazer uma objeção: tudo depende da ideia de natureza! Para dizer que se deve viver de acordo com a natureza, e não de acordo com a sociedade, primeiro é preciso imaginar que natureza e vida coletiva são coisas opostas. É preciso ter a ideia de uma natureza selvagem e, ao mesmo tempo, boa. É preciso acreditar que ela teria sido esquecida, que pagamos o preço desse esquecimento, e concluir que deveríamos retornar a essa natureza que deixamos para trás.

— Isso me parece correto!

— Não necessariamente. E se eu lhe dissesse, por exemplo, que a natureza é perigosa, hostil, mortal para os humanos que ficarem sozinhos e dependentes de si mesmos? E se eu lhe dissesse que, para sobreviverem e se desenvolverem, a primeira coisa que as pessoas devem fazer é buscar a associação, a ajuda mútua, a troca de experiências, conhecimentos, competências? E se eu lhe dissesse que também é possível imaginar que a natureza em nós, nossos instintos e impulsos, podem ser destrutivos, para cada um de nós e para os outros, e causar nossa desgraça?

— Aí, para ser franca, fiquei confusa. Isso também me parece correto!

— Espere! Já já você vai ficar ainda mais perplexa. Não foi à toa que me deram o apelido de "Objeção"! Pode ser que, *por natureza*, os humanos se agrupem, vivam juntos, inventem regras para uma existência conjunta. A partir do momento que você pensa assim, já não haverá como opor natureza e sociedade! A sociedade humana pertence à natureza. Seja como for, provém da natureza e a incorpora, não se separa radicalmente dela.

— Ai, ai... estou começando a ficar tonta. Você vai me explicar tudo isso de novo com calma. Vamos beber alguma coisa?

— Com prazer — diz a Fada. — Eu também estou precisando de uma pausa.

Faz muito calor nas ruelas de Atenas, ao pé do Partenon. Na parte de baixo da colina, as casas pequenas estão empilhadas umas contra as outras, sem um traçado de verdadeiras ruas. Para avançar, é preciso serpentear entre muros e jardinzinhos, pelo meio de crianças que brincam gritando e de galinhas que cacarejam. Não há lugar para se sentar à sombra e pedir um pouco de água fresca... Mas a Fada sempre tem uma solução. Conversa bastante tempo com uma senhora de certa idade, de início carrancuda, mas depois afável. Alice não sabe o que disseram, mas está na sombra, em companhia da Fada, no jardinzinho da mulher, com uma bebida ao alcance da mão.

Embora seja modesto, o espaço goza de uma vista impressionante para a Acrópole. Quase nenhum ruído. A atmosfera é amena. Elas finalmente poderão relaxar e conversar. Alice prova o que a Fada despejou em sua taça. Não consegue identificar que planta foi usada naquela infusão, mas é refrescante. Um pouco amargo para seu gosto, mas não desagradável. Ela fecha os olhos por alguns instantes.

As questões sobre a ideia de natureza voltam à sua mente. Esse assunto lhe parece confuso, vai ser preciso passar a limpo. A Fada concorda.

— Não se preocupe — diz a Fada —, estou acostumada. Aprendi a desfazer esse tipo de nó. As ideias são como os bordados, é melhor avançar por etapas, sem pressa. Na maioria das vezes, o que impede o avanço é o emaranhamento de vários fios. A gente puxa rápido demais para desenredá-los, e tudo fica travado. Quando os fios se emaranham, é melhor voltar atrás, sem afobação, e desfazer o nó.

— Então vamos voltar ao início e desenredar os fios — diz Alice. — Se entendi bem, seguindo a natureza, Diógenes espera ser feliz. Ele acha que a sociedade produz nossa infelicidade. É isso?

— Sim, mas vou recuar um pouco mais. Primeiro fio: as ideias servem para viver. É em torno dessa ideia inicial que se formaram as escolas gregas de sabedoria. Você vai encontrar essa ideia em outros lugares, em outras culturas. Portanto, examinar as ideias não é uma brincadeira, uma atividade gratuita. Pelo contrário. Refletimos para viver melhor. Para conseguirmos ser felizes.

— Quer dizer que as ideias fazem a felicidade?

— Sim, esse é o objetivo. O resultado não é seguro, garantido por mágica. Mas esses filósofos estão convencidos de que é possível alcançar a felicidade. Se a infelicidade dos seres humanos vem de seus erros, ilusões, ideias falsas sobre o mundo, sobre si mesmos e os outros, então, corrigindo essas ideias, retificando-as, também se elimina a infelicidade!

— Difícil de acreditar!...

— Ou será eficaz? Podemos discutir isso. De qualquer modo, esse é nosso segundo fio. Depois de "as ideias servem para viver", "as ideias podem fazer a felicidade".

— Deixe pensar um segundo. Eliminar a infelicidade significa necessariamente tornar feliz?

— Ótima pergunta, Alice! Os filósofos da Antiguidade discutiram muito isso. Alguns afirmam que, para ser feliz, é preciso multiplicar prazeres e satisfações, portanto, intensificar desejos e ter os meios de satisfazê-los. Outros, ao contrário, defendem que essa corrida sem fim é insatisfatória e que a verdadeira felicidade reside na ausência de perturbações e tormentos, na paz do espírito e do corpo. Essa não é uma oposição apenas entre pontos de vista ou sistemas de ideias. Trata-se, de fato, de um confronto entre maneiras de viver!

— Explique, você que sabe tudo...

— Bom — volta a falar a Fada, pigarreando, feliz e lisonjeada —, quem acha que a felicidade está na satisfação do máximo de desejos vai querer multiplicar vontades e prazeres. Vai querer obter os meios de satisfazer o máximo possível seus desejos. Portanto, vai tender a uma existência de prazeres, procurando torná-los o mais numerosos e intensos possível.

— Isso me parece recomendável!

— Claro, porque ninguém quer ser infeliz. Todos procuram sentir prazer. No entanto, há um problema.

— Qual?

— É preciso sempre recomeçar! Assim que um prazer é experimentado, será preciso partir à procura do seguinte. Sem parar, sem fim, sem descanso, tentando sempre repetir, reproduzir, recomeçar, com o risco de se cansar, com o risco, principalmente, de ficar decepcionado ou frustrado, pois não é possível satisfazer sempre todos os desejos, muito menos torná-los constantemente mais intensos. No final, quem pensava ser cada vez mais feliz pode se ver desiludido ou preso no turbilhão permanente do "cada vez mais"...

— E aí?

— Não se impaciente, Alice, vamos voltar a isso. Mas quando você souber um pouco mais a respeito. Primeiro, precisamos continuar nossa viagem. Proponho irmos ao Jardim de Epicuro.

A Camundonga Maluca interrompe a conversa:

— O jardim de um épico que cura?

— Sua tonta! — grita a Fada. — É o jardim de um filósofo chamado Epicuro.

— Ah, que nome esquisito, como é que eu ia saber... — resmunga a Camundonga.

— Vamos ou não? — diz Alice, irritada.

Diário de Alice

A impressão que dá é que minha cabeça está com cãibra. Examinar ideias, procurar a origem delas, questionar como viver... Nunca me fiz tantas perguntas.

Como me expressar? Não sei realmente em que ponto estou. Tudo está em xeque. Uns dizem isto, outros dizem aquilo. O terceiro diz outra coisa.

Cada vez que ouço alguém, tenho a impressão de que tem razão. Mas assim que compreendo algo, um recém-chegado me mostra que as ideias que começo a adotar não se sustentam.

No entanto, isso não é possível. Não podem todos ter razão ao mesmo tempo.

Deve haver uma solução...

Qual é a frase para viver?

"Saia da frente do meu sol" (Diógenes a Alexandre, o Grande, segundo Plutarco, *Vida de Alexandre*, XIV, 2-5).

Que força! O velho Diógenes, sem domicílio, sem dinheiro, se sente bem ao sol. Alexandre, que se tornou o maior conquistador da história, vai cumprimentá-lo respeitosamente e oferecer-lhe a realização de seu maior desejo. Diógenes poderia pedir uma bela casa, algo para viver em paz o resto dos seus dias. Não, a única coisa que ele quer é que o dono do mundo se afaste, para não o deixar sem sol.

Sem submissão ao poder. Sem desprezo também. O Canguru notou que o texto grego não diz "saia", como em geral se repete, mas "desloque-se um pouco". Diógenes não exige que Alexandre saia de lá. Quer apenas que ele se movimente e pare de lhe fazer sombra.

Falta de preocupação com o futuro. O amanhã, o ano que vem e a vida futura não interessam a Diógenes. Apenas o aqui e o agora, o que acontece ao corpo, no momento. A única coisa que importa é o imperador se deslocar…

Preciso guardar essa frase e pensar nela com frequência. Qual é o meu sol, agora? O que faz sombra? E, principalmente: será mesmo necessário viver sem preocupação com hierarquias, conveniências, regras da sociedade?

12

O sossego de Epicuro

— É muito agradável aqui! — cochicha Alice, assim que chega ao Jardim.

Jardim é o nome da propriedade onde ela acaba de entrar. Naquele lugar aprazível, ao pé do Partenon, vive o filósofo Epicuro, cercado de um grupo de discípulos e amigos, homens e mulheres. Todos participam de suas regras de vida, das conversações, das refeições e da casa.

A Fada Objeção transportou Alice para aquele lugar mítico onde nasceram as ideias-chave do epicurismo: felicidade é ausência de perturbação, alcançada por meio da filosofia, pois ela permite aniquilar as ideias falsas que mergulham os humanos na angústia e na infelicidade, porque dá o poder de se libertar dos desejos sem limites. Quem vive assim descobre a extrema tranquilidade da existência, no presente, sem que falte nada.

É verdade que o lugar e os habitantes transmitem intensa impressão de serenidade. A temperatura está amena, com o fim do dia se ergueu uma brisa leve, a luz esmaece, e as árvores abrigam as conversas entre os amigos reunidos em paz, à sombra, em torno de uma fonte e de um tanque de pedra. Uma mulher seminua toca lira, outra, ao seu lado, flauta. A melodia, suave, não encobre as vozes. Numa mesa ao fundo, ao longo de uma parede, há tigelas para beber água da fonte, pão de cevada, passas, azeitonas.

Alice aos poucos descobre que no Jardim há mais gente do que ela pensava inicialmente. Observando bem, identifica umas quinze pessoas, talvez vinte, sentadas em bancos de madeira ou deitadas no chão, em pequenos grupos. Aquele que está mais cercado, conversando com seis ou sete pessoas, o homem de cabelos grisalhos, com toga branca impecável, será o mestre do lugar, Epicuro?

— Upa, vamos nessa! — diz a Fada, agarrando Alice pelo braço, com tanta força que quase a machuca.

— É você a garota estrangeira que me disseram estar de visita? — pergunta Epicuro ao avistar Alice. — Seja bem-vinda a esta casa! Parece muito jovem, mas não há idade fixa para filosofar. Nunca é cedo nem tarde demais. Sabe por quê?

— Ainda não...

— Porque não há idade fixa para uma pessoa se curar da infelicidade e tornar-se feliz. Em qualquer idade o exercício da filosofia consegue acalmar aquilo que chamo de "tempestade da alma".

— Em que consiste essa tempestade?

— Ah, bela estrangeira, você fez uma pergunta que exige várias respostas! Sente-se, vou explicar... Primeiro fique sabendo de uma coisa: não é possível encontrar remédio para os males de nossa existência sem conhecer o mundo, a natureza das coisas, porque somos partes do mundo...

— Partes da natureza? — surpreende-se Alice.

— Sem dúvida, pertencemos à natureza — responde Epicuro.

— Estou convencida disso também e ansiosa para ouvir o senhor!

— No mundo só existem átomos e vazio. Tudo o que nos cerca, essas árvores, essas pedras, são aglomerados de átomos. Nós também somos aglomerados de átomos. Quando morremos, o aglomerado se desfaz e nada resta de nossas sensações, de nossa mente.

— Restam os átomos?

— Sim, bem pensado, garota! Esses átomos entram em outros aglomerados, e o que éramos fica dissolvido. Por isso não se deve temer a morte. Ela não é nada, simplesmente. Quando estamos vivos, ela não está presente. Quando ela está presente, nós já não estamos. A vida e a morte são dois universos separados que se excluem mutuamente. Portanto, nunca viveremos "a morte" como um estado, uma situação, uma sensação qualquer. Imaginar-se sofrendo na sepultura, sentindo algo após a morte, é pura loucura, ilusão total, efeito da ignorância e da falta de reflexão.

— Nada de preocupação, então?

— Absolutamente nenhuma preocupação! Aí está o primeiro elemento de resposta à sua pergunta sobre a "tempestade da alma". Isso porque o que mais agita a mente dos humanos, causando com frequência grandes acessos de angústia, é precisamente a ideia de que, na morte, se continua numa existência penosa, misteriosa e assustadora. Na verdade, não há *nada*! Quem teria então medo de *nada*? É absurdo. Como vê, não existe motivo para se alarmar com a morte. Para nós, só a vida existe! A morte não deve ser temida e, aliás, os deuses também não...

— Acha que existem deuses?

— Não acho, tenho certeza. Também os deuses são aglomerados de átomos, mas estáveis. O corpo deles não morre, portanto eles vivem eternamente. Mas não se preocupam em nada conosco. O que os humanos fazem ou deixam de fazer, seus méritos e seus malfeitos não importam minimamente aos deuses. Eles levam sua existência sem se preocuparem com a nossa. Por isso, temer castigos ou esperar recompensas deles é tão absurdo quanto se angustiar com o que acontecerá após a morte.

— Esse medo dos deuses também alimenta a "tempestade da alma"?

— Claro! Parabéns! Você tem uma mente penetrante e compreensão rápida. O medo dos deuses, de suas punições, o receio de não os satisfazer, a angústia de conseguir adivinhar os desejos deles, tudo isso costuma agitar a mente dos humanos. Esses medos são todos infundados, mas perturbam a mente e não permitem viver serenamente. Dissipando essas ilusões, a filosofia permite acalmar a tempestade e avançar em direção a um mar tranquilo.

— Em que momento se atinge esse mar calmo?

— Depois de dar mais dois passos. Acabado o medo da morte, acabado o receio dos deuses, ainda falta livrar-se dos desejos ilimitados que nos levam a buscar incessantemente o inútil e o supérfluo, afastando-nos da felicidade de viver. Nosso corpo, para estar em paz, precisa de poucas coisas. Um pouco de comida para saciar a fome, um pouco de água para matar a sede, um lugar abrigado para dormir quando o sono se faz sentir... Não precisamos de mais nada para ficarmos satisfeitos, e tudo isso se encontra facilmente! Mas nossa mente sempre almeja mais. Quer novidades, luxo, refinamentos. Em vez de um pedaço de pão e algumas azeitonas, que são suficientes para o nosso corpo sentir o prazer de saciar a fome, começamos a desejar pratos elaborados, ingredientes raros, sabores exóticos, a ponto de já não conseguirmos nos contentar com o essencial. O mesmo acontece com o sono: meu corpo só precisa de uma cama simples e limpa, mas, se minha mente quer um palácio com inúmeros aposentos, nunca ficará satisfeita!

Alice conclui que Epicuro consideraria insano o consumo desenfreado do mundo dela, a invenção permanente de novas necessidades, de desejos fabricados, de felicidades artificiais... Reconhece também a orientação dos seus desejos e dos de seus amigos para a sobriedade, o decrescimento: eles fariam bem em se inspirar nas ideias desse filósofo no seu Jardim!

— Prezado Epicuro, pode me esclarecer? Estou tentando pôr na cabeça dos adultos, de todo mundo, que o mais simples é o melhor. O nosso mundo, superestimulado a sentir "cada vez mais prazer", me assusta. O que devo dizer a eles?

— Você pode mostrar o que é de fato o prazer. Quando se tem sede, o que proporciona prazer é beber água, ou seja, eliminar a tensão da sede. A sede é uma perturbação, o prazer nasce da eliminação dessa perturbação. O prazer será o mesmo, fundamentalmente, se tomarmos água ou outra coisa. Não é o gosto ou o sabor que gera prazer, mas o desaparecimento da tensão. Do mesmo modo, quando temos fome, um pão pode ser suficiente para nos tornar felizes, pois não precisamos de mais nada para nos acalmar.

— Pão, água e só? É muito duro! Ninguém tem vontade disso!

— Compreendo sua surpresa, mas olhe ao redor. As mulheres e os homens que vivem aqui lhe parecem infelizes? Eu dou a impressão de impor a eles um regime de vida insuportável?

— Não, de jeito nenhum. Todos estão sorridentes, descontraídos. Aliás, quando cheguei, senti a profunda serenidade que reina neste Jardim. Mas, de qualquer modo, vejo nas mesas queijo, peixe, vinho...

— Claro! Porque nada é proibido...

— Então, o que impede de se ter prazer?

— Nada!

— Eu quis dizer: o que impede de beber vinho e licores, de se empanturrar de molhos, bolos, cremes?

— Nada, se for de vez em quando. Por outro lado, se você fizer banquetes com muita frequência, pagará com males! Seu prazer vai gerar sofrimentos. Tudo é uma questão de cálculo. A aritmética dos prazeres pode levá-la a escolher uma dor para evitar outras maiores. Veja só: você engole um xarope amargo, desagradável, evidentemente não está procurando esse desprazer, mas o aceita porque o remédio vai evitar as dores. Você escolhe uma dor pequena contra dores maiores. Da mesma forma, quando aceita se submeter a uma operação, não é a cirurgia que você deseja, mas sim os prazeres da vida, quando estiver curada. Inversamente, você pode renunciar a prazeres (álcool, drogas, excessos) que expõem ao risco de gerar mais desprazeres futuros. É uma questão de lógica, afinal.

— E de autocontrole!

— Tem toda a razão, admirável garota! A ausência de perturbações é a vida em paz, quando todas as necessidades estão satisfeitas. Veja meus amigos: comeram e estão sem fome, beberam e estão sem sede, dormiram e estão sem sono, fizeram amor e deixaram de ser perturbados pelo desejo sexual... Então conversamos, felizes, entre pessoas que se amam e se estimam, sem medo de nada, sem necessidade de nada, sem perturbação nenhuma... como deuses!

— No entanto, perdoe-me, ouvi dizer que o senhor e seus discípulos são demônios, devassos, pessoas perigosas, sem fé nem lei... Como é possível?

— A estupidez e a inveja causam grandes estragos. Nós vivemos felizes e livres, sem temermos a morte e os deuses, buscando o verdadeiro prazer e afastando o sofrimento, só isso. Mas dizem que somos obscenos, que chafurdamos em orgias, que temos costumes indecentes. Por quê? Porque nos recusamos a sentir culpa por viver, porque as mulheres, aqui, participam livremente das conversas e da cama dos homens, porque optamos por viver entre nós, sem nos misturarmos à multidão e às brigas da Cidade. Lá fora, há ameaças de guerras, múltiplos conflitos. Deixamos de acreditar na política, preferimos viver afastados, à parte, à nossa maneira. Não é de admirar que isso irrite...

— A mim também isso irrita!

É a voz da Fada que Alice ouve nos seus fones de ouvido. Tinha se esquecido dela. Aí está ela de volta. De repente, Epicuro desaparece, o Jardim também. Alice se vê numa sala desconhecida. À sua frente, está a Fada, muito irritada, com as bochechas vermelhas e expressão furiosa.

— Qual é a sua? — grita Alice. — Não se interrompe a conversa dos outros! Eu estava ouvindo Epicuro, é importante, e você corta o som e a imagem, sem avisar!

— Lamento — diz a Fada —, mas esse blá-blá-blá me exaspera. Tudo bem, eles parecem todos muito amáveis naquele Jardim. É bom viver lá, eles se gostam, se respeitam etc.

— E as mulheres são iguais aos homens! E os escravos são iguais aos senhores! — interrompe Alice. — Você não há de fazer objeções a isso!

— Minha objeção é que a escolha deles pelo sossego, pelo mar calmo, pelo afastamento pode muito bem ser ilusão. Precisamos estar em ação, por nós ou pelos outros, em vez de viver à parte.

— Explique, não entendo bem.

— Pense no que você acabou de ver e ouvir. O objetivo final de nossa vida é apenas não ter perturbações? Viver sem nenhuma tensão, sem nada que nos atormente? Parece-me...

— Atenção! Atenção! Abram alas para o Canguru invisível. Com licença! Tenho uma ficha! — diz a voz do Canguru.

— Você está aqui? — diz Alice, surpresa.

— Sempre, Alice, sempre! Então, quero indicar, de passagem, um termo técnico: a "ausência de perturbação", de que vocês estão falando, chama-se "ataraxia" entre Epicuro e seus discípulos. *Taraxos*, em grego antigo, significa perturbação, agitação. *A-*, no início da palavra, indica privação, ausência. A-taraxia: ausência de perturbação. Só isso...

— Obrigada, Canguru, mas note que você me interrompeu! — retoma a Fada. — Eu estava observando que essa "ataraxia", como você diz, merece ser criticada.

— Ué, por quê? — diz Alice, indignada.

— Por causa da falta de ação e também pelo seu aspecto negativo. Deixe-me explicar. Felicidade não é simplesmente bem-estar. Bem-estar não é apenas sossego. Não ter fome, sede e sono é a vida ideal? Ficar sempre apartado, conversando com os amigos, só isso, unicamente isso, é existência? E as mudanças com as quais podemos contribuir no mundo? E a coragem de agir, falhar, recomeçar? Cair e levantar-se?

— Bom, tudo bem, Fada, entendi — diz Alice. — Eles lhe parecem muito moles...

— Sim, digamos, você pode dizer isso. Respeitáveis, simpáticos, mas limitados, sem gosto pelo risco. Na minha opinião, o que os epicuristas esquecem é que na vida também é preciso lutar, agir e assumir conflitos...

— Nesse caso, querida Fada, você me surpreende — replica Alice. — Agora é guerreira? Viva a competição! *Struggle for life*! Essa não... Você sabe muito bem que eu prefiro a solidariedade à concorrência, a paz à guerra!

— Eu sei disso, fogosa Alice! Mas pense por dois minutos. Você diz que o planeta está em perigo?

— Evidentemente!

— E que é preciso fazer tudo para salvá-lo...

— Exatamente!

— Então, o que você pensaria daqueles que dissessem: preferimos nos retirar, ficar entre nós no nosso jardim, sem sofrimento, sem perturbação e, para isso, sem desejar nada? Você acredita mesmo que é vivendo à parte, longe dos outros, entre si, que se pode mudar o mundo?

Alice fica pensativa.

Diário de Alice

Eu bem que precisava de uma bússola. Quero dizer, uma bússola na minha cabeça. O sossego de Epicuro me agrada bastante. Mas, bem na hora que eu estou curtindo, vem a Fada e estraga tudo. Às vezes ela é grosseira. O pior é que ela não está errada. O sossego não é suficiente. Também é preciso agir. Lutar, e não se afastar de tudo.

Além disso, vai ser preciso voltar a falar da natureza. Salvá-la, hoje, é o combate indispensável. Mas até já estou ouvindo a Fada objetar: "Do que é composta, no fundo, essa ideia de natureza? Estrelas? Mato e árvores? Oceano, céu e montanhas? Vida, animais?" Acredito que todos esses elementos contribuem para a natureza, mas em que ordem? Seria bom ver tudo isso com clareza. Estou à espera. Às vezes, tudo se embrulha. Depois tudo se esclarece. E assim por diante.

Qual é a frase para viver?

"Por isso fazemos tudo: ausência de sofrimentos físicos e de perturbações da alma." (Epicuro, *Carta a Meneceu*).

Acabar com todas as dores e todos os mal-estares, os do corpo e os da mente, é um belo modo de viver, em todo caso um belo objetivo. São tantas as crenças que angustiam e perturbam, tantos os desejos que atormentam, que conseguir extingui-los ou afastá-los é ótimo. Mas será suficiente? Omitir o negativo será suficiente para ser feliz? A felicidade será feita apenas do desaparecimento das perturbações? Não será necessário algo mais?

13

Com Marco Aurélio, filósofo e imperador

— Brrr, brrrr, que frio está fazendo! — diz Alice

— A umidade, principalmente, é difícil de suportar — responde a Fada. — Vem do rio e das chuvas regulares.

— O que viemos fazer aqui?

— Vamos visitar o imperador!

— Uau... Um imperador governa o País das Ideias?

— Não, ninguém dirige o País das Ideias. Mas é possível alguém governar um império gigantesco e também ser filósofo. É o caso dele.

— Como ele se chama?

— Marco Aurélio, está à frente do Império Romano e é um filósofo estoico.

— O que significa isso?

— Espere um pouco. Ele nos concedeu uma audiência. Vamos encontrá-lo debaixo de sua tenda.

— Um imperador que vive numa tenda?

— Há meses, sim, porque está comandando os exércitos romanos para defender o Império contra os povos que tentam invadi-lo. É por isso que estamos aqui. Na outra margem do rio, na borda da floresta, acampam as tropas adversárias, vindas do Norte. Deste lado, estão as linhas romanas. Está vendo as sentinelas?

— Nas cabaninhas lá do alto?

— Xiu! Não fale tão alto, vão nos descobrir!

A Fada franze a testa, Alice resmunga um pouco e acaba por esboçar um sorrisinho, sem dizer nada para se desculpar. Enquanto isso, tirita de frio...

— Se me permitem um esclarecimento — diz o Canguru —, estamos no ano 172 da nossa era, e há vários anos o Império Romano sofre múltiplos ataques de povos guerreiros vindos do Norte. Eles se chamam marcomanos, quados, nariscos, iáziges e vêm de regiões que hoje compõem a Alemanha, a Hungria, a Eslováquia. Querem conquistar terras para se estabelecerem e são guerreiros corajosos. O Império esforça-se para proteger suas fronteiras, mas começa a perder várias batalhas antes que o imperador Marco Aurélio domine a situação. Estamos às margens do rio Granus, hoje chamado Hron, na atual Eslováquia. É um afluente do Danúbio, atravessa uma zona de florestas montanhosas. Aqui, Marco Aurélio comanda o exército romano, trabalho de imperador. À noite, anota suas reflexões, trabalho de filósofo.

— Ele parece diferente dos outros imperadores — observa Alice.

— De fato — diz a Fada. — Sua primeira decisão foi impor uma rede de cordas sob os acrobatas, para evitar que morressem quando caíssem.

— Maravilhoso! — exclama Alice.

— Não é só isso! — acrescenta o Canguru. — Para não aumentar os impostos por causa dos gastos de guerra, ele vendeu durante meses grande quantidade de objetos dos seus próprios palácios, tapetes, vasos de ouro, pedras preciosas...

— O que mais?

— Ele não gosta de gladiadores, dos espetáculos cruéis que os romanos adoram. Obrigado a assistir como imperador, aproveita para ler, tomar notas, receber visitantes...

— E depois?

— Muitas outras coisas. Ele afirma que é preciso viver de acordo com a natureza e respeitar os outros.

— Estou gostando desse imperador filósofo! — diz Alice. — Continue, Canguru, gostaria de saber se...

— Desculpe — interrompe a Fada. — Obrigada, Izgurpa, isso já está bom, vamos nos atrasar. Você fica aqui, com as Camundongas. Esperem debaixo daquele arbusto para ficarem abrigados, e nada de barulho! Voltamos para buscá-los assim que possível.

— E por quê? — pergunta a Camundonga Sensata.

— Bicho não entra em visita oficial — responde secamente a Fada.

— Abaixo as discriminações! — protesta a Camundonga Maluca entre dentinhos.

Mas Alice e a Fada já tinham dado meia-volta.

Chegando aos arredores do campo do exército romano, Alice fica impressionada com a ordem rigorosa que reina ali. Tudo está alinhado, em linha reta, limpo. Uma grande área de terra foi desmatada, depois cercada de paliçadas e torres de madeira para as sentinelas. No meio, defendida por guardas posicionados a cada dois metros, uma tenda.

— Parece o circo que montaram ao lado da minha casa no ano passado! — diz Alice à Fada. — Só que menos colorido...

— É a tenda do imperador!

— Grandiosa... — exclama Alice, ao descobrir o palácio de lona com pesadas cortinas, protegido do vento e dos furacões por couros grossos, plantados na terra.

Ao encontro delas vem um legionário da guarda pretoriana, com armadura reluzente. A Fada lhe entrega um rolo de pergaminho. Ele o desenrola, lê e depois as escolta até Marco Aurélio.

O imperador está andando de um lado para o outro diante de uma mesa imensa, no fundo de um amplo espaço cheio de tapetes, cadeiras e estatuetas. Com um sinal da mão, ele as acolhe e convida a sentar-se. Não é muito alto. Seus cabelos encaracolados começam a ficar grisalhos, assim como a barba. Alice nota os olhos benevolentes e o sorriso discreto, mas tranquilizador. Uma impressionante sensação de simplicidade emana de sua pessoa.

— Sou todo ouvidos — diz ele sem preâmbulos.

Ainda bem que Alice tinha preparado a primeira pergunta enquanto caminhava pela floresta fria.

— Como é possível ser ao mesmo tempo imperador e filósofo?

— Por que seria impossível? O mundo é como uma orquestra. Cada um tem a sua partitura para tocar e deve interpretá-la da melhor maneira possível. Um é guarda, outro é cavaleiro, outro ainda é ferreiro, ou padeiro, ou sapateiro. O importante não é o que fazemos, mas que o façamos bem, com dedicação, resistência e devoção. O papel que me cabe é o de comandar. É útil e até indispensável. O importante não é minha ambição, nem minha glória, mas o bom funcionamento do Império, a manutenção das suas leis, a integridade de suas fronteiras.

"Não escolhi este papel. Mas decidi desempenhá-lo da melhor forma possível. Não somos responsáveis pelo nosso nascimento, pela nossa família ou pela nossa educação. Mas podemos escolher o que fazemos com isso.

Marco Aurélio silencia por um momento, sem parar de dar voltas, antes de retomar sua fala:

— Interpreto minha partitura de imperador, mas sem esquecer que é apenas uma coisinha na totalidade do mundo. Este mundo é organizado, coerente, cada um tem seu lugar. É por isso que ninguém deveria se considerar superior. O papel de imperador me impõe deveres: zelar pelos impostos, manter a ordem, reforçar a justiça, comandar guerras quando necessário. Mas esse papel não me dá o direito de gastar sem conta, nem de viver em luxo desmedido. Olhe ao redor: nenhum desses objetos me pertence. Durmo ao lado, numa cama de campanha, como meus soldados. Eu como pouco e à noite, naquela mesinha do fundo, escrevo.

— Posso perguntar o que escreve?

— Claro! Escrevo meus pensamentos, para mim mesmo. Desde que comecei a me interessar por filosofia, percebi que preciso me exercitar diariamente.

— Em quê você precisa se exercitar?

— Em verificar se cada um viveu seu dia de acordo com os princípios que defende. Caso contrário, não passa de brincadeira. Todas as noites, pergunto-me se compreendi bem, se julguei bem, se falei bem. Será que não me deixei impressionar ou influenciar? Não terei cedido à raiva ou ao desprezo? Afastei os erros e as vaidades? Não terei sido injusto, mesmo sem querer ou saber?

Alice está pensativa. Admirada, também. Não imaginava que uma personalidade em posição tão elevada pudesse ser tão escrupulosa e atenta à própria conduta. Imaginava um imperador sempre seguro de ter razão. De repente, ao ouvir Marco Aurélio, descobre uma pessoa diferente, um homem que procura comportar-se da melhor maneira possível. Em nome de quê? De sua filosofia? É isso que Alice gostaria de entender.

— Não sei como formular minha pergunta. Gostaria de saber que força o leva a se interrogar assim.

— É a melhor parte de nós, aquela que deve comandar, ou seja, a razão. É ela que me faz compreender o meu lugar na ordem do mundo, que me permite questionar-me e me ajuda a encontrar as respostas certas. Esse princípio orientador é a única parte soberana da nossa mente.

— Em que sentido?

— Os acontecimentos do mundo não dependem de nós. Ao longo de minha vida, fui beneficiado por várias venturas: bons pais, bons mestres, belos filhos. Também passei por muitas provações, vi amigos morrendo, travei batalhas, sofri derrotas, lutei contra a peste... Nada disso dependia de mim. A única coisa que está em meu poder é *minha atitude* em relação a esses acontecimentos. Graças à razão, posso me orientar em meio a incertezas e acasos. Guiada por esse princípio orientador, nossa alma se torna uma fortaleza. Nenhuma circunstância exterior pode vencê-la. Mesmo na prisão, continuo livre dentro de minha cabeça. A tortura poderá tentar me dobrar, mas não tem poder sobre essa liberdade...

"Para viver livre, é preciso primeiro entender que prazer ou dor não têm importância. O essencial é agir de maneira racional e justa. É isso, apenas isso, que traz felicidade. Guarde essa ideia, mocinha, para que ela a guie em direção à sabedoria!

— Posso fazer uma última pergunta? — pergunta Alice timidamente.

— Com muito gosto, se eu estiver em condições de responder...

— Ouvi dizer que o senhor aconselha a viver segundo a natureza. No entanto, a razão da qual fala decide com frequência contra a natureza... Pergunto como concilia as duas.

— Muito simples... Razão e natureza não se opõem. Os animais agem guiados por seus instintos. A natureza faz a aranha tecer teias, faz a abelha construir favos de mel, e mil outras atividades conforme as espécies. Esses seres vivos não examinam o que fazem. Não podem analisá-lo, porque são desprovidos de razão. Por outro lado, os seres humanos são dotados de razão por natureza. Portanto, ao exercerem sua razão, seguem a natureza. Os humanos que agem apenas por paixão ou de modo automático, sem refletir, não seguem a natureza! Apenas o sábio, o humano racional, vive de acordo com a natureza, justamente porque reflete. Agora, tenho de me despedir, as legiões estão à minha espera.

Alice e a Fada são acompanhadas até a saída pelo legionário resplandecente que as tinha recebido. Alice continua pensativa. Está intrigada com aquela história de natureza e razão. Sempre achou que a razão dos seres humanos é mais ou menos perigosa para a natureza. Destruímos o planeta quando calculamos rendimentos, metas financeiras e produções, inventando máquinas cada vez mais eficientes com o uso da razão. Descobrir que possuímos razão por natureza é perturbador...

Ao retomarem o caminho para a floresta, a Fada e Alice apressam o passo. Tomara que não tenha acontecido nada com as Camundongas e o Canguru! Quando percebem que os guardas não as veem, Alice e a Fada começam a correr. Em breve, o arbusto-refúgio está à vista. Todos dormem pacificamente. As Camundongas se aninharam na bolsa de Izgurpa, para se aquecerem. E ele se abrigou sob uma pilha de fichas.

— Ei, diz a Fada, precisamos ir embora! Sem discussão, senão corremos o risco de nos meter em encrenca...

A Fada tira as Camundongas da bolsa do Canguru, acorda-o com chacoalhões, enfia todas as fichas na mochila dele, e pé na estrada!

O pequeno grupo avança em silêncio, escondendo-se sob as samambaias. Depois de algum tempo, já estão suficientemente distantes dos soldados para saírem voando sem chamar atenção. Para facilitar a identificação, a Sensata e a Maluca ficaram fluorescentes.

Deixam para trás uma pequena nuvem cintilante de lindo efeito. Alice não pode deixar de rir. Que mágicas, essas duas!

Para segui-las, Alice começa a correr. O Canguru dá pulos altos, impulsionado pelas patas traseiras. A Fada, que começa a ficar ofegante por causa do sobrepeso, prefere as medidas extremas e passa a deslizar horizontalmente acima das árvores.

"É prático ser fada", pensa Alice, que começa a sentir uma dorzinha de veado.

Descobrindo o que ela pensa, a Fada desce a pique até o nível do chão e põe Alice nas costas. As duas fendem o ar pelas montanhas, seguindo a trilha purpurina das Camundongas.

Pouco depois, todos aterrissam num grande abrigo subterrâneo, bem iluminado, confortável, onde Alice logo avista uma mesa coberta de frutas, bolos e garrafas multicoloridas.

— Onde estamos? — pergunta.

— De novo! Que importância tem isso? — responde a Camundonga Sensata.

— Estamos em algum lugar, em algum bar... — cantarola a Camundonga Maluca.

— O importante, Alice, é que aqui estamos em segurança — diz a Fada. — Você vai poder comer e descansar. O resto é com a gente. Entendeu? Com a gente!

Alice não gosta desse tom. Mas prefere ficar quieta. Além disso, os doces são terrivelmente atraentes. Alice está com fome e sede demais para deixar de correr em direção à mesa. Põe no prato uma torta de morangos, dois profiteroles de creme, mousse de chocolate, sorvete de baunilha, calda de framboesas, pega um grande copo de limonada, acrescenta creme de menta e se acomoda num canto para não ser incomodada.

Mal acaba o sorvete, a mousse e os profiteroles, pega no sono, ali mesmo no chão, exausta.

— Vamos deixá-la dormir aqui? — pergunta a Camundonga Maluca.

— Vamos. A coitadinha não aguenta mais — diz a Fada. — Vou pôr um travesseiro debaixo da cabeça dela e uma boa manta dos pés até os ombros. Ela vai poder sonhar com Marco Aurélio ou com quem quiser. O resto veremos amanhã.

— Se me permite, há ainda algumas explicações para dar a ela — diz timidamente Izgurpa.

— Sobre o quê? — pergunta a Fada.

— Sobre tudo o que ela viu.

— Lógico! Quer acordá-la por causa disso?

— Ô... Não, claro.

— Então, guarde suas fichas e vá dormir também. Você está começando a ter cara de canguru velho!

— Todos para a cama! Amanhã a gente vê a continuação — diz a Fada com seu vozeirão.

Uma noite comprida depois, Alice acorda bem descansada. O quarto é simples, mas a cama é confortável. Que alegria estar quentinha, abrigada e em paz! "Epicuro não está errado", pensa Alice, "a ausência de perturbação e de tensões é, de fato, melhor!"

Apesar de tudo, está com um pouco de fome. E até mais do que um pouco. Um cheiro de panquecas quentes passa por baixo da porta e vem fazer cócegas em seu nariz, como nos velhos desenhos animados. Ela veste a calça jeans e desce para a sala principal. A grande mesa está coberta de cereais, compotas e cremes para passar no pão. Tudo o que ela gosta!

— Não diz nem bom-dia? — resmunga amável a Fada.

— Muita fome! — responde Alice de boca cheia, servindo-se de novo.

— Agora chega! — grita a Fada. — Está na hora de fazer um balanço. Alice, o que achou do último encontro?

— Estou dividida. Por um lado, Marco Aurélio é amável, atencioso. A gente se sente confiante perto dele. O que ele diz sobre a liberdade do sábio realmente me interessou. Por outro lado, não entendo como ele pode afirmar que devemos ser indiferentes ao prazer e à dor.

— Se me permite...

— Vá em frente, Canguru! — exclama Alice.

— Você na certa reparou: Marco Aurélio não pensa da mesma maneira que Epicuro. Para Epicuro, você se lembra, todo o bem e todo o mal estão na sensação: prazer é bem, dor é mal. Para Marco Aurélio, prazeres e dores dão na mesma, o único verdadeiro bem é a virtude, ou seja, compreender com lucidez e agir de maneira justa. Essa é a principal diferença entre as duas escolas a que eles pertencem.

— A de Epicuro é o epicurismo...

— Sim, leva o nome dele, porque ele é o fundador, e todos os seus discípulos transmitem seu pensamento.

— A escola de Marco Aurélio é o marcoaurelismo?

— Não, nada disso. É o estoicismo. O nome vem de *Stoa*, "Pórtico" em grego. *Stoa Poikile*, "Pórtico Pintado", é um lugar da ágora de Atenas onde se reuniam Zenão de Cício, o fundador dessa escola, e seus alunos. Na verdade, a maneira de pensar dos estoicos surgiu mais de quatrocentos anos antes de Marco Aurélio. Desenvolveu-se primeiro na Grécia, antes de se prolongar pelo mundo romano. Os primeiros estoicos viveram na mesma época de Epicuro, e suas ideias foram transmitidas de geração em geração. No mundo romano, Epicteto, escravo liberto, escreveu um famoso Manual no qual resume suas ideias. O que ele escreve responde à pergunta que você acabou de fazer: como se pode ser indiferente à dor e ao prazer? À primeira vista, é difícil compreender...

— Sim — diz Alice —, porque ninguém quer sofrer. Todos querem sensações agradáveis.

— Epicteto apresenta a resposta dos estoicos. Eles sabem que ninguém deseja sofrer, que cada um prefere o prazer, como você acaba de lembrar. Mas é preciso distinguir, diz Epicteto, entre "o que depende de nós" e "o que não depende de nós". Mesmo que você faça de tudo para viajar em segurança, escolhendo um bom navio, um capitão qualificado, um itinerário seguro, não estará a salvo de uma tempestade ou de qualquer incidente. Mesmo que se esforce ao máximo para ter boa saúde, não estará a salvo de um vírus ou de uma doença que apareça. Na verdade, nada está totalmente em nosso poder... a não ser...

— Marco Aurélio explicou isso — interrompe Alice —, o que está em meu poder é minha atitude...

— Muito bem, você tem ouvido atento! Sim, Marco Aurélio leu Epicteto e, tal como este, pensa que decidir nossa atitude está sempre em nosso poder. Na tempestade, posso tremer de medo ou enfrentar, na doença também. Em cada caso, minha atitude depende de mim.

— É assim mesmo? — pergunta Alice.

— Claro que não! — exclama a Fada Objeção. — Os estoicos acreditam que podem resistir a tudo! Dor, emoção, não sei o que é isso! Acham que é possível viver dentro de uma fortaleza mental, sem nunca serem vencidos pelo terror, pela tristeza ou pela raiva... Pode-se objetar que se trata de uma ilusão!

— Minha função é explicar, não objetar — protesta o Canguru, um pouco ofendido. — Indico as ideias de cada um, não as discuto.

— E como é possível entender sem discutir? — responde a Fada, irritada, com as bochechas vermelhas.

Alice percebe que a coisa está engrossando... Interrompe a conversa:

— Amigos! Não é hora de brigar! Vamos aproveitar esta bela mesa, ainda estou com um pouco de fome.

— Sem excessos, senão você vai pagar por isso! Lembre-se de Epicuro! — diz o Canguru, devorando uma pilha de crepes.

— Diante do festim, escolha o seu fim, Rin-tin-tin! — cantarola a Camundonga Maluca.

— De minha parte, faço como os estoicos, continuo estoica. Um pouco de queijo para mim está bom — diz a Camundonga Sensata.

Quando todos estão satisfeitos, a Fada dá uma tossidinha e assume expressão solene, como se fosse começar um discurso oficial.

— Querida Alice, o que você viu até agora é só uma pequena parte do País das Ideias. No entanto, as ideias dos filósofos que ficou conhecendo atravessam os séculos. Suas doutrinas foram retomadas e transmitidas ao longo da história. As maneiras de pensar e viver que eles representam ainda existem. É neste ponto que quero insistir, com a ajuda do Canguru.

— E a nossa ajuda também — gritam as Camundongas em coro.

— ...e a ajuda de vocês — suspira a Fada, cansada daquelas vozes agudas. — Vamos começar pelo epicurismo. Ele não desapareceu com a morte de Epicuro!

— Pelo contrário, se me permite — continua Izgurpa —, a doutrina de Epicuro difundiu-se amplamente pelas gerações seguintes. Na Grécia, muitos discípulos se identificam com seu pensamento e seu modo de vida. Entre os romanos, o poeta Lucrécio, que viveu no início da nossa era, escreveu *Da natureza das coisas*. Esse poema filosófico põe em versos a doutrina de Epicuro para torná-la conhecida de uma multidão de leitores. Essas ideias foram depois redescobertas no Renascimento, em especial por Montaigne, que um dia você vai conhecer. E voltam a se desenvolver na Europa na época do Iluminismo, no século XVIII, quando muitos filósofos se opõem à religião, retomando os argumentos de Epicuro. Hoje em dia, ainda há filósofos que se identificam com o epicurismo, que não perdeu nada da pertinência e da força.

— Falou bem! Mandou bem! — cantam as Camundongas em conjunto.

— Obrigada, querido Cang — diz Alice, terminando um suco de maçã. — E o que aconteceu com os estoicos?

— Falei dos primórdios dessa escola de sabedoria entre os gregos, depois entre os romanos, com Epicteto, mas também com Cícero, advogado e escritor romano muito interessado pelas ideias dos filósofos, dos estoicos em particular. Há outro grande estoico de quem não falamos, Sêneca, preceptor do imperador Nero. Ele escreve em latim e publica numerosos tratados, muito acessíveis, em que as ideias dos estoicos são exemplificadas e explicadas, como por exemplo *Sobre a brevidade da vida*. Também escreveu *Cartas a Lucílio*, correspondência com um amigo imaginário, que ele conduz passo a passo para a sabedoria e o modo de vida filosófico. Pela maneira como morreu, Sêneca mostrou que punha em prática seus princípios.

— Explique, senhor Sabe-tudo — diz Alice, impaciente.

— O imperador Nero, ditador sanguinário, decidiu livrar-se de Sêneca. O filósofo preferiu matar-se a ser morto pelos soldados. Cortou as veias, mas o sangue não escorria com rapidez suficiente, então tomou veneno, que não fez efeito depressa. Sua morte demorou horas, ele acabou entrando numa banheira quente para apressar o efeito do veneno e da hemorragia e, durante todo esse tempo, tranquilizava a mulher, explicava que morrer não é trágico, falava com a família e os criados para que não chorassem e não lamentassem nada.

— Uau... — suspira Alice.

— Como você diz, é isso que significa "fortaleza da alma" entre os estoicos: a vontade do sábio é mais forte do que todos os medos e todas as emoções. Não é por acaso que "a morte de Sêneca" inspirou numerosos quadros — diz Izgurpa.

— Entre os romanos?

— Não, na pintura clássica dos séculos XVII e XVIII. Porque o estoicismo também não deixou de persistir ao longo da história ocidental. A cultura cristã retomou certos elementos do pensamento estoico. Na verdade, a difusão dos temas principais do estoicismo praticamente nunca cessou. Há ainda hoje pessoas que se esforçam por viver segundo os princípios do estoicismo, à semelhança de Sêneca ou de Marco Aurélio.

— E conseguem?

— Elas tentam... Como o próprio Marco Aurélio tenta, mas sem pretender conseguir. Tornar-se sábio é um ideal. Controlar as emoções, agir apenas em função do bem, não se deixar enfurecer, saber ser indiferente ao próprio destino... Não é fácil! Os próprios estoicos diziam frequentemente que talvez nenhum ser humano tenha se tornado sábio. Mas isso não os impedia de fazer de tudo para tentar. Como você vê, essas escolas de sabedoria nunca desapareceram.

— E os cínicos, rebeldes como Diógenes, ainda é possível encontrar esse tipo de gente?

— Houve discípulos seus durante vários séculos após sua morte. Há muitas referências a Diógenes na pintura clássica, nas narrativas e nas fábulas, mas a figura dele ganha mais destaque que suas ideias, que nem sempre foram retomadas ou desenvolvidas. Alguns movimentos dos séculos XX e XXI poderiam ser associados aos cínicos. Penso nos beatniks dos anos 1960, nos contestadores dos anos 1980, por exemplo.

— Bom, acabou? — diz uma voz de camundonga.

— Acabou o quê? — pergunta o Canguru.

— O teu panorama. Já estou cheia de escolas de sabedoria. Será que eles todos não são um pouco loucos? — pergunta a voz, a da Camundonga Maluca, evidentemente.

— Ela não está errada — diz a Camundonga Sensata —, eu também gostaria de sair dessa. Ela fala do seu jeito, mas não está errada.

— O que é que o "meu jeito" tem, sua controladora?

— Você fala de qualquer jeito — grita a Sensata para a Maluca —, devia prestar mais atenção ao que diz. Os sábios não são loucos, os loucos não são sábios.

— Qual é a diferença, e qual a importância? Nenhuma... — replica a Maluca, que começa a ficar irritada.

— Os sábios agem bem, mesmo que pareçam loucos aos imbecis. Os loucos agem mal, mesmo que seduzam os idiotas — responde a Sensata com voz estridente.

— Dá tudo no mesmo. Você acha que é diferente. Eu tenho minhas dúvidas. É uma questão de narrativa!

— O que deu nela? — pergunta Alice.

— Está tendo uma crise de ceticismo agudo! — diz o Canguru.

— Crise de quê? — pergunta Alice.

— De ceticismo, do grego *skeptó*, "duvido". Os céticos formam uma escola de sabedoria que ainda não mencionamos. Foi fundada por um filósofo chamado Pirro, e fala-se também em "pirronismo" para designar o pensamento dos céticos.

— Qual é a ideia principal deles?

— Que não conhecemos a verdade. Para eles, todos os nossos saberes são incertos, aproximativos e merecem ser considerados com desconfiança. Explicam que acreditamos na existência de diferenças, ideias opostas, contradições, mas talvez sejam apenas aparências, e não temos meios para chegar a uma certeza. Então, é preciso suspender nosso juízo. Não considerar mais nada como verdadeiro ou falso.

— E para agir, como fazemos? Parece muito difícil decidir o que fazer, se nada é verdade!

— Bem pensado, Alice! Os céticos sempre têm dificuldade com as ações. Conta-se, por exemplo, que Pirro não acudiu o mestre, quando ele caiu num fosso, porque não conseguia saber se realmente devia ajudá-lo ou não. "Nem um nem outro" é a fórmula básica dessa atitude cética. Nem sim nem não. Nem bem nem mal. Nem agradável nem repugnante... O mesmo Pirro lavava o chiqueiro sem sentir nojo. Porque não é nem agradável nem repugnante!

— Que doidos, que doidos, que doidos... — canta a Camundonga Maluca —, eu bem que disse.

— Nem doidos nem espertos, querida Camundonga, se me permite — intervém o Canguru. — Na verdade, a tradição cética, à sua maneira, também é um caminho para alcançar uma forma de serenidade. Quem tem a convicção de que o verdadeiro conhecimento está fora de alcance deixa de se atormentar. Em suma, fica livre da preocupação com a verdade, da inquietação de saber.

— Objeção! — diz a Fada. — Quem se liberta da busca da verdade deixa de ser realmente filósofo.

— Calma — protesta Alice —, vocês estão indo depressa demais... O que quer dizer com isso, Fada?

— Uma coisa simples: a filosofia, como você viu com Sócrates e com todos os outros, é antes de mais nada a busca da verdade. Se descartamos esse horizonte, dizendo que não podemos alcançá-lo, já não somos realmente filósofos.

— Se me permite, de qualquer modo há uma solução — intervém Izgurpa. — Claro, os céticos desde cedo enfrentaram a objeção que a Fada acaba de formular. E até pior, porque houve quem apontasse uma contradição ainda mais grave: dizer que nenhuma verdade é acessível constitui... a verdade que eles defendem.

"É verdade que nada é verdade"... "Nada é verdade", exceto "nada é verdade"... é um círculo!

— Como está vendo — diz a Fada —, ao contrário do que você diz, não há solução!

— Se me permite, existe uma saída, desde que as afirmações sejam menos radicais. Essas contradições existem apenas quando se leva o ceticismo à sua intensidade máxima. Mas isso não é indispensável. Um dos grandes filósofos céticos da Antiguidade, Sexto Empírico, era médico, e bom médico. Acha que ele agia pensando que o remédio não é mais eficaz que o veneno ou que o veneno não é mais nocivo que o remédio? Como cético, considerava que não conhecemos o último "porquê" das coisas, mas agia da melhor maneira para seus pacientes com base na experiência médica. Seu ceticismo levava-o a criticar a certeza exagerada "daqueles que sabem". Isso é o que há de mais interessante no ceticismo. Como observaram alguns filósofos – Montaigne no século XVI, David Hume no século XVIII e Bertrand Russell no século XX –, o ceticismo ajuda a manter vivos o espírito crítico e a capacidade de duvidar. Sempre que os filósofos ou os cientistas se sentem demasiadamente seguros de si, os céticos lhes lembram a modéstia e os impedem de se tornarem dogmáticos e autoritários. O que importa é a atitude de dúvida.

— Falou bem, Izgurpa! — concluiu a Fada. — Gosto muito deste termo "atitude". Afinal, todas essas escolas de sabedoria trabalham para moldar certa *atitude* permanente em relação à vida naqueles que as frequentam. Essas atitudes contam mais do que as doutrinas e os métodos. Os epicuristas querem construir uma atitude de relaxamento pela ausência de tensões; os estoicos, uma atitude de aceitação em relação ao mundo e ao destino; os cínicos, uma atitude de ruptura com a sociedade e suas normas; os céticos, uma atitude de indiferença. E assim, para terminar, diria que...

Silêncio. Escuridão. Nenhuma imagem. Nenhum som. A Fada desaparece. Os outros também. Alice idem. Ela só tem tempo de achar aquilo estranho. Depois, nada mais.

Diário de Alice

Nunca imaginei tantas ideias diferentes, que levam a tantas vidas diferentes. Achava que todos vivíamos no mesmo mundo, com pontos de vista mais ou menos semelhantes.

Na verdade, podemos escolher entre um montão de escolas, pensamentos, ideias e vidas diferentes. Temos uma enorme quantidade de vidas e mundos à nossa disposição.

Será assim mesmo? Não sei. Mas parece.

Qual é a frase para viver?

"Não se deve culpar os acontecimentos" (Marco Aurélio).

Aí está uma frase que ajuda a viver, na minha opinião. Muitas pessoas culpam as circunstâncias, dizendo que são perturbadoras ou ameaçadoras. Não veem que o essencial é decidir o nosso comportamento diante dos acontecimentos.

Não se trata de resignação, de acreditar que não podemos fazer nada. Pelo contrário. É preciso entender que não somos senhores do que acontece, mas que somos sempre responsáveis por nossa atitude diante do que acontece.

Culpar os acontecimentos não é apenas erro. É perda de tempo e uma maneira de confundir tudo. Os acontecimentos são o que são. Cabe a nós decidir o que fazemos com eles. Quer se trate de catástrofes naturais, guerras, crises, o ressentimento não serve para nada. A vontade de fazer o melhor é suficiente. Obrigada, Marco Aurélio!

14

A Rotunda da Rainha Branca

A Rainha Branca espera sua convidada no terraço do imenso palácio. Alice se sente feliz por reencontrá-la porque está confusa com os desacordos entre filósofos. Todos eles explicam como viver, mas com opções tão diferentes...

O sorriso da Rainha Branca é sempre amistoso, seu olhar é atento, e os gestos de suas mãos são muito típicos. Ela leva Alice ao escritório, forrado de livros do chão ao teto. Alice nota que todos os quadros retratam filósofos ou representam cenas da vida deles. A morte de Sócrates, a morte de Sêneca, mas também momentos menos trágicos: Diógenes quebrando voluntariamente a tigela quando vê uma criança bebendo água nas mãos, Epicuro conversando com os amigos em seu Jardim...

— Você parece perplexa, Alice... Diga o que sente.

— Todos os filósofos que conheci querem explicar como viver, mas eu me pergunto por que discordam entre si...

A Rainha Branca esforça-se por esclarecer a situação. Primeira pergunta: todas as escolas antigas de sabedoria, gregas e romanas, concordam em atribuir à filosofia o objetivo de nos permitir viver vida sábia, serena e feliz? No geral, a resposta é "sim". O que há de diferente entre elas são os meios para alcançar esse objetivo. Pontos de partida, métodos e caminhos são distintos, mas a ideia comum é, de fato, exercer a razão para atingir um controle das emoções e dos desejos que seja suficientemente poderoso para transformar nossa existência de forma duradoura e profunda.

Segunda pergunta: esse objetivo de sabedoria é acatado por todos os filósofos? Em outras palavras, todos aqueles que examinam as ideias, que se interessam pela construção e pelo poder delas, concordam em dizer que seu trabalho tem como função principal conduzir à sabedoria? Dessa vez, a resposta é "não", pois muitos filósofos consideram que o horizonte dos seus esforços é um saber, um conhecimento, uma verdade, não necessariamente a transformação de sua vida. Eles não comungam a ideia de que a verdade traz felicidade, que permite transformar a existência.

— Para que serve a verdade, se não permite viver de modo diferente? — pergunta Alice

— Para conhecer, só isso. Esse conhecimento não tem necessariamente algum impacto na maneira de viver. O que um cientista sabe não muda sua existência de modo automático!... Uma parte dos filósofos considera que o papel principal das ideias é possibilitar o aumento de nossos conhecimentos, e não mudar nossa vida. Aí, existe um desacordo de fundo.

— Quem tem razão?

— O debate atravessa os séculos e não está encerrado. Não há vencedores nem vencidos. Dependendo da época e da cultura, a ênfase é dada mais à sabedoria ou mais ao saber. Mas nenhum dos dois campos desaparece nunca. Eles ressurgem, transformam-se e perpetuam-se.

A Rainha Branca tem olhos claros estranhos. Quando se fixam em Alice, ela tem a impressão de que o olhar a atravessa, vê para além dela, mais longe.

— Nesta sua viagem — recomeça a voz pausada da Rainha —, você precisa ter em mente o seguinte ponto essencial: as ideias têm vida longuíssima, bem mais prolongada que a dos seres humanos. Durante a existência, elas podem mudar de aparência, transformar-se, vestir novas roupagens, mas não morrem. A ideia de transformar a maneira de viver por meio da razão continua trabalhando a mente de muitas pessoas. Ela se eclipsou durante alguns séculos, passando para segundo plano, mas não desapareceu e hoje retorna com força.

"Mas a ideia oposta, a do conhecimento puro, sem horizonte prático, também não desapareceu! Continua a se opor à ideia de filosofia como remédio contra a infelicidade e a lutar para fazer da filosofia uma escola de lucidez, oferecendo uma visão precisa da realidade que todos vivem, em vez de uma escola de transformação pessoal.

— É uma guerra? — pergunta Alice, preocupada.

— Não exagere... Mas você não está errada, pois o termo "polêmica" vem do grego antigo *polemos*, que significa "guerra". Portanto, não espere encontrar paz no País das Ideias! Ninguém está de acordo com o vizinho! Os filósofos não param de criticar as ideias de seus predecessores ou contemporâneos...

— Por quê? Eles gostam de falar mal dos outros?

— Não é tão simples! Em geral, as ideias dão origem a comunidades que comungam uma mesma crença, uma mesma convicção. No campo religioso, na vida política, cada grupo está mais ou menos unido pelas próprias ideias. Os filósofos, por sua vez, agem de modo diferente com as ideias. Em vez de aderirem a elas, eles as examinam, dissecam, testam. Investigam o que as compõe e como as reunir ou selecionar. É aí que muitas vezes entram em desacordo! Ainda bem!

— Como assim, ainda bem?

— Não se espante, Alice! Essas brigas entre filósofos não são uma fraqueza. Pelo contrário, constituem uma força. Porque é por meio das críticas fundamentadas que a vida das ideias avança. Se todos estivessem de acordo em tudo, o País das Ideias nem existiria! Ele se desenvolveu devido às divergências de opiniões, oposições, conflitos intelectuais. O desacordo é o modo de existência normal e permanente da vida das ideias.

— Mais pontos de vista geram mais ideias?

— Em todo caso, as ideias examinadas sob vários ângulos se tornam mais precisas, mais afiadas. Olhe, por exemplo, a ideia de natureza...

— Isso me interessa!

— Ao longo das discussões dos filósofos, essa ideia ganhou sentidos muito diferentes. "Natureza" pode designar tudo o que não é criado pela atividade dos seres humanos, o conjunto do universo, desde o menor fio de capim até a galáxia mais distante. Essa mesma ideia pode corresponder apenas ao ambiente terrestre, oceanos e continentes, vegetais e animais. Mas, quando falamos da natureza de um problema, da natureza de uma pessoa, temos ainda outra ideia em mente: o seu caráter próprio, o que faz a sua identidade. E, quando você come um iogurte "natural", é uma ideia diferente que está presente. Outra fonte importante da diversidade das ideias é a pluralidade das culturas e das línguas.

— O que têm as línguas a ver com essa história?

— "Natureza", em nossa língua, não tem exatamente os mesmos sentidos do grego antigo *phusis* ou do latim *natura*. Na verdade, as línguas são essenciais, minha querida Alice. Nossas ideias dependem, em grande parte, das palavras que usamos. E cada uma das diversas línguas configura as noções à sua maneira. Você sabe que as ideias que se pode ter em francês não são exatamente as mesmas que se pode ter em alemão, italiano, espanhol, português.

"Quanto a esses exemplos, a diferença não é muito perceptível, porque existem múltiplas traduções, inúmeras possibilidades de explicações e comentários, sobretudo porque são línguas europeias que têm muitos pontos em comum e, frequentemente, uma ampla parcela de vocabulário compartilhado. Mas, quando se trata de línguas pertencentes a outras famílias, que funcionam de maneiras distintas, as diferenças se tornam mais evidentes. As ideias são construídas, elaboradas, moldadas de forma específica em hebraico, árabe, sânscrito (a língua sagrada da Índia), chinês, tibetano, para citar apenas algumas das línguas nas quais existem imensas bibliotecas que pertencem ao País das Ideias. Viajando, você passa de uma língua para outra, de um universo mental para outro.

— Como a gente atravessa a fronteira?

— Boa pergunta! A resposta não é fácil. Porque a fronteira entre línguas ou culturas nunca é uma barreira fixa, uma divisão estanque.

Com muita frequência, ao longo da história, vemos línguas encontrando-se e traduzindo-se, ideias circulando de uma para outra, às vezes com mal-entendidos e metamorfoses. Essa é outra fonte da diversidade de ideias. Nos grandes portos, nos centros de intercâmbio comercial, ao longo das rotas por onde circulavam mercadorias, em centros de reflexão e tradução que constituíram encruzilhadas de ideias, muitas vezes houve descobertas recíprocas, cruzamentos, invenções múltiplas.

— E isso nunca para?

— Claro que não! Esses encontros produzem constantemente novas criações, e os sistemas de ideias, ao atravessarem os séculos, renovam-se e transformam-se também.

— Quer dizer que as ideias nunca morrem?

— Continuam vivas, claro, mas não necessariamente idênticas. Lembre-se dos filósofos que conheceu. Sócrates, por exemplo, morreu há muito tempo. O homem desapareceu, mas a personagem, a figura de Sócrates, as suas interrogações, continuaram fazendo sonhar e refletir. E o Sócrates da Idade Média não é o mesmo do Iluminismo do século XVIII nem o do século XXI.

"Pense também em Diógenes, Epicuro, Marco Aurélio e outros: as ideias deles foram transmitidas de geração em geração. Fala-se ainda hoje de ser 'cínico' ou 'epicurista' ou 'estoico', mesmo que o sentido dessas palavras tenha mudado, provocando mal-entendidos. Por exemplo, hoje é chamada de 'epicurista' a pessoa que valoriza os prazeres da vida e quer experimentá-los todos, o apreciador de vinhos finos e de boa gastronomia. Quando falou com o filósofo do Jardim, você percebeu que esse não é realmente o sentido do pensamento dele.

— Quer dizer que foi mal transmitido?

— Ou melhor, mal compreendido, visto que se usou o nome de Epicuro para designar uma maneira de viver muito distante do seu verdadeiro pensamento. O essencial é você ter em mente que as ideias se transformam e se desenvolvem, ao longo do tempo, sem desaparecerem, mas sem permanecerem exatamente idênticas. Você continua sendo a Alice?

— Claro!

— A mesma de quando tinha dez anos?

— Claro que não!

— Imagine o mesmo em relação às ideias. Elas permanecem idênticas e, apesar de tudo, se transformam. Você vai ver que existem tanto transformações de ideias antigas quanto nascimentos de ideias novas, encontros com ideias que vêm de outros lugares…

— Que outros lugares?

— A cultura judaica, a indiana, a chinesa, por exemplo. Quiseram levar a crer que os gregos tinham sido os únicos inventores e praticantes da filosofia, como se os outros não tivessem ideias! Como se fossem incapazes de examinar, criticar, testar ideias… É falso, obviamente. Parece-me indispensável você agora descobrir essas outras regiões do País das Ideias.

— Posso ir mesmo descobrir esses outros mundos de ideias?

— Evidentemente, e estará sempre acompanhada por seus amigos e suas explicações. Venha, agora preciso lhe mostrar a Rotunda.

— O que é isso?

— Vai ver, ela fica na extremidade do palácio. Vamos!

Alice segue a Rainha Branca por uma sequência de corredores. Atravessam vários salões antes de chegarem a uma imensa sala redonda. "Que lugar estranho!", pensa Alice ao passar pela porta. Há vidraças por toda parte, mas cada janela dá para uma paisagem diferente. À esquerda, por uma delas, é possível ver Atenas e o Partenon; na do lado, Roma e suas sete colinas; em frente, paisagens da Ásia, estuários e rios ladeados por grandes árvores se desenham na névoa; e as montanhas da China aparecem na janela seguinte. À direita, por outra série de janelas, é possível avistar desfiles de cavaleiros com armadura, caravelas no oceano e, finalmente, fábricas e helicópteros.

Alice nunca tinha visto um espetáculo assim. Todas as vidraças dão para paisagens distintas, países diferentes, épocas diversas! Como se bastasse ir para cá ou para lá a fim de mudar de região, de século e de ideias!

— Você parece surpresa...

— Nunca vi uma sala como esta...

— Só aqui ela pode existir. Como você percebeu, esta rotunda estabelece a comunicação entre séculos, civilizações, línguas e ideias de todos os países.

— E para ir ao encontro delas, o que devo fazer?

— Escolha a porta que quiser. Mas vou avisando: você vai chegar a outras ideias, do outro lado da filosofia. Não tenha medo!

TERCEIRA PARTE

Em que Alice constata que os gregos não têm o monopólio das ideias

15

No deserto com os hebreus

Será que dormiu? Alice foi transportada sem perceber. Não tendo nenhuma lembrança do trajeto, não sabe como foi parar ali. Só sente um calor intenso. Abrindo os olhos, compreende: está no meio do deserto, sob um sol escaldante! A perder de vista, areia e pedras, alguns arbustos e cactos. Procura algo para se proteger dos raios ardentes. Nada! Põe as mãos em cima da cabeça, examina o horizonte.

Alice avista um ponto branco, pouco distinto, muito longe, num vale entre duas colinas. Fecha os olhos, espera vários minutos, olha de novo. Sim, o ponto aumentou! Não muito, mas claramente. Alguém, lá longe, está vindo para cá! Quanto tempo vai demorar até chegar perto? Até ela poder lhe acenar?

— Psstt...

Quem está chamando? Ela não vê ninguém, olha para todos os lados, presta atenção, acha que deve ter sonhado.

— Psstt...

— Quem está aí?

— Nós! — dizem juntas duas vozes agudas que Alice reconhece de imediato.

— As Camundongas!... Onde estão? Não estou vendo vocês!

— Embaixo! Aos seus pés! Estamos enterradas na areia, está tão quente... Alice avista dois minúsculos pontos cor-de-rosa na ponta dos dedos dos pés: os focinhos das irmãs gêmeas! Elas se protegem do calor do solo, deixando apenas o estritamente necessário para respirar.

— Como me encontraram?

— Pergunta errada! — diz a Camundonga Maluca.

— Fomos nós que trouxemos você aqui! — esclarece a Camundonga Sensata.

— E onde estamos?

— Na Terra Prometida, entre os hebreus!

Alice mal pode acreditar. Ouviu muitas vezes falar do Antigo Testamento, dos Dez Mandamentos e dos Profetas. Nunca teria pensado encontrar-se "de verdade" na terra dos hebreus. Mas é o que está acontecendo. O ponto branco transformou-se num homem montado num camelo. Sua roupa é feita de fino tecido branco com largas listras azuis, como nas ilustrações dos livros de história que Alice costumava ler. Ela não consegue distinguir o rosto dele, pois a cabeça está coberta. Agita os braços para que ele venha ao seu encontro.

— Camundongas, sabem quem vem vindo?

— É um mercador judeu que acaba de encontrar um sábio, um *tsadic* na língua dos hebreus — responde a Camundonga Sensata. — Queremos que fale com ele para lhe mostrar outro lado do País das Ideias.

— Sabe o nome dele?

— Chama-se "eu me chamarei" — diz a Maluca.

— Sério? — surpreende-se Alice.

— Meio sério, como sempre acontece com a minha irmã — acrescenta a Camundonga Sensata. — Na verdade, ela quer dizer que ele não gosta de dizer como se chama, por considerar que é inútil. No entanto, dá grande importância às palavras e ao futuro porque...

— Então é assim — interrompe a Camundonga Maluca —, você sabe melhor do que eu o que quero dizer? É incrivelmente...

A Camundonga Maluca não consegue terminar a frase. Uma ventania de incrível violência sopra de repente. Em poucos segundos, a areia está cobrindo tudo, inclusive os focinhos das Camundongas. Alice senta-se, com a cabeça apoiada nos joelhos, e tenta proteger os olhos. Grãos de areia estalam entre os seus dentes, fazem cócegas nas suas narinas, entram nos seus ouvidos, escorregam pelas suas costas... Ela tem vontade de gritar pedindo socorro, mas, se abrir a boca, será pior. De repente, uma mão forçuda a levanta e limpa seu rosto.

Alguns instantes depois, está a salvo, numa tenda improvisada, sacudida pelo vento, com as duas Camundongas e o homem do camelo.

— Obrigada! — diz Alice. — O senhor nos salvou! Fiquei com muito medo, temia que ficássemos enterradas na poeira...

— Bobagem ter medo — diz o homem. — Somos pó e ao pó voltaremos, mais cedo ou mais tarde.

Na penumbra, Alice mal distingue a túnica listrada, mas vislumbra o rosto dele, magro, seco, olhos ardentes. A nuvem de areia é tão densa que parece ter anoitecido. As rajadas sacodem o abrigo, que parece frágil, mas resiste. Olhando para fora, por uma fenda protegida, é possível ver ondas sucessivas e intermitentes de areia, formas difusas, ao som de um assobio permanente. Nada nítido. Tudo confuso, ameaçador, sombrio.

— Parece o *tohu-wa-bohu* — diz o homem.

— O quê? — espanta-se Alice.

— *Tohu-wa-bohu*, o início do mundo, quando nada estava ainda separado, quando tudo se misturava.

A Camundonga Sensata cochicha, imitando o Canguru:

— Esse termo hebraico deu origem à palavra francesa *tohu-bohu*, que se usa para dizer que tudo está de pernas para o ar, misturado, em desordem.

O homem não ouve a Camundonga. Continua a explicação.

— Para que a vida seja possível, para que se formem uniões, é preciso que os elementos estejam separados uns dos outros.

— Desculpe — diz Alice —, não compreendo essa ideia. Pode explicar?

— É uma ideia muito importante, até fundamental. Agora é a minha vez de fazer uma pergunta: para fazer uma aliança, quantos é preciso haver?

— Pelo menos dois!

— Misturados ou separados?

— Separados, acho...

— Correto. Apenas a separação permite as uniões. Ela constitui sua condição primeira, indispensável. Você e eu, se não fôssemos seres distintos, existências separadas, nunca poderíamos falar um com o outro, nem nos tornarmos amigos, nem concluirmos um acordo ou um contrato. Se estivéssemos confundidos, indistintos, emaranhados, não poderíamos fazer nada disso!

— Quer dizer que é preciso estar *primeiro* separado para que se estabeleça uma relação?

— Exatamente. É por isso que, em hebraico, não falamos de "firmar" uma aliança. Dizemos, para falar da sua criação, em "quebrar" uma aliança...

— É inesperado!

— Não, é coerente, você mesma acabou de reconhecer. A separação, a distância, o fato de quebrar o indistinto, desfazer a mistura, pôr fim à confusão geral, é o único ponto de partida de todos os acordos possíveis.

"Olhe a tempestade lá fora: não se distingue mais nada. Colinas, animais, seres humanos, nada aparece. Só há vento e trevas. Acredita que um caos assim permite conversar, como fazemos agora? Não. Tivemos de nos apartar dessa ameaça, proteger-nos da indistinção, erguendo nossa tenda. Não só para sobreviver, mas também para podermos falar, refletir, elaborar o que vem a seguir.

— Não tenho muito certeza de ter entendido...

— O que afirmo é muito simples, na verdade. Deixe-me explicar melhor. Com muita frequência, é o mais simples que nos parece mais difícil de entender. De novo, olhe esse nevoeiro, essa tormenta opaca ao nosso redor. Só há o indistinto. Nenhuma silhueta, nenhuma forma, nem a menor coisa nítida. Neste *tohu-wa-bohu*, nesse caos, não há nada possível, não há mundo, não há ideia, não há ação, não há conhecimento. Por quê? Porque nada está separado. O que aconteceria se estivéssemos misturados? — pergunta o homem.

— Você não poderia falar comigo! — responde Alice.

— Certíssimo, garota, certíssimo! É por você não ser eu que posso lhe falar e você pode me ouvir. Você começa a entender o que estou tentando explicar. A separação dos indivíduos é a condição indispensável para suas relações.

— Deixe ver se entendi... Para haver amigos ou inimigos, é preciso primeiro serem dois... É essa a ideia?

— Sim, exatamente. É verdade para você e para mim, mas também para todas as existências. Olhe as espécies vivas: é por não se confundirem que seres humanos e animais podem se respeitar. Isso também se aplica às relações entre os povos e as nações: é por ter cada um sua própria existência que eles podem se entender para coexistir.

— Uau... — exclama Alice, que acaba de perceber a força dessa ideia.

— Não conheço essa palavra — diz o homem.

— Não tem importância... Diga uma coisa, essa separação para se ligar é necessária para tudo?

— Claro que sim. Isso é ainda mais verdadeiro para as relações entre os humanos e Deus. É por Deus estar separado do mundo, separado dos seres humanos, por ser radicalmente diferente do que somos, inacessível, impossível de nomear, descrever, conhecer, que pôde fazer aliança conosco, os judeus, e nós com Ele.

— Olhe, aí, já não estou acompanhando — diz Alice. — Até a questão dos povos, entendi. Assim como os indivíduos, os povos precisam ser diferentes para se falarem, concordarem ou discordarem, fazerem alianças etc. Mas o que é que Deus tem a ver com isso? Para entender, é preciso ter fé, acreditar que Deus existe, aderir à sua religião?

— Você está fazendo muitas perguntas diferentes em poucas palavras! Deixe-me responder ponto por ponto. "Fé" não é a palavra adequada. Para nós, não se trata de crer, mas de agir. O mais importante não é estar convencido de que Deus existe, mas obedecer à Lei, fazer tudo o que ela prescreve. Para ser muito franco, não sei a que corresponde o termo "Deus". É um enigma insondável. Mas Ele deu a Sua Lei ao meu povo, e devemos segui-la. Só isso.

— Espere, o senhor não pode ficar só nisso! De onde vem essa Lei? O que ela ordena? Por que são obrigados a segui-la? Por que é seu povo, e não outro?

— A Lei é o texto entregue a Moisés no monte Sinai. Consideramos que não é de origem humana. Os humanos devem compreendê-la, interpretá-la e aplicá-la da melhor maneira possível. Só isso. Não devem questionar sua existência nem justificá-la. Podemos debater seu sentido em casos precisos. Podemos discutir maneiras de colocá-la em prática em situações específicas. Mas nunca se deve questionar sua legitimidade nem sua origem.

— E o que diz essa Lei?

— Conhece os Dez Mandamentos? Em hebraico, dizemos simplesmente as Dez Palavras.

— Eu conheço! — grita a Camundonga Maluca. — Vi o filme! 1956, Cecil B. DeMille, com Charlton Heston e Yul Brynner, genial!

— Ah, sim, isso me lembra alguma coisa! — diz Alice. — Eu vi quando era criança, mas fiquei assustada com os ferimentos de Messala na corrida de bigas.

— Messala era espetacular, mas eu prefiro Ben-Hur — diz a Camundonga Maluca com um jeito guloso.

— Cale a boca! — diz a Sensata.

— Como? — pergunta o homem.

— É o vento assobiando — responde Alice por via das dúvidas, envergonhada.

— Vou ler para você um trecho da Torá, o texto que transmite a Lei. Você vai entender os princípios que guiam nossa maneira de viver.

O homem tira da sacola um rolo de papiro, começa a desenrolá-lo e lê lentamente as linhas que lhe interessam, no livro do Êxodo, 20, 1-14:

— "Então Deus pronunciou todas estas palavras, dizendo: Eu sou o Senhor, teu Deus, que te tirei da terra do Egito, da casa da servidão. Não terás outros deuses diante de minha face. Não farás para ti imagem esculpida nem representação alguma das coisas que estão em cima nos céus, que estão embaixo na terra, e que estão nas águas abaixo da terra. Não te prostrarás diante delas, nem as servirás; porque eu, o Senhor, teu Deus, sou um Deus zeloso, que castiga a iniquidade dos pais sobre os filhos até a terceira e quarta geração dos que me odeiam, e faço misericórdia até mil gerações aos que me amam e guardam meus mandamentos. Não tomarás o nome do Senhor, teu Deus, em vão; porque o Eterno não deixará impune aquele que tomar o seu nome em vão. Lembra-te do dia de repouso, para santificá-lo. Trabalharás seis dias, e farás todo o teu trabalho. Mas o sétimo dia é o dia de descanso do Eterno, teu Deus: não farás nenhum trabalho, nem tu, nem teu filho, nem tua filha, nem teu servo, nem tua serva, nem teu gado, nem o estrangeiro que está às tuas portas. Porque em seis dias o Eterno fez os céus, a terra e o mar, e tudo o que neles há, e descansou no sétimo dia: por isso o Eterno abençoou o dia de repouso e o santificou. Honra teu pai e tua mãe, para que os teus dias se prolonguem na terra que o Eterno, teu Deus, te dá. Não matarás. Não cometerás adultério. Não roubarás. Não darás falso testemunho contra teu próximo. Não cobiçarás a casa do teu próximo; não cobiçarás a mulher do teu próximo, nem o seu servo, nem a sua serva, nem o seu boi, nem o seu jumento, nem coisa alguma que pertença ao teu próximo."

Durante um momento, só se ouvem os assobios do vento e o crepitar da areia nas paredes da tenda. Alice não sabe por onde começar, tantas são as perguntas que se atropelam em sua cabeça. Finalmente, rompe o silêncio.

— Esse Deus é só de vocês ou é de todo o mundo?

— É o Deus único. Todos os povos, antes de nós, adoraram deuses múltiplos. Todos celebraram os nomes de seus deuses, representaram seus rostos ou silhuetas, homenagearam suas estátuas. Esses deuses eram ídolos. Nós só reconhecemos um Deus, cujo nome não se pronuncia, de quem não se faz estátua, que não se venera como ídolo. Suas palavras dirigem-se a todos os humanos, não apenas a nós, os judeus. Mas foi conosco que topou, se assim posso dizer.

— Vocês não escolheram?

— Não exatamente. Os estrangeiros muitas vezes entendem mal quando ouvem falar de "povo eleito". Imaginam que os judeus se consideram superiores, como se tivessem privilégios que os outros não têm. A ideia, no entanto, é que fomos designados, que recebemos uma missão, para transmitir a Lei, e que somos responsáveis por ela. Mas isso nos dá mais deveres do que direitos, e nenhum privilégio em especial.

"Assim, temos o dever, como acabou de ouvir, de não trabalhar no sétimo dia, o dia do Shabat. Devemos dedicar esse dia à alegria de estarmos vivos e à contemplação da existência do mundo. Como você também ouviu, é fácil ressaltar que os deveres que a Lei nos prescreve se dirigem, na verdade, a todos os seres humanos: honrar pai e mãe, não trair o cônjuge, não roubar, não prestar falso testemunho, não desejar o que pertence a outros... Se os humanos pusessem em prática esses preceitos, não acha que o mundo seria mais habitável? Não é só a nós, judeus, que esses mandamentos se dirigem. Eles dizem respeito a todos, independentemente da época, do país, da sociedade. É *a* moral. Não é 'nossa' moral.

— Então, qual é o papel especial de vocês? — pergunta Alice.

— Ser guardiões da Lei, aqueles que a transmitem, a preservam, a ensinam. Essa é nossa singularidade. É também o que muitas vezes nos torna alvo de muito ódio. Porque os seres humanos gostam de se prostrar diante de falsos deuses, ídolos e imagens, porque frequentemente desdenham a beleza do mundo, esquecem o que devem aos pais, são atormentados por desejos de roubo, violação, mentiras... por isso, logo odeiam aqueles que lembram, constantemente, que todas essas coisas devem cessar! Isso parece insuportável! Porque defendemos a vida e a justiça, fomos os primeiros, na história da humanidade, a proibir terminantemente os sacrifícios de crianças. A ideia de que uma criança seja assassinada para agradar a um deus é uma monstruosidade!

— Esse horror existiu mesmo?

— Era uma prática comum em muitas sociedades antigas. Fomos os primeiros a bani-la.

— Fizeram bem!

— Pois sabe o que se disse sobre nós? Que praticávamos em segredo sacrifícios de crianças! Durante séculos, as pessoas nos acusaram de matar crianças às escondidas, de roubá-las de suas famílias, de beber o sangue delas. Relatos abomináveis insinuaram que éramos monstros, seres ávidos, cruéis, impiedosos, dissimuladores... E esse ódio assume constantemente novos rostos. Acusam-nos de tudo e do seu oposto: de sermos ricos e de sermos miseráveis, de querermos dominar e de querermos derrubar a dominação... que sei eu mais! Não acaba... E tudo isso porque tentamos tornar o mundo mais moral, os humanos, mais solidários, a sociedade, mais justa.

Alice nota que a voz do homem agora soa alta e clara. Os ruídos desapareceram. A luz retorna. A tempestade acalmou. O mercador começa a dobrar o abrigo improvisado e prepara-se para retomar o caminho.

— Preciso deixá-la, estão à minha espera. Tente não esquecer o que ouviu, jovem de olhos claros! Lembre-se do conselho de Moisés, que nos libertou da servidão e nos guiou para a liberdade: escolherás a vida!

Antes mesmo que Alice tenha tempo de lhe perguntar o que significa essa frase, o homem se afasta com rapidez.

— E agora, Camundongas? — pergunta Alice, sacudindo a areia do jeans. — Não entendo mais nada dessas viagens. Como é que vim parar no deserto? E com que propósito me fizeram encontrar esse homem preocupado com Deus, com a Lei e com a moral? Foram vocês que me trouxeram aqui, eu quero entender.

— Se me permite, vamos fazer um balanço da situação...

— Oh! Adorado Canguru, você está aí?... Diga depressa, Cang, como nos encontrou?

Canguru não fica vermelho, mas Izgurpa sente o coração bater mais rápido. "Ela disse 'adorado'! 'Adorado' é adorável", pensa ele. Cuidar das fichas, das referências e das explicações não impede de ter sentimentos. Mas ter sentimentos também não impede de ser tímido. Emocionado, o Canguru gagueja.

— Eu... Eu sei sempre onde... onde encontrá-la. E trouxe água. No deserto, é indispensável.

Alice está morrendo de sede e bebe avidamente. As Camundongas fazem o mesmo.

— Água, descanso, depois vamos nos encontrar com a Fada! Juntos, responderemos às suas perguntas.

Exausta, Alice adormece sobre a areia. Quando abre os olhos, descobre à sua volta uma grande tenda branca, fresca, com ventiladores por todos os lados, refrigerantes e tudo o que é necessário para se refazer. A pequena equipe que ela começa a amar do fundo do coração está completa. As Camundongas estão brincando de pegador, Izgurpa, organizando as fichas, a Fada Objeção, terminando de se vestir.

— Bom, agora gostaria de entender por que me trouxeram para este deserto — diz Alice.

— Muito simples — responde a Fada —, é para você descobrir como, neste deserto, com os hebreus, começou uma grande aventura de ideias, diferente da dos gregos.

— No entanto, ouvi falar de religião, Deus, Bíblia! — questiona Alice.

— E aí, não são ideias? — replica a Fada.

— Pode-se dizer que sim, mas alguma coisa me incomoda. São antes de mais nada crenças, não?

— É preciso olhar mais de perto — responde a Fada. — Aqui, no País das Ideias, encontram-se TODAS as ideias, filosóficas, religiosas, científicas, políticas, artísticas e outras, TODAS! Até as ideias falsas, as perigosas, as criminosas. Meu trabalho é ajudá-la a descobrir as principais e permitir que você as compreenda. Depois, cabe a você escolher. Pode questionar, pedir esclarecimentos, mas não escolheremos em seu lugar.

— Você não me disse por que me trouxe aos hebreus.

— Até agora, você visitou os gregos, depois os romanos, que retomam e prolongam as ideias dos gregos. Mas existem outras línguas além do grego e do latim, outras civilizações, outras culturas, com outras ideias e outras maneiras de usar as ideias. Vamos levar você a descobri-las. Visitar os hebreus é começar a mudar de registro.

— Quer dizer que mudamos de mundo?

— A ideia de um Deus único não tem apenas consequências religiosas. Ela provocou grande quantidade de mudanças no modo de conceber o mundo e a existência humana, que tiveram repercussões muito além da cultura judaica. A ideia de uma Lei moral única, impondo a todos regras e proibições, não deixou de ser retomada e transformada ao longo da história da humanidade, e é entre os hebreus que encontramos sua primeira formulação.

— E não entre os gregos? — pergunta Alice. — Sócrates nos faz examinar nossos pensamentos para nos tornarmos melhores. Ele também escolhe o bem e a justiça, o reinado da lei, e não o da brutalidade. Estou errada?

— É verdade que existem pontos em comum entre o que você ouviu dos gregos e o que dizem os hebreus. Mas também existem diferenças. Primeiro, os hebreus são mais antigos que os gregos. Vários séculos antes dos primeiros filósofos da Grécia antiga, o povo judeu elaborou uma forma de pensamento original, que está próxima da filosofia em certos traços, mas se distingue dela radicalmente.

— De que forma?

— Para responder, o mais simples é examinar o que os pensadores judeus dizem quando descobrem os filósofos gregos. Lembra-se de Epicuro?

— Muito bem!

— Em hebraico há um termo que fala dele. *Apikorsim* é uma palavra no plural que provém do seu nome, Epicuro. Mas essa palavra não significa simplesmente "epicuristas". Designa todos os pensadores que se acreditam capazes de compreender por si mesmos como viver, que afirmam conseguir resolver os problemas da vida humana apenas pela razão. Os judeus consideram respeitáveis esses pensadores, mas acreditam que estão errados. Para saber como viver, é preciso primeiro a Lei e, depois, a razão para especificar de que maneira ela deve ser aplicada. A razão sozinha não é suficiente, ao contrário do que acreditam os filósofos, os famosos *apikorsim*. Aí está a primeira diferença entre o mundo das ideias dos gregos e o dos judeus. Os gregos acham que a razão pode tudo, que é capaz de governar sozinha as ideias e a existência. Os hebreus acham que a razão é muito útil e até indispensável, mas sempre em segundo lugar, como ajuda, uma auxiliar.

— É esse ponto que os distingue?

— Sim, e não é pouco!... Claro, existem outras diferenças. Por exemplo, a relação entre ideias e ação. Para os gregos, no geral, as ideias são descobertas pela razão e devem guiar a ação. Os hebreus, ao contrário, acreditam que é agindo que forjamos conhecimentos e descobrimos novas ideias. É preciso primeiro agir para saber, e não saber antes para agir depois. Esses pensadores acreditam na experiência, na vivência, para construir os pensamentos. É por isso que também confiam no amor para conhecer. Os gregos consideram que o conhecimento (*sophia*) é um campo que existe por si mesmo e que amamos (*philô*) quando o descobrimos. Os hebreus pensam o inverso: é amando que se descobre. É através da experiência do amor que se começa a saber alguma coisa. Não compreendemos apenas com a inteligência, compreendemos primeiro com o coração, as emoções, os sentimentos. Compreendemos agindo, fazendo algo com os outros, falando. As ideias não são estrelas fixas, ou diamantes eternamente idênticos. No pensamento judaico, elas constituem uma aventura coletiva, uma construção incessante, uma história nunca acabada. As ideias são consideradas inseparáveis da ação humana, do tempo que passa, do progresso moral que deve avançar com nosso trabalho. São vistas como frágeis, provisórias, e sempre podem ser melhoradas. É responsabilidade dos seres humanos aperfeiçoá-las continuamente, para aperfeiçoar o mundo.

— O mundo não é perfeito? Mas foi criado por Deus, se entendi bem...

— Boa objeção, Alice, palavra de Fada! Supõe-se que o mundo se deteriorou. Foi desajustado, quebrado, desmantelado. É preciso repará-lo, restaurá-lo. Olhe ao redor! Apesar de milhares de anos de esforços, este mundo continua cruel, injusto, saturado de ódio. Os seres humanos realizaram muitos progressos, descobriram inúmeros conhecimentos. Inventaram ciências, instituições, tribunais, mil coisas. Mas ainda precisam percorrer muito, muito caminho para viverem em paz nesta terra. O mundo não é fixo. Não existe de maneira definitiva. A história dele está sendo construída, todos os dias, por todos juntos. É isso que o homem que você encontrou no deserto responderia, creio. Essa dimensão da história, do progresso coletivo, não foi vista pelos gregos. Eles imaginam um mundo sempre semelhante, que não depende de nós. Os hebreus, ao contrário, têm a ideia de que nossa responsabilidade é melhorar o mundo de forma constante, passo a passo, estudando as particularidades de cada situação. Essa atenção aos casos singulares é outra grande diferença. Os gregos raciocinam quase sempre a partir de grandes princípios e grandes ideias, não a partir dos casos particulares, das situações concretas. Em oposição, os pensadores judeus veem a necessidade de construir permanentemente soluções "sob medida", respostas adaptadas à diversidade das circunstâncias. Como você sabe, é assim que procedem os juízes: aplicam a lei, necessariamente geral, a delitos ou crimes necessariamente particulares, que devem ser examinados caso a caso, nas suas especificidades. É assim, e só assim, que se pode decidir sobre a absolvição ou a condenação, ou então ajustar a pena com precisão às faltas cometidas. Não há nenhuma resposta feita e pronta. Encontramos apenas múltiplas respostas, conforme os casos, elaboradas para levar em conta as circunstâncias. Essa atenção às singularidades muitas vezes falta nas ideias dos filósofos. As concepções deles com frequência são rígidas e inflexíveis demais, por serem demasiadamente abstratas. Além disso, com muita frequência elas também são indiferentes ao tempo, por serem concebidas como verdades eternas e imutáveis. Pelo contrário, as ideias talvez estejam sempre em processo de trabalho, construção, elaboração, sem nunca estarem fixadas nem congeladas de uma vez por todas.

— Se me permite...

— Claro, Canguru adorado, sou toda ouvidos!

— A lista das novas ideias que você acaba de descobrir é longa! A ideia de um Deus único, a separação como condição das relações e das alianças, a importância da Lei, a questão do ódio, a ideia dos ajustamentos entre o universal e o singular... Tenho bibliotecas inteiras para indicar sobre todos esses assuntos, no dia que você quiser. Em todo caso, você está começando a ver que o País das Ideias não é habitado apenas pelos gregos e seus herdeiros!

— E isso é só o começo! — diz a vozinha da Camundonga Sensata.

— Você gosta de curry? Especiarias? Colares de flores? — pergunta a Camundonga Maluca.

— Para descobrir outro lado do País das Ideias, vamos levar você à Índia — diz a Fada. — Atenção, vai haver uma mudança de universo... Mas não se preocupe, estamos juntos.

— Cuidamos de você! — acrescenta o Canguru com um grande sorriso.

É verdade que Alice o acha simpático. Se bem que um canguru sorrindo não é propriamente bonito...

Diário de Alice

Minha cabeça está que é uma bagunça só. Religião é questão de fé, ideia é questão de reflexão. Portanto, uma não tem nada a ver com a outra... Era o que eu pensava. Aparentemente, é falso. Pelo menos simples demais.

Acabei de perceber que há ideias nas religiões e reflexões que nascem dos textos sagrados.

Fico aqui imaginando se também não é possível encontrar fé e crenças onde menos se espera.

Há ideias de filósofos e ideias de sábios. Às vezes são as mesmas, às vezes não.

Talvez em tudo se misturem conhecimentos e sentimentos, emoções e raciocínios, dúvidas e certezas.

Será que na Índia as coisas vão ser diferentes também? Não sei por quê, a Índia me dá um pouco de medo. Deuses esquisitos, rituais obscuros, magia, mistérios... Talvez eu esteja enganada. Na verdade, não sei nada sobre as ideias indianas.

É doido pensar na quantidade de coisas que não sei. E que tenho vontade de descobrir. Ainda bem que os meus novos amigos me explicam tudo e me protegem.

Roupas, comida, modos de vida, palavras, casas, tudo muda com as diversas civilizações. O mais doido são as ideias.

Qual é a frase para viver?

"Escolherás a vida" (Deuteronômio, 30, 19).

Fico pensando no que significa essa frase. Desde que a ouvi, está me martelando a cabeça. Como se ficasse aí, até eu entender. É verdade, quando nos perguntamos como viver, não pensamos em escolher a vida. Essa escolha parece óbvia.

Existe gente que escolhe a morte? A destruição? O aniquilamento? Pensando bem, parece que às vezes isso acontece. Mas por quê?

Em que sentido exatamente?

E "escolher a vida" o que significa, concretamente? Em que circunstâncias? Com quais consequências?

De que vida se trata? Vida biológica, saúde, força física? Vida moral, bem, justiça?

Sem dúvida, há muitas coisas importantes para descobrir.

16

Na Índia, às margens do Ganges

O rio é imenso. Dizem que quem imerge em suas águas se aproxima da verdade última. Hoje de manhã, já ao amanhecer, centenas de mulheres e homens descem as escadas que levam à água de um verde-acinzentado. Suas roupas são de cores vibrantes, vermelho-escuro, azulão, açafrão, verde vivo. Imersos até o peito, eles enchem uma tigelinha de metal e derramam a água sagrada sobre a cabeça. Não se incomodam com o frio, a névoa ainda densa, o vento forte.

Não têm em mente a poluição do rio, as inúmeras bactérias que pululam em cada gota. O Ganges é, necessariamente, revigorante, reconfortante. Aliás, aqui, ninguém diz "o" Ganges, mas "nossa mãe Ganges". Sua água é materna, feminina, protetora. Divina. Ninguém se banha na realidade, suja, insalubre, desconfortável, perigosa. Cada um mergulha num imaginário sem limites: libertação, alívio, salvação...

Alice chega de barco. É a melhor maneira de descobrir esta cidade mítica que os ocidentais chamam de Benares, os indianos designam como Varanasi e, para a tradição, é o reino de Kashi.

Alice suspira, sem palavras, enquanto contempla a multidão multicolorida, os *ghats*, aquelas imensas escadas que descem em direção ao rio, e a grande quantidade de palácios, empilhados, entrelaçados com inúmeras casinhas.

Ela nota que a cidade está construída em uma única margem. De um lado, o gigantesco aglomerado de pedras e madeira, lotado de janelas, arcos, pessoas em movimento, macacos que as observam.

Do outro lado... nada! A margem oposta está deserta, é plana, mal e mal colorida por alguma vegetação.

"Por que será?", pergunta-se Alice.

— Se me permite... — cochicha atrás dela uma voz bem conhecida.

— Diga lá! Canguru, reconheci a voz...

— As pessoas realistas simplesmente acham que a outra margem é pantanosa, incapaz de suportar construções, muito menos grandes edifícios e uma cidade inteira. Outros dizem que é uma escolha simbólica. "A outra margem", nos textos da Índia, designa a libertação, a saída do nosso mundo habitual, o fim do sofrimento. Seria por uma razão espiritual que a cidade e seus palácios são construídos de um só lado. A outra margem, vazia, sem forma, sem multidão, significaria o fim do caminho, a salvação.

— Obrigada, Canguru!

— Xiu, Alice... Nada de barulho! Vire-se devagar, fique calma, vou explicar...

Alice se vira devagar para não desequilibrar o barco e abafa um grito ao descobrir quem está atrás dela. Não é Izgurpa! É um homem robusto, completamente vermelho, com cabeça de elefante. Sentado numa cadeira esquisita, tem tromba pendente, barriga redonda, um colar de flores no pescoço. Alice também nota que ele tem apenas uma presa. Assustador! O que está acontecendo?

— Sou eu, Alice! Sou eu! Um pouco transformado, mas aqui é obrigatório. Não existe canguru nesta região. Então, o deus Ganesha me emprestou sua aparência. Estou realmente honrado, pois ele é muito popular. Na Índia, ele é o deus das ideias, do conhecimento, da educação. Ele protege e apoia pensadores, escritores, artistas, criadores. É chamado de "aquele que remove obstáculos".

— Quer dizer que ele é como você? — pergunta Alice.

— Um pouco, sim...

— Ah, bendito Izgurpa, não me surpreende que você tenha esse cabeção! E ali, debaixo das tuas patas, o que é?

— Como vê, é um rato. Ganesha, o homem-elefante, se move sobre um rato, significando a união do imenso com o menor...

— Cucu, Alice! — diz a voz das Camundongas. — Estamos reunidas, a Sensata e a Maluca. Duas em uma! A união das duas faces do espírito... Os sensatos são malucos, os malucos são sensatos. Você vai ver, na Índia as ideias não são nada daquilo que você conhece.

— No início, tudo parece estranho — acrescenta Ganesha-Izgurpa. — Mas também é muito instrutivo!

O barco se aproxima do cais, atravessando a multidão de pé na água. Ninguém se surpreende ao ver o deus Ganesha imóvel na parte de trás da embarcação. Alguns vêm acariciar sua barriga, o que traz boa sorte. Outros oram, de olhos fechados, com as mãos unidas na vertical, no meio do peito. Outros ainda põem na superfície do rio barquinhos de folhagem com uma vela e algumas flores, como oferenda aos mortos. Benares é o lugar onde muitos indianos desejam que seu cadáver seja cremado. As piras situadas às margens do Ganges conduziriam diretamente à libertação.

— Que ideia é essa de libertação? — murmura Alice.

— Impossível explicar no meio desta confusão. Vamos para um canto? — pergunta a voz do deus-elefante-canguru.

Alice percebe como é prático ser deus. Em poucos segundos, está com o amigo de cabeça de elefante numa passagem coberta. Diretamente, sem subir escadarias, sem atravessar filas de peregrinos, sem ficar fazendo ziguezagues por ruelas íngremes. De repente, lá estão eles, tranquilamente instalados debaixo de uma arcada. O Ganges fica abaixo. Não há ninguém, só os dois amigos e a Camundonga "duas em uma", além de alguns macacos ruivos, imóveis, silenciosos.

— Então, Elefante divino, você que sabe tudo, explique por que as ideias, aqui, não se parecem com as que conheço...

— São muito diferentes, querida Alice, muito diferentes! Cuidado, porém, para não se deixar levar pelas imagens prontas que circulam há muito tempo sobre a Índia! Atendendo ao seu desejo, vamos começar por essa ideia de libertação, *moksha*, em sânscrito, a língua sagrada da Índia. É a grande questão da Índia. Para entender essa ideia, é preciso saber primeiro, Alice, que os indianos não pensam ter uma única vida, mas milhares de vidas sucessivas...

— Milhares de vidas? Gostei disso!

— De maneira nenhuma, para os indianos é o contrário! Para eles, esse ciclo de nascimentos e mortes sucessivos constitui algo que é preciso abandonar. Porque renascer continuamente é estar exposto sem fim ao sofrimento, à doença, à velhice... Libertação, na mente dos indianos, significa, em primeiro lugar, *deixar de renascer*.

— Então morrer para sempre?

— Não necessariamente. Pense bem. Se nascer leva a morrer, não renascer é também... não morrer mais!

— Estou entendendo — diz Alice, pensativa. — Não, espere... Não nascendo e não morrendo mais, o que acontece com a gente?

— Essa é toda a questão! Quem consegue sair do ciclo dos nascimentos e das mortes, será que vive para sempre? Com que forma? A ideia principal é que se deixa de ser um indivíduo, uma existência à parte, para se fundir no Absoluto.

— Então, deixa-se de existir...

— Pelo contrário! Do ponto de vista indiano, a pessoa passa a existir plena e infinitamente. A existência habitual é uma subexistência, uma ilusão.

— Uau... Explique!

O Canguru pensa, coça a cabeça com a tromba, pois está em modo elefante. Sente bastante dificuldade para explicar de um modo simples a grande mudança de perspectiva que domina o País das Ideias na Índia. O que outros consideram real aqui é visto como ilusão, a começar pelo indivíduo, o eu, a existência separada do resto... Não é fácil explicar. Ah sim, pronto... ele acaba de encontrar o jeito de vencer o obstáculo. Desde que Alice compreenda!

— Você é Alice? — pergunta Ganesha-Izgurpa.

— Sou, sim... e daí?

— Não é aquele macaco?

— Claro que não! E daí?

— Nem aquela mosca, nem aquela árvore?

— Não, é evidente! E daí?

— Daí é que você está enganada! Pelo menos do ponto de vista dos indianos. Eles afirmam que você é tudo isso! Um texto muito antigo, que se tornou famoso, a *Chândogya Upanishad*, explica que você é *também* aquele macaco, aquela mosca, aquela árvore e qualquer outra coisa. Na Índia, considera-se a fórmula "tu és isso também", em sânscrito *Tat tvam asi*, como uma "grande palavra", uma frase muito importante. Significa que a sua convicção de ser apenas Alice, existência separada, indivíduo diferente do restante do mundo, é pura ilusão! Você é Alice, mas também aquele macaco, aquela árvore, aquela mosca...

Alice, perturbada, olha fixamente para a ponta dos pés, como sempre faz quando matuta intensamente.

— Posso ser todas essas coisas, mas não as sinto! O que sinto é que sou eu! Não sou você!

— Como sabe? Para você parece evidente, eu compreendo. Mas o que você chama de "eu"? O seu corpo? Ele muda o tempo todo. O seu caráter? Ele também se transforma. Suas lembranças? Elas se alteram com o passar do tempo. O único elemento permanente é a consciência. A ideia mais importante, na Índia, é que essa consciência absoluta constitui a única realidade. Estamos todos nela, você, eu, o macaco, a árvore, a mosca, o sol e...

— E eu? — diz a Camundonga debaixo do pé de Ganesha.

— Você também, minha querida, você também. Para reencontrarmos essa unidade à qual pertencemos, precisamos conseguir nos livrar da ilusão de sermos indivíduos à parte, fechados em si mesmos. Esse é o caminho da libertação. Para percorrê-lo, precisamos trabalhar para nos livrar de nosso eu, de nossas particularidades, de nossos desejos pessoais e alcançar essa consciência que não muda e que já está aqui, em nós.

— Nem isso é garantido! — exclama Alice. — A minha consciência também muda! Muda o tempo todo! Num momento, tenho consciência de estar cansada, ou de ter calor, depois frio, em outro momento tenho consciência de estar descansada ou faminta, ou emocionada, ou divertida! Na verdade, não entendo essa história de consciência que não muda.

— Tente retirar todas as emoções, todos os pensamentos, todas as imagens e sensações. O que fica?

— Não sei…

— Consciência pura, vazia, absoluta, sem imagens, sem palavras, sem formas. Do ponto de vista indiano, é "isso" que você é, que eu sou e que são todas as coisas existentes. Nada separado, nada diferente. Uma única consciência cósmica, infinita. A libertação consiste em sentir que você está integrada nesse Absoluto, livrando-se das ideias falsas, dos desejos e das ilusões que a impedem de…

— Espere — interrompe Alice. — Só existe essa consciência? Quer dizer que nada mais existe?

— Isso mesmo, você está começando a entender. Aquilo que você chama "eu", "tu", esse macaco, essa árvore, todo o resto, todas as coisas do universo, nada mais são do que sombras, sonhos, falsas aparências. A ideia central é, portanto, abandonar esse sonho, esse falso eu, essa multidão de aparências, para reencontrar o verdadeiro Si que já somos, desde sempre, sem sabermos, e que é o Absoluto.

— Essa ideia é louca!

— É desconcertante, de fato. É por existir uma única realidade, um único "Si", que nosso sentimento de sermos uma existência autônoma é pura ilusão. Se não dissiparmos essa miragem, ela nos acorrentará ao sofrimento e à infelicidade, prendendo-nos ao mundo e ao fantasma de nossa existência isolada. Se conseguirmos nos livrar disso, então não renasceremos mais, estaremos libertos!

— Espere mais um pouco, para eu entender… É por acreditarmos existir separadamente que não paramos de renascer?

— É um pouco mais complicado, mas você não está errada. Acreditando que somos únicos, alimentamos desejos, estabelecemos metas, cuidamos de nossos interesses e preferências. Tudo isso produz consequências, que condicionam as vidas futuras. Esse acúmulo de boas ou más ações, de bons ou maus pensamentos chama-se *karma* em sânscrito. Sua próxima vida depende do que você fizer e pensar. Para que isso pare, é preciso, portanto, parar de pensar e de querer!

— Mas isso é impossível!

— É difícil, evidentemente, mas a maioria das tradições indianas acredita que é possível. Essas tradições são múltiplas, mas têm em comum a invenção de meios para avançar em direção à libertação suprema. Algumas enfatizam rituais, oferendas e sacrifícios. Outras recomendam meditação, ioga, exercícios de concentração mental e de desapego físico. Outras ainda privilegiaram demonstrações lógicas e raciocínios filosóficos para, paradoxalmente, atingir o bloqueio do pensamento. Essas múltiplas vias, aliás, muitas vezes se combinam, e todas convergem para o mesmo objetivo: suspender o apego para alcançar a libertação. Aliás...

A explicação é interrompida por gritinhos agudos. Sob a abóbada, dois macacos começam a brigar. Uma fêmea, empoleirada numa beirada, protege o filhote, afastando-o da briga. Alice observa a cena, fascinada. Esquece Ganesha e a camundonga. Um dos dois macacos, mais forte e mais hábil, acaba pondo o adversário para fugir.

— Esse aí até parece Hanuman! — diz o elefante-canguru.

— Quem? — pergunta Alice.

— O deus-macaco que combate os monstros sanguinários. O templo dele não é muito longe, aquele telhado vermelho ali. Esse macaco divino acompanha fielmente Rama em suas batalhas.

— Quem é esse, agora?

— Um guerreiro extraordinário, um homem perfeito, cujas façanhas são contadas no *Ramayana*, epopeia muito antiga. Fique sabendo que as epopeias indianas, popularíssimas, narram guerras extraordinárias com adversários terríveis e heróis que usam armas fantásticas para combatê-los. Os filmes de hoje não inventaram nada! Companheiro de Rama, Hanuman voa a toda velocidade, move montanhas, apoia-se em nuvens... Sempre para combater o mal, como um super-herói!

— Objeção! — diz a voz da Fada.

Surpresa, Alice cumprimenta a amiga, mas logo percebe que não é um bom momento para interrompê-la.

— Claro, estou aqui, como sempre, e preciso intervir. Amigo Canguru, elefante, Izgurpa ou Ganesha, já nem sei como chamar, posso dizer que você não está sendo coerente!

— Por qual motivo, Majestade?

A Fada diz com firmeza:

— Você explica que só existe uma realidade, que não há "eu", não há "tu", que devemos deixar de acreditar na existência de diferenças, que não devemos mais pensar nem agir. Depois, conta que um deus-macaco luta como um leão, digamos assim, que explode os adversários e combate ardentemente pelo bem contra as forças do mal! É contraditório, não?

— Se me permite — diz o Canguru —, tenho a resposta. Pelo menos, a resposta da tradição indiana. Encontra-se em outra epopeia, muito famosa na Índia também, o *Mahabharata*. Este narra uma longa guerra mortal entre dois clãs rivais. Todas as crianças, na Índia, conhecem seus heróis e principais episódios. Há séculos são encenados trechos dele nos vilarejos, e hoje em dia há até quadrinhos e séries de televisão com essa epopeia. Essas histórias não pertencem ao passado, mas ao imaginário de todos.

— A resposta vem, ou não? — impacienta-se Alice.

— É a seguinte!... Pouco antes de um grande confronto, um dos príncipes que vai entrar em batalha contempla seu exército e o do adversário, no qual reconhece primos, pessoas conhecidas. Ao pensar que vai matá-los, fica perturbado e considera a possibilidade de abandonar a batalha. Mas comanda as tropas, seu dever é combater. Não sabe o que fazer...

— Tem de deixar pra lá! — sentencia Alice.

— É o que ele acha, mas é muito difícil, porque pertence à casta dos guerreiros. Lutar é seu dever. Precisa desempenhar seu papel, defender seu clã. Se não fizer isso, a derrota é certa!

— E daí? — diz Alice, irritada.

— A solução quem lhe dá é o deus Krishna, que se disfarça como seu cocheiro. Sim, ele deve lutar, pois esse é seu dever, não pode se esquivar. Mas deve agir desapegado da ação, sem se envolver no que faz, renunciando às consequências. Deve lutar sem pensar na vitória, sem sequer a desejar. Deve agir renunciando.

— Estranho — resmunga Alice. — Qual é o resultado?

— Essa história responde à objeção da Fada e supera a contradição entre a afirmação de que só existe o Absoluto, sem indivíduos, sem diferenças, e o fato de que se pode lutar, defender um lado contra o outro e desejar a vitória. Agir sem se envolver no que se faz é deixar a ação no campo da miragem, permanecendo imóvel no Absoluto e no indiferenciado.

— Objeção! — diz a Fada. — Essa solução é capenga. Por que não parar totalmente de agir?

— Repito minha pergunta — diz Alice. — A que leva esta solução?

— Ela leva novamente à libertação! Lembre-se do problema: continuar vivendo, mas sem desejar, desapegando-se das ilusões… Você dizia que isso é impossível. A história que acabei de contar apresenta uma solução: permanecer na ação, mas com renúncia, com desapego, portanto sem estar nela realmente. Não é por acaso que esse episódio do *Mahabharata*, que se intitula a *Bhagavad-Gita*, se tornou um dos maiores clássicos da cultura indiana. Ele pretende conciliar agir e não agir, vida social e libertação espiritual.

— Objeção! — repete a Fada. — Depois, no campo de batalha, de qualquer modo há cadáveres, homens que foram mortos de verdade!

— Resposta à objeção, se me permite — replica Izgurpa-Ganesha. — Toda a batalha é considerada como irreal. *Não há algozes nem vítimas*, os mortos e os matadores são visões fictícias.

— Objeção à resposta! — volta à carga a Fada. — Se tudo é ilusão, se já não há bem nem mal, justo nem injusto, verdadeiro nem falso, como se pode julgar, decidir, escolher, portanto agir? Segue-se o costume, cumpre-se o dever da respectiva casta, só isso? E já não há distinção entre o pior dos massacres e o mais doce dos carinhos?

— Reconheço que é problemático — diz Ganesha.

— Ponto pra Fada! — diz Alice, que acompanha o confronto com atenção.

— Eliminar todas as diferenças — continua o elefante — é necessariamente eliminar a moral, a política, os valores. Mas precisamos de tudo isso para que a vida continue, para que a sociedade se organize. É nesta armadilha que estamos presos.

— Então, o que fazer? — insiste Alice.

— Se me permite, tenho a resposta. Pelo menos a dos indianos, de novo. Eles consideram que a libertação não é a única dimensão da existência. É o objetivo final, o horizonte supremo, mas existem outros. A tradição menciona quatro objetivos da vida humana, e a libertação é o último.

"O primeiro é o prazer, *kama*. É preciso dizer que a ideia indiana de prazer é muito ampla. Abrange culinária, poesia, vida sexual, dança, jardinagem, conversação, arquitetura, jogos de bola etc., tudo o que torna a existência esteticamente agradável. E é um objetivo legítimo e nobre! Não imagine que toda a visão indiana da existência se resume a mortificações, sacrifícios, comportamentos ascéticos! Acreditar nisso seria um grave erro! Entre os quatro objetivos da vida, primeiro se afirma o prazer: o requinte das joias, das roupas, dos espetáculos, da música e do canto, do teatro e da literatura. E eu, Ganesha, ajudo todos aqueles que criam essas alegrias da vida.

— E o segundo objetivo?

— *Artha*.

— O que significa?

— Não é fácil traduzir. O termo evoca poder, sucesso financeiro e autoridade política. "Sucesso" ou "prosperidade" seriam, sem dúvida, os equivalentes menos ruins. Aí também é um erro deixar de levar em conta esse aspecto das ideias indianas. É legítimo ganhar dinheiro, adquirir poder. Na Índia não existem apenas ascetas e renunciadores! Um famoso "tratado da arte de governar" (*Arthaxastra*) explica o que um príncipe deve fazer para conquistar e manter o poder político, valendo-se de artimanhas, mentiras e guerras.

— Que horror!

— Posso entender. Mas a ideia desse tratado é que esses comportamentos são indispensáveis para tornar a autoridade eficaz e garantir a prosperidade. Como você vê, repito, estamos muito longe da imagem habitual dos sábios não violentos e dos meditativos afastados do mundo. Felizmente, para equilibrar os apetites ligados ao prazer e ao sucesso, o terceiro objetivo da existência insiste no respeito à moral e à ordem do mundo.

— Explique melhor!

— Esse terceiro objetivo chama-se *darma*, palavra que em sânscrito significa ora "piedade religiosa", ora "ensinamento do essencial", podendo até significar "coisa".

— Agora não estou entendendo mais!

— Ganesha, que afasta as dificuldades, vai explicar. A ideia que reúne esses significados, tão diferentes à primeira vista, é que a ordem do universo é uma harmonia que é preciso preservar. Agindo-se bem, de acordo com essa ordem, conserva-se a harmonia. Ao contrário, cometer um crime, perpetrar um delito, fazer algo de mal, é desregular o universo. O *darma* ensina, portanto, a viver como se deve, a não cometer faltas em relação aos outros, aos animais, às coisas, ao cosmos.

— Gosto bastante dessa ideia — comenta Alice, sorrindo.

— Não me surpreende — continua Canguru-Ganesha —, visto que, hoje, uma parte das ideias de ecologia valoriza os mesmos temas. Aliás...

Ganesha é interrompido por gritos na rua. Uma multidão grita, agita-se e gesticula, logo à entrada da passagem onde nossos amigos estão conversando. Um homem bateu numa vaca que estava dormindo no meio da rua. Os transeuntes param, gritam com ele, protegem a vaca. Parecem muito irritados, indignados, furiosos.

— O que está acontecendo? — pergunta Alice, que nunca viu tal situação onde mora.

— Aqui, as vacas são sagradas. Ninguém tem o direito de bater na "nossa mãe vaca". Ela passeia como quer, cabe aos humanos parar quando ela passa. Se ela estiver dormindo no meio da rua, é preciso contorná-la, não a incomodar de forma alguma.

— Mas por quê?

— Porque a vaca desempenha um papel essencial na subsistência. Seu leite permite viver. Se a vaca não é abatida para servir de alimento, é para que possa alimentar uma família durante muito tempo! Para o aquecimento, usa-se seu excremento, seco como tortas, que é consumido num aquecedor... Mas essa resposta prática talvez seja simples demais. Pode-se também dizer que o *darma*, do qual eu estava falando, obriga a proteger a vaca. É assim a ordem do mundo: as coisas, os animais, os humanos, todos têm seu papel, seu lugar, sua dignidade. E não se deve desregular esta organização, senão tudo começa a correr mal.

— Interessante — diz Alice.

— Se me permite, é preciso acrescentar que a visão indiana sobre os animais também se explica pela ideia de vidas sucessivas. Essa vaca, esse macaco ou esse pássaro não são existências absolutamente diferentes da nossa. São humanos reencarnados sob outras formas. Você, Alice, talvez já tenha sido ou venha a ser um dia uma camundonga...

— Sim, sim, sim, vai ser uma camundonga! — diz uma vozinha aguda sob a pata do elefante Ganesha. — Podemos brincar juntas!

Alice fica pensando se já foi uma camundonga. Nunca tinha lhe ocorrido isso. Seja como for, se aconteceu, ela não tem nenhuma lembrança. É engraçado pensar que talvez tenha sido cabra, coelho, mosca, elefante ou até... canguru. Ou que o será um dia. Deve ser divertido, pelo menos no início... Porque, se a coisa não tem fim, a gente acaba se entediando!

— É verdade — diz a Camundonga, que continua sabendo tudo o que Alice pensa. — Quando passamos milhares de anos morrendo e renascendo com formas diferentes, só podemos desejar uma parada...

— Bom, se me permite — volta a falar o Canguru —, é exatamente essa saída do ciclo dos nascimentos e das mortes o quarto objetivo da vida humana, *moksha*, libertação. O nome desse ciclo, em sânscrito, é *samsara*, "o que circula". O que está fora do ciclo dos nascimentos e das mortes chama-se *nirvana*, "extinção, fim do sopro".

— Eu pensava que *nirvana* significasse prazer supremo, ou algo do gênero — observa Alice.

— A palavra às vezes ganha esse sentido, porque designa o que é considerado o objetivo supremo, a meta final da existência. Mas é quase um contrassenso. Na verdade, não se pode descrever o *nirvana*, não se pode dizer nada sobre ele...

— Por quê?

— Porque é totalmente diferente do que conhecemos, de tudo o que podemos sentir, imaginar, descrever, nomear... Todas as nossas experiências, nossas ideias, nossas palavras estão ligadas a coisas *distintas* umas das outras, a desejos *definidos*, a existências *particulares*. Portanto, nada disso pode servir para descrever o que acontece fora do universo que conhecemos. Conhecemos apenas os nascimentos e as mortes. Quando o indivíduo se dissolve e se confunde com o Si, o Absoluto, a consciência impessoal do cosmos, não temos palavras nem ideias para descrever esse estado, que é precisamente o *nirvana*.

— Como se pode alcançar o *nirvana*? — pergunta Alice.

— Já estamos nele! — responde Ganesha, rindo. — Não é preciso ir. Não há nenhum trajeto para fazer, como já expliquei. Assim que se dissipam todas as construções imaginárias relativas ao indivíduo, aos desejos, ao mundo que se acredita "real", então nos juntamos ao *Atman*, o Si único e absoluto. Como vê, esse objetivo último do homem não se situa de forma alguma no mesmo plano dos anteriores. Os três primeiros objetivos (prazer, poder, piedade) estão do lado da vida habitual. A libertação, porém, situa-se em outro lugar, rompe com os objetivos anteriores, corta todas as pontes. Por isso, aqueles que acreditam alcançá-la às vezes realizam, em seus rituais, ações que costumam ser consideradas proibidas, sacrílegas ou imorais. Consideram que essas oposições já não têm validade. Para eles, prazer e dor, virtude e vício, limpo e sujo são contradições ultrapassadas.

Alice, mais uma vez, fica pensativa. Olha ao redor. O Ganges, lá embaixo, os macacos, sob a abóbada da passagem, Ganesha, a multidão, a vaca que adormeceu de novo, os palácios de Benares, tudo se apaga rapidamente. O que é verdadeiro? O que é ilusório? Alice tem a curiosíssima impressão de já não ver claramente essas distinções. O mais estranho é que ela se pergunta se o real e o ilusório não estão trocando de lugar.

Diário de Alice

De manhã, fui acordada por uma sensação desconhecida. Era suave, úmida, delicada, mas impossível de identificar. Ao abrir os olhos, vi uma grande língua morna, bem babada, me lambendo o rosto. Uma vaca nova, ao amanhecer, tinha entrado no aposento, vinda diretamente da rua. Dizem que é um ótimo sinal e que tenho muita sorte. Antes de ir embora, a vaca soltou um cocozão perto da minha cama. Dizem que é um sinal ainda melhor! "Nossa mãe vaca lhe deu um presente excepcional!", disse-me a hospedeira. Ela insistiu para eu levar um pouco do cocô numa caixinha de metal e me fez jurar que a guardaria por toda a vida. Minha mãe é que vai ficar contente!

Afora isso, começo a me perguntar quem sou. Alice ou outra coisa? Primeira vida ou tricentésima septuagésima segunda? Ainda jovem ou já eterna? Do outro lado das ideias.

Qual é a frase para viver?

"Você é aquilo também" (*Chandogya Upanishad*, VI, 8, 7).

Guardei na memória que, na Índia, essa fórmula é uma "grande palavra", que expressa uma verdade importante, profunda, capaz de guiar aqueles que querem descobrir como viver.

Tenho a impressão de que não sou a árvore que vejo, nem o inseto que passa. Eu sou eu, eles são eles. E se, justamente, fosse apenas uma impressão? E se eu fosse "tudo"? Isso não significa que eu, Alice, contenho a árvore, o inseto e todo o universo. Significa que entre mim, a árvore e o inseto não há separação. Somos todos uma mesma consciência, nossas existências independentes são miragens.

O que não está claro, por enquanto, são as consequências práticas. De que maneira isso ajuda a responder à pergunta "como viver?"?

17

Doutor Buda

Alice dormiu profundamente. Quando abre os olhos, ainda deitada, não percebe de imediato onde está. Sente que tudo se move, suavemente, e ela se deixa embalar. Fica intrigada com um barulhinho de água, intermitente. Levanta-se, olha ao redor e não distingue nada além de uma imensa extensão de água, calma, sem ondas. Está numa embarcação! De novo! "Nunca estive tantas vezes em barcos como no País das Ideias", pensa.

Atrás dela, um homem está de pé. Ela não consegue vê-lo. Empoleirado num banquinho de madeira na parte de trás, ele rema de um lado, depois do outro, em ritmo lento e regular. O fundo da embarcação é muito plano. Foi ali que Alice dormiu, num espesso tapete vermelho com grandes desenhos estampados.

— Bom dia! Meu nome é Alice...

— Eu sei, os seus amigos me disseram.

— E você, como se chama?

— Sou o seu barqueiro.

— Aonde vamos?

— Para a outra margem.

Alice olha para todos os lados. Não vê nada, em lugar nenhum. Só água, até onde a vista alcança. Ela não fala a língua do barqueiro, mas seu tradutor digital permite que eles se entendam. O homem explica que navega no estuário de um grande rio. O barco de fundo chato no qual viajam chama-se "yana". Foi especialmente concebido para aquelas travessias.

Alice faz um monte de perguntas, uma atrás da outra. Por que ir para o outro lado? O outro lado de onde? De quê? Do Ganges ainda? O que ela está fazendo naquele barco? Por que os amigos não estão com ela? Quem está esperando na outra margem?

A todas essas perguntas, o barqueiro responde pacientemente, com voz calma. Mas é sempre teimosamente vago: "Você verá... Saberá em breve... Não se preocupe, não há perigo... Espere mais um pouquinho... Não vai demorar muito..."

Alice não está preocupada. Não se sente ameaçada. Só está curiosa. E impaciente. Irritada por não saber para onde vai. Uma frase do barqueiro a deixa intrigada. Quando ela perguntou se ainda estavam no País das Ideias, ele respondeu: "Estamos indo para o outro lado." Alice insistiu: "Quer dizer do outro lado do país, ou do outro lado das ideias?" "Ambos", suspirou o homem magro de pele morena.

Desde então, silêncio. Ele se limita a fazer o barco avançar sobre a água tranquila. Aquela frase ressoa na cabeça de Alice, que se pergunta o que aquilo quer dizer. As ideias não têm outro lado. Os países também não... Bom, ela verá. De qualquer forma, aqui se pode esperar qualquer coisa...

Bastante tempo depois, Alice avista ao longe, na névoa, uma faixa de terra.

— É para lá que vamos?

O homem que rema acena com a cabeça, sem uma palavra. Não há maneira de saber mais. Bobagem insistir. Alice espera a continuação. Ou melhor, não, deixa de esperar. Acaba por se dizer que o que importa é só o que está ali, a cada instante, o movimento suave do barco, o chapinhar da água, a névoa da manhã, a linha do horizonte mal e mal visível. Respira fundo, sente-se bem, viva, presente. De repente, tem a impressão de que não precisa mais se preocupar com nada. Apenas estar ali, no momento, e em nenhum outro lugar.

— Muito bem, Alice!

A voz vem de todos os lados ao mesmo tempo. Não é a voz do remador. Não há mais ninguém no barco, nem na água, nem em volta deles.

— Quem está falando? — pergunta Alice.

— Não importa — responde a voz de todos os lados. — O importante não é quem sou, mas o que você ouve.

— Que história é essa? Eu quero saber quem está falando comigo! Onde você está? Quem é você? O que quer? Como sabe meu nome?

— Perguntas demais, Alice! Agora há pouco estava melhor.

— O seu nome?

— Deram-me muitos. Digo-lhe alguns. Quando nasci, chamaram-me Sidarta. Vim ao mundo numa família de guerreiros, os Gautama, do clã dos Sakya. Meu pai era um príncipe, e fui criado no palácio dele, regiamente. Vivia rodeado apenas de luxo, beleza, pessoas jovens e saudáveis. Pouparam-me o espetáculo da miséria, da doença e da velhice. Um dia, em viagem fora do palácio de meu pai, cruzei com um homem curvado, enrugado, magro, que caminhava com dificuldade e se esforçava muito para avançar devagar. Eu nunca tinha visto nada parecido. Disseram que era um ancião, e que era assim que os seres humanos terminavam a vida. Mais tarde, cruzei com uma mulher ainda jovem, numa maca, tremendo de febre, com o cabelo colado pelo suor. Foi a primeira vez que contemplei tal sofrimento. Disseram-me que ela era vítima de uma doença, como muitas outras pessoas, e que a vida dos humanos era frequentemente marcada por essas dores. Por fim, vi um morto, um cadáver, pálido, rígido, sendo levado para fora de casa. Foi aí que aprendi que todos os seres humanos terminam daquele jeito, cedo ou tarde.

"Num único dia, percebi que a vida humana é marcada pelo sofrimento. A velhice, a doença e a morte tornam a existência humana difícil e, sobretudo, inquietante. Resolvi imediatamente descobrir a causa desse mal e o meio de curá-lo, se fosse possível. Por isso, depois de refletir muito, decidi deixar a vida luxuosa que tinha levado até então na corte. Cortei o cabelo, despedi-me da minha mulher e do meu jovem filho e parti em busca de um remédio contra o sofrimento de viver.

"Procurei mestres para me guiar, sábios capazes de me orientar em minha busca. Aqueles que encontrei me impuseram privações e jejuns. Por quase não comer – eu ingeria um grão de arroz por dia –, emagreci de uma maneira horrível. Acabei percebendo que aquelas privações eram sofrimentos inúteis e nocivos. Abandonei aqueles maus mestres.

— E daí? — perguntou Alice, terrivelmente intrigada por aquela história.

— Daí — volta a falar a voz que vem de todos os lados —, resolvi buscar sozinho. Sentei-me debaixo de uma árvore e jurei que não me levantaria antes de encontrar a solução, se é que existia, ou de concluir que não havia remédio.

"Meditei, sozinho, dias e noites. Nada. Continuei. Nada ainda. Insisti, não queria ceder. Se existia um caminho para me libertar do sofrimento, eu devia perseverar até encontrar. Se existia um remédio para curar a vida humana de seus males, eu devia descobri-lo. Isso durou muito tempo. Não desanimei. Não me entreguei.

"Um dia, finalmente, enxerguei.

— Enxergou o quê?

— Enxerguei. Completamente. Não enxerguei "algo". Enxerguei tudo, de uma só vez. O mundo, a realidade, a miséria humana e o modo de sair dela. Vi com clareza a totalidade da existência e de seu funcionamento.

"É muito difícil expressar em palavras. Porque não foram pensamentos, ideias, raciocínios que me permitiram alcançar esse saber. Foi uma visão, uma intuição. Como se uma cortina tivesse sido levantada. Como se, depois de ficar muito tempo adormecido, de repente eu abrisse os olhos.

"Desde aquele dia, tudo foi diferente. Tinha compreendido, encontrado e precisava levar a todos o conhecimento do caminho para deixar de sofrer. Os outros deram a isso o nome de Despertar, *bodhi* na língua do país. Deram-me o nome de Buda, 'o Desperto'. Depois me deram muitos outros nomes, como Sakyamuni, sábio silencioso (*muni*) do clã dos Sakya, ou Bem-Aventurado, e também o Tatagata, que significa 'o perfeitamente realizado', aquele que chegou ao fim do caminho.

— Todos esses nomes elogiosos devem deixar o senhor muito feliz!

— Palavras, louvores, críticas não me interessam. Só um objetivo conta, a cessação do sofrimento, a libertação, a cura. Todo o resto não tem importância. O que ajuda a libertação é útil, o resto não é.

— Mesmo assim, são belos nomes, "o Bem-Aventurado", "o Desperto"...

— Na realidade, não tenho nome. Nenhum. Não me chamo, não sou ninguém. Não tenho lugar nem existência fixa. Isso é o despertar, a libertação.

Alice fica em silêncio. Não compreende o que acaba de dizer aquela voz que vem de todos os lados. Aquele ser que fala sem ser visto existe ou não existe? É alguém ou ninguém? Tem nome ou não tem?

"Estou começando a ficar cansada dessas conversas para boi dormir! O que estou fazendo aqui, num barco, no meio do nada, perdendo tempo com questões sem pé nem cabeça?... Já está na hora de voltar para casa!"

— Senhor... Pode me levar de volta? Ei, senhor, por favor, onde está? Gostaria que me levasse de volta a terra firme!

Ninguém responde. Alice fica em pé no meio do barco e olha em volta. O barqueiro desapareceu! Completamente. Evaporou, não deixou nem sombra. Alice começa a ficar afobada. Está sozinha, naquele grande barco de madeira, no meio daquela imensa extensão de água. Não sabe para onde se dirigir, ignora como manobrar a embarcação. Como vai conseguir sair daquela situação? Tenta se orientar com o celular. Sem internet.

Está perdida, totalmente perdida. Não entende o que está acontecendo. Entra em pânico.

— Relaxe, relaxe — diz a voz que vem de todos os lados.

— Com você não falo mais! Diz que não é ninguém. Não entendo como pode me ajudar!

— Exatamente porque não sou ninguém que posso ajudar!

— Lamento, mas não entendo nada desses mistérios.

— Não gosto muito dessa Alice. Prefiro a de antes, a que não se preocupava com nada. Pare de se agarrar, será melhor!

— Agarrar? O que quer dizer com isso? Me agarrar ao quê?

— A tudo! A seus medos, sentimentos, desejos, planos...

— Mas é a minha vida!

— Não, é o que a impede de viver verdadeiramente.

— Explique, isso me interessa. O que está dizendo parece terrivelmente estranho, mas me interessa.

— Muito bem — diz Buda —, mas pode ser demorado.

— Não tenho mais nada para fazer, Majestade... — diz Alice, de repente risonha, acomodando-se no fundo do barco.

— Vou tentar explicar o que se deve compreender e sobretudo fazer para deixar de sofrer. O mais simples é falar com você como falei com meus primeiros discípulos, em Sarnate, não longe de Benares, onde você esteve há não muito tempo, creio. Eu lhes expus quatro pontos, quatro "nobres verdades" das quais tudo decorre e que constituem o ponto de partida do caminho para a libertação.

"O que nos torna insatisfeitos é que nada dura, enquanto queremos que tudo dure. Queremos viver sempre e morremos. Queremos ser sempre jovens e envelhecemos. Desejamos que os seres e as coisas que amamos permaneçam idênticos, e tudo se degrada, se desgasta, se desfaz. A impermanência é a lei do mundo. Tudo o que é composto se decompõe. Constantemente, essa impermanência é fonte de descontentamento, mal-estar, sofrimentos. Essa é a primeira verdade.

"Por que é assim? Não por causa da realidade do mundo, mas por causa de nosso desejo, de nossa sede de fixidez, de permanência, de eternidade. Somos infelizes porque, num mundo impermanente, sonhamos com realidades que seriam permanentes. A causa de nossas disfunções e de nossa desarmonia é nosso desejo, nosso apego às coisas, às pessoas, a nós mesmos. Nossa sede de permanência gera nossos sofrimentos. Essa é a segunda verdade.

"O que fazer para sair disso? Não é o mundo que deve ser mudado, é nosso desejo! Trata-se de extingui-lo, pura e simplesmente.

Em vez de querer saciar essa sede que nos apega à permanência ilusória das pessoas e das coisas – o que nos leva à infelicidade –, é preciso fazê-la desaparecer por inteiro, o que conduz à cura e à libertação. Cessando o desejo, cessa a infelicidade. Essa é a terceira verdade.

"Por qual meio alcançar essa extinção do desejo e de todas as ilusões que ele gera? É o que indica a quarta e última verdade. O caminho para sair do sofrimento possui oito faces, oito componentes: compreensão correta, pensamento correto, palavra correta, ação correta, meios de existência corretos, esforço correto, atenção correta, concentração correta. Detalhá-los levaria muito tempo. É suficiente compreender que se trata de se esforçar por se manter longe dos extremos em todos os aspectos da existência.

— Encontrar o meio-termo?

— Sim, mas não de modo estático, imóvel, e sim avançando, afastando as soluções falsas. Lembre-se do percurso que lhe contei. Vivi no luxo e nos prazeres, depois os abandonei, porque não levam a nada que seja satisfatório de maneira duradoura. Vivi na austeridade, nas privações e nas mortificações, que também abandonei, porque só há sofrimento desse lado também. Então tentei avançar no meio, no espaço liberado por esse duplo distanciamento: nem luxo nem privação. Da mesma forma, para compreender e agir, é preciso não estar nem relaxado nem tenso. Se a corda de um instrumento musical está frouxa, o som será desafinado. Se a corda estiver demasiado tensa, o som também será deformado. Para encontrar o som correto, é preciso estar no meio. Eu ensino o caminho do meio.

— Você fala de sofrimento, de infelicidade... Eu me pergunto se não é exagerado. Cada um encontra alegrias na vida e pessoas felizes! Não há só sofrimento!

— Você me dá a oportunidade de esclarecer um ponto importante. Não sou pessimista, não vejo tudo escuro! Sei muito bem que existem momentos de felicidade na vida. Mesmo o mais desfavorecido de todos sente momentos de alegria. Mas esses momentos não duram. Lamentamos seu desaparecimento, gostaríamos de tornar esses instantes eternos, o que é impossível. Portanto, estamos insatisfeitos, descontentes.

"É nisso que consiste o 'sofrimento'. Não é uma dor nem uma desgraça aguda e contínua. As palavras são fontes de mal-entendidos. O termo que utilizo para designar a nossa situação é *dukkha*. Foi traduzida como 'sofrimento', mas é preciso esclarecer, para ter uma compreensão correta. Esse termo é formado por dois elementos: *du* indica algo que não vai bem. Nas línguas indianas, como no grego, este prefixo marca um malogro, uma dificuldade. Você conhece 'dis-função', 'dis-cordância', por exemplo, que utilizam este antigo *dus*. Em outras palavras, algo não funciona como deveria. *Kha* é o buraco central na roda de uma carroça, o espaço vazio onde se coloca o cubo. O sentido de *dukkha* é que nossa existência 'não gira direito'. Ela emperra, é insatisfatória.

"Como vê, não se trata de afirmar que vivemos apenas de infelicidades. Trata-se de dizer que nossa vida está fora do eixo, sem harmonia. Vivemos no padecimento e no mal-estar, e não na infelicidade. Mas, no final das contas, isso dá quase no mesmo: não estamos satisfeitos, portanto, estamos infelizes.

"O contrário de *dukkha* é uma palavra também forjada a partir da roda de uma carroça: *sukkha*, construída com o prefixo *su* que indica que tudo se combina (você deve conhecer sin-cronia, sim-biose, sín-tese, que utilizam o *sun* do grego antigo, primo de *su* nas línguas da Índia). A verdadeira felicidade é quando tudo "gira direito", sem sobressaltos. O que o meu caminho permite alcançar é uma vida ajustada à realidade, uma vida curada das ilusões que nos tornam insatisfeitos.

— Então, se entendi bem, você é uma espécie de médico?

— Entendeu muito bem! Imagine um homem que tenha recebido uma flechada no peito. O cirurgião chega para operá-lo. Imagine esse homem dizendo ao cirurgião: "Antes de tirar essa flecha, quero saber de que madeira é feita a haste, de que pássaro vêm as penas que há nela, de que metal é constituída a ponta. Quero saber também quem a lançou, sua aldeia de origem, sua família, como se chama..." O ferido estaria morto antes de ter um quarto das respostas a essas perguntas. Elas são inúteis e até prejudiciais. A única coisa que importa é operar com urgência para retirar a flecha. É inútil examinar questões que não têm relação com essa urgência. Ora, existem muitos campos que não servem de nada para remover o que nos faz sofrer. Se não servem, pior, se atrasam a intervenção, são nocivos! É isto que você precisa entender: as filosofias e as ciências tratam de uma miríade de conhecimentos que não servem para nos libertar do mal-estar e da insatisfação. Essas ideias não me interessam. Cuido apenas das que servem para nos curar.

— E como sabe que elas curam?

— Não sou eu que sei! É você, se as aplicar. Nunca afirmei ter razão por meio da palavra, da demonstração, dos argumentos. Apenas da prática. Cabe a cada um fazer a experiência e ver o que acontece. Quem puser em prática o que indico poderá dizer se é eficaz. O importante não é o que é verdade, mas o que é útil.

— Pode dar exemplos?

— Você já os tem, mas não os vê, e isso é normal. Escute mais um pouco, depois me calo. Você acredita que é Alice, suponho?

— Não acredito! EU SOU Alice — replica Alice, começando a achar que aquela voz está exagerando.

— Quem é Alice?

— Sou EU!

— Quem é VOCÊ?

— Bom... eu sou eu, não vejo outra maneira de responder a essa pergunta.

— Seu cabelo é você?

— Não. É uma parte de mim, uma parte do meu corpo.

— E as unhas?

— Também!

— Se você perder uma perna, um braço, continuará sendo Alice?

— Sim!

— Alice, afinal, é o quê?

— Meu ser, minha existência, o que faz que eu seja eu, que pense o que penso, que sinta o que sinto, que ame ou odeie o que amo ou odeio... isso é suficiente para você?

— De jeito nenhum! Nada disso existe e nunca existiu. Não há "eu", sujeito, pessoa. Há pensamentos, sensações, sentimentos, mas não há pensador por trás do pensamento. Sinto muito, querida Alice, mas você não existe! Nunca existiu. Acredita que existe, o que é muito diferente. Na realidade, essa crença é um erro. Dissipá-la é o que há de mais útil, pois todas as preocupações e todas as dúvidas que você possa ter, todos os desejos e todas as frustrações, todos os sentimentos, ressentimentos e paixões que você possa sentir provêm desta crença: eu sou eu, de forma fixa, permanente, real.

— E você, quem é você?

— Ninguém. O Desperto, o Buda, é aquele que compreendeu, sentiu, experimentou que só há vazio no universo. Por causa dessa experiência, está definitivamente liberto. Eu não tenho eu, não tenho nome. De certa forma, não tenho existência, e é por isso que sou feliz, definitivamente.

— Mas as coisas existem ao nosso redor. Esta água que nos rodeia é água de verdade, este barco onde estou é de madeira de verdade!

— Você me faz rir, Alice, me faz rir! Acredita que essas coisas estão aí, permanecem no lugar, existem realmente. Nada disso. Há apenas vazio, e nesse vazio há cintilações que aparecem e desaparecem instantaneamente, ínfimos relâmpagos que se sucedem. Acredita navegar num barco bom e robusto, com madeira sólida, tábuas trabalhadas... Na verdade, os objetos não existem tanto quanto você. Quando isso é descoberto e sentido profundamente, tudo se ilumina, tudo se torna calmo, leve, apaziguado.

— Só existe o nada?

— Não. Acreditar nisso a faria cair em outro erro. Quando eu disse isso? Não há *nem* ser *nem* nada. Ambos devem ser deixados de lado. Essa é a "via do meio". Consiste em afastar os opostos para avançar no espaço que essa separação deixa livre... Admito que é mais difícil do que se pensa — tanto para fazer quanto para entender. "Nem luxo nem miséria", isso é fácil imaginar. "Nem frouxo nem apertado" também não é complicado. "Nem verdadeiro nem falso" é menos simples. "Nem afirmação nem negação", "nem palavra nem silêncio" são claramente mais difíceis. "Nem ser nem nada" é ainda mais sutil.

— Este barco existe ou não existe?

— Ambas as coisas, ou nem uma nem outra, como quiser. Ele existe no sentido comum, quotidiano. Você pode se chocar contra o casco, cortar um pedaço dele. O barco pode se incendiar ou ser transportado para algum lugar, pode ser pintado etc. Mas não existe do ponto de vista do vazio, da realidade última. A verdade última, a mais profunda, é o vazio. Desse ponto de vista, você não existe, eu também não, o barco e a água também não. A outra verdade é a de todos os dias, a de nossas ilusões habituais. Eu pego o barco para atravessar o rio, não saio nadando. Não são mundos separados. São pontos de vista diferentes sobre o vazio.

Alice fica calada. Reflete intensamente, encolhida. Depois de um momento, acaba perguntando:

— Isso quer dizer que as coisas opostas não se opõem completamente?

— Pode-se dizer dessa maneira. Direita e esquerda, em cima e embaixo são questões de ponto de vista. Mas também sonho e realidade, eu e não-eu. Não foi por acaso que me dirigi a você no meio da água. No meu país, para falar da libertação, de nos livrarmos de nossa infelicidade, da salvação que todos procuramos, fala-se de "outra margem". Vivíamos na margem da insatisfação, da impermanência, da miséria, e avançamos, de barco, para a outra margem, a da felicidade, da continuidade. Na verdade, não há realmente outra margem. A libertação ocorre onde estamos, num instante, quando vemos tudo de forma diferente.

— Mas...

Alice não tem tempo de acabar a frase. Abre os olhos e percebe que acabou de sonhar. Não estava no barco, nem na água. Mas onde está? E o que está fazendo essa tigela de madeira perto do seu travesseiro?

— Eu sei o que é — diz a Camundonga Sensata. — É a tigela dos monges da comunidade de Buda. É com ela que mendigam comida.

— Mas como ela chegou aqui?

— Qual é a importância disso? — diz a Camundonga Maluca. Sonho ou realidade, tigela ou não-tigela, símbolo ou tigela sagrada, é tudo a mesma coisa...

Alice está contente por reencontrar suas amigas Camundongas. Ao redor, vê prateleiras cheias de pacotes cuidadosamente embrulhados em tecidos coloridos. Do chão ao teto, todas as paredes estão ocupadas. Parece uma loja de sedas. Os tecidos estão comprimidos entre pranchas de madeira.

— Estranho este lugar — diz Alice.

— É uma biblioteca — responde a Camundonga Sensata.

— Mas não há livros!

— Há sim, tudo o que se vê aqui são livros, escritos à mão em finas folhas de bambu. Estas páginas estão conservadas entre pranchas, envoltas em tecido de seda. Estamos numa biblioteca de textos budistas que reúne centenas e centenas de livros, redigidos em sânscrito, em páli, em tibetano. Todos esses textos expõem as ideias e os argumentos dos pensadores budistas. Alice está impressionada. Não achava que existissem tantos livros para explicar as palavras de Buda e suas consequências.

— Se me permite — diz uma voz que Alice agora conhece de cor —, o budismo não é apenas uma forma de viver, feita de desapego e silêncio. É também uma verdadeira galáxia de ideias. Elas se desenvolveram, ao longo de séculos, em várias culturas da Ásia, primeiro na Índia, depois na China, no Tibete, na Mongólia, no Japão, entre outros. Floresceram universidades budistas, centros de tradução, discussões inumeráveis, diversas escolas de pensamento. O país das ideias budistas é imenso. Você precisaria de várias vidas para percorrê-lo...

— Você pode me poupar esse longo caminho, cavaleiro Canguru? Pode fazer um resumo para mim?

O Canguru fica cinzento, que é seu jeito de ficar corado. Está emocionado por Alice tê-lo promovido a cavaleiro. Fica pensando no modo de atender ao seu pedido. Missão impossível. Como resumir milhares de livros em algumas frases?

— E aí, Príncipe Erudito? Eu sei que consegue... *Go!*

— Se me permite, o percurso será muito condensado. Primeiro, é preciso entender bem o que distingue as ideias de Buda das outras ideias da Índia. Como você já deve ter notado, existem vários pontos em comum entre o fundo das ideias indianas e o budismo: vidas sucessivas, o sofrimento que elas geram, a libertação, o *nirvana*. A primeira originalidade dos budistas é concentrar-se na libertação sem levar em conta as posições sociais. Qualquer um, seguindo o caminho indicado por Buda, pode ser libertado, sem precisar esperar reencarnar em lugar mais elevado.

"Por outro lado, do ponto de vista das ideias, os budistas se recusam a falar de Absoluto, do Si, de Atman. Para eles, o Absoluto dos brâmanes é uma última ilusão que se deve deixar de lado. Ninguém tem um "eu", nada tem "natureza própria", identidade fixa. A ideia de indivíduo é afastada, mas também a do Si cósmico. É assim que se avança na "via do meio": afastando, de um lado e do outro, as ideias opostas.

— No meu sonho, ouvi falar disso, mas ainda não entendi bem.

— Vou fazer o melhor possível. Você se lembra de que Buda abandona a vida luxuosa do palácio do pai e depois abandona a vida austera dos jejuns e sacrifícios?

— Sim, lembro muito bem!

— Na verdade, encontramos sempre o mesmo movimento: afastar um erro, afastar também o erro oposto, e avançar no espaço aberto por essas duas recusas. Você concorda que é possível falar ou calar?

— Sim, evidentemente.

— E se tentássemos recusar os dois?

— Nem falar nem calar?

— Exatamente!

— Parece impossível...

— No entanto, é isto que os pensadores budistas procuram: afastar tanto as palavras como o silêncio. Falar calando, ou calar falando. Melhor ainda: nem calar nem falar. Nem ser nem nada, nem afirmação nem negação... todos os opostos são deixados de lado, sem serem substituídos por coisa alguma!

— E daí?

— Bom, o que eles chamam vazio é isto: o espaço liberado pelo afastamento dos contrários.

— Você foi valente, cavaleiro Canguru! A Princesa Alice está um pouco tonta e não tem certeza de ter entendido tudo.

— Se quiser, pode falar sobre isso com a Fada. Por ora, temos de ir...

— Para onde?

— Venha, você vai ver — diz o Canguru, puxando Alice pelo braço.

Diário de Alice

Eu me pergunto se a realidade é como vejo. Se sou Alice mesmo ou se é sonho. Pergunto o que há por trás desse sonho. Pergunto se sei o que estou perguntando.

Procuro a saída desse labirinto. É preciso ter paciência, diz a Fada.

Qual é a frase para viver?

"Ninguém é sábio só por falar muito" (*Dhammapada*, XIX).

É a última frase de Buda que ouvi dormindo. Aliás, será que foi mesmo um sonho? Na verdade, não sei. O Canguru, que sabe tudo, disse que essa frase está no Dhammapada, um dos textos budistas mais antigos e um dos mais populares. Nunca li. Como é que esta citação pode aparecer no meu sonho?

Essa frase me intriga. Todas as pessoas que proferem tantas palavras, que afirmam ter tantas ideias sobre todas as questões possíveis, talvez falem demais. Talvez não saibam o que estão dizendo. Ou talvez fosse melhor que se calassem. Será preciso viver falando o tempo todo, sobre todos os assuntos? Ficando em silêncio? Falando só o que é útil?

Ao lado das ideias faladas, existem ideias silenciosas?

Como é uma ideia silenciosa?

18

Na China, com Confúcio e Lao-Tse

Morno, o chá. Gosto quase nenhum. No entanto, todos em volta da mesa parecem estar achando excelente. Alice não entende. É insípido, quase intragável, essa água morna derramada na sua tigelinha. Mas as pessoas parecem satisfeitas. Estarão fingindo? Por educação? Gostam mesmo dessa beberagem? Provavelmente, porque ninguém reclama. Cada um agradece com a cabeça quando sua tigela é enchida de novo.

A Fada poderia ter avisado. Não deve ter pensado nisso. Só disse que o Mestre Kong é um grande sábio e que é preciso ouvi-lo com respeito, sem interromper. "Ele não escreve. Assim como Sócrates e Buda, só fala", acrescentou. O Canguru explicou que esse Mestre Kong é conhecido no Ocidente pelo nome latino que lhe foi dado pelos missionários cristãos, Confúcio. Seu ensinamento marcou toda a história da cultura chinesa e transformou uma grande parte da Ásia. Durante mais de dois mil e quinhentos anos, seu pensamento moldou a sociedade, as mentalidades, os comportamentos da vida quotidiana.

Alice espera ver entrar na sala uma figura majestosa, imponente, vestida como um príncipe. Nada disso. Quando passa pela porta, aquele homem parece simples, sem arrogância. A sensação que se tem, ao vê-lo, é de benevolência. É muito alto, mais que todos ali, mas sem humilhar os outros com sua altura. Vestido com uma túnica escura que desce até os pés, tem ar discreto, rosto quase sem expressão atrás da longa barba preta.

Se estivesse sozinho, sem aquele grupo atento que aguarda suas palavras, nada haveria de notável em sua presença. A não ser pelos olhos, que brilham com uma intensidade incomum. A sala é bastante sombria, as paredes são escuras, mas Alice está fascinada por seus olhos. Pequenos, próximos, protegidos por sobrancelhas espessas, dão a impressão de cintilar.

— Parecem estrelas — murmura Alice.

— Muito bem — sussurra o Canguru. — Confúcio ensina constantemente que o Sábio deve deixar falar o Céu que está dentro dele.

— O que quer dizer isso? — pergunta Alice.

— Escute! É o que ele está dizendo... O homem de azul, na ponta da mesa, acaba de perguntar como o Sábio deve viver, e o Mestre fala do Céu.

Alice ajusta os fones de ouvido escondidos sob o cabelo, regula seu tradutor e perde um pouco do início da resposta.

— ...porque o Céu não se expressa — ensina Confúcio. — Quando estiverem lá fora, olhem para cima. Verão que o Céu não diz nada. Já sabem disso, mas não prestam atenção suficiente. Contemplem o Céu: ele permanece sem intenção, sem vontade. Não é animado por nenhum plano especial. No entanto, regula tudo, chuva e seca, sombra e luz. Dele dependem as colheitas, a vida, as estações, a felicidade e a infelicidade dos homens, mas também dos dez mil seres.

— Se me permite — sussurra o Canguru ao ouvido de Alice —, a expressão "dez mil seres" designa tudo o que existe, o universo em sua totalidade...

— Xiu!

— O Céu nunca é o mesmo — prossegue o Mestre —, embora continue sendo o Céu. Ora é claro, ora é escuro. Limpo ou encoberto. É transparente ou opaco. Não para de mudar, mas é sempre Céu. Paira sem se perder, previsível e imprevisível, regular e irregular. Assim deve ser o Sábio. Ele não deve "se parecer" com o Céu, esforçando-se para se pautar por ele. Isso seria um artifício, um trabalho inútil. O Sábio deve deixar-se atravessar pelo Céu e permitir que o Céu atue, fale, mude, se adapte às circunstâncias. É por isso que o Sábio não tem doutrina, não tem ideias imutáveis, não tem plano fixo. Ele responde a cada um conforme o momento, conforme a situação.

— Mestre, estou muito honrada por ouvi-lo — diz Alice com uma voz tímida. — Sou apenas uma jovem e peço que perdoe a minha audácia. Venho de um país muito distante e ignoro a tradição do senhor. Ao ouvi-lo falar há pouco, tive a seguinte dúvida: como definir a ideia de Céu?

— Honorável estrangeira, apesar da idade, sua audácia é sinal de um coração nobre. A hospitalidade e o respeito por aqueles que vêm de longe levam-me a prestar atenção a seu pedido. Mas sua pergunta não possibilita resposta, porque o Céu não é uma ideia. Uma ideia tem limites, o Céu não os tem. O Céu é sem bordas, sem contornos, sem fronteiras. É puro espaço. Uma ideia tem conteúdo, o Céu não tem. Uma ideia é precisa, bem delimitada e definida, o Céu é móvel. Não pode ser encerrado numa definição. Uma ideia é forma. O Céu não tem forma...

O pequeno grupo silencia. O som do vento, sopro poderoso na planície, é o único ruído que soa. Todos estão pensando. Os olhos de Alice brilham, ela faz um sinalzinho para a Fada, que acena com a cabeça para dizer: "Sim, pode falar."

— Mestre, agradeço humildemente por ter me esclarecido. Outra interrogação surgiu na minha mente ao ouvir suas palavras. O senhor diz que o Sábio deve deixar o Céu agir nele. Afirma que o Céu não tem ideia nem vontade. Isso significa que o Sábio não tem ideia nem vontade?

— Você é ágil, estrangeira vinda de longe! Sim, tal como o Céu, o Sábio não tem ideia. Seu pensamento não é fixo. Ele não tem sistema nem doutrina. É móvel, mutável, mas suas flutuações não são caprichos nem mudanças de humor. Tal como as variações do Céu, as mudanças do Sábio participam da ordem, da regulação e da harmonia do mundo. Esse ponto é muito importante. As ideias formam obstáculos, erguem muros e constroem fortalezas. Separam, em vez de criar relações. Por outro lado, se nada é fixo, é possível responder a cada situação, a cada circunstância. Assim é possível encontrar a paz e a harmonia.

— Estão perdidas? — pergunta Alice.

— Evidentemente. As rivalidades multiplicam-se, as violências aumentam, as guerras se deflagram. Cada um só pensa em si, esquecendo os outros, descuidando de seus deveres, faltando ao respeito e à benevolência. Há anos que vou de cidade em cidade tentando restabelecer a paz. Meu papel é pôr os humanos de volta no caminho da harmonia, garantir-lhes os meios de conviver, cada um em seu lugar. Em vez da desordem dos homens, restaurar a ordem do Céu. No lugar da discórdia, colocar a benevolência, o senso do humano. Para que a harmonia reine num Estado, é preciso que reine na família. Para que a harmonia reine na família, é preciso que a personalidade de cada um seja desenvolvida. Para que a personalidade de cada um seja desenvolvida, é preciso cultivar o seu coração nobre. Para que um coração nobre seja cultivado, é preciso ter acesso ao saber. Tal como no Céu, tudo se sustenta mutuamente.

Alice está a ponto de fazer outra pergunta, mas um guerreiro com uniforme de cerimônia entra repentinamente na sala, inclina-se diante de Confúcio e lhe entrega uma carta. O Mestre lê e depois se volta para os presentes.

— Preciso ir. O senhor deste lugar exige minha presença ao seu lado com urgência. Minha tarefa continua. Outros falarão em meu lugar. O importante é construir e fortalecer incessantemente laços humanos harmoniosos.

Com essas palavras, o Mestre deixa a sala. Está sendo esperado por guerreiros a cavalo do lado de fora para escoltá-lo. Os discípulos que vieram ouvi-lo não demoram a ir embora também. Alice, a Fada e Izgurpa ficam sozinhos. Alice está pensativa. Impressionada, mas perplexa. Ainda lhe faltam elementos para entender.

— Como é que as ideias desse sábio puderam moldar a China? O que ele diz é interessante, mas não é fácil de entender. Por que se tornou tão popular? Canguru, permita-se, por favor!...

Surpreso, Izgurpa pigarreia e respira fundo.

— É uma longa história. Vou resumir. É preciso primeiro distinguir entre Confúcio e o confucionismo. O mestre que você acabou de ouvir proferiu as palavras iniciais. Depois, durante séculos, seus discípulos elaboraram em seu nome um pensamento que evoluiu ao longo do tempo. Nos diálogos de Confúcio e nas palavras a ele atribuídas, os principais ensinamentos insistem na necessidade de respeitar os rituais tradicionais e de cultivar o senso do humano para preservar a paz e as boas relações entre aqueles que vivem juntos. Predomina a ideia de harmonia. Esta se baseia na preocupação de ajustar as próprias palavras e a conduta em função das posições e dos papéis de cada um: o lugar do pai não é o do filho, o lugar do marido não é o da mulher, o lugar do senhor não é o do servo, o lugar do príncipe não é o do súdito. Em cada caso, os papéis são diferentes, as regras aplicáveis são distintas. Adaptando sempre a atitude e as palavras ao lugar onde o outro se encontra e àquele onde nos encontramos, alcançamos o equilíbrio.

— Que hierarquia! — exclama Alice.

— De fato, essa visão de sociedade baseia sua harmonia em desigualdades e diferenças. A ideia básica é que existe uma ordem natural, e esta deve ser respeitada para que a vida de cada um seja boa e a do todo também. Para Confúcio, as tensões, as desordens e as guerras nascem porque essa ordem natural deixou de ser respeitada.

— Muito conservadora esta maneira de ver, não? — pergunta Alice.

— Evidentemente. E a evolução histórica da posteridade de Confúcio apenas reforçou esse aspecto. De geração em geração, suas ideias foram transformadas numa forma particular de "religião de Estado". O "confucionismo" tornou-se a doutrina oficial do "Império do Meio", ou seja, a China, combinando rituais, valores morais, noções políticas e sociais. O estudo dos textos clássicos atribuídos a Confúcio serviu para formar letrados que administravam o Império, e seu pensamento, combinando ordem e benevolência, moldou a vida de todos os chineses.

— Ninguém se rebelou?

— Sim! Os taoístas.

— Quem são esses?

A Fada não deixa o Canguru responder. Pega o braço de Alice, dizendo:

— Venha, você vai ver.

Agora estão do lado de fora. Céu de um cinzento pálido, rajadas de vento. A cor da planície mistura amarelo-claro e verde suave. Ao longe, nota-se uma silhueta esquisita. Um velho careca, com barba branca e túnica de seda, avança devagar, montado num... o quê?

— Será que estou sonhando?! — exclama Alice. — Ele está a cavalo... numa vaca!

— Mais exatamente num boi — responde a Fada. — É Lao-Tse. Espere a chegada dele, vale a pena. É difícil ser superado como rebelde.

O boi avança lentamente. Montado nele, um velho robusto, com um ar meio sonolento. Ao chegar perto de nossos amigos, o boi para. Alice observa o rosto de Lao-Tse, enrugado e malicioso. O Canguru acaba de lhe contar que esse nome, Lao-Tse, significa em chinês tanto "Velho Mestre" como "Velho Menino". Ela acha que ambos lhe caem bem. Ele tem ao mesmo tempo cara de sábio e de criança traquinas.

— Bom dia — diz a Fada ao viajante. — Aonde está indo?

— Que importância tem isso? — responde o homem empoleirado no boi.

Após um silêncio, acrescenta:

— Estou indo embora. Deixei minhas funções. Saio do Império. Estou largando tudo. Antes, preciso ir ver Confúcio. Ele está por aí?

— Não está longe. Acaba de sair para o palácio do Príncipe.

Ao ouvir estas últimas palavras, Lao-Tse esboça um sorriso, os cantos dos seus olhos se enrugam.

— Que bom moço... Ainda acredita que é útil falar com príncipes. Preciso ir lhe dizer umas palavras sem falta. Não vai servir para nada, claro, mas não faz mal!

Alice não entende essas últimas palavras. Se o velho quer falar com Confúcio, se tem algo para lhe dizer, um conselho para lhe dar, por que diz "não vai servir para nada"? E, se não serve para nada, por que quer falar com ele de qualquer jeito?

Izgurpa então começa a dar grandes explicações sobre as duas vertentes do pensamento chinês. Fala de oposição entre Confúcio, que quer pacificar a sociedade e fundar uma política moral, e Lao-Tse, que contesta a autoridade, critica as convenções humanas e incita a seguir a natureza. Mas Alice não está ouvindo. Quer entender por si mesma o que há na cabeça daquele velho que viaja montado num boi. Está todo mundo indo dormir? Tudo bem, amanhã cedinho ela irá falar com ele!

Assim que amanhece, com o céu ainda pouco iluminado, Alice bate à porta da estalagem onde aquele Velho Mestre-Velho Menino se hospedou. A casa está suja e em ruínas. A porta nem está fechada. Dentro, uma grande estufa espalha mais fumaça que calor. "Como alguém pode dormir aqui dentro?", pergunta-se Alice. No entanto, o sábio está roncando alto, deitado num colchão de palha no chão. Ao lado dele, Alice nota uma caixa de madeira laqueada, provavelmente com seus instrumentos de escrita, bastão de tinta e pincel, e um jarro de aguardente meio vazio. Alice assobia, bate palmas, acaba sacudindo o dorminhoco. Não adianta. Ele continua roncando. Alice espera.

— Água! — acaba Lao-Tse por pedir, abrindo os olhos.

— Temos água, mestre — responde Alice, trazendo-lhe uma tigela.

— Obrigado, jovem menina!

O velho senta-se no colchão, assoa o nariz, bebe devagar, enxuga a barba, esfrega os olhos. Alice nota que ele tem cheiro de álcool.

— Sabe qual é a coisa mais poderosa? — pergunta de repente o ancião.

— Não, diga o senhor...

— A água, menina, a água! Acredita-se que ela é fraca, incapaz de resistir. Na verdade, ela passa por baixo dos obstáculos e nunca desaparece. Mete-se em todo lugar, escorre, desce e sempre se junta a si mesma. As gotas formam oceanos. A água acaba por perfurar as rochas. Desgasta montanhas, sustenta navios pesadíssimos. Não existe nada mais poderoso!

— E daí?

— É preciso seguir a corrente. Vamos parar de pensar de trás para a frente. Acreditamos que somos os mais fortes e que o mundo é fraco. Acreditamos que, com nossa inteligência e nossos conhecimentos, podemos mudar tudo. Estamos convencidos de que podemos impor nossos planos. Erro crasso! Tudo o que é fraco, sem intenção, sem vontade e sem plano acaba prevalecendo sobre o que é forte, duro, rígido e voluntarioso. A água, o vento...

— Mestre, como viver? — pergunta Alice de repente, temendo que Lao-Tse vá embora antes de dizer o essencial.

Ele silencia. Alice repete a pergunta. Ele continua guardando silêncio. No momento em que ela se levanta para ir embora, ele volta a falar.

— Quem sabe cala. Você sabe o suficiente para continuar por si só. As palavras verdadeiras parecem ser paradoxos. Nossas palavras não dizem muito, porque o som menos audível é o da grande música do universo. Para entrar no Caminho, ser ignorante é melhor do que ser douto, melhor ser obscuro do que conhecido. Mais vale não agir do que se agitar...

— Não fazer nada, não dizer nada, não pensar em nada?

— Esse é o segredo do verdadeiro poder! O vento e a água não dizem nada, não pensam nada, não sabem nada. E nunca se prevalecem! A única atitude eficaz é deixar correr e entregar-se. O sábio parecerá idiota? Não faz mal! Será pobre, viverá na imundície? Não faz mal! Sua cabeça estará vazia? Talvez... Não se esqueça de que no universo tudo gira em torno do vazio. Este pobre imbecil que você está vendo, ignorante, obscuro, bêbado, sujo, preguiçoso, inútil... este zero está no centro de tudo. Rumine isso, jovem!

Alice sente-se confiante com aquele homem interessante. Parece um sujeito qualquer, mas dá a impressão de saber tudo, sem dizer. A menos que tenha compreendido que não há nada para dizer e tudo para viver. "Quem sabe cala", a frase ressoa na cabeça de

Alice. Ela gostaria de não a esquecer. Tatuá-la no braço? E se ela lhe contasse seu segredo? Ninguém saberá.

— Mestre, posso falar com o senhor mais um instante?

— Vou partir em breve, mas pode!

— Estou à procura de uma frase que me indique como viver. Para tê-la sempre comigo, quero tatuá-la no braço. E se eu pusesse "Quem sabe cala"? O que acha disso?

— Idiota! Perfeitamente idiota!

O velho quase começou a gritar, de tanto gargalhar. Alice fica surpresa e, sobretudo, decepcionada. Ela, que se sentia confiante com aquele sábio esquisito, agora sofre sua rejeição e sua caçoada.

— Por que diz isso? O que há de idiota? Não entendo!

— Esse é o problema! Você não entende! Ainda não entendeu! Estou tentando fazê-la compreender que tudo muda o tempo todo e que é preciso seguir esses movimentos, abraçar essas transformações. Não se trata de detê-los! Tente deter o vento, as nuvens, os cursos de água, a chuva... Você está pensando em mandar tatuar uma frase que permanecerá sempre idêntica, fixa, imóvel. Mesmo quando você se tornar diferente, mesmo quando pensar outra coisa. É estúpido!

— É para me guiar, para me lembrar de como viver.

— É sua respiração que deve lembrar-se disso, não a pele de seu braço! Imagine se escreve na pele "está chovendo": isso será verdadeiro durante o aguaceiro, falso assim que a chuva parar. E vai servir para quê? Quando a chuva cai, você não sabe que está chovendo? Precisa se lembrar disso?

— Não é a mesma coisa! Eu quero me lembrar de como viver!

— Você precisa se lembrar de que seu coração deve bater? De que não pode se esquecer de respirar? De novo, é ridículo. Você não tem nenhuma necessidade dessas muletas. Basta deixar o vento agir. No dia em que perceber que é verdade, vai pensar no velho que lhe disse isso...

Ele se levanta de um salto, com uma rapidez que Alice não podia prever. Já saiu. Antes que se possa dizer ai, ele já está montado no boi, e sua silhueta se afasta.

Alice está atônita. Este sujeito é louco. Ou genial? Impossível saber se está zombando do mundo ou se é sério. Talvez ache sério zombar do mundo. Talvez não ligue para o que os outros pensam.

— Nunca conheci um sujeito assim! — murmura Alice, saindo da casa. — Vou guardar as frases que me interessam no caderno ou na cabeça. Não preciso tatuar... Seja como for, que personagem estranho... Canguru, onde você está? Quero sua ajuda.

— Explicações? Informações? Indicações? Serviço Canguru às suas ordens! O homem que você acordou se chama Lao-Tse. Ao lado de Confúcio, é outra grande figura do País das Ideias na China. Seu nome está ligado a um livro ainda lido hoje em dia no mundo inteiro, o *Tao Te Ching*, Livro do Caminho. É por causa desse termo, *Tao*, que Lao-Tse e todos os que seguem seu pensamento são chamados "taoístas".

— *Tao*?

— Palavra chinesa muito comum, que significa simplesmente via, caminho, estrada que se deve seguir para chegar ao destino. Lao-Tse faz dela um uso específico, para designar o que, na verdade, não tem nome, o que não se pode encerrar numa palavra: o conjunto de tudo o que acontece, a natureza, o cosmos, a realidade...

— Por que isso não tem nome? Você acaba de dar vários...

— Você está chegando ao cerne da questão: a relação das palavras com o mundo. Para Lao-Tse, o mundo muda o tempo todo. Tudo é móvel, flutuante, como o vento, como a água, como as cores do céu. Este mundo imenso onde tudo muda não pode ser aprisionado numa denominação fixa. As palavras são imóveis, a realidade está sempre em movimento. Por isso a realidade e as palavras não podem se ajustar mutuamente. Tao é um modo de falar, de dar um nome ao universo, que não pode ser realmente nomeado. Segundo Lao-Tse, o sábio deixa o mundo agir em si. Não escolhe, não projeta nada. Cala-se, não se faz notar. Como a água, como o vento. E esse deixar-se levar lhe dá, na verdade, um poder e uma liberdade incríveis. Quem se uniu ao Tao, quem se fundiu com o mundo, é como a água e o vento: todo-poderoso, sem amarras.

Vive sem coações, sem esforço, sem luta. Como está integrado na natureza, realiza coisas incríveis.

— Por exemplo?

— Isso é explicado por muitas histórias taoístas que adoro. Por exemplo, a do pintor, que alcançou a flexibilidade perfeita do pincel e vê o pássaro desenhado voar para fora da tela. A do músico, que toca uma música de inverno e vê o lago congelar... Porque suas ações se amoldam à marcha das coisas. Muitos relatos taoístas falam da conquista progressiva dessa fusão com Tao. Entre os meus preferidos está o do açougueiro que não afia a faca há vinte anos. E a faca continua cortando bem.

— Como é essa história?

— "Antigamente, ao cortar um boi", explica o açougueiro, "eu batia a faca nos ossos, esbarrava nas cartilagens e nos tendões. E tinha de afiar a faca com muita frequência. Com o tempo, aprendi a reconhecer exatamente o plano da carcaça, a seguir seu traçado sem esforço, a cortar sem colidir com nada. Há vinte anos minha faca continua afiada." Adaptando-nos à realidade da maneira mais precisa possível, seguindo os contornos das coisas, tornamo-nos muito mais eficazes do que lhes impondo nossos próprios planos.

— Bela história, querido Cang! Não gosto muito de açougueiros, mas estou entendendo melhor.

— Na verdade — prossegue Izgurpa —, emocionado com a demonstração de afeto de Alice, por trás dessa historinha se esconde uma ideia chinesa importante: a realidade possui linhas de força. Agir de forma eficaz é discernir e usar essas linhas de força, inserir-se nos processos no momento em que eles se desencadeiam. Em vez de impor a própria vontade ao mundo, seguir as linhas de inclinação. Não agir, deixar correr. Por isso o melhor general é aquele que vence sem nunca travar batalha. Em vez de enfrentar o exército inimigo, ele examinou o percurso que este vai seguir, notou antecipadamente que vai chover, por exemplo. E deixa que os inimigos atolem no rio em cheia... Como vê, ele age sem agir.

— Mas como é que ele faz isso?

— Percebendo pequenos indícios do que vai acontecer, antes que essa transformação se amplie. Depois, com o mínimo de esforços, deixa a natureza agir em seu lugar. É isso que os taoístas chamam de *wu wei*, que significa "não agir". Não se trata de inação total, mas de uma maneira de deixar o curso do mundo agir em nosso favor, sem transformar nada.

De repente Alice se zanga. Acaba de entender por que sua irritação crescia.

— Sem dúvida é muito interessante, mas para que serve? Hoje em dia, se deixarmos o curso do mundo seguir, correremos para a catástrofe. Não entendo por que você faz a gentileza de me levar para passear pelos tempos antigos em vez de se preocupar com o que está acontecendo hoje, com o nosso mundo, com o planeta que sofre! Chega já, acabou!

Com essas palavras, Alice sai da casinha e corre para a planície. O Canguru não entende o que está acontecendo. A Fada não parece preocupada. Observa a silhueta de Alice se afastar no meio do mato alto. As Camundongas correm atrás, dando gritinhos.

Diário de Alice

Estou cansada, cansada, cansada! O que estou fazendo aqui? Visitando um museu? Aprendendo a história da China antiga? Da Índia antiga? Da Grécia de outrora? Dos hebreus? E daí?

O clima está desregulado, a temperatura sobe, os gases de efeito estufa se acumulam. E eles me levam para conhecer Epicuro, Marco Aurélio, Confúcio e companhia... gente que nunca conheceu nossos problemas!

A inteligência artificial está em todo lugar, a vida é inseparável das telas. E eles me levam para viajar entre pessoas que nunca viram um telefone ou um computador. Que só conhecem pergaminhos e papiros. Que não têm nada para dizer sobre nossas preocupações, sobre o ChatGPT e o controle de nosso cérebro.

No início, isso me divertiu, é verdade. Descobri ideias que não conhecia. Esperei pacientemente que nos conectássemos ao que nos espera na atualidade. E agora ainda estamos nas viagens a cavalo! Nas batalhas com espadas! Nos livros copiados à mão!

Que chatice. Estou cheia de ser carregada para essas velharias. Tudo bem, o Canguru é simpático. A Fada também, bom, na maior parte do tempo. As Camundongas são engraçadinhas, bom, nem sempre. Mas essa não é a questão. Não se trata deles, mas de mim. Não entendo mais por que estou aqui, para que isso serve.

É muito grande a distância entre o que realmente me interessa e essa viagem. Além disso, tenho dificuldade para entender por que esses sábios famosos dizem o contrário uns dos outros. Nunca têm a mesma opinião. É difícil saber quem tem razão, quem não tem. Minha impressão é que todos têm razão, o que não é possível...

Perguntas e incertezas demais. Demasiadas ideias que não servem para avançar nas urgências de hoje. Chega! Quero voltar para casa. Precisam me levar de volta para casa. E rápido!

Qual é a frase para viver?

"Quem sabe cala" (Lao-Tse, *Tao Te Ching*).

Esse velho me irritou, dizendo que sou ridícula. Eu o achava interessante. Ele me fez entender que o silêncio pode ser superior às explicações. Eu queria guardar essa ideia. Não somos obrigados a falar sempre. Em vez de proferir palavras vazias, automáticas, é melhor calar.

Ao dizer que quem sabe cala, ele também me mostrou que nem tudo é explicável. Às vezes as palavras são insuficientes. Pensamentos que não conseguimos transmitir? Que não sabemos formular? Interessante.

19

A ira de Alice no palácio da Rainha Branca

Quando reencontra a Rainha Branca na Rotunda onde se cruzam as épocas, Alice explode:

— Quero voltar para casa! Voltar para casa! Está entendendo?

— Perfeitamente! — responde a Rainha com um sorriso. — Está se sentindo perdida, quer voltar para seus pontos de referência habituais. É normal. Todos os viajantes do País das Ideias entram em pânico mais dia, menos dia. Estou acostumada. Vamos conversar.

— Não, chega, quero ir embora! — repete Alice batendo o pé. — Quero reencontrar minha casa, minha época, minhas ideias!

Alice está vermelha e agitada. A calma da Rainha Branca a surpreendeu. Esperava gritos, ordens. Ouve sua voz suave afirmar que está tudo bem.

— Você não saiu de lá, Alice!

— Como assim, não saí de lá? Viajei até os gregos, os hebreus, os indianos, os chineses. Faz um tempão que estou vivendo em séculos anteriores à nossa era! Não entendo para que isso pode servir...

— Quer me ouvir?

— Não, quero ir embora!

— Prometo solenemente que vai fazer o que quiser. Só você vai decidir. Se quiser deixar o País das Ideias, pedirei à Fada que a leve de volta para casa. Palavra de Rainha. Antes, quero conseguir falar com você. Está bem?

— Hmmm... Mas jura que posso ir embora logo depois?

— Se for isso que preferir, prometo. Sei o que está sentindo. Há uma mistura de dois sentimentos em você, medo e raiva. Vou explicar por que, em minha opinião, está sentindo isso. Diga se estou enganada.

"Desde que chegou aqui, você encontrou muitas ideias com que nunca tinha deparado antes. Ideias inesperadas, opostas entre si. Ficou confusa, desorientada, não sabe muito bem onde estão seus pontos de referência, e isso assusta, no fundo...

— Como você sabe disso?

— Todo mundo sente esse atordoamento e essa apreensão em algum momento. Quando deparamos com um número excessivo de ideias novas, ficamos ao mesmo tempo contentes e preocupados. A descoberta interessa, no começo. Depois, de novidade em novidade, começamos a entrar em pânico. Quando é que essas mudanças de pontos de vista vão parar? Vão cessar algum dia? O mundo antes era estável. Não provocava muitas indagações. De repente, surgem interrogações de todos os lados, abrem-se perspectivas... Já não sabemos em que confiar, perdemos o pé, temos a impressão de que estamos sendo chacoalhados para todas as direções. E sentimos vontade de fugir.

"Já faz tempo que observo nossos visitantes. Vi que quase todos sentem esse atordoamento depois de algum tempo, preocupados por não saberem o que pensar, apanhados num turbilhão de perguntas sem fim. E isso dá uma vontade enorme de parar com tudo! Não sentiu esse atordoamento?

Alice não responde. Faz uma careta estranha enquanto balança vagamente a cabeça. Reconhecer a apreensão não é nada agradável. No fundo, precisa admitir que a Rainha Branca não está errada.

— Talvez — diz ela para começar.

— A partir de que momento?

— É difícil dizer. Provavelmente quando conheci Sócrates. A maneira dele de examinar tudo foi um choque para mim. Percebi que nunca tinha olhado de perto minhas próprias ideias. Ao mesmo tempo, fiquei com medo.

— De quê?

— De perder minhas ideias. Aquilo que acredito ser verdade, que me parece mais importante, são coisas que não quero pôr em xeque!

— Mesmo que sejam falsas?

— Eu sei, eu sei... Mas estou ligada a elas, apesar de tudo! Tenho medo de mudar minha cabeça!

— Tem medo de deixar de ser a mesma pessoa?

— Não sei, sim, talvez, algo do tipo...

— Você é a mesma de quando tinha cinco anos?

— Claro que não!

— Não é melhor assim?

— Bom, é...

— Está vendo aonde quero chegar: da infância para cá suas ideias mudaram, mas isso não é nada preocupante. Você simplesmente cresceu. Há mil coisas que pensa de modo diferente, mas continua sendo Alice! Portanto, examinando suas ideias, você poderia crescer... sem se perder!

— Sim, é uma possibilidade. Mas há ideias demais! No fim, isso acaba amedrontando.

— Compreendo que seja desconcertante, mas você tem a sensação de que essas descobertas fecham seus horizontes ou lhe abrem novas possibilidades?

— Abrem... Terrivelmente!

— E aí quer ir embora? Voltar para casa, se enfiar debaixo do cobertor, com sua gata, e não pensar em mais nada além do que já conhece?

— Bom...

Alice começa a perceber que é difícil justificar sua raiva. Explodiu por causa do cansaço. É verdade que começou a mudar de horizonte.

— Bom, estou entendendo — diz ela. — Mas, mesmo assim, é um jogo que não serve para muita coisa. Veja só: eu vivo numa época em que a Terra está sufocando, a natureza, sofrendo, os animais, morrendo, a humanidade, ameaçada. É preciso encontrar soluções... e eu passeando por China antiga, Índia antiga, Grécia antiga, Judeia antiga. Falando com sábios, filósofos e profetas que não têm a mínima ideia de nossas tecnologias, nossos problemas e nossas angústias. Então, de fato, no fim tenho a impressão de estar perdendo tempo!

— Repare que essa é uma queixa nova. Primeiro você disse que havia demasiadas ideias diferentes entre os filósofos. Depois falou do medo de confundir a cabeça. Agora reclama da defasagem entre ideias antigas e questões do mundo atual! Claro que você tem o direito de formular cada uma dessas objeções. Mas tem o dever de não as misturar. Elas são diferentes. Vamos discutir essa questão da defasagem. Concorda?

— Hmmm... — diz Alice, continuando a resmungar.

— Você tem razão num ponto: por enquanto, sua viagem ao País das Ideias não ultrapassou a Antiguidade. Se continuar, vai visitar outras épocas, descobrir como se chegou à situação atual. Por outro lado, não tem razão no ponto mais importante: essa defasagem, que você acredita ser enorme, é mínima!

— Como assim?

— A Antiguidade e a atualidade não são mundos separados. Pelo menos não como você imagina. O tempo das ideias não é o mesmo que o das roupas, dos meios de transporte ou dos objetos do dia a dia. As pessoas de agora não vivem como as de séculos atrás, mas em grande parte ainda pensam como elas, mesmo que não percebam.

— Eu gostaria de saber por que essas velhas ideias continuam. Dois ou três mil anos é muita coisa!

— Ideia não é acessório de moda ou lenço descartável. As ideias são referências para compreender, viver, agir. As concepções elaboradas nos séculos antigos formam um conjunto único em toda a história da humanidade. Na mesma época, em regiões do mundo que não se conheciam, que não se comunicavam, nasceram pensamentos novos, tão profundos e tão coerentes que mudaram o curso da história e nunca foram esquecidos.

"Entre os hebreus, em lugar de uma multidão de deuses com poderes diferentes e muitas vezes rivais, emerge a ideia de um deus único, criador do mundo, e de uma lei que deve ser seguida por todos os seres humanos para alcançar a paz.

"Na Grécia, a física, a geometria e a filosofia começam a descartar as explicações dos mitos e, por meio da razão e apenas dela, tentam descobrir como funciona o mundo, qual é o lugar do humano e com base em que princípios devemos pautar nossa conduta.

"Na Índia, a efervescência intelectual e espiritual também é muito grande. Em vez de permanecer centrada nos rituais de sacrifício e nas instruções precisas das origens, agora ela explora a busca do Absoluto, os caminhos para alcançar a libertação por meio do sacrifício interior, da meditação e da reflexão.

"Na China, começa-se a procurar ativamente a maneira de compreender o funcionamento do mundo, os ciclos da natureza, as transformações incessantes das coisas e dos seres, perguntando o que os humanos devem fazer: dobrar tudo à sua vontade ou inserir-se nos ciclos, da maneira mais flexível possível, no lugar certo, no momento certo?

"Tudo isso acontece entre o século VI e o V antes de nossa era. As culturas são diferentes, as línguas não são as mesmas, mas a mudança envolve toda a humanidade. As palavras dos profetas judeus são registradas na Bíblia, os filósofos gregos inventam os métodos científicos e os usos da razão, as escolas indianas de sabedoria elaboram teorias e práticas diversas, em que se destacam principalmente o bramanismo e o budismo, os pensadores chineses põem em oposição e complementação o confucionismo e o taoísmo. São um florescimento e uma efervescência extraordinários que tomam conta das ideias nessa época, em todos os campos: intelectual, espiritual, religioso, moral...

"Karl Jaspers, um grande filósofo alemão do século XX, inventou a expressão 'período axial' para designar essa época. Os eixos dos pensamentos antigos se orientaram de modo diferente, e essa grande mudança deu origem a novos eixos, que ainda perduram e atuam, ao contrário do que você pensa...

— Como ocorreu essa mudança?

— É um enigma. Por que nesse momento? Por que simultaneamente na Grécia e na Índia, na Judeia e na China? Na época, essas regiões não tinham nenhuma relação entre si.

"No entanto, é nessa época que o País das Ideias se forma realmente. Os seres humanos começam a procurar respostas às suas perguntas por todos os meios possíveis, e as próprias questões se tornam cada vez mais precisas, sofisticadas e numerosas. E nós não saímos disso…

— Nada mudou?

— Mudou, claro! Ah, Alice, acorde. O que te deu? Você parece acreditar que, se ainda existem ideias muito antigas, é porque não houve evolução, nenhuma mudança. Quando aparecem ideias novas, você acha que as antigas evaporam completamente? De jeito nenhum! Na sua cabeça existem ideias que têm três mil anos e outras que acabaram de surgir, ideias antigas transformadas, outras que têm jeito de ser novas, mas não são de fato. E também ideias antigas que podemos adaptar a situações novas.

— Por exemplo.

— Muito simples: rede social é coisa nova?

— Claro!

— Zombar de alguém, falar mal da pessoa, contar os segredos dela, repetir ofensas… é algo novo?

— Imagino que isso sempre tenha existido…

— Exato! Está entendendo o que quero dizer quando falo de adaptar ideias antigas a situações novas?

— Ainda não…

— A propósito das palavras venenosas, que ferem e podem destruir, foram feitas muitas reflexões, há muito tempo, em várias civilizações. Essas ideias foram expressas muito antes da existência de smartphones, redes sociais e discursos de ódio. Não acha que poderíamos usar algumas dessas reflexões para entender melhor o que ocorre hoje, para impedir que o ódio se desenvolva?

— Saquei!

— Então, você está começando a entender por que é importante levar a sério as ideias dos seres humanos que nos antecederam. É claro que eles não conheciam os mesmos problemas que nós, nem imaginavam algumas das indagações que fazemos. Mas elaboraram ideias das quais ainda podemos nos apropriar para esclarecer nossos problemas e dar respostas às nossas perguntas.

Alice não sabe como explicar seu desagrado. Entendeu direito o que a Rainha Branca explicou. Mas está farta de andar de uma época a outra, de uma escola a outra, de um filósofo a outro. Desde que chegou, a única coisa que fez foi sobrevoar a Antiguidade! Nesse passo, vai ficar velha antes de descobrir as ideias de hoje... Só de pensar nisso, já se sente desanimada.

— Você pode voltar para casa se quiser — diz a Rainha Branca, que leu seus pensamentos. — Mas antes eu gostaria que tentasse outra coisa. Proponho mudar seu jeito de viajar. Você vai passar para o modo "grandes épocas".

— O que é isso?

— Se você concordar, a Fada, o Canguru e as Camundongas vão lhe mostrar o essencial das mudanças que levaram à situação em que nos encontramos. O que está acontecendo hoje vem de longe, por isso lhe peço um pouco de paciência. Mas vou dar as instruções necessárias para que sua viagem seja mais rápida, principalmente para que você possa entender, à medida que avança, como as ideias que se estabeleceram, em cada grande época, estão ligadas às ameaças que hoje pesam sobre a humanidade, os animais, a vida. Você vai encontrar filósofos, continuar procurando o modo de viver, mas também vai ver a história acelerar e o mundo se modificar cada vez mais. Se essa mudança não a satisfizer, você poderá suspender tudo e voltar para casa. Combinado?

— Combinado — diz Alice, com ar sério, feliz por ter sido ouvida.

Diário de Alice

É simpática essa Rainha Branca. Não falo da aparência, mas da maneira de ser. Soube me ouvir. Levou em conta o que sinto. Vou ver se cumpre a palavra quanto às mudanças que anuncia. Caso contrário, juro que vou embora.

QUARTA PARTE

Em que Alice aprende o que muda na história quando a ideia de Deus predomina

20

Na nave temporal

Quem é esse, debaixo desse capacete? Ao se aproximar, Alice reconhece o Canguru. Por que está vestido de cosmonauta? A silhueta corpulenta, bem ao lado, amarrada num macacão, por acaso seria a Fada Objeção? Para completar a turma, dois vaga-lumes de capacete correm por todo lado... as Camundongas! Sim, está todo mundo aqui. Mas por que estão fantasiados assim?

Alice percebe que também está vestida com uma espécie de escafandro e que olha para os amigos através do visor bojudo de um capacete à prova d'água. Tudo isso é estranho. Parece até uma nave espacial de um daqueles velhos filmes de ficção científica dos anos 1960 que a mãe dela adora, em que os heróis se movem em cenários de papel machê.

Alice dá uma batidinha no visor da Fada, que lhe faz sinal para ouvir. A comunicação é feita por rádio.

— Então, quer dizer que você está se rebelando? — diz a Fada rindo. — Quer mesmo nos deixar?

— Não por sua causa, Fada — responde Alice —, nem por sua causa, Canguru, nem por sua causa, Camundongas! Eu gosto de vocês, e a minha viagem pelo País das Ideias foi muito interessante. Mas, no fim das contas, tudo o que aprendi me parece distante do presente! Quero voltar, para cuidar da minha vida, da nossa época, das nossas urgências...

— Eu sei, a Rainha Branca explicou tudo e nos deu instruções. Estamos passando para o modo "grandes épocas", por isso vamos viajar com a nave.

— Uma nave espacial?

— Não, uma nave temporal.

Alice não entende. Vai viajar no tempo? Não é preciso, uma vez que no País das Ideias todas as épocas são diretamente acessíveis. Então, para que serve essa engenhoca?

— Vamos? — pergunta a Fada.

— Vamos! Vamos! — dizem as Camundongas em coro.

Cada um afunda em seu assento. A cabine vibra. A nave decola. Por um instante, a luz fica muito fraca, e só se ouve um assobio fortíssimo. Depois, retornam o silêncio e a luz.

— Olhe, daqui a vista é magnífica! — diz a Fada.

Alice inclina-se para a janelinha. O que vê é surpreendente. Formas, sombras e luzes, áreas claras, outras escuras. Como continentes, vistos de muito alto. No entanto, não são terras e oceanos. Algo diferente, que Alice nunca viu.

— O que eu vejo é estranho, Fada. O que é? — pergunta Alice.

— O tempo!

— O tempo está ruim e impede a gente de enxergar direito?

— Não, não estou falando do clima! Mudamos de dimensão. O que você está vendo aí não é o espaço, é o tempo. Sim, está vendo o tempo! Passamos por cima, e o que você tem diante dos olhos são séculos. À esquerda, os séculos da Antiguidade. À frente, aquela zona multicolorida é o fim do mundo antigo e a Idade Média. Mais de mil anos, do século IV ao XVI de nossa era, mais ou menos.

A Fada acrescenta outras explicações. Descreve como a máquina funciona, lembra que o tempo é uma das dimensões da matéria, cita Einstein, a teoria da relatividade e um monte de leis físicas que Alice não entende muito bem. Na verdade, só ouve a metade, espantadíssima que está por ver o tempo pela primeira vez. Embora sua visão seja limitada pelo tamanho do visor, o espetáculo é fantástico. Alice tem a sensação de estar ao mesmo tempo dentro e fora. Como se o tempo estivesse dentro dela e fora dela, como se ela tivesse assumido um novo distanciamento em relação ao mundo. Não sabe bem como expressar. Não sabe exatamente o que está vendo. Mas sente que está vivendo uma situação extraordinária.

Diante de seus olhos, os séculos passados se assemelham a pequenos rios em movimento, cursos de água que se movem, encontram-se, aumentam para se tornarem grandes rios. Alice distingue cores que se misturam, devagar em alguns lugares, mais depressa em outros. Pensa nas lavas escorrendo em filmes sobre vulcões. Também lhe vêm à mente imagens da orla marítima após uma tempestade, quando a lama vinda do continente se dissolve aos poucos em direção ao mar alto.

Essas associações de ideias são aproximativas. Alice tem consciência de estar contemplando uma realidade que nunca viu. Arregala os olhos, tenta compreender. A Fada vem em seu auxílio:

— O que está vendo é a marcha da história. Correntes de ideias se encontram, confrontam, metamorfoseiam. Estamos seguindo as diretrizes da Rainha Branca para que você possa entender como se formou o mundo que conhece, aquele que lhe interessa. Até agora, você só viajou por regiões antigas do País das Ideias. Viu os alicerces, as bases principais. Mas, na Antiguidade, as regiões onde essas ideias se desenvolveram não se comunicam entre si. Tudo evolui muito devagar. Você teve a impressão de um mundo fascinante, mas imóvel e, sobretudo, muito distante. Agora, o Canguru, as Camundongas e eu temos a missão de levá-la para visitar os bastidores do presente. Vai ver o País das Ideias transformar-se e chegar a tudo o que tanto a preocupa.

— E por quê? Com que objetivo?

— Para atender seu pedido, minha bela! Você quer saber como viver hoje. Está ansiosa, preocupada e desejosa de conhecer tudo. Queremos ajudá-la a entender por quais caminhos se constituiu esse mundo que lhe dá medo. Ao ver por si mesma de onde vem esse mundo, você terá mais recursos para encontrar respostas.

— Posso ficar com o meu caderno de citações e o meu diário?

— Claro, e recomendo que os use o máximo possível!

— E se não me sentir à vontade, posso ir embora?

— Pode! E repito solenemente. Se quiser sair do País das Ideias, me avise! E você sairá... Palavra de Fada!

Alice se sente aliviada. Está pronta para tentar a aventura. Sobrevoar os movimentos da história não a desagrada. Especialmente se for para ajudar a agir melhor hoje em dia. Além disso, pode ir embora quando quiser.

Uma névoa fina se depositou no vidro diante do focinho do Canguru. Ele tem lágrimas nos olhos ao imaginar sua bem-amada Alice deixando o País das Ideias.

— Atenção! — diz a Fada. — Última informação, Alice. A partir de agora, na maioria das vezes, você vai viajar sem nós. Vamos acudi-la em caso de necessidade. Mas você já sabe o suficiente para começar a se virar sozinha. Depois trataremos das dúvidas, perplexidades e impressões que você tiver e também de suas emoções.

Alice espera qualquer coisa. Começa a ficar impaciente.

— Para começar, vou aonde?

— Surpresa! — responde a Fada.

21

Assassinato de uma filósofa, Hipácia, em 415 de nossa era

"Que multidão!", pensa Alice. Nunca viu nada igual. As carroças avançam lentamente pela grande avenida que atravessa a cidade de ponta a ponta. Muitas vezes, têm de parar, dar passagem a homens a cavalo ou a grupos de pedestres. Há tantas pessoas que é de se perguntar de onde vêm. Ao que tudo indica, de todos os lados. Naquela imensa confusão, cruzam-se mercadores e sacerdotes, ricos e pobres, gregos e judeus, egípcios e etíopes, filósofos e doutos.

À sombra dos palácios que ladeiam a avenida, mulheres, crianças e alguns idosos vendem frutas, azeite, tâmaras. O calor é intenso. Nem uma brisa. Uma poeira fina paira acima da avenida e desaparece ao redor. Todas as ruas se cruzam em ângulo reto. O traçado da cidade é em tabuleiro de xadrez. "Como em Nova York", pensa Alice ao descobrir essa particularidade. De vez em quando, em alguns cruzamentos, irrompe uma briga. Basta uma colisão, uma carroça mal equilibrada, um cavalo que se agita, e a violência se desata.

Antes de chegar, Alice leu a ficha que o Canguru colocou em sua bolsa. Sabe que Alexandria é uma cidade imensa, uma das maiores da história antiga, a mais vasta do mundo grego. Fala-se de quatro mil palácios, quatrocentos teatros, várias centenas de milhares de habitantes. Situa-se no Egito, a oeste do delta do Nilo, e foi fundada por Alexandre, o Grande, em 331 antes da era cristã.

"Foi a ele que Diógenes disse 'Saia da frente do meu sol!'", recorda Alice ao ler essa indicação. De fato, a cidade existe há muito tempo.

"Ao partir, ouvi dizer que chego em 415 da nossa era. Portanto, faz... 331 mais 415, setecentos e quarenta e cinco anos que esta cidade está crescendo! Sete séculos e meio..." Alice nunca tinha pensado que a Antiguidade fosse tão longa, que incluísse séculos tão numerosos e diferentes. Também nunca tinha visto de perto aqueles encontros de culturas opostas que marcaram o fim do mundo antigo e o início de outra história.

A ficha do Canguru especifica bem:

> Alexandria é o lugar que melhor encarna essas justaposições de povos e saberes diferentes. Porque é um porto de primeira importância, os mercadores de várias nações convergem para lá. Ali se encontram templos de várias religiões, são ministrados ensinamentos filosóficos de várias escolas. Alexandria é um centro intelectual de primeiro plano. Sua biblioteca conserva cerca de setecentos mil volumes. Na época, é a maior do mundo.

Alice não consegue acreditar: "Setecentos mil volumes!" Toma consciência da imensidão dos saberes antigos e da diversidade de crenças que convivem em Alexandria. Ao caminhar desde aquela manhã por diferentes bairros da cidade, viu sinagogas, templos dedicados a Zeus, Apolo ou Afrodite, igrejas cristãs. "Como é que todas essas ideias podem coexistir?"

A Alexandria dos primórdios de nossa era é considerada, com razão, um lugar exemplar. Pagãos, judeus e cristãos vivem juntos – nem sempre em paz nem continuamente em guerra, mas num equilíbrio instável, tenso.

Como quase todo mundo, Alice imagina que, quando as pessoas se dão bem, a harmonia é duradoura e garante vida pacífica; e, ao contrário, quando não se dão bem, a tensão permanente gera conflitos. Essa visão é simplista. A realidade é mais desconcertante. Pois as duas faces existem o tempo todo. A paz reina, mas rompida por explosões intermitentes de violência, por súbitas irrupções de barbárie. Nada é completamente branco ou preto. É mais como um tabuleiro de xadrez. Em quase todos os lugares, principalmente aqui, na agitação de Alexandria.

Na esquina de uma rua, Alice vê dezenas de pessoas paradas. Gente de todas as condições, camponeses, comerciantes ambulantes, autoridades, todos ouvem em silêncio uma mulher vestida de branco. Com expressão séria e mansa, ela fala com segurança e um sorriso benevolente. Na certa está usando termos simples, pois todas as pessoas permanecem atentas. Várias balançam a cabeça. Alice se aproxima, verifica se seu fone de ouvido tradutor está funcionando e abre alas para a primeira fila.

— Então, o que a filosofia pode fazer? — diz a mulher, diante de seu público cativado. — Foi essa a pergunta deste sapateiro aqui. Vou finalmente responder e dizer isso a todos. A filosofia pode ajudar a aumentar em nós a parcela de divino. Nosso corpo não deve ser desprezado, mas é animal, é secundário. Como mostraram Platão, Aristóteles depois dele e, mais ainda, nosso mestre Plotino, o essencial é a parte da nossa alma diretamente ligada ao divino. É ela que deve nos comandar, guiar. E essa parte divina nos permite conhecer, mas também agir de maneira justa. Permite alcançar verdades, tanto em matemática quanto em moral. Afasta-nos dos desejos baixos e sujos, dos comportamentos animais, dá prioridade ao saber, ao estudo, faz-nos ter acesso ao divino e nos torna melhores... É isso que a filosofia pode fazer!

Os ouvintes estão entusiasmados. Muitos manifestam alegria. Murmúrios de aprovação percorrem o grupo. Alice ouve a voz rouca de um homem gritar "Bruxa!", mas parece ser o único que manifesta hostilidade. A mulher espera que o aglomerado se disperse, troca algumas palavras com os que ficam, ajusta uma mecha que escapa de sua cabeleira castanha e prepara-se para partir. A elegância de seus movimentos é impressionante. A graça simples dos seus gestos encanta Alice.

"Quem é ela?", pergunta-se. "Como saber? Não vale a pena chamar toda a turma. Vou ver se eles podem me ajudar de longe. Reconhecimento facial? Uma pequena informação sobre essa senhora, querido Canguru? Oba, funciona!"

Alice descobre assim o nome de Hipácia, a filósofa mais importante da época, matemática notável. Ela edita e comenta trabalhos científicos, tratando especialmente das cônicas. Sabe construir instrumentos complexos para a navegação em alto-mar e a medição do tempo. Em sua escola, ensina matemática e filosofia a estudantes cristãos e pagãos e nunca hesita em responder às perguntas das pessoas na rua. A fama, a lucidez intelectual e a franqueza explicam sua influência política junto aos governantes da cidade. Em especial, é conselheira de Orestes, recém-nomeado governador romano do Egito.

Alice decide segui-la. Embora Hipácia ande depressa, não há risco de perdê-la de vista, pois seu manto branco a torna visível de longe. Atravessando praças e ruelas, Alice vai pensando no lugar das mulheres no País das Ideias. Desde que está por lá, só encontrou homens! As mulheres não têm ideias? Não têm direito a elas? São obrigadas a ficar caladas? Esquecidas? Que história é essa? Vai ser preciso falar sobre isso com a Fada e os outros. E as crenças religiosas, como situá-las em relação à filosofia?

Alice interrompe abruptamente suas reflexões. Hipácia parou perto de uma igreja, numa viela. À sua frente, um grupo de homens. Só homens, com ar hostil. Alice não compreende bem o que está acontecendo. Por cautela, fica distante, encostada à porta de uma casa de esquina. Os homens estão bloqueando a rua. A filósofa fala com eles. Alice nota que todos estão vestidos de túnica escura com uma corda na cintura e cruz ao peito. Monges.

"Bruxa! Bruxa!", Alice ouve gritar. Dessa vez, já não é uma voz isolada. Todos os homens gritam em coro. Hipácia tenta conversar, mas eles vociferam cada vez mais alto. Alice distingue fragmentos de seus gritos de raiva: "Mandou torturar nosso irmão!", "Enfeitiçou o governador!", "Bruxa!", "Encarnação do diabo!", "Inimiga de Cristo!"

O tom deles é cada vez mais violento. Hipácia, imperturbável, tenta se fazer ouvir e continuar o caminho. Impossível, os monges formam um bloco. Então, com muita calma, a filósofa dá meia-volta. Vira-lhes as costas e retorna, sem se afobar. O pequeno batalhão de preto fica no lugar, gritando. O manto branco começa a afastar-se. E o horror explode.

Voa uma primeira pedra, que atinge Hipácia na nuca, logo acima do pescoço. O sangue jorra. O manto se mancha de vermelho. Os monges gritam de alegria. A filósofa começa a correr. O grupo a persegue, com urros de feras.

Depois de algumas dezenas de metros, a matilha alcança a filósofa, que é agarrada por braços fortes, levantada por mãos peludas que arrancam seus cabelos, rasgam sua roupa. Ela se debate, sem gritar. Tenta se libertar, em vão. A gangue a leva em direção à igreja, que fica no fundo da rua. Alice os segue, apesar do horror daquilo que vê, é mais forte que ela. Sem poder fazer nada para ajudar Hipácia, não consegue tomar a decisão de abandoná-la.

Escondida atrás de um pilar, perto da entrada, o que ela vê a faz tremer por inteiro. Os monges despem Hipácia, sua cabeleira está escorrendo sangue. Seus algozes lhe atiram pedras, cacos de garrafa, pedaços de telha, batem nela com paus e a agridem com facas. Proferem injúrias, recitam orações, lançam maldições e gritos de alegria. Hipácia está estendida no chão, inerte. Morta, provavelmente. Seu corpo é uma chaga só. Um dos assassinos, armado com um machado, corta seu cadáver em pedaços, no que é ajudado por vários outros. Em pouco tempo, do corpo restam apenas membros separados e porções de carne ensanguentadas. A horda vai desfilar pela cidade com aqueles retalhos, triunfalmente.

Alice está quase desmaiando. Ouve a voz da Fada no fone de ouvido: "Não saia daí! Não saia daí! Estou indo buscar você! Não saia daí de jeito nenhum! Daqui a alguns segundos a trago de volta!"

Diário de Alice

Agora, todas as noites tenho o mesmo pesadelo. Tento impedir que os brutamontes matem Hipácia e não consigo. Acordo gritando. A Fada diz que é o trauma e que vai passar. Será mesmo?

O mais doloroso não é o que senti, o terror que passei, mas sim a ideia de que isso aconteceu de fato. Uma noite, em Alexandria, mas também milhares de vezes, antes e depois, ontem como hoje, em milhares e milhares de situações diferentes, a mesma fúria, o mesmo ódio, o mesmo prazer horrendo de matar.

No ser humano há um fundo de crueldade. Quaisquer que sejam as épocas, as crenças, as civilizações, a selvageria pode surgir, explodir a qualquer momento, em qualquer lugar.

É isso que me assusta, agora. Como viver com essa ideia? Com essa ameaça permanente?

De repente me ocorre um pensamento ainda mais terrível: e se eu também fosse assassina? E se bastasse um nada para que eu também matasse? Sem que eu saiba, aquilo que há de pior estaria em mim, em mim também, escondido, pronto a me invadir?

Qual é a frase para viver?

"Até pensar errado é melhor do que não pensar"
(atribuído a Hipácia de Alexandria).

Ninguém sabe se essa frase foi realmente concebida ou proferida por Hipácia, visto que não temos mais nenhum de seus escritos. Mas isso não importa. Porque o que me interessa é a defesa do direito de pensar que se expressa nela. É essencial procurar a verdade, mas exercer o direito de refletir é ainda mais importante do que pensar de modo verdadeiro e correto.

Começar a pensar é a primeira etapa, a condição indispensável. Depois, pode-se corrigir os erros, sair das falsas pistas.

Acredito que apenas uma mulher filósofa pode se expressar assim, numa época em que não se dá às mulheres o direito de pensar por si mesmas, nem a capacidade de refletir realmente.

Os monges fanáticos que assassinam Hipácia pensam de forma distorcida. Mas, como são capazes de pensar, é de se esperar que compreendam sua cegueira e se livrem dela. Se não pensassem de modo nenhum, não passariam de feras desumanas e irrecuperáveis.

22

Da fé ao fanatismo, por quais caminhos?

Há três dias, Alice tenta se recuperar. Não consegue. Não dorme. É acordada pelo mesmo pesadelo assim que adormece. Vê os homens batendo em Hipácia, o sangue escorrendo, ouve os gritos de ódio.

Sabe que está fora de perigo. A Fada chegou voando, como um Superman, e a levou nos braços. Alcançaram a nave mais depressa do que dizer ai. O que mais amedronta Alice não é seu destino pessoal, mas o que ela contemplou, a fúria de matar, o prazer do assassinato. Essa intensidade do ódio é algo que ela não entende.

A Fada tenta ajudá-la a expressar o terror e o trauma que sofreu.

— O que você viu — diz a Fada — é que as ideias podem conduzir às piores barbaridades.

Alice está descobrindo isso. De violência e fanatismo ela de fato ouviu falar, mas vagamente, de longe. Nunca tinha visto a fera de perto, nunca tinha sentido seu bafo e sua loucura destrutiva.

Chora no ombro da Fada. O Canguru sentou-se ao seu lado. As Camundongas estão aos seus pés.

— Eu pensava que o cristianismo dizia para amar o próximo como a si mesmo. É uma religião de amor, não é? E, agora, vejo monges assassinando uma mulher, uma filósofa que queria justamente fortalecer a parte divina que existe em nós. Como é possível?

Objeção está perplexa. Várias questões se entrelaçam na pergunta de Alice. Como responder claramente, sem misturar tudo? A Fada divide em partes a sua explicação. Sim, de fato, o cristianismo prega o amor ao próximo e até mesmo rejeita a violência.

Mas princípio divino é uma coisa, realidade humana é outra. Os monges que mataram Hipácia eram fanáticos. Não é difícil ver o que provocou a ira deles. Durante várias gerações os cristãos tinham sido perseguidos com extrema violência em Alexandria e em todo o Império Romano. Por motivos de crença, foram caçados, aprisionados, torturados, queimados vivos, entregues aos leões nos jogos do circo. Por testemunharem a fé, milhares deles pereceram como mártires ("mártir" significa "testemunha"). Na época de Hipácia, os ventos começaram a mudar. Os pagãos já não tinham vantagem. O cristianismo apoderava-se das mentes e do poder, quase em todos os lugares. Era a vez de os pagãos serem suspeitos, criticados, perseguidos. A ira dos monges se insere nesse movimento de vingança.

— Algumas circunstâncias particulares acentuaram a raiva deles. Nos dias anteriores, ocorrera forte desacordo entre Cirilo, bispo da cidade, e Orestes, o novo governador enviado por Roma. Orestes tinha mandado prender e torturar um monge. Corria o boato de que Hipácia era sua conselheira. Os monges imaginaram que ela era responsável pela morte de seu confrade e decidiram emboscá-la.

— Se me permite — intromete-se o Canguru —, nessa questão há mais elementos do que o jogo das circunstâncias. As situações desempenharam o papel de faísca, mas o fogo se alastra devido aos materiais e se propaga com o vento. Os materiais, nesse caso, são as relações entre ideias muito diferentes, as da filosofia e as da religião cristã. Além disso, há o terror daqueles homens pouco instruídos diante de uma mulher de saber, que eles imaginam detentora de poderes mágicos e maléficos. Acreditam que ela é bruxa, diabólica, satânica. Portanto, para eles, matá-la não é má ação. Para eles, é obedecer à vontade de Deus, é livrar a terra de um perigo.

— Mas isso é loucura! — exclama Alice.

— Evidente que é, mas essa loucura é muito comum ao longo da história. Com muita frequência, aqueles que pensam e vivem de modo diferente ou têm outras crenças são considerados perigosos. Tornam-se inimigos, é preciso desconfiar deles e, se possível, exterminá-los até. Espalha-se a noção de que não são seres humanos, e sim insetos nocivos, parasitas, lixo que deve ser eliminado. Quem se livrar deles não comete nenhum crime. Realiza uma boa ação! Acredite neste Canguru: na longa história da humanidade, esse padrão se repete frequentemente. Começa-se por negar a humanidade dos outros, considera-se que são seres inferiores, e não seres humanos integrais. E mata-se em nome de uma verdade absoluta, de uma ideia tão importante que a eliminação do outro já não é uma ação horrível, mas um ato de glória. Olhe esses monges. Estão convencidos de que Hipácia não merece viver, que ela não passa de um resíduo tóxico, uma coisa que deve ser eliminada, e agem em nome da fé, da vida eterna, da vontade divina. Não veem o seu assassinato como um homicídio sórdido, mas como uma ação santa!

Alice nunca tinha visto com tanta clareza esse aspecto do mundo. A loucura assassina pode ser considerada exemplar? O poder das ideias pode chegar a justificar as piores ações e santificar um massacre! As ideias podem ser perigosas a esse ponto!

— Nós lhe dissemos que também há perigos neste país — acrescenta a Camundonga Sensata —, mas eu não achava que você os descobriria tão de perto.

A Sensata tenta pegar Alice com as patinhas para consolá-la, mas percebe que é impossível. A Maluca inventa uma dança e começa a cantarolar: "Eu sou uma doida boazinha que combate os doidos malvados... Eu sou sua aliada contra os doidos varridos."

Alice continua prostrada. Não consegue afastar as imagens que a perseguem. As Camundongas tentam uma explicação.

— Nós somos gêmeas, eu Sensata, ela Maluca. Sabe por quê? Porque os seres humanos são sensatos e malucos ao mesmo tempo. Usam suas ideias para fazer o melhor ou o pior, para defender a vida ou para propagar a morte.

— Eu, a morte? Nunca na vida! — diz a Maluca indignada.

— Eu sei que a tua loucura é boazinha — replica a Sensata —, mas a loucura também pode ser cruel, assassina e sangrenta, como se a razão decidisse destruir tudo.

Alice esforça-se por afastar as visões que a obcecam. Diz a si mesma que o que viu aconteceu antigamente. Os costumes eram brutais, a cidade de Alexandria era um caso à parte, o contexto era diferente. Alice esforça-se por distanciar o horror.

O Canguru não sabe o que fazer. Gostaria que ela constatasse a existência real do mal, que não é uma questão de época, nem de lugar. Mas precisa levar em conta o fato de que a sua amiga acaba de viver um trauma e que não deve chocá-la.

— Sabe — diz o Canguru —, no País das Ideias Alexandria continua sendo uma cidade extraordinária. Os historiadores descrevem as maravilhas de sua biblioteca, que foi a maior do mundo, e os numerosos filósofos e eruditos que lá ensinaram. Por exemplo, Amônio Sacas, que conhecia parte das doutrinas indianas e foi professor de Plotino, grande filósofo que depois ensinará em Roma. Ou também Fílon, que pertencia à comunidade judaica de Alexandria, muito antiga e importante. Ele trabalhou para aproximar o legado dos hebreus ao pensamento dos filósofos gregos, insistindo nos seus pontos em comum, em vez de em suas oposições. Os cristãos, posteriormente, tornaram-se cada vez mais numerosos e influentes. Clemente de Alexandria é um deles. Ele se tornará um dos Pais da Igreja. — Diante da expressão perplexa de Alice, Canguru esclarece que se dá esse nome a uma série de pensadores que comungavam a fé cristã e viveram nos primeiros séculos após Jesus Cristo. Eles combateram os argumentos dos filósofos contra a doutrina cristã e contribuíram para reforçar a sua elaboração.

— É preciso compreender a estranha situação em que se encontram esses pensadores. A maioria fala grego. Foram formados na filosofia. A educação, a formação intelectual, as referências habituais deles eram Platão, Aristóteles ou os estoicos. Mas a crença deles é a da Bíblia, herdada dos hebreus, sobretudo dos Evangelhos, proclamando que o Filho de Deus se tornou homem e se sacrificou para salvar a humanidade. Entre a formação intelectual que tiveram e a fé religiosa que professam, tudo parece incompatível. O trabalho deles consiste em tentar superar essa incompatibilidade.

"De mil maneiras, por vários caminhos, eles se esforçam por conciliar o legado intelectual dos gregos e o legado espiritual judaico-cristão. Por exemplo, Clemente de Alexandria define Cristo como 'filósofo bárbaro'.

"É preciso explicar essa expressão surpreendente. Cristo é 'filósofo', para Clemente, porque diz a verdade, porque traz respostas às nossas interrogações e ensina o essencial do que é preciso saber para viver bem. Acrescentar que ele é 'bárbaro' não significa, evidentemente, que ele seria cruel, mas simplesmente que não é grego. Os gregos dividiam a humanidade entre gregos e bárbaros. Ao contrário do que se pensa muitas vezes, isso não era um sinal de desprezo, lembre-se. Os egípcios e os indianos, por exemplo, eram estimados pelos gregos por seus saberes e modos de viver. Mas, apesar de tudo, eram 'bárbaros', ou seja, estrangeiros.

"Os hebreus, nesse sentido, são bárbaros. Clemente afirma que a verdade não reside nos gregos. Seus filósofos nunca estão de acordo, um contradiz o outro e eles divergem entre si. Em contrapartida, segundo ele, os hebreus e Cristo falam com uma só voz. 'A filosofia bárbara que seguimos é realmente perfeita e verdadeira', escreve. Está falando da verdade da fé cristã, num dos seus principais livros, que se intitula *Stromata*, palavra que significa 'Miscelânia', pois nele trata de vários assuntos.

Objeção intervém. Ela também está atenta ao choque que Alice sofreu. Mas acha que a melhor maneira de ajudá-la a superar é ampliar a discussão e cumprir a palavra, mostrando por que conhecer aquela época será útil para agir e saber como viver no século XXI.

— As mudanças desse período à sua frente têm repercussões ainda hoje. A maneira de conceber o tempo já não é a mesma. As respostas à pergunta "como viver?" já não são as mesmas. As concepções sobre a vida humana estão se modificando. As que dizem respeito à natureza também. A política também se transforma. Essa grande mudança, que se estende por séculos, está ligada à ideia de Deus. Durante toda essa época, a ideia de Deus predomina.

Os séculos da Antiguidade ignoram a ideia de um Deus eterno, único, criador, todo-poderoso. À parte os hebreus, ninguém tinha então essa concepção. Todos acreditavam na existência de uma multidão de deuses e deusas, com poderes específicos e limitados. Quando a ideia de Deus começa a se espalhar, tudo muda, tanto com o cristianismo, que primeiro é perseguido e aos poucos triunfa, quanto, depois, com o islamismo.

— Parece que todo mundo ficou religioso? — pergunta Alice.

— Não de uma vez só! Aos poucos, de geração em geração, toda a sociedade foi se transformando. E o País das Ideias se metamorfoseou.

— Em todos os lugares?

— Não. A China, a Índia e as outras civilizações não foram atingidas por essa transformação naquela época. Isso aconteceu só na Europa, ao redor do Mediterrâneo e no Oriente Médio, com consequências planetárias depois. Na verdade, aqueles séculos constituem o início de um imenso movimento. É preciso conhecê-lo para entender o mundo em que você vive hoje e o que escolhe fazer. Vou esboçar as linhas mestras, e o Canguru dará esclarecimentos quando for necessário.

A Fada organiza as poltronas em círculo. A nave está em modo de navegação estável. Aliviadas por não terem de usar capacete, as Camundongas esfregam o focinho. Alice quer primeiro enxergar com clareza uma questão.

— Você acaba de dizer uma coisa que me intrigou. A ideia de Deus mudou a concepção do tempo, ou algo assim. Pode explicar?

A Fada recorda que, nas civilizações antigas, o tempo geralmente é pensado como um círculo. Ele gira como uma roda e se repete. Portanto, não há de fato história nem progresso. Na verdade, se o dia em que estamos é um ponto na circunferência do círculo, ao avançarmos, deixamos esse dia para trás, mas ele também está à nossa frente, na próxima volta! Cada momento que passa vai retornar. Consequência: Alice já fez essa pergunta e a Fada já respondeu, Alice irá repetir, e a Fada responderá novamente.

O Canguru puxa uma ficha:

— Pitágoras, entre os gregos, dava a isso o nome de "grande ano". Um giro dura cerca de dez mil anos. E depois tudo recomeça... Nessa representação cíclica do tempo, os mesmos acontecimentos não voltam de um dia para o outro, mas numa escala muito maior.

A Fada sublinha o essencial: nessa concepção circular, o tempo não tem início nem fim. Por outro lado, com a ideia de Deus, o tempo se torna uma linha reta. De fato, Deus, sendo criador do mundo, é criador de tudo. Também criou o tempo. O tempo, portanto, tem um início. É uma linha reta, não um círculo. Os momentos nunca voltam. Passam definitivamente. A ideia de Deus transforma radicalmente a concepção do tempo!

— Nunca tinha pensado nisso — diz Alice.

— E você não é a única! Na verdade, reparamos muito pouco nisso. No entanto, é uma mudança muito profunda, porque num tempo em linha reta a questão da história da humanidade ganha sentido novo. Quando o tempo é um círculo, nada pode mudar radicalmente. Existem períodos felizes e outros difíceis, momentos melhores e outros piores. Mas tudo recomeça indefinidamente. Portanto, os progressos se apagam, depois se reproduzem, e as infelicidades também. O mundo, no fundo, é sempre o mesmo. E a questão do seu sentido nem se apresenta.

— O seu sentido? Como assim?

— São duas coisas, na verdade. "Sentido" designa tanto o significado (que ideia essa palavra, esse gesto, essa placa transmitem?) quanto a direção (o sentido de uma rua, o sentido horário). Bom, num tempo em linha reta, a questão do sentido do mundo se apresenta nesses dois registros. Qual é o significado do mundo? Por que razão o universo existe? O que significa a sua presença? E também: para onde vai? Qual será o seu fim? E essas duas vertentes se encontram com mais força ainda, quando se interroga a história da humanidade: qual é o nosso lugar? O que devemos fazer? Qual é o papel dos seres humanos? E também: para onde se dirige nossa existência coletiva? Que objetivo devemos mirar?

— Espere, espere... — diz Alice, que começa a ficar agitada. — Isso é vital! Essas são as minhas indagações!

— Claro, são "as suas" indagações! Por isso é indispensável você conhecer as respostas que já foram dadas! Assim, vai poder descartar elementos desnecessários, mas também conservar dados cabíveis, ferramentas que podem servir... Deixe-me acabar de resumir o que a ideia de Deus modificou.

A Fada mostra então que todas as grandes ideias foram reformuladas a partir da ideia de Deus. A natureza já não é considerada um mundo que os homens encontram sem saberem por quê, mas sim uma criação divina. Isso abre caminho para duas grandes atitudes possíveis em relação à natureza, que atravessaram a história e ainda estão em oposição nos debates de hoje.

Ou se considera que a terra, os elementos, as espécies vivas foram criados *para* os seres humanos, para que eles os utilizem, os dominem, os transformem como quiserem, ou, ao contrário, que essas criações devem ser respeitadas porque são divinas e não devemos devastá-las, mas sim protegê-las.

Alice ouve com muita atenção. A Fada continua. Explica que no campo moral a mudança também foi profunda. Antes, glorificava-se o poder: o herói valente era o vencedor, aquele que ganha pela força. Depois, começou-se a atribuir um valor supremo à fraqueza: as crianças, os pobres, os doentes, as vítimas tornam-se mais importantes do que os poderosos.

A ideia que se tem de si próprio também se modifica profundamente. Antes, os deuses viviam à parte, longe dos seres humanos. Só raramente se preocupavam com nossos destinos. Depois, passa-se a supor que cada pessoa pode encontrar Deus dentro do seu próprio coração, de seus próprios pensamentos, como aquilo que ela descobre de mais íntimo dentro da sua própria consciência.

A ideia que se tem dos outros também muda. Em vez de serem estranhas ou inimigas, as pessoas se tornam semelhantes, irmãs...

— Com licença, Fada — interrompe Alice. — Dessa vez sou eu que faço uma objeção! Tem certeza de que tudo isso realmente funcionou? Olhe o que acabei de ver, o assassinato de Hipácia, essa violência... Estamos muito longe da fraternidade!

— Estou falando dos princípios, dos ideais. Na prática, você tem razão. Durante todo esse período, continuaram ocorrendo guerras, violências e ódios tanto quanto hoje. A grande diferença em relação às maneiras de pensar anteriores é que se começou a imaginar punições eternas para os autores dessas violências e destruições. Se Deus criador pôs a existir o bem e o mal, o livre arbítrio dos indivíduos, a vida eterna da alma, então pode recompensar os justos e punir os injustos no além. Entre as novas ideias que surgem, o pecado, a vida eterna, o juízo final modificam completamente as representações da existência humana.

"Encontram-se elementos dessas ideias na Antiguidade, mas são raros esboços. Você se lembra de Sócrates afirmando que é melhor ser vítima do que carrasco. Não é por acaso que Erasmo, no século XVI, fala de 'santo Sócrates', para ressaltar a convergência entre sua convicção e a dos homens de Deus. O que está ausente na filosofia antiga é a ideia de uma Lei moral, instaurada por uma vontade suprema, que os humanos devem observar e pela qual são responsáveis. Quando essas ideias religiosas começam a guiar a existência da maioria, entra-se num mundo diferente.

"A vida humana já não se limita ao seu percurso na terra, do nascimento à morte. Ela se prolonga, eternamente, no além. Cada um, acredita-se, tem apenas um tempo bastante breve, algumas dezenas de anos, para ganhar ou perder sua vida eterna. Não há dúvida de que não existe medo maior! É por isso que se chega a um novo universo. Os gregos e os romanos não tinham essa ideia de uma vida eterna de felicidade ou de sofrimento que dependesse de nossos comportamentos. Também não tinham a ideia de que a humanidade tem um papel específico para desempenhar num plano organizado por um Deus único criador. E tudo isso faz pensar e viver de modo muito diferente. Claro que as colheitas, a alimentação, as roupas ou as casas permaneceram mais ou menos as mesmas. Mas nas mentes tudo foi agitado. Passou a haver uma preocupação com o que Deus quer, com o que Ele comunicou aos humanos sobre Sua vontade. Houve uma indagação sobre as maneiras de Lhe obedecer ou de obter Seu perdão em caso de se cometer uma falta. Essas questões se tornaram centrais. Acabaram por ser formuladas em todos os lugares, o tempo todo, em todos os países da Europa e do Oriente Médio.

Alice está pensativa. Calada, fica olhando para os pés. Essa história de Deus lhe parece complicada. Preocupante talvez, afinal. Há uma pergunta que não se atreve a fazer: quem é Deus? Uma ideia? A ideia de quê, exatamente? Um ser, que ser? Ela vira e revira essas interrogações na cabeça, sem as formular. Mas a Fada adivinhou, como de costume.

— É preciso distinguir o Deus dos filósofos, ou seja, a própria ideia de Deus, e o Deus das religiões. Do ponto de vista dos filósofos, Deus é considerado um conceito, cuja característica principal é o infinito. Supõe-se que esse Ser supremo, imortal, puro espírito, possui inteligência infinita, poder infinito, bondade infinita. Também se supõe que Ele sabe todo o passado, assim como o futuro. Em contrapartida, do ponto de vista dos religiosos, não é a ideia de Deus que está no centro das reflexões, mas sim os textos nos quais se supõe que Deus transmitiu Sua Lei, Suas vontades, Suas palavras aos humanos.

"Na verdade, pode muito bem ser que Deus seja a ideia... daquilo de que não se pode ter ideia! Nós, humanos, não sabemos realmente o que é um puro espírito, um poder infinito, uma inteligência infinita, uma bondade infinita. Quando tentamos pensar nisso, logo percebemos que essa imensidão nos escapa. Sem limites, sem rosto, sem defeito, a figura de Deus ultrapassa as capacidades da nossa imaginação e da nossa compreensão. É por isso que é uma ideia paradoxal, uma ideia-limite.

Alice insiste, quer saber: essa ideia corresponde a uma realidade? É apenas uma imaginação?

— Impossível saber! — responde a Fada. — É por isso que é uma questão de crença. Nenhuma experiência, nenhuma demonstração permite conhecer a resposta com certeza. A única coisa absolutamente certa é que a ideia de Deus transformou a história, porque não é uma ideia como as outras! Ela está ligada a todas as outras, em especial às ideias mais importantes, como o amor, a vida e a morte, o bem e o mal, o dever, a inocência e a culpa. Você, que pergunta "como viver?", vai perceber imediatamente que as respostas não serão as mesmas se acreditar que Deus existe, estabeleceu as regras e observa o que você faz e o que não faz, ou se acreditar que são os humanos que inventam sua vida pessoal e sua vida coletiva, sem ter de prestar contas a ninguém.

Alice está perturbada. Essas questões estão além dela, ou melhor, dizem respeito a ela e estão além dela, as duas coisas ao mesmo tempo. Ela é invadida por uma espécie de mal-estar. "Tenho de encontrar a resposta, é importante, e ao mesmo tempo a resposta está fora do meu alcance. Preciso encontrá-la e não consigo. Preciso refletir, raciocinar e tenho a convicção de que o que procuro não depende da razão, ou não só da razão. E não sei para onde ir..."

A perturbação de Alice não escapa ao Canguru.

— Posso ajudar? — pergunta ele.

Ela explica sua dificuldade, a impressão de estar diante de questões vitais, mas insolúveis apenas por meio da reflexão.

— Você não imagina como está certa, Alice. O que você sente corresponde também ao que quase todos os pensadores do final da Antiguidade e da Idade Média vivenciaram. Viviam em séculos de predomínio da religião, e a ideia de Deus está presente em todos os lugares. Na Europa, a Igreja controla a educação e o ensino, e os poderes políticos só podem ser cristãos. No Oriente, islamismo, vida intelectual, vida política e vida militar são uma coisa só.

"Na época, não ser crente não é opção para ninguém. Ainda há sentido em ser filósofo, erudito, pensador. Toda a questão está em saber como as duas coisas podem estar juntas. Será preciso apenas crer, visto que os mistérios de Deus permanecem incompreensíveis para as mentes humanas? Ou será também possível compreender, analisar, encontrar a verdade pelos caminhos do raciocínio? Ou ainda: estamos diante de duas verdades, uma revelada por Deus por meio de textos e palavras e outra descoberta pelos meios do nosso espírito? Essas duas verdades são idênticas? Ou inconciliáveis? Ou compatíveis? Essas questões preocuparam muitos filósofos e pensadores.

"A Fada lhe falou dos Pais da Igreja. Formados na lógica dos gregos, eles tentam pôr em confronto essa lógica e a revelação cristã. Para continuar, eu lhe proponho ver como, algumas gerações depois, questões semelhantes mobilizaram os pensadores do islamismo.

Diário de Alice

Na verdade, eu nunca tinha pensado em todas as questões ligadas à ideia de Deus. Achava que diziam respeito apenas aos religiosos. Engano. Descubro que essa ideia, independentemente da fé e das religiões, exerce um impacto enorme sobre muitos campos.

Qual é a frase para viver?

"Deus está presente em absolutamente tudo"
(Clemente de Alexandria, *Stromata*).

Foi o Canguru que encontrou essa frase. Ela me impressiona porque dá muito o que pensar. Compreendo bem que seu autor, ao mesmo tempo filósofo e cristão, quer dizer que cada momento da existência deve ser visto como um tempo sagrado, quer estejamos cultivando os campos, navegando no mar, ocupados em nossos afazeres.

Eu me pergunto o que acontecerá se substituirmos "Deus", nessa frase, por outra ideia, dizendo por exemplo "a natureza está em absolutamente tudo" ou a vida, ou a morte, ou o amor. A ideia continua a mesma? É totalmente diferente? Difícil dizer, na minha opinião.

23

No Islã iluminista. Avicena, em Bucara, no ano 1000

Alice, ainda atordoada, já não se espanta com nada. Fica sabendo que acaba de ser teletransportada, com os amigos, para o atual Uzbequistão. No hospital de Bucara, na Rota da Seda, a cerca de dois mil quilômetros a nordeste de Bagdá. E em que época? Precisamente no ano 1000. Por quê?

— Porque, nessa data, um grande gênio tem vinte anos. Chama-se Ibn Sina. Avicena, para os europeus. Olhe, ouça e reflita...

O teto é tão alto que mal se distinguem as formas regulares do mosaico. Do lado de fora, a luz é intensa, o vento ruge, mas no interior tudo é suave e difuso. Alice, depois de atravessar um vasto pátio rodeado de arcadas, entrou no edifício por uma porta monumental. Disfarçada sob o capuz — o lugar é reservado a homens —, foi conduzida por um guarda vestido com um traje ricamente bordado até uma sala de espera cheia de tapetes espessos. Com ela, sentados nesses tapetes, encontram-se à espera homens de todas as idades, uns trinta, vestidos com túnicas coloridas. Ela está no grande hospital, e esses médicos vieram de todas as regiões circundantes para assistir às aulas de um rapaz muito novo.

Poderia ser filho deles e, talvez para alguns, até neto. Mas todos vêm de longe assistir ao seu curso. Pois o jovem prodígio expõe, com precisão e clareza, os métodos de Hipócrates, o grande médico grego, mas também os medicamentos desenvolvidos por Andrômaco que, em Roma, tratava o imperador Nero. Detalha também os diagnósticos e as receitas de Galeno, que foi o médico do imperador Marco Aurélio. É um gênio que leu tudo, memorizou tudo. Sabe organizar, classificar e relacionar enormes quantidades de conhecimento. A tal ponto que se tornou oficialmente professor com dezesseis anos de idade! Coisa nunca vista.

Quando se abrem as portas da sala de aula, uma rotunda de teto muito alto, Alice vai sorrateiramente para o fundo, sem se fazer notar. Os médicos estão sentados de pernas cruzadas no chão, com uma tábua para escrever sobre os joelhos. O jovem Ibn Sina, também conhecido como Avicena, de pé, fala sem anotações, com voz clara. Não é alto, é muito magro. Alice se impressiona com seus traços finos e suas mãos longas. Também nota sua palidez e a intensidade de seus olhos negros.

A aula é sobre as "teriagas", composições medicamentosas inventadas pelos gregos e aperfeiçoadas pelos romanos, cujas receitas atravessaram a história da medicina.

O Canguru, que ficou fora do edifício, sussurra algumas explicações nos fones de ouvido de Alice:

— *Therion*, em grego, é o animal selvagem, perigoso e nocivo. A teriaga é, principalmente, uma receita destinada a combater mordidas de cobra e efeitos de venenos. Aos poucos lhe foram sendo atribuídos poderes medicinais cada vez mais amplos. Composta por várias dezenas de ingredientes, tornou-se um medicamento milagroso, que se supunha curar doenças muito diversas e prevenir a maioria dos males.

O jovem mestre explica que a teriaga de Andrômaco, a mais eficaz, que contém sessenta e cinco substâncias diferentes, é "inigualável contra doenças do fígado, do baço, do estômago, dos rins e seus cálculos, e inflamações do intestino. Diminui a frequência cardíaca, estanca hemorragias...". Ibn Sina enumera depois, sempre de cor, cada um dos sessenta e cinco componentes, explica suas virtudes e comenta seus efeitos.

Alice, admiradíssima, sai sorrateiramente da sala e vai se juntar ao Canguru ao lado da muralha do hospital.

— Eu gostaria de entender — diz ela. — Aqui, estamos perdidos nas colinas, rodeados de imensas planícies por onde passam caravanas de camelos vindos da China ou de Bagdá, por milhares de quilômetros. Já se passaram séculos desde a morte de Nero, Marco Aurélio e seus médicos. Como esse jovem cientista pode conhecer os textos deles e, além disso, ensiná-los em árabe?

— Boa pergunta! — diz o Canguru. — A história é longa, vou resumir. O colapso do Império Romano deu início a um longo período de desorganização e miséria. Muitas cidades foram abandonadas, as viagens longas tornaram-se difíceis e perigosas, as bibliotecas foram incendiadas ou abandonadas, inúmeras obras foram destruídas ou perdidas... Na Idade Média, as pessoas já não se lembravam de todos os conhecimentos antigos.

"Foi em Damasco e depois em Bagdá que as obras dos filósofos e dos cientistas da Grécia continuaram seu caminho. Por quê? Após o nascimento do islamismo, os árabes travaram uma série de guerras cujo resultado é, sobretudo, a conquista de Damasco em 635 e a tomada de Alexandria em 641. Chega a Bagdá uma quantidade imensa de manuscritos gregos que são sistematicamente traduzidos para o árabe nas 'Casas da Sabedoria' por equipes especializadas. Ao organizarem esse imenso trabalho de tradução, as dinastias no poder querem reforçar os conhecimentos de aritmética, geometria, botânica, astronomia, física e medicina. É por isso que o jovem Ibn Sina conhece tão bem os médicos gregos e seus medicamentos. Mas também se traduz Platão, que você conheceu, Aristóteles, que você viu numa aula sobre a amizade, e muitos outros filósofos, que vão exercer grande influência sobre a vida intelectual árabe-muçulmana.

"Constitui-se um importante movimento de ideias com o nome de *falsafa*, palavra árabe que transcreve o termo grego *philosophia*. Este 'Islã iluminista', como muitas vezes é chamado, começa por volta de 830 com Al-Kindi, que lê e comenta Aristóteles, e prossegue com Al-Fârâbî, que também explica e prolonga a reflexão de Aristóteles. Esses filósofos muçulmanos não se limitam a traduzir e estudar os gregos. Também os interpretam, discutem, transformam à sua maneira.

"Ibn Sina (Avicena), que você acabou de ouvir, começa por ler e reler a *Metafísica* de Aristóteles. E não consegue entender. Mas não desanima. Provavelmente você já adivinhou, o desejo mais ardente dele é conhecer tudo, memorizar tudo e, ainda mais, compreender tudo muito bem. Não se contenta com nenhuma ciência em especial, tenta dominá-las todas. E, como você já constatou, é um superdotado extraordinário.

"Conta-se que aos dez anos já havia assimilado toda a geometria de Euclides, conhecia o Alcorão de cor e dominava os fundamentos da lógica, enquanto lia as obras filosóficas de Porfírio e os trabalhos de astronomia de Ptolomeu. Aos catorze anos, teria lido e aprendido de uma só vez, sem dormir, a obra do médico Hipócrates. Tudo isso é sem dúvida um pouco exagerado, mas é certo que se trata de um prodígio!

"Só não penetra o pensamento de Aristóteles. Seja como for, pelo menos não de todo, portanto não o suficiente para seu gosto. Porque é obstinado, nunca desiste, de acordo com a fórmula que lhe é atribuída: 'Caminha com sandálias, até que a sabedoria te dê sapatos.' Finalmente, um dia, ele encontra no mercado de Bucara um exemplar do livro de Al-Fârâbî que lhe indica o caminho. Ele retoma sua leitura, metodicamente, e acaba por ver claro. Cada vez mais, cada vez melhor. A tal ponto que, ao longo do tempo, se torna capaz não só de expor todo o sistema filosófico de Aristóteles, como também de fazê-lo progredir, propondo novos conceitos.

Alice ouve atentamente.

— Mas por que você está me contando tudo isso? — pergunta ela ao Canguru. — O que me importa não é o que acontece no ano 1000! Não vejo relação entre o que me preocupa e Avicena, ou Clemente de Alexandria.

Discretamente, o Canguru suspira fundo. Gostaria de ter sido claro. Até acreditou que Alice já tinha entendido a relação. Que nada. Por isso, precisa esclarecer de novo.

— Os cristãos e os muçulmanos dessa época não se preocupam com o aquecimento global, concordo. Não tratam da biodiversidade, estou ciente disso. Também não estão preocupados com os avanços da inteligência artificial… No entanto, ao mencioná-los, quero que você veja três pontos que deveriam lhe servir.

"Primeiro ponto: a história, nessa época, começa a se abrir. Ao procurar cumprir a vontade de Deus, os crentes imaginam um novo horizonte à sua espera. Por trás da rotina do mundo habitual, está sendo construído outro universo que depende das ações humanas. Mesmo que você não comungue a fé religiosa das pessoas desse tempo, pode ver que aquele movimento de construção de outro mundo é também o que lhe causa preocupação hoje.

"Segundo ponto: nesse encontro entre religiões e filosofia começa o debate entre razão e fé. Esse também deve significar algo para você. A questão, naquela época, era saber se fé e razão se opõem radicalmente ou podem conciliar-se. Há ou não contradição entre o que dizem os textos sagrados e o que os nossos raciocínios nos permitem concluir? Essa questão ainda se encontra em muitas indagações que você conhece. Em quem confiar? Na ciência, ou nas crenças? Ao procurar saber 'como viver', você não pode escapar dessa interrogação.

"Terceiro ponto: esse período em que a ideia de Deus estava por toda parte, em que as religiões controlavam tudo, deixou marcas profundas em nossa atualidade. De duas maneiras opostas. Alguns querem que essa dependência nunca mais retorne, outros sonham em impô-la novamente a todos. Também nesse caso, não se trata de história antiga...

— Blá-blá-blá... chega! Alerta, alerta! Volta à nave! — Alice reconhece a voz aguda da Camundonga Maluca. As duas irmãs se apoderaram de um tapete! Aterrissam numa grande nuvem de poeira e gritam para o Canguru, Alice e a Fada virem sentar-se perto delas. Decolagem imediata. Alice voa em silêncio, com os cabelos ao vento. É a primeira vez que viaja num tapete voador.

As Camundongas sorriem.

Diário de Alice

Estou descobrindo uma quantidade louca de coisas. Sobre história, conhecimentos de outros tempos, viagens das ideias. Mesmo assim, gostaria de acelerar...

Qual é a frase para viver?

"Caminha com sandálias, até que a sabedoria te dê sapatos" (Avicena).

Já não sei onde ouvi essa frase, em alguma viela de Bucara ou nas palavras de Avicena. Não sei exatamente o que ela quer dizer no fundo, mas gosto dela. Talvez por se tratar de não ficar parada. A gente avança sem se preocupar com o que tem nos pés, sem esperar estar bem aparelhada para continuar.

Sim, quanto mais penso nisso, mais essa ideia me interessa. Não é preciso estar bem calçado para começar a andar. Começamos como podemos, com o que temos, veremos depois. Se exigirmos ter tudo o que é necessário para dar o primeiro passo, nunca conseguiremos.

Eu me pergunto de onde vêm os sapatos. Será que começo a andar de sandálias enquanto isso e depois recebo sapatos no caminho, vindos não sei de onde, para continuar? Ou será que a sabedoria e os sapatos vêm do fato de eu ter começado a andar?

Essa última hipótese me agrada. É o andar que dá os sapatos!

O Canguru está avisando que a frase provavelmente não é de Avicena. Segundo os especialistas que ele consultou, não aparece em nenhuma de suas obras. Mas até que poderia ser dele... Talvez seja um provérbio árabe. Não importa. Gostei.

QUINTA PARTE

Em que Alice descobre como nasceram as ideias dos Modernos

24

Lição de humanismo na "livraria" de Montaigne, junho de 1585

As Camundongas estão furiosas. Acham que estão sendo deixadas para trás. Pior: que estão sendo desprezadas.

— Viu essa? — diz a Camundonga Maluca. — Primeiro convocam a gente, depois descartam!

— Inadmissível, inaceitável! — acrescenta a Camundonga Sensata. — Fomos as primeiras a acolher Alice. "Foi anunciada uma nova visitante, vossa missão é recebê-la e acompanhá-la!" Atendemos, chacoalham a gente até a Grécia, as margens do Danúbio, a Índia, não sei mais onde... E depois? Esquecidas! Abandonadas! E temos de ficar aí, sossegadas como camundongas, na nossa toca de rato? De jeito nenhum...

Decidiram vingar-se. Sem dizerem nada a ninguém, as duas irmãs consultaram o plano de voo e assumiram a direção das operações. São elas, e só elas, que vão pilotar Alice na Renascença. A Camundonga Maluca se apoderou das fichas do Canguru. A Camundonga Sensata avisou Alice que devia se preparar para a partida, sem lhe dizer que mais ninguém está a par. A Fada e Izgurpa que se virem. Vai ser uma lição. Elas vão diretamente para a casa de Montaigne.

As Camundongas evoluem facilmente pelo amplo escritório do mestre, na torre do castelo, com a esperança de roer um canto de página ou um pedaço de encadernação. Por todo lado, livros. Aliás, Montaigne não fala de seu escritório, mas da sua "livraria", ou seja, de sua biblioteca.

Alice está disfarçada. A Sensata e a Maluca arranjaram umas roupas que não chamam atenção. O plano é fazê-la passar por uma moça que se perdeu a caminho de Bordeaux. Com o pretexto de pedir informações sobre o itinerário, ela poderá encontrar o filósofo. As instruções da Rainha Branca são categóricas: quem quiser saber como viver precisa fazer uma visita a Montaigne. Ninguém é mais útil. Por acaso ele não escreveu, em seus *Ensaios*: "Minha profissão e minha arte é viver"?

Mesmo assim Alice está preocupada. Subindo a escada, ela se pergunta se aquela artimanha de moça perdida não é uma grande trapalhada das Camundongas. Vão acreditar nela? A Fada e o Canguru não estão lá. O que fazer em caso de problema?

Fica mais tranquila ao ver Montaigne. O homem transpira bondade. Quase careca, com pouca barba, percorre a sala murmurando. Os livros cobrem as paredes, empilham-se ao redor de sua mesa, permanecem abertos no meio de papéis. No teto, Alice nota que há frases escritas em todas as vigas. Como as janelas são pequenas, a falta de luz não lhe permite decifrá-las.

— Disseram que está perdida?

— É verdade, nobre senhor, eu ia...

— Por favor, nada de grandes títulos, sou um ser humano como você. Você ia...?

— Para Bordeaux, visitar uma amiga da minha mãe, e me perdi. Poderia me indicar o caminho certo?

— O caminho certo? É aquele que a levará o mais longe possível e depressa, acredite em mim! Fuja, eu lhe imploro! A peste invadiu a cidade, não vá! As pessoas estão morrendo como moscas, as escolas estão fechadas, os habitantes precisam ficar em casa. Quem desobedece à ordem vai para a forca. Estou me preparando para sair deste lugar com os meus. Vá embora também. Quando uma epidemia começa, é preciso partir o mais rápido possível, ir para o lugar mais distante que der e demorar o máximo possível para voltar. Esses são os conselhos de Galeno...

— O médico de Marco Aurélio? Já ouvi falar dele.

Montaigne fica admirado. Essa jovem conhece Galeno? É surpreendente. Olha para ela atentamente, acha seu olhar vivo, sua expressão, perspicaz. Antes de deixar o castelo com sua "caravana", gostaria de saber mais sobre aquela pessoa que o intriga.

— Pelo que você se interessa? — pergunta ele, ao acaso.

— Por uma única coisa: procuro saber como viver — responde Alice com naturalidade.

Montaigne esboça um sorrisinho que Alice não nota. O que ele mesmo vem fazendo há tantos anos? "Como viver" é sua preocupação constante, sua ruminação a cada instante. Se começou a redigir os *Ensaios*, livro sem fim, destinado a ser continuado "enquanto houver tinta e papel", foi para tentar responder a essa pergunta. Ao longo do caminho, descobriu um segredo essencial: para encontrar a solução, é preciso entender que a pergunta não tem resposta. Como colocar aquela viajante no caminho certo?

— Muito sensato, gentil donzela. Posso perguntar em que ponto se encontra? Já reuniu materiais?

— Frequentei alguns filósofos, Platão, Aristóteles, Epicuro, Marco Aurélio, outros ainda, mas não sei qual seguir. Eles divergem tanto.

— Não os leve a sério! Não acreditam no que dizem!

— Como assim? Quer dizer que fingem?

— Os pretensiosos se fazem de eruditos, mostram certezas e se exibem com doutrinas, mas o que podem saber? No fim, sempre se encontra a ignorância.

O escritor indica uma cadeira, Alice senta-se. Ele continua andando pela sala. Não gosta de ficar parado. Aliás, começa por ressaltar que tudo se move. Nada permanece idêntico, fixo e imutável. Nem em nós, nem fora de nós. Os objetos se desgastam, se degradam, se transformam. Com os animais ocorre o mesmo. O céu e a luz estão mudando constantemente. E nossos humores, nossos estados de espírito, nossos pensamentos? Flutuamos. Nunca somos os mesmos de uma hora para a outra. Mudamos de opinião, de sentimento, de desejo. Como, nesse fluxo perpétuo, poderíamos saber quem somos? E o que são as coisas?

— "Tudo flui", afirmava o filósofo Heráclito. Não há ser imutável no mundo, apenas o devir, o fluxo, o escoamento. "Nunca te banharás duas vezes no mesmo rio", ousava dizer também Heráclito. O rio já não é o mesmo de um instante para o outro, e tu também não és o mesmo. O rio onde te banhaste desapareceu, e tu também! "Está entendendo? Eu escrevi: 'não há nenhuma existência constante nem de nosso ser nem dos objetos'. Tudo 'se mexe', como se diz na minha terra. Uma vez que nada é fixo, não podemos saber nada! Aqueles que afirmam possuir grandes verdades são mentirosos ou ingênuos. A filosofia só soa afinada numa única circunstância: quando reconhece de boa-fé sua irresolução, sua fraqueza e sua ignorância.

Alice nunca ouviu ninguém falar assim. De repente, percebe até que ponto aquele pensador é radical. Afinal, nunca saberemos nada do mundo tal como ele é. A verdade permanece inacessível. Aí está um pensamento que livra de muitos dilemas. Em vez de se procurar saber quem tem razão, sabe-se que estão todos errados. Já não há necessidade de queimar os miolos comparando doutrinas, perguntando qual é a verdadeira. A ignorância é nossa condição.

No entanto, logo surge a preocupação. Se não podemos saber nada de definitivo ou sólido, não há resposta para a pergunta "como viver?". Em nome de quê preferir isto àquilo? O bem ao mal? A justiça à injustiça? A amizade à traição? A solidariedade à exploração? Sem nenhum saber, deixa de haver uma bússola. Alice pensa nisso, sente-se desorientada e, sobretudo, triste.

Está claro que Montaigne já previu o que ela sente.

— Você deve estar pensando que estamos perdidos. Se a ignorância é insuperável, então não poderíamos saber como viver. Que erro! A armadilha – e você não é a primeira a cair – está em acreditar que precisamos de uma doutrina para viver. É falso! A vida não precisa de manual de instruções. Ela contém tudo o que é necessário para caminhar sozinha. Você não se pergunta o que fazer para respirar, digerir, dormir. Respira, digere e dorme espontaneamente. A vida prossegue por si mesma. Basta acompanhar o movimento, senti-la com alegria. Pois não há nenhuma razão para ficarmos tristes pelo que somos. Entre nossas doenças, a mais selvagem é desprezar nosso ser.

— O que o senhor quer dizer com isso? — pergunta Alice, pensando em não esquecer essa frase.

— Que precisamos gostar de nós mesmos como somos. Não nos lamentarmos de nossas fraquezas, não ficarmos tristes por causa de nossa condição. A tristeza é sempre prejudicial e sempre insana. Sim, somos ignorantes, frágeis e vulneráveis, sem dúvida, destinados a morrer, é inevitável. Mas também estamos vivendo, simplesmente, encantando-nos com o mundo, saboreando a existência, seguindo o curso de nossos pensamentos e de nossas emoções mutáveis como o fluir da água e o percurso das nuvens. É isto que significa viver: existir de modo diferente dia após dia, hora a hora, com saltos e cabriolas, sem nos acharmos deuses nem vítimas. Simplesmente humanos, contentes por sermos humanos e esforçando-nos para continuar sendo. É isso que eu gostaria de lhe dizer antes de ir embora. O resto você descobrirá facilmente por si mesma.

Abaixo da torre, estão agrupadas várias carroças para a partida. Baús com roupas, outras com provisões. Montaigne está levando para longe da peste sua velha mãe, a esposa, a filha e alguns criados — sem esquecer seus manuscritos. Já passou da hora. Alice o cumprimenta respeitosamente, mas sem cerimônia. As Camundongas esperam ao pé da escada.

— E aí? Como ele é? — perguntam elas em coro.

— Genial! — grita Alice.

Alice acha que vai voltar à nave, mas as Camundongas querem levá-la para um destino surpresa e a fazem subir numa carruagem coberta e puxada por dois cavalos. Como a viagem pode ser longa, a Camundonga Sensata propõe a leitura das fichas preparadas pelo Canguru. Alice concorda, mas se pergunta como o amigo vai reagir ao descobrir o roubo cometido pelas Camundongas.

— Aqui está o que Izgurpa preparou para esta época, para que você possa entender o que mudou. Posso ler?

Alice acena com a cabeça.

— O Renascimento, que ocorre nos séculos XV e XVI, é assim chamado por causa do retorno dos textos da Antiguidade, que são editados, traduzidos e imitados. Mas não é apenas um período marcado pela redescoberta dos textos gregos e romanos e dos conhecimentos dos Antigos. Esse aspecto é importante, mas não é o único. É uma época de intensas transformações científicas, técnicas e políticas. O horizonte se amplia e diversifica de maneira extraordinária. Todos os limites são ultrapassados.

"Primeiro no campo geográfico. É o tempo das navegações, das explorações e das grandes descobertas. No final da Idade Média, Marco Polo, saindo de Veneza, visita a China. Fernão de Magalhães e Vasco da Gama ligam a Europa à Ásia e à América Latina. Cristóvão Colombo descobre o continente ameríndio. O espaço se expande, a existência de outras civilizações e de povos desconhecidos impressiona as mentes. Os europeus compreendem que não estão sozinhos no mundo e que a Terra é muito mais vasta do que imaginavam. Inicialmente têm a ideia de que os outros são selvagens, mal e mal humanos. Descobrem rapidamente que esses estrangeiros também têm saberes, costumes, leis. Essas convulsões terão repercussões a longo prazo.

"Depois das transformações dos limites da Terra, ocorrem também as do cosmos. Copérnico estabelece que o Sol está no centro de nosso sistema e que a Terra gravita em torno do Sol. Acreditava-se, desde Ptolomeu e a astronomia antiga, que a Terra era imóvel e ocupava o lugar central. Essa inversão de perspectiva também tem consequências que vão muito além da astronomia e do campo científico. A representação da organização do mundo muda, assim como muda a forma de conceber o lugar do homem no universo. Está em marcha uma revolução intelectual que, inicialmente, cria perturbações e inquietações e em breve desperta novas esperanças e imensas ambições. Começa a delinear-se uma nova forma de liberdade e autonomia. A Europa sonha em partir para a conquista do mundo, em enriquecer e dominar.

"Na Itália, onde o Renascimento começa mais cedo e de forma mais intensa, os principados autônomos florescem e constituem laboratórios de inovação política. Num contexto de guerras, o jogo de rivalidades e alianças produz novas figuras e novas ideias. Como conquistar o poder? Como mantê-lo? Essas questões encontram respostas inéditas. Principalmente em Florença.

— Que coincidência! — diz a Camundonga Maluca. — É para lá que vamos!

— Sua tonta, foi de propósito! — diz a Sensata.

— Acabaram? — grita Alice, que quer descansar.

Diário de Alice

No fundo, fiz bem em ficar. Pelo menos por enquanto. Gosto da ideia de viver na incerteza sem pânico. Nunca tinha enxergado a coisa assim, isso me faz bem. Até agora, sempre acreditei que era preciso encontrar respostas seguras e certas o mais rápido possível. Para o planeta, para a profissão que eu queria seguir, para saber como viver. Queria soluções claras e definitivas para simplesmente pôr em prática.

Não desisti da questão, mas começo a assimilar a ideia de que é possível fazer as coisas de outro jeito. Aceitar que não se sabe tudo antes de agir. Ir descobrindo à medida que se progride. Não se preocupar por não saber para onde se está indo. Admitir que as imperfeições não são catástrofes.

Às vezes me parece que, se continuar assim, vou ficar desinteressada e conformista. Em outros momentos, tenho a sensação de estar crescendo. Portanto, nem tudo seria apenas preto ou branco, paraíso ou inferno? Luz e sombra estariam justapostas, paz e guerra coexistiriam? Essa ideia é nova para mim.

Ainda não sei se gosto dela ou se a detesto.

Qual é a frase para viver?

"Entre nossas doenças, a mais selvagem é desprezar nosso ser" (Montaigne, *Ensaios*, III, 13).

Obrigada, doutor Montaigne! É isso que tenho vontade de repetir. Desde que o ouvi dizer essa frase, muitas vezes pensei nela. E parei de me criticar o tempo todo. Claro, ainda acontece de me sentir oscilante. Às vezes, entendo rapidamente. Outras vezes, tudo se embaralha, eu me sinto burra.

Não, precisamos aceitar quem somos. Sem desistir de melhorar, mas sem nos chatear a cada passo em falso, sem nos condenar a cada instante.

Isso também se aplica aos outros, é claro. Os seres humanos, em seu conjunto, são limitados. Não necessariamente inteligentes, corajosos, generosos. Em vez de criticá-los, é melhor ser indulgente. Caso contrário, estragamos nossa vida e a dos outros.

Montaigne nos ensina a ser tolerantes. Para com os outros e para conosco. Tentando gostar de nós mesmos como somos.

25

Lição de realismo político com Maquiavel, dezembro de 1513

O dia mal começa a raiar na Toscana. As colinas começam a emergir da noite, umas cobertas de florestas, outras de vinhedos. Restam, aqui e ali, algumas camadas de neblina. Niccolò, por sua vez, já está de pé. Sai de casa em Sant'Andrea in Percussina, a sudoeste de Florença. Há gerações, a construção maciça pertence à sua família.

Os Maquiavel são funcionários, servidores zelosos da república de Florença. Não são ricos, mas também não são pobres. A vida deles não tem nada a ver com a dos grandes senhores e dos poderosos, os Médici em Florença, os Sforza em Milão. Estes são riquíssimos, ávidos por conquistar sempre mais poder, terras, aliados, mas também estão perpetuamente ameaçados de perder tudo. Os Maquiavel estão a serviço de sua própria cidade, defendem os interesses dela, gerem arquivos, resolvem da melhor maneira possível os assuntos públicos, cumprindo as incumbências que lhes são confiadas. São bem remunerados, mas também estão expostos a desgraças, conspirações e mal-entendidos.

Niccolò sabe algo sobre isso. Após quinze anos de dedicação constante à chancelaria da Senhoria, cognome de Florença, acaba de ser vítima de um golpe do destino. Foi detido injustamente, encarcerado, torturado, finalmente libertado. Mas sem recuperar o cargo. Retornou à casa da família, no campo. Em caso de necessidade, em uma hora a cavalo, chega à Piazza della Signoria, no coração da cidade. O restante do tempo, passeia pela floresta e monta armadilhas para apanhar tordos.

É por isso que se levanta muito cedo. Alice segue-o com os olhos na tela, a nova obsessão das Camundongas. Ofendidas por terem sido postas de lado, estão querendo muito se exibir, retrocedendo no tempo, uma vez que Maquiavel vive antes de Montaigne. A Camundonga Maluca instalou uma câmera minúscula na cabeça e vigia o caminhante. A Camundonga Sensata, no controle, comenta as imagens. Alice, numa estalagem, observa o que está acontecendo. Instalada como uma princesa numa cama de dossel, cercada de espessas cortinas de veludo, está comendo *panforte*, doce de frutas cristalizadas e frutas secas.

Ela vê o homem entrar na floresta, retirar as armadilhas que preparou na véspera. A maioria está vazia. Mesmo assim apanha quatro tordos, o suficiente para um bom jantar.

Alice está furiosa. Não gosta de caça. A ideia de matar animais a repugna. Apanhar pássaros por meio de artimanhas lhe parece mais horrível ainda.

— Nessa fase ele faz isso todos os dias — comenta a Camundonga Sensata. — Não é um homem mau, ao contrário do que você pensa. Todo mundo faz isso, nessa época. Aliás, não são os pássaros que lhe interessam, mas as armadilhas. Quero dizer, as armadilhas em geral, as astúcias, os estratagemas, as invenções que permitem vencer. Essa é sua paixão. Ele admira os planos de batalha como outros admiram obras de arte.

"Sujeito esquisito", pensa Alice. Graças à pequena câmera da Camundonga Maluca, ela vê Maquiavel discutir na floresta com lenhadores que cortam madeira, depois jogar cartas e triquetraque na estalagem com um carniceiro e um moleiro. "Ele não faz nada de emocionante", pensa. "Por que se interessar por ele? Aqui os doces são ótimos, mas é só isso..."

A Camundonga Sensata a aconselha a ter paciência. Afinal, esse homem que está sendo forçado a ficar inativo soube negociar com príncipes, comandantes militares, reis e até papas! Durante anos, precisou tratar dos conflitos de Florença com os vizinhos, inimigos ou aliados. Conhece melhor que ninguém a arte de enredar um adversário ou de escapar às suas artimanhas. Concluiu tratados, evitou guerras, mudou situações, resolveu crises... Muitas vezes nas sombras. Mas com eficiência. Em cena, estava um nobre, um duque ou um bispo, uma figura oficial e incompetente que assinava os documentos antes do banquete. Nos bastidores, era ele, Maquiavel, que tinha feito o trabalho, limpado o terreno, elaborado os acordos.

Agora que voltou para casa, trabalha para entender a realidade que viveu. Examina as engrenagens das lutas pelo poder, as táticas para conquistá-lo ou mantê-lo. E, sem prever, está revolucionando a filosofia política. Não está tentando se tornar um pensador de primeira linha. Os acontecimentos decidem por ele. E seu gênio também.

Quando anoitece, a Camundonga Maluca entra sorrateiramente em seu gabinete de trabalho. Alice vê o homem desvestir o gibão sujo de lama que usou durante o dia e descalçar as botas manchadas de folhas de outono. Veste um traje palaciano, um brocado de veludo que o acompanha há muito tempo, e muda de mundo. Na imaginação, está entre os homens da Antiguidade, gregos ou romanos, conversa com o historiador grego Políbio, ou com Tito Lívio, o historiador latino. Já não sente tristeza nem tormento, esquece seu destino. Esquece-se até do tempo. As horas passam. Ele escreve.

Seu livro, *O Príncipe*, redigido em poucos meses, subverterá as ideias sobre política. A respeito dos Estados, dos governos e das leis, os discursos dos filósofos sempre giraram em torno de questões morais. Eles procuravam o melhor governo, a maneira de construir uma cidade justa, de garantir a ordem pública e a segurança das pessoas e dos bens. Maquiavel rompe com essa abordagem ideal. Em vez de procurar o que a política deveria ser, ele esclarece o que ela é: conquista e conservação do poder. Nada mais.

Alice tem vontade de conhecê-lo. Nunca entendeu realmente para que servem os políticos e os governos. Eles ensinam as pessoas a conviver? Sabem organizar a sociedade melhor do que os outros? Ou, pelo contrário, são obstáculos à liberdade?

— Quer conhecer o pensador que desnuda a política? — pergunta a Camundonga Sensata. — Prepare-se, vamos organizar um encontro!

As Camundongas têm seus mistérios e suas redes de contato, talvez até tenham poderes secretos... Seja como for, na noite seguinte, Alice está no escritório de Maquiavel. Depois de vestir suas belas roupas, ele acaba de acender as velas.

— Estou a par de tudo — diz ele, olhando-a nos olhos —, pode fazer suas perguntas.

"Ele tem mesmo cara de raposa", pensa Alice, contendo um sorriso. O homem tem o rosto afilado, lábios finos, olhos pequenos e muito brilhantes, jeito de quem está de emboscada, pronto para dar o bote. Na verdade, Alice não tem a menor ideia do que as Camundongas disseram a ele. Do que é que ele está a par? Impossível perguntar... Ela decide arriscar.

— Como devem ter contado para você, estou aqui em viagem para saber como viver. Essa é a minha pergunta. É muito vasta, eu sei. Mas ficaria muito honrada em ouvir sua resposta...

— Os autores antigos não falam de outra coisa. E eu me orgulho de conhecê-los um pouco. Sem dúvida não estou no nível deles, mas, convivendo com tais mestres, acabei por descobrir elementos que eles não viram.

"Como viver, idealmente? É essa a pergunta? Que boas normas seguir, que valores adotar, que comportamentos cultivar? Em outras palavras, por acaso sua pergunta é: como deveríamos viver para que o mundo fosse melhor, mais justo, mais humano, mais moral? Nisso, os Antigos estão sempre refletindo.

"Essa não é minha questão. O que eu quero entender é como os homens vivem de fato. Não procuro julgar se agem bem ou mal, de maneira justa ou injusta, nobre ou não. Meu objetivo é captar os processos reais, a verdade efetiva das coisas. Não julgo, busco descrever a realidade. Entende?

— E qual é, afinal, essa realidade?

— Só posso falar do que conheço por ter observado de perto durante toda a vida: a política. Consiste em tomar o poder e conservá-lo. Só isso. Nada mais. Bem comum, justiça, liberdades, felicidade do povo, todas essas belas ideias não passam de discursos. Fumaça. Claro, essas palavras podem ser úteis para seduzir a massa, para atacar os adversários. Mas são apenas armas, ferramentas. A única realidade para quem não tem o poder é conquistá-lo e, para quem o tem, é mantê-lo. Essa é a única finalidade da política.

— E, para alcançá-la, todos os meios são válidos?

— É o que constatei! A reputação do governante é fundamental. Não necessariamente uma boa reputação! Pode ser muito útil para ele ser visto como cruel, inflexível, intransigente, impiedoso...

Alice ouve, de início surpresa, depois um pouco assustada. Não está acostumada a tanto realismo. Mas por que seria uma batalha sem fim? Os seres humanos não poderiam se entender? Viver em paz? Alice faz essa pergunta ao conselheiro dos príncipes. Ele dá uma gargalhada.

— Num mundo povoado de anjos, sim, seria uma possibilidade, mas não no mundo dos humanos! Um governo e suas leis precisam prever o pior, prevenir assassinatos, violências, saques, reprimi-los, se ocorrerem. Caso se deixe de cuidar disso por um instante, instala-se o caos. Da mesma forma, cada Estado precisa se proteger dos apetites dos vizinhos e esforçar-se por expandir suas próprias vantagens. Devorar ou ser devorado, não há outra alternativa. Portanto, a guerra é sem fim. O que se chama "paz" é uma forma menos visível de guerra...

Alice está gelada. Não faz frio naquela salinha, as chamas da lareira mantêm uma atmosfera suave. Ela está gelada na mente e no coração, por causa do que ouve. Essa ideia de guerra interminável a deixa atônita e, sobretudo, aterrorizada. Nada possibilitaria avançar? A história então não tem sentido?

Para Maquiavel, tais utopias são miragens. Segundo ele, existem apenas dois elementos opostos que mantêm os governos em equilíbrio. Em italiano, ele lhes dá o nome de *fortuna* e *virtù*. Fortuna não tem nada a ver com riqueza. É o acaso dos acontecimentos, o curso imprevisto do mundo. Uma tempestade, um deslizamento de terra, um motim, a morte súbita de um adversário, qualquer coisa... Os planos são constantemente atrapalhados, é preciso recompor a tática, reagir, adaptar-se, assimilar a nova situação.

Esse é o trabalho da *virtù*. Nada a ver com virtude. É a força da vontade, a resolução, a audácia de vencer. Prevalecerá aquele que desejar ganhar com mais intensidade, mais poder e resistência, mais determinação e tenacidade. Mesmo que a fortuna lhe seja contrária. Ela o desestabilizará por um momento, mas ele saberá recuperar-se. Fortuna vem desorganizar os projetos. *Virtù* os reinventa. De um lado, o surgimento de imprevistos. Do outro, a inteligência e a vontade. Os dois não cessam de se confrontar. E de se transformar mutuamente.

É hora de se despedir. Alice agradece ao astuto raposo por tê-la recebido. Cumprimenta-o educadamente e se encontra com as Camundongas na rua calçada que contorna a casa. A noite caiu. Está fresco. As Camundongas saem correndo. Alice, atrás delas, ao vento, para esvaziar a cabeça.

As Camundongas foram com Alice até a estalagem. Ela jantou muitíssimo bem. Agora, quer fazer um balanço. É o que a Camundonga Sensata mais quer. Na verdade, só está à espera disso!

— Afinal de contas, eu também tenho algo para dizer. Canguru pra cá, Fada pra lá, sem falar da Rainha Branca... Já chega, viu! E nós? Por acaso não conhecemos o País? Por acaso nunca fomos ratos de biblioteca?

Alice faz força para botar panos quentes. Claro, as explicações das Camundongas são maravilhosas! Sem dúvida, é indispensável ouvi-las!

— Sério? — pergunta a Camundonga Sensata, com os olhos marejados de lágrimas.

— Sério! — responde Alice com energia.

Tranquilizada, a Camundonga se acomoda junto a um jarro de estanho e começa um longo discurso. Fala das características do Renascimento, menciona a redescoberta dos textos gregos, o trabalho dos eruditos, a transformação dos estudos de língua e literatura latinas e gregas, o estudo das obras gregas e o surgimento do humanismo. Conta a Alice a mudança que ocorreu durante esse período.

— Não se trata apenas de voltar aos Antigos, mas de os assimilar para ir mais longe, superá-los, fazer mais, de modo diferente e melhor, progredir…

"A principal transformação consiste em pôr a ideia do homem no centro de tudo. É em torno da definição da natureza humana que passa a girar a reflexão. Deus já não é a ideia principal. As capacidades da humanidade superam suas fraquezas ou vícios. A ênfase já não está na obediência, na submissão à lei, na inserção da humanidade num plano divino. O que conta, agora, são as forças criativas dos seres humanos. Criação política e intelectual. Criação científica e técnica. Criação artística também. Não se esqueça de que nessa época se destacam Leonardo da Vinci, Michelangelo e Botticelli.

"A Europa é tomada por extraordinária efervescência. Descobre a pluralidade das línguas, a pluralidade dos mundos, a combinação dos saberes práticos e das formas criativas. Leonardo da Vinci, por exemplo, é engenheiro e matemático tanto quanto artista, e todos os seus saberes se combinam.

"Um pensador dessa época que exemplifica maravilhosamente esse ímpeto vertiginoso é Pico della Mirandola, jovem aristocrata, também de Florença. Sua grande fortuna e beleza não o impedem de ter imenso apetite de saber. O grego antigo, o árabe e o hebraico não o assustam. Ele descobre a grande diversidade da filosofia. Quer conhecer tudo, explorar tudo. Principalmente em *Da dignidade do homem*, desenvolve uma concepção inédita da natureza humana. Para ele, ela não tem conteúdo. Cada indivíduo é uma página em branco, cujo texto vai se autoinventar. Um ser humano cria sua própria natureza, inventa sua própria definição. Nunca está preso a um papel para desempenhar, nunca destinado a um lugar. Cabe-lhe criar-se a si mesmo.

A Camundonga Sensata toma fôlego. Alice aplaude.

— Camundonga, tão sabida quanto a Fada e o Canguru juntos!

Cansada, mas orgulhosa do elogio, a Camundonga quer concluir.

— Está vendo por que essa época se parece com a sua? Está entendendo como encontrar nela caminhos para viver no século XXI?

— Bom, ainda não, para ser sincera...

A Camundonga Sensata inspira profundamente e continua.

— Você também tem tudo para reinventar. Também precisa reler os textos antigos e criar novas ideias. Também enfrenta incerteza e dúvidas. Notou? Montaigne e Maquiavel se expressam de modo muito diferente. O temperamento e o estilo dos dois não se assemelham. No entanto, ambos falam da incerteza, das flutuações, da mobilidade. Essas mudanças permanentes se referem aos nossos modos de ser, em Montaigne, e aos acontecimentos da atualidade, em Maquiavel. Cada um à sua maneira, dizem que o amanhã continua desconhecido para nós, mas que essa ignorância não deve ser fonte de angústia. Isso não permitiria que você pensasse de modo diferente sobre o planeta, por acaso?

Alice não responde. Está pensando.

Diário de Alice

A verdade "nua e crua", a realidade "tal como é" – o que quer dizer isso? Será que saindo da nossa cabeça nós podemos ver o mundo, ou o vemos apenas com nossos olhos, nossa sensibilidade, nosso ponto de vista particular?

Qual é a frase para viver?

"É mais conveniente ir atrás da verdade efetiva da uma coisa do que daquilo que imaginamos que ela seja" (Maquiavel, *O Príncipe*).

A realidade nem sempre funciona como imaginamos. Por trás da fachada, muitas vezes existem mecanismos que nos escapam. Mas temos nossa ideia, acreditamos saber. Acontece que esse saber pode ser uma visão falsa, deformada ou modificada.

Essa frase nos aconselha a sair das nossas concepções prontas e a tentar entender como o mundo realmente funciona. É um chamamento à lucidez. Um convite a olhar para o outro lado do cenário, para os bastidores. No início, confesso, o medo dominou. Tive receio de perder meus hábitos, minhas crenças familiares, minhas esperanças. A verdade não é necessariamente agradável de encarar.

A Fada apontou uma objeção: o que me garante que essa "verdade efetiva" que acredito estar descobrindo não é, por sua vez, uma ideia que imagino?

É terrível essa Fada...

26

As ciências triunfam e as técnicas avançam

O retorno à nave é agitado. Mal chegaram, as Camundongas são severamente repreendidas pela Fada. Não, não têm o direito de viajar sozinhas, sem avisar, sem dar notícias! Cortar as comunicações é inadmissível! Ignoraram as regras de segurança, infringiram as normas! Puseram Alice em perigo ao deixá-la sem vigilância!

A Fada grita, solta perdigotos, gesticula. As Camundongas merecem castigos! A Rainha Branca será informada! Nem pensar em deixar passar uma imprudência dessas! E tudo isso por causa de melindres! As mocinhas se acham desprezadas, ficam ofendidas! Querem vingança! Rebelam-se! Mas o que é isso!

O Canguru sorri discretamente. Não é a primeira vez que a Fada explode, e isso sempre o diverte. Tem mesmo vontade de sorrir por ver Alice sã e salva. Não ficou preocupado de verdade, pois sabe que as Camundongas são mais sérias do que diz a Fada. Mas está descontente por terem roubado sua documentação e ocupado seu lugar. Dar referências é papel dele, não?

Alice compreende que a Fada esteja zangada, principalmente porque as Camundongas não disseram nada a ninguém, nem antes nem durante a viagem. Por outro lado, a Fada exagera. As Camundongas não mataram ninguém. Alice não se arrepende daquela escapada para a época do humanismo. Aprendeu coisas úteis. Seria bom sugerir à Fada que lesse Montaigne, isso lhe faria bem...

— Eu vou voltar ao comando de tudo! — grita a Fada. — Camundongas, vocês vão passar uma semana com o gato de Cheshire, isso vai servir de lição!

"Que doido esse castigo...", pensa Alice. Lembra-se daquele gato que pode desaparecer completamente, exceto o sorriso. Antigamente, era seu personagem preferido, quando a mãe lia para ela *Alice no País das Maravilhas*, e sempre se perguntava como é que um sorriso pode permanecer visível sem a cabeça correspondente.

— Izgurpa, suas fichas! Alice, seu capacete! Vamos partir. Destino Itália e Holanda! Explicações durante a descida. Vamos nessa, pé na estrada!

Alice obedece a contragosto. Está cansada de obedecer, de ser guiada e transportada, de ser passiva.

— Qual é o programa? — pergunta Alice a Canguru durante a descida.

— Algarismos, números, equações, raciocínios... O nascimento das ciências exatas e da física matematizada.

— Que chatice! — suspira Alice, que nunca gostou de álgebra nem de geometria.

— Pelo contrário, deveria ser do seu interesse. Na verdade, trata-se da natureza e da grande mudança de concepção da natureza que ocorreu nessa época. Sem essa mudança, a situação que a preocupa não teria ocorrido.

Izgurpa se concentra por um momento e parte para uma explicação que Alice não se atreve a interromper.

— Para entender essa virada, vou ler um trecho de um livro do astrônomo e físico Galileo Galilei, publicado em 1623. Nesse tratado, intitulado *O Ensaiador* (*Il Saggiatore*), aquele que chamamos Galileu escreve: "A filosofia (atenção, ele quer dizer o conhecimento, ciência, pois em seu tempo filosofia e ciências são sinônimos) está escrita neste grande livro constantemente aberto diante de nossos olhos, ou seja, o universo, mas não é possível entendê-lo sem aprender primeiro a entender a língua, sem conhecer os caracteres nos quais está escrito. Ele está escrito em língua matemática."

"É preciso prestar atenção a essas palavras, pois elas dizem tudo: o universo é como um livro, poderemos decifrá-lo se aprendermos sua língua, que é matemática. Isso significa que a tudo o que vemos na natureza correspondem fórmulas algébricas, equações, leis racionais. O nascer e o pôr do sol, as fases da lua, as estações, por exemplo, em relação à natureza terrestre. Quanto ao cosmos, os ciclos dos planetas, o curso das estrelas e das galáxias.

"Isso nos parece evidente, porque fomos educados quatro séculos após Galileu, numa época em que essa concepção se tornou óbvia. Não era assim antes dele.

"O que estava em vigor, desde a Antiguidade, era um mundo feito de qualidades, lugares, substâncias, e não de números e leis abstratas. Explicava-se o que se observava sem recorrer à matemática. Assim, o mundo terrestre tinha um 'alto' e um 'baixo', as coisas eram por natureza 'pesadas' ou 'leves'. Por que a fumaça sobe? Porque é 'leve' e vai para seu lugar próprio, o 'alto'. Por que a pedra atirada cai no chão? Para voltar ao seu lugar, que é o 'baixo'. Essas explicações provinham da física de Aristóteles. Essa antiga concepção não era matemática. Antes de Galileu não se achava que o mundo era totalmente calculável. Acreditava-se que, ao lançar uma bola ou uma flecha, elas poderiam cair um pouco mais perto ou um pouco mais longe, mesmo que as circunstâncias do lançamento fossem idênticas. O mundo terrestre era, de certa forma, aproximativo. Ninguém concebia que o espaço da geometria e o espaço da natureza pudessem ser absolutamente semelhantes.

"Galileu, por sua vez, diz que ambos são idênticos. Um ponto do universo já não é definido por suas qualidades particulares, mas unicamente por suas coordenadas, que, por sua vez, dependem do referencial escolhido para expressá-las. Quer se considere um ponto na Terra, quer na Lua ou em Marte, só contam os números que possibilitam situá-lo. A Terra e o céu não são diferentes. O universo é uma realidade homogênea, legível em todos os lugares por meio do mesmo 'alfabeto', composto de algarismos.

"São imensas as consequências dessa revolução no campo das ideias. Elas não são visíveis de um dia para o outro, claro, mas se desenvolvem durante as gerações seguintes, transformando tudo.

"Primeiro, a percepção do mundo. A ciência poderá afirmar que conhece exatamente o funcionamento da realidade. Modos de sentir, impressões, alegrias e medos devem ser deixados de lado. Tornam-se vento, erros ou miragens sem consistência.

"A ação sobre o mundo também se transforma radicalmente. As leis da física, se conhecidas com exatidão, podem ser utilizadas a nosso favor e com muito mais eficácia do que tateando, por tentativa e erro. Passa a ser possível fazer previsões precisas, construir máquinas eficientes, explorar, dominar e controlar a natureza.

"De modo ainda mais profundo, o que começa a ocorrer é uma separação completa entre o mundo dos corpos humanos, falantes e pensantes, dotados de razão e sensibilidade, e o mundo dos corpos inertes, dos elementos naturais, das coisas. De um lado, planos e inovações; do outro lado, materiais.

Alice absorve as palavras do Canguru. Pela primeira vez, vê depressa e por si só a conclusão a que deve chegar. Evidentemente, é aí que tudo começa. Conhecimento abstrato, ciência fria, expansão sem limites, tudo o que, em algumas gerações, leva à destruição da natureza e às ameaças à biodiversidade, tudo o que vivemos... É aí o ponto de partida! Não há a menor dúvida.

Os neurônios de Alice entram em ebulição, suas ideias disparam. E se ela pudesse impedir isso? Se ela pudesse parar todo o processo *antes* que ele se iniciasse de modo irreversível? Claro... Ela chega a essa época em alguns instantes e, se intervier com força e precisão, é certo que vai interromper a continuação! É preciso realizar uma ação estratégica! Alice se imagina salvando o planeta. Já que está viajando no tempo, pode agir... Boca de siri! Nem o Canguru pode saber.

Diário de Alice

Entendi! Nesse momento, a máquina infernal vai entrar em funcionamento e acelerar. Acreditando saber como o mundo funciona, todos creem ter encontrado o modo de manipulá-lo, dominá-lo e transformá-lo. É preciso impedir isso!

Qual é a frase para viver?

***"O universo [...] está escrito em língua matemática"* (Galileu, *O Ensaiador*).**

Há um texto do mundo, e eu sei decifrá-lo. Portanto, posso usá-lo a meu favor e, eventualmente, reescrevê-lo em parte. Com essa descoberta, meu poder está garantido! Aí está uma série de ideias que nos trouxeram para onde estamos.

27

Visita relâmpago a Descartes, primavera de 1638

Alice decide lutar sozinha. Já chega de ser guiada, acompanhada! Para funcionar, seu plano precisa ser posto em prática sem nenhuma ajuda. A ideia é simples: identificar uma pessoa decisiva, aquela que dá início ao processo, explicar-lhe a catástrofe que ela vai provocar, convencê-la a desistir... e salvar o planeta!

Certo, não é fácil fazer isso. Mas, se funcionar, que vitória! Sozinha, ela interrompe o movimento antes que ele entre em ação. Intervindo no início, no momento certo e no lugar certo, ela evita o pior. Está ao seu alcance. Impossível tirar o corpo fora. É hora de agir. Agora. Amanhã será tarde demais. É no começo que se deve apagar o incêndio, não quando tudo está em chamas.

Alice está decidida, mas continua confusa. Para onde dirigir a ação? Qual é o melhor alvo?

Ela percorre o dossiê preparado pelo Canguru. Apoderou-se de tudo: notas, fichas, referências. Com os documentos debaixo do braço, ela escapuliu da Fada assim que chegaram à Holanda.

Por enquanto, ninguém a seguiu. Ela desviou o tempo todo por Amsterdã, de um canal a outro, de uma ponte a outra. Primeiro refúgio: um banco num cais, de frente para o rio Amstel, com vista deslumbrante para aquele pequeno mar interior onde ela contempla veleiros, gruas, a agitação de um grande porto.

Do dossiê, Alice memoriza algumas informações. O século em que se encontra é aquele em que as ciências começam a se desenvolver. Copérnico demonstrou que a Terra não está no centro do mundo, e sim que gira em torno do Sol. É um choque para os eclesiásticos, convencidos de que o Criador pôs a Terra no centro e confiou ao homem a tarefa de extrair dela a sua subsistência. Mas é também um choque para cada um, crente ou não, cristão ou não. Porque todos os dias vemos o Sol girar em torno da Terra. O que vemos com certeza não é, portanto, o que existe? A relação com o mundo é subvertida.

Esse novo conhecimento desvenda um mundo inesperado dentro do mundo – ou melhor, uma pluralidade de mundos inéditos, encaixados e desconcertantes. A invenção do microscópio revela uma infinidade de criaturas desconhecidas numa pequeníssima gota de água, estranhas esferas ("glóbulos") na menor gota de sangue, curiosos bichinhos agitados em uma gota de esperma... O telescópio permite discernir colinas na Lua e luas em torno de Júpiter.

O infinitamente pequeno e o infinitamente grande causam uma explosão no mundo fechado de outrora. Nossas sensações se revelam superficiais e limitadas. Na realidade mais conhecida se abrem espaços inexplorados, universos desconhecidos. É ao mesmo tempo entusiasmante e preocupante.

Dessa grande agitação brota um imenso desejo de certeza. O que podemos considerar absolutamente certo? Existirá uma verdade absolutamente indubitável, impossível de contestar? Como devemos proceder para alcançá-la? Que método, que caminhos podem nos garantir alcançar tal verdade, se é que ela existe?

Essa exigência de repensar tudo parte em busca de um ponto fixo: um alicerce estável, uma rocha, uma fundação inabalável que permita apoiar-se em boas bases. Porque nada do que era certo parece garantido. A palavra de Deus, transmitida por textos sagrados? Merece ainda respeito, mas acredita-se menos nela. A verdade científica é de outra ordem. Não pressupõe crença alguma. Descoberta pela razão humana, validada pela experiência, testada, repetível, demonstrável, formula o que existe.

Portanto, possibilita agir. Sabendo cada vez melhor como funcionam a natureza, os elementos, os corpos vivos, podemos imaginar meios eficazes para produzir mais alimentos, tornar os transportes mais rápidos e seguros, melhorar as habitações, aperfeiçoar a medicina... Enfim, todo o conjunto da vida humana!

Uma grande esperança de progresso anima a época. Em Galileu, Francis Bacon e muitos outros, expressa-se um espírito de conquista. O mundo é transformável. Os antigos limites se abrem. As ciências fornecem os instrumentos para submeter a natureza a nosso uso. Descartes, mais que qualquer outro, encarna esta virada. Ele recomeça do zero para construir o edifício do conhecimento, desafia a autoridade acadêmica, não se curva diante dos doutos. Como filósofo, está em busca de uma primeira certeza.

Para conseguir isso, inventa a mais terrível máquina de duvidar jamais imaginada. Ou nada resiste a ela — e nesse caso não existe certeza alguma —, ou aquilo que não é triturado pela máquina constitui uma verdade impossível de destruir. Ele começa, portanto, por duvidar daquilo que vê, ouve e sente. Pode ser que o mundo exterior não passe de sonho. Nessa primeira dúvida, bem conhecida dos filósofos da Antiguidade, as verdades lógicas, geométricas e matemáticas permanecem estáveis. Mesmo que nada seja real ou sólido em volta de mim, está fora de dúvida que dois e dois são quatro, que a soma dos ângulos de um triângulo é cento e oitenta graus. Eu constato isso usando a razão, independentemente de minhas sensações. É então que Descartes imagina um dispositivo novo. E se um diabo todo-poderoso me levasse a errar sempre que faço um cálculo? E se um deus enganador, um "gênio maligno", manipulasse constantemente meus pensamentos, de tal modo que eu estivesse equivocado mesmo quando acredito chegar a um resultado absolutamente certo?

Essa máquina superpoderosa de duvidar cria uma situação de pesadelo. Mesmo quando acredito estar seguro e certo, pode ser que esteja iludido. Claro, nada prova que o gênio maligno existe. Mas também nada prova que ele não existe! Então, não existe certeza alguma? Não há terra firme que sustente o saber? Tudo desmorona? Não! Há uma saída! Resta uma certeza, que nada pode aniquilar.

Mesmo que o gênio maligno exista, mesmo que meu pensamento seja falso, incerto, mistificado, é impossível negar que eu penso. *Cogito*, "penso", em latim. Pode ser que eu pense errado, que esteja enganado, que não possa confiar em nada, nem em meus raciocínios nem em minhas sensações, mas o fato é que existo como pensamento. *Cogito, ergo sum*: "Penso, logo existo". Esse é o lance de mestre de Descartes: basear tudo na existência de nossa consciência. A partir dessa certeza, aos poucos ele vai reconstruir todo o saber. O Canguru esclarece, no final de sua ficha, que é errado reduzir Descartes e sua obra à fórmula "penso, logo existo" e vê-lo como um pensador preocupado apenas com a metafísica.

Pois Descartes não se esquece da ação. O que ele quer construir é uma filosofia prática, um saber capaz de melhorar a existência, de fortalecer a saúde e curar doenças. Como matemático e físico, ele se interessa pela trajetória dos raios luminosos, pelas causas das tempestades, pelos flocos de neve, pela anatomia do coração e do cérebro.

Seu objetivo: com essa filosofia prática, conseguir nos tornar "como que senhores e donos da natureza". É o que ele diz, nesses termos, no *Discurso do Método*, publicado em Amsterdã em 1637.

"É desse homem que estou precisando!" pensa Alice. Vai convencê-lo. Ele compreenderá que querer tornar-se "senhores e donos da natureza" leva a humanidade à catástrofe.

Ela se entusiasma, acredita firmemente. Desde que saiba agir direito e não encontre algum obstáculo imprevisto, a vitória é garantida.

Vai descobrir onde Descartes mora, chegar à casa dele e explicar-lhe tudo. Ele é atencioso e generoso, pelo que dizem, e deverá compreender. Solitário, um pouco selvagem, não tem jeito de malvado.

Foi preciso não ser apanhada pela Fada e obter o endereço do senhor Descartes. Não sem dificuldade... Mas a tarefa foi cumprida. Alice anda ao longo do canal, atravessa uma ponte, localiza a casa de tijolos com empenas, com o número certo, e sobe alguns degraus. Bate à porta. Uma vez, duas vezes...

Uma governanta desconfiada abre. Alice pede para falar com o dono da casa. A holandesa faz sinal para ela esperar na entrada.

— Senhorita, como posso ajudá-la? — pergunta Descartes, do alto da escada, com o tom de alguém que está sendo incomodado.

Alice acha-o mais distante do que imaginava.

— Senhor, peço-lhe muitas desculpas pelo incômodo que ocasiono ao visitá-lo em sua casa. Mas o que me impele a tanta audácia é um assunto muito importante, relacionado com o que julguei ouvir sobre sua filosofia.

Alice fala com esmero, pois é preciso conquistar o cavalheiro. Evidentemente, ele está surpreso.

— Minha filosofia? O que sabe sobre ela?

— Foi o senhor que recentemente publicou, aqui mesmo, um *Discurso do Método*?

— Fui eu, sim! A senhorita leu?

Alice responde com uma habilidade que não sabia que tinha.

— Como está redigido em francês, e não em latim, tive a honra de ter acesso a ele, embora seja uma menina, e agradeço-lhe por isso. Registrei, salvo engano, que sua filosofia prática poderia tornar-nos senhores e donos da natureza.

— É verdade, a senhorita não se engana. E isso a incentiva a bater à minha porta?

— Sim, senhor, porque considero meu dever exortá-lo a retirar essa frase e a renunciar ao conjunto de seu ambicioso plano.

Descartes, no topo das escadas, esboça um sorriso.

— Renunciar! Em nome de quê? Por qual motivo?

— Porque as consequências dessa filosofia não deixarão de se tornar funestas com o passar do tempo. Não duvido que o senhor as considere fecundas, eu o li e conheço os seus argumentos. Mas preciso avisá-lo e pedir-lhe que salve o futuro.

Será que ela está louca? O filósofo não compreende bem as palavras de Alice, mas ela lhe parece sincera e animada. Mandá-la embora sem a ouvir seria impróprio. Descartes indica à criada que a conduza a seu escritório.

— Vou atendê-la em alguns instantes — diz ele.

Alice espera o filósofo na sala onde ele trabalha. Em todos os lugares há livros, tinta e papel, pilhas de cartas. Ela esperava um escritório bem arrumado, dada a reputação de ordem e clareza daquele espírito metódico, que avança por etapas. Na verdade, a sala está numa confusão indescritível, coberta de anotações, penas abandonadas, livros abertos para todos os lados.

— Ainda bem que meus pensamentos não se assemelham ao meu gabinete! — diz Descartes ao entrar. — Infelizmente, tenho pouco tempo para lhe dedicar, mas a ouvirei com atenção. Por qual caminho chegou à conclusão de que eu deveria desistir da minha filosofia? Deve entender que considero essa proposta extraordinária. Portanto, gostaria de ouvir seus argumentos.

Alice sente que não deve hesitar. É agora ou nunca. Explica calmamente, olhando Descartes nos olhos, que ela vem de outra época, situada quatro séculos depois. O filósofo fica impassível, mas Alice percebe que ele não acredita em uma só palavra de seu relato.

— Eu sei que minhas palavras parecem provir de uma mente perturbada. Mas imploro que me ouça mais um instante. Sim, repito, nasci mais de quatrocentos anos depois do senhor e venho do futuro para lhe suplicar que renuncie à sua obra. A partir de seu método, seguindo as regras que estabeleceu, devo avisá-lo de que vai se pôr em marcha uma imensa transformação. Os segredos da natureza serão desvendados um após outro, os cálculos decifrarão os mecanismos do mundo, e as máquinas adquirirão um poder sem precedentes.

"Posso imaginar que esse futuro lhe parece uma boa notícia. Devo até acrescentar, para aumentar seu contentamento, que a magnitude dessas mudanças superará tudo o que o senhor possa imaginar. Do solo surgirão cidades gigantescas, serão descobertas formas desconhecidas de energia, serão desenvolvidas capacidades colossais de trabalho, a Terra será percorrida por milhares de naves aéreas. Serão criados meios de comunicação a distância e de armazenamento de bibliotecas imensas num bolsinho modesto... Todas essas maravilhas serão devidas ao senhor, a seu método, à sua filosofia e aos seus sucessores ao longo das gerações.

"O senhor poderia se orgulhar, se não houvesse um lado sombrio nesse percurso glorioso. Eu deveria dizer um lado trevoso, amedrontador e mortal. Porque essa transformação fantástica vai esgotar e desregular a natureza. Ela não tem recursos infinitos, e seus equilíbrios não são modificáveis ilimitadamente. Por acreditarmos que somos senhores da natureza e que nos é permitido fazer dela o que bem entendermos, vamos deteriorá-la, prejudicá-la, colocá-la em perigo. E a nós também.

"Venho de um tempo em que a promessa de um mundo transformado pelas ciências e pelas técnicas se revela uma ilusão. E é ao senhor que venho anunciar isso, com a esperança de que me ouça e confie em mim o suficiente para evitar essa catástrofe.

— O que espera de mim? Não consigo imaginar. Admitamos que eu considere seu relato plausível, embora ele me pareça bastante improvável e eu não tenha a menor prova do que está afirmando. Admitamos isso, portanto... O que posso fazer? Queimar meus livros? Retratar-me solenemente? Escrever o contrário do que considero verdadeiro, justo e bom? Meu *Discurso do Método* já está impresso e divulgado. Lamento ser obrigado a decepcioná-la, mas, veja só, as ideias não estão em nosso poder. Elas não nos pertencem.

"Permita-me uma última palavra: se a senhorita vive no futuro, é lá que deve agir e refletir, e não aqui, sonhando em mudar uma história que, se entendi bem, já aconteceu...

A governanta acompanha Alice, que desce a escada íngreme tentando não chorar. Decepcionada por ter falhado, sente-se vexada por ter sido tão burra. À beira do canal, em frente à casa, é esperada por Objeção, Canguru e as Camundongas. Alice cai em prantos. A Fada a envolve em seus braços e Alice enterra a cabeça no xale da amiga. Grossas lágrimas rolam por suas faces. Tudo acabou, por causa dela, de sua incapacidade, de sua burrice, pensa. Queria salvar o planeta, interromper a pilhagem. Poderia possibilitar que a humanidade vivesse de outra maneira... Falhou! Seu desespero é total. A isso se somam a vergonha, a raiva, a ira contra si mesma. Como pôde ser tão desastrada? Por que não conseguiu convencer Descartes? O que será do mundo? Como viver? Já não sabe mais. A emoção a submerge, como se grandes ondas a sacudissem.

Objeção a deixa chorar por um bom tempo. Não adianta abrir a boca, Alice não ouviria. As Camundongas esboçam um passo de dança ao longo do canal, a Fada faz um sinal para ficarem quietas. Canguru está emocionado. Não gosta de ver a amiga nesse estado. Gostaria de pegá-la em suas patas e consolá-la, falar com ela para que se acalme, mas acha melhor deixar a Fada agir.

Alice finalmente volta a respiração de modo mais regular. A Fada lhe fala ao ouvido, em voz baixa.

— Eu sabia de tudo desde o início. Se quisesse intervir, não seria difícil. Não se esqueça de que lemos seus pensamentos! Achar que age sozinha, sem o nosso conhecimento, na surdina, é pura ilusão... Deixei rolar, porque era importante para você, eu diria até essencial. Você se afirma, quer agir, eu não ia impedir...

— Sabia que eu ia falhar? — diz Alice, surpresa.

— Evidentemente! Mas que importa? Não é o fracasso que conta, e sim as lições que ele nos ensina. Aprendemos errando, desde que compreendamos o que aconteceu. Seu erro não foi querer agir, mas se enganar de ação. Você quis aproveitar o fato de estar no início da história das ciências e da dominação da natureza para fazer tudo parar. É aí que está o problema.

— Por quê? — pergunta Alice, enxugando os olhos.

— Primeiro porque você nunca tem certeza de onde começa um assunto como esse! Descartes? Talvez, mas também todo o século dele e até muito antes... Por que não Arquimedes? Ou o inventor da roda? Ou ainda o primeiro humano que lascou uma pedra? Em que momento intervir para evitar o que veio depois? É impossível determinar.

— Há uma dificuldade maior — acrescenta o Canguru. — Agir no passado é um sonho. É muito comum em narrativas fantásticas, mas é impossível. É fácil perceber isso. Imagine só... Você encontra seu avô quando ele era criança e o mata. Desse modo, um dos seus pais não vai existir, mas... você também não! As viagens no tempo são motivos ficcionais interessantes, não realidades físicas!

A Fada acrescenta outro argumento. Ninguém, isoladamente, pode transformar a história. Alice teve razão em querer agir, mas errou ao imaginar que uma ação única, solitária e individual, pudesse ser suficiente. Não é assim que a história evolui. A cena em que um cientista louco grita: "Ao pressionar este botão, serei o dono do mundo!" não existe, exceto nos desenhos animados.

Alice começa a entender seu erro. Quanto mais ouve o Canguru e a Fada, menos acabrunhada se sente. Mesmo assim, ainda está confusa. No fundo, não sabe se deve se sentir orgulhosa ou envergonhada pelo que fez. Sentiu-se livre, ao partir sozinha para a aventura. Foi ela, e só ela, quem tomou essa decisão, por sua própria vontade. Subestimou a situação, tudo bem. Mas está contente por ter agido por si mesma. Sua decisão lhe pertence!

— Objeção! — grita a Fada. — Acha que sua vontade é livre? Que, quando decide, você é a causa de sua decisão? Que é você que a cria? E se você não visse o que a faz agir? E se tivesse a *impressão* de ser livre, apenas porque não sabe o que a faz tomar decisões?

— De jeito nenhum! Eu sei muito bem o que quero e sou eu que decido...

— Se me permite, a questão é muito debatida — interrompe o Canguru. — Descartes defende que nossa vontade é livre, e até mesmo infinitamente livre, uma vez que podemos negar a evidência, nos recusar a reconhecer o que temos diante dos olhos, ou escolher o mal. Essa liberdade da vontade, diz ele, é tão grande em nós como em Deus! Em contrapartida, não muito longe daqui, um filósofo defende exatamente o inverso: o livre-arbítrio não passa de ilusão, segundo ele, miragem. Acreditamos que somos livres, mas não somos. Aliás, Deus também não...

— Quem é esse filósofo interessante?

— Spinoza. Ele vive em Rijnsburg, ao sul de Amsterdã. Dentro de duas horas estaremos lá.

— Objeção! — diz a Fada, rindo. — Duas horas para fazer o caminho, mas ele só vai morar nesse lugar daqui a uns trinta anos...

— Pequeno detalhe! Pequeno detalhe! — cantam as Camundongas. — Vamos nessa!

Diário de Alice

Por que fui tão ingênua? Tão impulsiva? Tão burra, no fundo? Onde me enganei? Não tenho absoluta certeza de ter entendido direito. Começo a discernir, mas ainda está confuso na minha cabeça.

Qual é a frase para viver?

"É possível alcançar conhecimentos que sejam muito úteis para a vida" (Descartes, *Discurso do Método*, sexta parte).

Por que buscar a verdade por meio de um raciocínio metódico? Apenas pela satisfação de conhecer? Ou para transformar nossas condições de existência? Ao ler Descartes, assim como Galileu anteriormente, percebo que os dois se combinam.

Acredita-se que seu pensamento se resume a "penso, logo existo". É um grave erro, o Canguru me mostrou bem isso. Descartes não se interessa apenas por metafísica, mas também por moral, medicina e mecânica. A verdade científica tem alcance prático.

O problema, na minha opinião, não está resolvido. Na verdade, só está começando. Porque ainda falta saber, na prática, o que é útil para a vida e o que não é. Isso é muito complicado.

Depois de vários séculos de desenvolvimento técnico, somos bilhões na Terra, vivemos mais tempo do que nossos antepassados, mas estamos ameaçados por novos perigos. Parece que pegamos o caminho errado. Ou que andamos depressa demais, fomos longe demais, com muita sede ao pote. Então, o que fazer?

28

Na oficina de Spinoza, Rijnsburg, primavera de 1662

— Por que vamos ver esse tal Spinoza? — pergunta Alice com jeito cansado.

Ela está triste. Aquela tentativa e seu fracasso a deixaram esgotada.

— Porque isso lhe fará bem! — responde a Fada. — A filosofia dele é o melhor remédio contra a tristeza. Você vai ver...

Aparece um veículo puxado por quatro cavalos. A Fada previu tudo. Alice se acomoda no banco estreito, o Canguru se senta ao seu lado, as Camundongas se apertam na frente, no pouco espaço que a Fada deixa. A estrada é plana, regular, quase sem curvas. Alice pega no sono.

— Contra a tristeza eu só me lembro disso, Fada! — diz ela ao reabrir os olhos.

— Bem, não é um mau começo — responde a Fada, rindo.

Ela explica a Alice que a tristeza, segundo Spinoza, nos atrofia, nos murcha. Ela nos diminui, restringe nosso poder de agir. Ao contrário, a alegria nos aumenta e expande. Tristes, existimos menos. Na alegria, existimos mais. A chave é o conhecimento. Spinoza constrói uma filosofia completa, um sistema que abrange tudo e explica tudo: Deus, a natureza, o bem e o mal, o amor e o ódio, a liberdade e a servidão, e, claro, a alegria e a tristeza. De certa forma, elabora uma ciência integral da realidade, que trata tanto da realidade divina quanto da realidade natural, tanto da realidade corporal quanto da realidade psicológica.

Alice ainda não percebe por que isso deveria lhe fazer bem. Acha que esse grande projeto abrangente corresponde perfeitamente àquele século das ciências, da matemática e da razão. Mas o que a alegria tem a ver com essa história?

— Como você definiria a tristeza? — pergunta a Fada.

— A gente se sente mal — responde Alice.

— Sim, mas o que se sente?

— Que a coisa não está boa, que falta algo, que o mundo está malfeito, é feio...

— Objeção! Grande objeção da parte de Spinoza! — interrompe a Fada. — A essa ideia de que o mundo seria malfeito e insatisfatório ele opõe uma visão da realidade em que não falta nada.

— Explique!

— Frase-chave de Spinoza: "Por realidade e perfeição, entendo a mesma coisa." A realidade está completamente acabada, a cada instante. Ela é completa, integralmente realizada. Se realmente a compreendêssemos, se conseguíssemos vê-la como é, saberíamos que a realidade não pode ser de outra forma. Cada elemento decorre dos elementos anteriores, sem a menor falha, sem a menor descontinuidade ou o menor defeito. Tudo se encadeia. Somente a nossa ignorância nos faz imaginar que a realidade poderia ser diferente, que ela é falha, feia, injusta, incompleta... Buscamos significados, intenções secretas, construímos interpretações e julgamentos que nos entristecem ou nos aterrorizam. Essas ideias sem conteúdo são invenções produzidas por nossa incompreensão. Não sabendo como a realidade funciona, elaboramos explicações delirantes, fazemos julgamentos falsos, nos angustiamos e lamentamos... por nada!

Alice não compreendeu tudo, mas intui que isso é importante. Gostaria de descobrir como é esse estranho pensador. Dizem que ele vive modestamente, em uma casinha, e que se recusa a ensinar. Do que vive?

— É polidor de vidros para telescópios e microscópios — responde o Canguru. — É um trabalho manual que exige muita precisão e conhecimentos científicos. Esse ofício lhe dá a oportunidade de se corresponder com os grandes cientistas da época e, acima de tudo, deixa sua mente livre para a filosofia.

— É por isso que ele escolheu essa atividade? — pergunta Alice.

— Longa história... — responde Izgurpa.

E conta a Alice por que, apesar da aparência pacata, a vida de Spinoza é agitada. Ele nasceu em Amsterdã, numa família de mercadores judeus vindos de Portugal, onde eram perseguidos. Refugiaram-se na Holanda, onde é grande a tolerância religiosa e se desenvolveu ampla comunidade judaica.

— Muito cedo, notam-se a inteligência e os talentos do jovem Baruch. Na escola judaica, é o melhor aluno em hebraico, em reflexão sobre os textos, em conhecimento das Escrituras. Seus mestres o veem como um futuro rabino, sua família conta com ele para retomar e desenvolver o comércio de tecidos de seu pai. Mas tudo vai acontecer de maneira diferente.

"Spinoza frequenta rodas onde circulam ideias subversivas, correntes novas que contestam as convicções religiosas e filosóficas tradicionais. Afasta-se da sinagoga e dos rabinos. Estes lhe propõem vários arranjos para que ele possa continuar na comunidade. A cada vez, Spinoza recusa. Valoriza sua liberdade de pensamento e de expressão. Como suas convicções eram consideradas incompatíveis com o judaísmo, ele é solenemente excluído, com instruções severas.

"Entre os judeus, ninguém tem mais o direito de falar com ele, nem de se aproximar dele. Isso equivalia a deixá-lo sem meios de trabalho. O jovem então pensa em se tornar pintor, pois tem habilidade no desenho. Mas é uma profissão muito incerta. Prefere o polimento de vidro e a filosofia.

"Na casinha à qual chegamos, ele já começou a redigir seu grande livro, *Ética*, que ele escreverá durante toda a vida. O texto só será publicado após sua morte.

Alice está muito intrigada com aquele homem. Escrever um livro a vida inteira, sozinho, sem publicar! Pergunta-se o que esse livro pode conter. O Canguru está feliz e orgulhoso por começar a apresentação.

— É um texto inigualável no País das Ideias. Spinoza o escreveu à maneira dos geômetras, com definições dos principais conceitos, axiomas, demonstrações. É desconcertante, no começo, porque trata de amor e ódio ou de alegria e tristeza como se fossem triângulos e suas propriedades. Na verdade, esse tratado quer elucidar a questão "como viver?". Não fala de mais nada, à sua maneira, evidentemente. É o que o título indica: ética é maneira de viver, modo de se comportar. Em grego antigo, *ethos* significa "comportamento". Pode-se dizer, por exemplo, que o *ethos* dos pássaros é construir ninhos. No que se refere aos seres humanos, cujos atos e gestos não são guiados por um instinto fixo, trata-se de encontrar o comportamento devido. Mas com base em que critérios? Segundo que normas? O projeto de Spinoza é saber como funciona o conjunto realidade, coisas, corpos, pensamentos, para compreender como nos comportamos.

— Chegamos! — grita a Fada.

Apartada da aldeia, à beira de um bosque, a casa é muito pequena. Ao lado da cozinha está a oficina onde Spinoza faz o polimento dos vidros. É um cômodo minúsculo, quase totalmente ocupado por uma bancada de medida justa, abarrotada de ferramentas de precisão. Atrás, um aposento não maior que aquele é o reduto onde ele escreve, com uma mesa e algumas prateleiras de livros. O lugar é apertado, mas está impecavelmente arrumado. Spinoza dorme na parte de cima, debaixo do telhado.

Assim que entra, Alice sente forte cheiro de repolho. A sopa está cozinhando. O filósofo ainda está na oficina. Sua roupa preta tem algumas manchas brancas do pó de vidro. Ele levanta a cabeça ao ouvir os passos de Alice. Ela nota os seus olhos pretos imensos, sua pele morena, seu cabelo comprido. Ele não parece surpreendido por ter uma visitante.

— Como posso ajudá-la? — pergunta ele, limpando a manga.

— Espero não incomodar. Suas ideias são a causa da minha visita. Eu me pergunto como viver, o que fazer com minha liberdade, e ouvi dizer que o senhor poderia me ajudar...

Spinoza olha atentamente para Alice. Parece estar se perguntando se é alguma brincadeira. Em seu rosto, um breve sorriso cede lugar à seriedade. Ele se levanta e, com um gesto, convida Alice a ir para a sala de escrita. O espaço é tão pequeno que Alice tem de se sentar num banquinho de madeira, ao lado da mesa.

— Se bem entendi, você disse: "Eu me pergunto como viver, o que fazer com minha liberdade...", ou estou enganado? — pergunta o filósofo.

— É isso mesmo!

— Essas não são duas perguntas diferentes para a senhorita? Quer dizer: "Pergunto-me como viver, *ou seja*, o que fazer com a minha liberdade?"

— Exatamente.

— É o que eu temia... Acho que posso ajudá-la, embora com o risco de minha resposta lhe parecer dura. É simples: para viver, comece por se livrar dessa ideia de liberdade! Estou vendo que isso lhe parece estranho. Deixe-me esclarecer. Conhecer realmente uma coisa é conhecê-la pelas suas causas. Quando você deseja algo, quando faz uma escolha, ignora as verdadeiras causas que a fazem escolher, os motivos reais que a fazem desejar isto em vez daquilo. No entanto, nada acontece sem causa. Tudo é determinado. Decisão absolutamente livre não existe em lugar nenhum. É apenas ilusão, miragem, quimera. Se sua liberdade fosse realmente a causa de suas escolhas, essa liberdade deveria ser... a causa de si mesma! Isso é impossível. Todas as suas escolhas e decisões têm causas, que podem ser orgânicas, morais, políticas, mas você ignora essas causas que a determinam e, devido a essa ignorância, imagina que é livre! Pense num bêbado revelando segredos que queria guardar. O álcool o faz falar, mas ele não se dá conta disso e imagina que está confidenciando seus segredos porque decidiu fazer isso, com plena liberdade. Ou pense na criança que deseja o leite materno. Seu corpo sente inevitavelmente esse desejo, mas ela não sabe disso e pode imaginar que essa escolha de tomar leite é dela, que é um efeito de sua liberdade. Nada é livre, mas imaginamos que nós somos livres!

Essa situação gera tamanha quantidade de mal-entendidos que o mundo, por assim dizer, está de cabeça para baixo. Ao acreditar que é livre, você imagina ser responsável, sente-se culpada por ter feito isto, por não ter feito aquilo, julga moralmente seus atos, seus sentimentos e os dos outros, conclui que uns são culpados, outros inocentes... Tudo isso é falso! Para viver, a primeira medida é se livrar desse tecido de erros. Não consigo, por enquanto, dizer-lhe nada melhor, nem lhe dizer mais. Preciso voltar ao trabalho e peço que me perdoe a rudeza.

Alice sai dessa conversa com mais perguntas do que respostas. Não somos livres? Não decidimos nada? O bem e o mal são ilusões? Quanto mais Alice pensa em tudo isso, saindo da casinha do filósofo, menos entende.

O Canguru percebe que ela está perplexa e até um pouco perdida. Já esperava por isso.

— Vossa Majestade precisaria de ajuda? — pergunta ele abrindo a porta do veículo.

— Adoraria! Não consigo entender o sistema dele...

— Não é de surpreender, princesa, é um dos mais sutis de toda a filosofia, talvez o mais peculiar...

— Explique, príncipe das fichas!

Izgurpa fica emocionado por Alice chamá-lo assim. Faz um pouco de pose, explica que só vai esclarecer o essencial e se acomoda no banco com suas anotações nas patas. Felizmente, não há muitos solavancos na estrada, e os cavalos estão calmos.

— Para ter uma visão clara, é preciso começar pela chave dessa filosofia, a ideia que muda toda a perspectiva. Ela se resume em três palavras latinas.

— Por que em latim?

— Spinoza redige a sua *Ética* em latim, a língua internacional dos pensadores, na época. As três palavras são: *Deus sive Natura*. "Deus, ou seja, a natureza." Para Spinoza, ambos são idênticos. Natureza e Deus são sinônimos. Ele rompe assim com as concepções anteriores que sempre viam Deus como um espírito puro, separado do mundo. Com a ideia de Deus-universo que Spinoza elabora, Deus torna-se material, físico, cósmico. Tudo está em Deus, as galáxias assim como a plantação de tulipas que você está vendo à direita, os cavalos que puxam o veículo e nossos próprios corpos, nossos pensamentos, assim como os de todos os seres humanos desde a noite dos tempos...

"A especificidade dessa concepção é poder ser lida de duas maneiras. Pode-se considerar que é um ataque contra a representação religiosa de Deus, uma espécie de ofensa à sua grandeza, à sua essência espiritual, mas é possível outra abordagem, pois naturalizar Deus é também divinizar a Natureza. A matéria deixa de ser desprezível. O infinito reside no menor talo de capim, no mais modesto dos objetos.

— E a liberdade? — pergunta Alice. — Qual a relação com esse "Deus-Natureza"?

Canguru fecha os olhos para se concentrar.

— É costume opor o mundo físico ao mundo espiritual. No mundo físico, tudo se encadeia sem liberdade, sem vontade nem intenção: a água do oceano evapora sob a ação do sol, formando nuvens, e depois a chuva cai. A água não decide evaporar, as nuvens não escolhem se formar, a chuva não tem a intenção de cair. No mundo espiritual, supõe-se que tudo é diferente: o ser humano teria liberdade de escolha, elaboraria planos e projetos, e Deus faria o mesmo. Se Deus e a Natureza são idênticos, esse esquema não se sustenta. É preciso extrair todas as consequências disso. É necessário considerar que o livre-arbítrio é uma ficção. Deus--Natureza não tem livre-arbítrio, não tem arbítrio nenhum! O ser humano também não, uma vez que é apenas uma parte desse todo. Na verdade, segundo Spinoza, tudo se desenrola em nossa mente e em nossos sentimentos como nas nuvens e na chuva, de modo inevitável. Está vendo a consequência?

Alice pensa numa resposta. Finalmente, a encontra.

— Ninguém repreende a chuva por cair... — diz ela.

— Muito bem! — responde o Canguru. — Estou orgulhoso de você! Se cada acontecimento é efeito de uma causa anterior, sem intenção nem vontade, então os juízos morais não correspondem a nada. A chuva pode causar danos, a tempestade pode destruir colheitas ou provocar inundações, mas ninguém as considera culpadas. Se os seres humanos também estão determinados, torna-se absurdo censurá-los ou elogiá-los.

Alice compreende bem o raciocínio, mas está alarmada com o resultado. O criminoso que mata e devasta não será considerado responsável por seus atos? Não será condenado nem moralmente nem nos tribunais? O que acontece com a justiça? E a moral?

— Spinoza tem uma resposta! — diz o Canguru. — Ninguém considera a tempestade culpada, mas todos se protegem de seus danos. O criminoso não é mais responsável do que as nuvens, mas também é possível proteger-se dele, colocá-lo na prisão para evitar que continue a causar danos. Em outras palavras, a moral não serve para nada, o elogio ou a censura são inúteis, mas os tribunais são úteis, as prisões também e as penas podem continuar onde estão.

— Isso quer dizer que o bem e o mal, o justo e o injusto, o belo e o feio não existem?

— Existem, mas só em nossa cabeça e por erro, se posso responder em lugar de Spinoza. Todas essas ideias falsas são inevitavelmente produzidas por nossa ignorância da realidade. Elas desaparecem quando o conhecimento avança.

— O que é que isso muda?

— Tudo e nada. Nada na realidade dos acontecimentos, mas tudo em nossa vida. Imagine, por exemplo, duas pessoas afetadas por uma doença fatal e incurável. Ambas vão desaparecer em breve. Mas uma acha que está sendo punida por Deus com essa doença, pelas más ações que cometeu. Sente-se culpada, implora perdão, reza o tempo todo pela cura. A outra sabe que a doença se desenvolveu mecanicamente em seu organismo, que não se pode fazer nada a respeito e que ninguém é responsável por seu destino, nem ela nem os outros. A primeira pessoa vive atormentada, assustada, infeliz. A segunda está serena e lúcida. Adapte esses exemplos a outras circunstâncias da existência humana e você terá uma primeira visão da filosofia de Spinoza.

Alice começa a vislumbrar a singularidade desse sistema de ideias.

— Na verdade, tudo já está escrito! — diz ela.

— Não, não exatamente. Pensando assim, você incidiu num erro frequente. Muitas vezes se confunde o *determinismo* de Spinoza com *fatalismo*. No entanto, são ideias muito diferentes. No fatalismo, existe uma vontade divina que, na origem, decide como serão o curso do mundo e a vida de cada um. No determinismo, ninguém decide livremente nada, nem mesmo Deus-Natureza. Deus-Natureza também não decide o que decorre de sua "substância infinitamente infinita", como diz Spinoza, assim como o triângulo não decide suas propriedades.

— Ninguém decide nada?

— Não decide. Cada um acredita que decide, por causa de suas emoções e desejos, sem compreender de onde eles provêm. É por isso que o conhecimento exato da realidade é o único caminho para escapar dessas miragens. Spinoza se esforça por analisar a mecânica de nossos sentimentos, como se se tratasse de "linhas, pontos e figuras". Em outras palavras, ele inventa o projeto de uma psicologia científica, considerando nossos amores, ódios, alegrias, tristezas e outras emoções como processos naturais, que obedecem a leis de funcionamento que são precisas e formuláveis, independentes de nossa vontade.

"Tratando assim os afetos que nos arrastam, estudando-os, é possível deixar de sofrê-los passivamente. É aí que, de modo paradoxal, se reinventa a liberdade que Spinoza começou dissolvendo. Pois o conhecimento liberta. Permite viver na aceitação plena da realidade. Em outras palavras, na alegria. Essa alegria não tem nada a ver com exuberância, gesticulações, gritos e berros. Essa alegria séria, perfeita, é a bem-aventurança de pensar o mundo e a si mesmo, de desejar a vida compreendendo sua beleza.

Durante um bom tempo, Alice não diz nada. Reflete intensamente. Pela primeira vez, sente-se calma, serena.

"Ser feliz é isso?", pensa.

Diário de Alice

Ainda não sei como viver e me pergunto se algum dia saberei. Mas sinto que estou avançando. Com altos e baixos, decepções e surpresas. Meu projeto de influenciar Descartes foi um cálculo errado, percebo agora, mas acreditei nele de verdade e fiquei desesperada por ter falhado. Com Spinoza, comecei a enxergar que não escolhi meus atos, que me deixei levar por meus desejos. Mas não era para me sentir culpada nem me lamentar por isso.

Percorri um longo caminho, no coração e na cabeça.

Mas continuo a me fazer perguntas. O que é melhor? Viver agindo o máximo possível, acumulando experiências, positivas ou negativas? Ou viver recolhida, apartada, para me preservar da infelicidade e da loucura do mundo?

Qual é a frase para viver?

"Por realidade e perfeição, entendo a mesma coisa" (Spinoza, *Ética*, segunda parte, definição 6).

É um pensamento que acalma, à primeira vista. Por isso quero mantê-lo comigo. Você se intranquiliza? Amaldiçoa a terra inteira? Vê infelicidade por todo lado? Diga que a realidade é perfeita, que não pode ser de outra forma, que nada lhe falta, que não tem defeitos, e que você precisa corrigir seu modo de julgar, conseguir ver tudo com outros olhos.

Isso acalma. Como se a gente respirasse fundo. Pode até ser o mais eficaz dos calmantes. Se nada falta à realidade, então por que estou tão nervosa? Por que estou decepcionada, do que tenho medo? Quanto mais pensamos dessa maneira, mais nos convencemos de que, na maioria das vezes, nossas emoções não têm motivo. O que mais acontece é inventarmos a negatividade.

Sempre? Aí, já não é tão certo. Quando a gente vê sofrimento, injustiça, assassinatos, barbárie, miséria etc., consegue se convencer de que essa realidade é perfeição? De que não lhe falta nada?

Duvido. No duro. Tão certo como me chamo Alice.

SEXTA PARTE

Em que Alice está em festa e vê Luzes brilhando

29

A igualdade das mulheres, em Louise Dupin. Chenonceau, primavera de 1746

— Vamos lhe fazer uma surpresa?

A proposta da Fada é aprovada pelo Canguru, que sorri de orelha a orelha. As Camundongas pulam de alegria. Alice, dessa vez, não vai saber o que a espera. Será enviada diretamente para o tempo das festas, que é também como se chama o século das Luzes ou do iluminismo. Claro que nem tudo é luminoso, a miséria é corrente, a desigualdade também. Nem todos desfrutam do luxo, da boa comida e dos refinamentos que passam a existir em castelos, salões e grandes cidades. Mas as pessoas que têm a sorte de levar uma vida de prazeres e inteligência são muito mais numerosas do que em tempos anteriores.

Também são mais livres, mais alegres, mais audaciosas. Exploraram tudo. De terras distantes, trazem materiais, especiarias, porcelanas, minérios. O comércio se globaliza, e a prosperidade aumenta.

Também exploram novas ideias. A felicidade, por exemplo, que agora sonham ver usufruída por todos. Para construir essa felicidade coletiva, os chamados iluministas contam com conhecimentos científicos, que possibilitam o progresso da medicina, o aperfeiçoamento das técnicas, tudo o que chamam de "artes". Trata-se das habilidades manuais e dos talentos dos artesãos, assim como das criações estéticas. As "artes" dizem respeito a casas, navios e estradas tanto quanto a quadros, estátuas ou teatro.

Quanto mais as "artes" se aperfeiçoam, mais a existência se torna agradável. O esforço físico diminui, os prazeres aumentam. Aos poucos, a vida se transforma numa sequência de festas.

Com uma condição, uma única, mas essencial: que as ideias se movam, que as mentalidades mudem, que a mentes se libertem das antigas amarras. É provável que nenhum outro tempo tenha sonhado tão fervorosamente com mudança. As tradições são investigadas, os costumes são filtrados, as hierarquias são desacreditadas. Nada escapa ao exame. Poucas coisas resistem a essa crítica que não poupa nem a Igreja nem os reis, nem gostos nem costumes.

A grande novidade desse tempo é a convicção de que é possível um outro mundo — mais lógico e mais feliz, mais justo e mais livre. Graças às ideias, à razão, aos filósofos, graças à difusão dos conhecimentos e do espírito crítico.

— Então, para onde ela vai? — pergunta o Canguru.

— Para a casa de Louise Dupin — responde a Fada.

— Quem é essa? — perguntam em coro as Camundongas.

— Vocês vão ver — diz o Canguru.

Que beleza, a chama de uma vela! Clara, suave, viva. Parece até atenciosa, respeitadora da penumbra, atenta aos contornos do rosto, à textura da pele.

Alice está com disposições poéticas. Rabisca algumas palavras, apressadamente, enquanto se prepara para o baile. Seu primeiro baile! E que baile! Viu quando chegavam ao castelo músicos e garçons, cozinheiros e confeiteiros, jardineiros e criadas. Tudo deve ser perfeito. A Sra. Dupin não tolera nada medíocre. Ela quer apenas os vinhos mais finos, os pratos mais saborosos, as melodias mais harmoniosas. Sem esquecer as conversas mais inteligentes, animadas pelas ideias mais picantes. Tudo deve encantar, tornar cada um mais vivo. Beleza acima de tudo, leve e libertadora. Como se a realidade fosse de repente transfigurada, habitada por um sonho luminoso que se pode compartilhar.

Alice contempla o amplo quarto onde dorme há alguns dias. A vista dá para o rio Cher, que passa sob o castelo, dando a impressão de que este sobrevoa as águas. Lambris azul-escuros cercam a lareira e a cama de dossel. No chão, ladrilhos de terracota, laranja--escuros, contrastam com o azul das paredes. Ao olhar pela janela,

Alice distingue as margens, apesar da aproximação da noite. Tem a sensação de estar dormindo num museu. Mas um museu vivo: todos são encantadores com ela, desde as empregadas até a dona da casa.

Sobre a grande poltrona estofada de seda bege, uma camareira deixou o vestido luxuoso, encomendado pela Sra. Dupin sob medida para Alice. Como é que se entra numa coisa dessas? Está cheio de pregas, fitas, laços, corpetes, tudo sustentado por uma cesta estranha. "A senhorita me chame", disse a camareira. Ainda bem...

Enquanto isso, Alice termina de arrumar os cachos. Durante a tarde, a cabeleireira os enrolou com um ferrinho curvo. Alice parece uma gravura da época, e isso lhe arranca um sorriso. Sobre os últimos retoques, uma empregada explicou-lhe tudo, pois Alice prefere se maquiar sozinha. À luz das velas, não está acostumada. Começa corando as bochechas, depois delineia as sobrancelhas e aplica pó! É a primeira vez que Alice usa pó facial. O resultado a surpreende um pouco, mas não desagrada. Aprendeu que o movelzinho no qual termina de se arrumar se chama *bonheur-du-jour*. Que nome encantador, felicidade do dia! É uma invenção recente que se encontra em todo o castelo, serve para escrever um bilhete ou corrigir uma mecha. Todos são diferentes. E se fosse assim que se deveria viver? Estando sempre o mais perto possível da felicidade do dia? O prazer do momento, o gosto do presente, a alegria do instante... nada mais!

Alice se pergunta se é realmente possível viver assim. Mas não tem tempo para pensar nisso, precisa decidir onde colocar as *mouches* que escolheu para a noite, não muito grandes, mas bem visíveis. Essas pintas artificiais estão na moda. Todas as beldades as usam. Alice coloca uma na parte inferior da bochecha direita, à altura dos lábios, outra acima do decote, sobre o seio esquerdo. Lembra-se de suas preocupações de menina quando se perguntava como seriam seus seios. Ela se contempla e sorri.

— Minha jovem amiga é uma verdadeira beldade! — murmura Louise, a castelã, que entrou em silêncio.

Alice fica vermelha. O elogio é mais tocante porque Louise Dupin é considerada uma das mulheres mais belas do reino. É também uma das mais instruídas e ricas, o que não a impede de ser gentil e alegre.

Alice teve imediatamente a sensação de estar lidando com uma boa pessoa, atenta aos outros, incapaz de crueldade. Apesar de suas múltiplas obrigações, continua sendo direta e simples, como se fossem amigas de longa data.

— O vestido que encomendou para mim é magnífico! Mal posso esperar que sua camareira me ajude a vesti-lo. Mas por que é que nós, mulheres, temos de estar assim empetecadas? Os homens se vestem de maneira mais cômoda... Mas nos obrigam a suportar todos esses artefatos! Por que razão?

— Para fazerem acreditar que somos diferentes, minha querida Alice, e eles, superiores. Mas não é nada disso! Acredito profundamente que as mulheres são idênticas aos homens em tudo. Temos as mesmas capacidades físicas, as mesmas capacidades morais. Tudo o que se diz sobre nossa suposta inferioridade, nossa força menor, os limites de nossa inteligência, não passa de fábulas vergonhosas. A meu ver, a igualdade é total. Essas pequenas diferenças que alegam, nossa voz mais aguda, nossas faces sem barba, nossos seios, nosso sexo, são detalhes secundários, sem importância. Mesmo o parto, a maternidade, essa história de que fazem tanto alarde, em minha opinião não passa de disparidade mínima. Ela não nos torna nem um pouco inferiores aos homens.

— Então, de onde vêm essas ideias falsas de que somos fracas, pobres criaturas emotivas, frívolas, vaidosas, ciumentas, fáceis de enganar, e que sei eu mais?

— Ah! Minha querida... É uma história muito longa. Saiba que me propus a explorá-la, pois isso nunca foi feito antes. Todo o tempo de que posso dispor, nos últimos anos, tenho dedicado a uma história das mulheres, desde a mais alta Antiguidade até nossos dias. Esse livro vai mostrar como se instaurou a dominação desses senhores. Quero demonstrar por meio de que artifícios e mentiras se construiu a fábula de nossa fraqueza e inferioridade. Ao escrever a longa elaboração desse preconceito, tenho boas esperanças de contribuir para seu desaparecimento. Confesso que estou muito feliz por trabalhar aqui, em Chenonceau, que foi apelidado de "castelo das damas"...

— Mal posso esperar para ler, senhora!

— Chame-me Louise, irmãzinha. O trabalho está em andamento. Contratei como secretário um rapaz muito ativo. Para atender às necessidades de minha obra, ele pilha bibliotecas, junta textos, copia centenas de páginas. Esse Jean-Jacques Rousseau vem de Genebra. Às vezes parece um pouco desajeitado, mas tem espírito vivaz e é bom músico. Além disso, é dono de uma estampa nada má... Aliás, você mesma o julgará esta noite. Enquanto isso, a Toinon precisa vir logo apertar seu corpete...

Louise Dupin esboça um sorriso encantador e sai rapidamente do quarto de Alice, deixando um rastro de perfume. Enquanto aguarda Toinon, que ainda não conheceu, Alice percorre as fichas que o Canguru preparou para sua viagem. Ele se informou sobre Louise Dupin. Ela não é aristocrata, apesar das relações e do estilo de vida luxuoso. É filha de uma famosa atriz, Manon Dancourt, e de um grande banqueiro judeu, Samuel Bernard. Ela e suas duas irmãs receberam educação perfeita, combinando literatura e música, teatro e boas maneiras. Assim, Louise aprendeu a ser livre, a confiar em si mesma, em sua razão e em sua intuição. Casou-se com Claude Dupin, jovem oficial que seu pai ajudou a ingressar no corpo dos coletores de impostos, que, arrecadando impostos para o rei, acumulam grandes fortunas. Claude Dupin logo comprou o palacete Lambert, na ilha Saint-Louis, uma das mais belas residências de Paris, e depois Chenonceau, magnífico castelo histórico. Louise vive entre essas duas residências. Convida todos os escritores, filósofos e eruditos que estão transformando o País das Ideias.

Na casa de Louise, encontram-se Voltaire, conhecido na época por seus poemas e peças de teatro, sua companheira Émilie du Châtelet, que traduz para o francês as obras de física de Newton. Louise também recebe Buffon, que brilha nas ciências naturais, Montesquieu, que analisa o direito e a autoridade política em *O espírito das leis*, o abade de Saint-Pierre, que reflete sobre os meios de garantir paz duradoura a todos os povos, o dramaturgo Marivaux, que está renovando a comédia, o filósofo Condillac, que combate a rigidez dos sistemas, e o acadêmico Fontenelle, que, apesar da idade avançada, leva a sonhar com a pluralidade dos mundos.

Também encontramos em sua casa o filósofo e contista Denis Diderot e o geômetra e cientista Jean d'Alembert, que trabalham juntos na *Enciclopédia*, imensa iniciativa destinada a mudar a sociedade, ao difundir os conhecimentos e as análises dos filósofos.

Alice não termina a lista e salta para a conclusão. Nesse tempo, multiplicam-se os intercâmbios literários, as sociedades científicas, os locais de difusão de ideias, mas nada se iguala à diversidade e à amplitude do salão da Sra. Dupin.

Enquanto Toinon lhe amarra o corpete, um pouco apertado para seu gosto, Alice pensa na noite que se aproxima. Está nervosa. Conseguirá conversar com tantos intelectos brilhantes? Tem medo de ser desajeitada, de parecer ridícula. Por trás dela, Toinon amarra o último laço e arruma uma mecha que caiu na sua nuca. Os convidados estão lá. Está na hora de descer.

Diário de Alice

Que mulher essa Louise! Nunca vi nenhuma igual. Livre, inteligente, simples, transformou a ideia de igualdade entre mulheres e homens no eixo de sua vida. Anoto com pressa, para não me atrasar...

Qual é a frase para viver?

"O que subsiste agora contra as mulheres é a injustiça acumulada de vários séculos" (Louise Dupin, *Des femmes. Observations du préjugé commun sur la différence des sexes* [Sobre as mulheres. Observações do preconceito comum sobre a diferença dos sexos]).

Nada diferencia homens e mulheres, em todo caso nada de essencial, nada que possa justificar as ideias disseminadas sobre a suposta inferioridade física ou intelectual delas. A igualdade entre eles é completa. Se não é respeitada, isso se deve às ideias falsas que se estabeleceram ao longo do tempo. É preciso desfazê-las uma a uma, pois nada as justifica. As ideias falsas sobre as mulheres as aprisionam injustamente em papéis inferiores.

É isso o que Louise Dupin desenvolve na grande obra que nunca publicou. O Canguru explicou que o manuscrito dormiu em porões e sótãos durante gerações. É muito louco. O País das Ideias está cheio de acasos. Mas a injustiça acabará por ser restabelecida.

Agora vou mesmo, já estou ouvindo música.

30

Uma conversa com Voltaire

— Caro Voltaire — diz Louise Dupin —, permita que lhe apresente a jovem Alice, que temos o prazer de hospedar no castelo. Acho-a bastante inteligente, apesar do frescor da pele e da maciez dos cabelos. Não duvido que o senhor a esclarecerá com conselhos preciosos. Sabe o que a preocupa? "Como viver?" Essa é a questão que a atormenta!

— Como viver? Por Deus! Vasta pergunta... Poucas conheço mais amplas. Contudo, atrevo-me a dizer que é das mais fáceis de resolver!

— Fácil? Caro amigo, causa-me espécie essa afirmação. Tenho a convicção, talvez errônea, de que a resposta é difícil de discernir.

Voltaire acha muito agradável o rosto de Alice, suas mechas encantadoras, seu vestido suntuoso. Dirige-se a ela diretamente.

— Como viver? No luxo, senhorita Alice! No luxo! Essa é a única resposta. É a primeira condição, a única indispensável. Não considere minha exclamação como deslumbramento. Ela é resultado da experiência e das observações. Olhe à sua volta... Este castelo construído sobre o rio Cher não é admirável? As carruagens que nos trazem até aqui não são confortáveis? Essas porcelanas vindas da China, essas esculturas importadas da Itália, esse café que chega às nossas xícaras vindo de São Domingos não nos oferecem os prazeres do mundo inteiro? As sedas e os perfumes não são menos importantes para bem viver do que a música, os versos bem elaborados, os sentimentos refinados.

"Estamos rodeados de mil comodidades que nossos antepassados não conheciam. O paraíso terrestre é onde estou, onde estamos. Adão e Eva não conheceram nada disto. Deviam ter unhas pretas, cabelo ensebado, pele suja. Aqui estamos, fora da vida animal e das misérias das primeiras eras. O mundo em que vivemos é mais belo, mais vivo, mais seguro que o de nossos antepassados.

"E como chegamos aqui? Graças ao Progresso, minha cara Alice, à contribuição das ciências, das artes e do comércio. É isso que nos retira da selvageria e da bestialidade! A prosperidade é, sem dúvida, a primeira condição da felicidade. É fruto dos conhecimentos e do trabalho, das trocas do comércio mundial, das operações financeiras.

"Não dê ouvidos às más lições dos mal-humorados que acreditam podermos ser felizes na miséria! São mentirosos e estraga-prazeres. O dinheiro é uma bênção. Recomendo-lhe que comece por ser rica. Que digo? Não aconselho, ordeno!

Uma risadinha aguda prolonga a frase. Voltaire franze os olhos. Alice está perplexa. Ele está zombando? Está sendo sincero? E o que acontece com a moral, a participação, a solidariedade?

— Senhor — replica Alice —, antes de obedecer à sua ordem de ser rica e viver no luxo, posso fazer-lhe uma indagação? Acaso podemos viver sem moral, sem nos preocuparmos com os outros? Devemos dar importância apenas aos nossos interesses e prazeres, sem nos preocuparmos com as desgraças do mundo?

Voltaire franze uma sobrancelha e logo esboça um sorriso. Acha Alice ousada. Dar lição de moral a ele! A essa jovem não falta audácia! Mas aquela ousadia lhe agrada. Ela não se intimida.

— A senhorita imagina que a riqueza endurece o coração? É exatamente o oposto. A indigência torna as pessoas más, a fome aguça o ódio. A prosperidade, ao contrário, abranda os costumes. Aqueles que não carecem de nada são mais propensos a repartir. Melhor ainda, estão inclinados a criar mais prosperidade! Em todos os lugares, há espaço para novos progressos. Trabalho, comércio, educação, saúde etc., tudo pode melhorar! Somos nós que criamos o mundo e o tornamos melhor!

Alice avista Louise, no fundo da galeria, dando início ao baile. Dançar? Por que não? Voltaire, seu elogio ao progresso, sua confiança nas virtudes do dinheiro são desestabilizadores. Apesar disso, Alice ainda quer lhe fazer uma pergunta.

— O senhor recomenda riqueza e prosperidade para bem viver. No entanto, ambas criam desigualdades. Devemos renunciar à ideia de igualdade entre os homens?

— Eu não acreditava que a senhorita fosse tão insistente. Debaixo de um rosto de anjo, disfarça-se a força de um Sócrates! Saiba, portanto, antes de ir dançar, que somos pouca coisa. Apesar dos conhecimentos, dos bens e dos poderes que temos, continuamos ignorantes, desvalidos e frágeis. Não sabemos por que viemos ao mundo e desaparecemos sem descobrir, como seres imperfeitos, transitórios e perdidos num universo imenso que somos. É isso o que nos iguala e deve nos aproximar. O que sei eu mais do que todos os meus semelhantes? Nada que me permita subjugá-los ou dominá-los. O que chamo de "infame" e deve ser eliminado é a pretensão de possuir uma verdade absoluta que daria o direito de silenciar quem não a comungue, que permitiria amordaçar, exilar, torturar e até mandar matar aqueles que duvidem, critiquem ou permaneçam indiferentes. Esse é o conselho que tenho a honra de lhe oferecer, antes de lhe dizer adeus, lamentando. Pois preciso estar amanhã na Academia e agora vou prestar minhas homenagens à nossa ilustríssima anfitriã antes de dizer ao meu pessoal que prepare os cavalos. Tenho uma noite de viagem pela frente. Finalmente, já que falamos de tolerância, deixe-me dizer que a única igualdade que deve ser preservada é a de cada um poder pensar e expressar-se, sem impedir que os outros façam o mesmo! Dito isto, há uma coisa que me seria intolerável!

— O que é, senhor?

— Que a senhorita ficasse ouvindo religiosamente as tolices de um velho filósofo, em vez de ir dançar!

Diário de Alice

Dois minutos, para rabiscar três linhas nesta salinha à parte. Impressionante esse Voltaire. Brilhante, mas demasiado seguro de si, quase arrogante. Acho-o divertido e interessante, mas ele não me seduz profundamente.

Qual é a frase para viver?

"O paraíso terrestre é onde eu estou"
(Voltaire, *O Mundano*, 1736).

A felicidade não se encontra em nenhum outro lugar que não seja o mundo onde estamos. Proclamar que se vive no paraíso é fazê-lo descer dos céus, torná-lo humano. É também, se bem entendi, retirá-lo do passado. Muitas mitologias imaginam uma idade de ouro, um tempo de perfeição que se degrada e acaba dando como resultado um presente miserável. Voltaire e todos os pensadores do progresso fazem o inverso: no princípio havia a miséria, a feiura, a vida rude e penosa. À medida que avançam, os seres humanos vão construindo um mundo menos duro, cada vez mais agradável. A ideia é clara. Mas será verdadeira?

31

Uma dança com Rousseau

No fundo do salão, os músicos atacam um minueto. Alice fica olhando Louise Dupin para entender como se dança. Observa seus movimentos, as ligeiras reverências, o passo lento... Nada de muito complicado...

— Posso convidá-la para este minueto, senhorita? Será uma honra se aceitar!

— Agradeço, senhor, mas não sei dançar...

— Siga-me, vou guiá-la. Não há nada de especial. Deixe-se levar pela flauta.

O homem não é alto, mas esbelto, e seu rosto jovial, com bochechas rosadas e peruca redonda, inspira confiança. Alice nota imediatamente a luz em seus bonitos olhos míopes e seus lábios gulosos.

— Está bem, senhor, seja meu guia, se não temer se decepcionar.

— Não temo nada, senhorita. A quem tenho a honra de falar?

— Alice, acabei de chegar ao castelo. E o senhor?

— Venho de Genebra e trabalho com a Sra. e o Sr. Dupin.

— Seria Jean-Jacques Rousseau?

— Ele mesmo, a seu serviço!

— Louise falou do senhor há pouco. Pegue meu braço e sigamos o movimento.

Alice se sai melhor do que esperava. O parceiro é um bom guia, gestos precisos, movimentos naturais. Não a perde de vista e sorri constantemente. Alice fica à vontade no minueto, porém tem mais dificuldade, no início, com o rigodão e, principalmente, a gavota.

O ritmo é mais vivo e, no começo, os passos saltados a fazem tropeçar. Mas Jean-Jacques a segura firmemente pela cintura, imprimindo o andamento. Em poucos instantes, ela segue o ritmo com precisão.

Tomada por uma estranha vertigem, de repente ela tem a impressão de que a sala está girando. Os sons da orquestra, as piscadas de Jean-Jacques, o brilho dos lustres, os passos de dança, sem falar do champanhe que bebeu ao chegar... Quando seu cavalheiro lhe pega a mão com ternura, olhando-a nos olhos, Alice é tomada por uma sensação que nunca havia sentido. Fica vermelha. Ele também. Ofegantes, um pouco suados, vão se sentar num pequeno salão onde reina um cravo resplandecente.

Ele começa imediatamente a tocar. Seus dedos correm sobre o teclado, seu sapato com fivela bate o ritmo. A melodia é grave e profunda, o baixo contínuo é forte. Alice está emocionada, surpresa por ele saber tocar tão bem, ainda mais espantada ao saber que ele mesmo compôs aquela peça e, durante muito tempo, deu aulas de cravo. Rousseau lhe conta como inventou um novo sistema de notação musical e como veio de Genebra a Paris a pé, para apresentá-lo à Academia. Também explica que seu amigo Diderot lhe confiou a redação de vários artigos sobre música para a *Enciclopédia* que dirige com d'Alembert.

Alice acha-o encantador. Jean-Jacques acha Alice adorável. Ganha coragem e toca levemente seu braço. Ela recua, não sabe o que fazer, pergunta-lhe sobre suas composições. Ele se torna falante, começa a relatar suas desventuras, desilusões e esperanças recentes. Antes de partir para Veneza como secretário da embaixada, pediram-lhe para reelaborar uma ópera cuja música fora composta por Rameau, e o libreto, pelo grande Voltaire. Dedicou-se a isso dia e noite com fervor, e tudo foi por água abaixo! Alice informa que Voltaire acaba de ir embora. Jean-Jacques fica triste: nunca o conheceu pessoalmente, admira-o há muito tempo, correspondeu-se com ele... Cumprimentá-lo finalmente teria sido uma alegria. Alice conta ao novo amigo sua conversa com Voltaire. Relata o que lhe disse o filósofo: o elogio ao progresso, a confiança nas ciências e a convicção de que o luxo gera virtudes. Rousseau ouve atentamente e no fim não consegue ficar quieto. Levanta-se, anda ao redor do cravo, discursa como se Alice não estivesse lá.

— Não é possível! Não aguento mais essas conversas de filósofos. Progresso, ciências e artes, grandes cidades, luxo, carruagens, boa comida, parques luxuosos... Nada desse artifício todo nos torna melhores, pelo contrário! Quanto mais crescem esses supostos progressos, mais nos afastamos da natureza. E, quanto mais nos afastamos da natureza, mais somos enfraquecidos, desfigurados, enfeados. Viajando em carruagens, nossas pernas perdem vigor. As cidades são barulhentas, sujas, insalubres. Nelas, vivemos num cenário, e não no chão!

Alice ouve com grande emoção. Aquelas palavras vão diretamente para seu coração. O olhar de Jean-Jacques cruza o seu, ele percebe sua aprovação e continua com mais fervor:

— Na verdade, os benefícios da civilização são grandes malefícios. Dizem que somos mais polidos, menos violentos, que temos melhor educação do que os humanos dos primeiros tempos. Mentira! É exatamente o oposto. Nossa alma se corrompeu à medida que nossas ciências e artes avançaram para a perfeição. Nós nos tornamos hipócritas, mentirosos, ardilosos, esse é o resultado da civilização. O progresso dos costumes é uma derrota moral! Na natureza, os humanos socorrem os mais fracos. Ouvem o próprio coração. A voz da natureza nunca mente. Ela nos incentiva a ajudar os que sofrem, a alimentar os que têm fome, a socorrer os necessitados. Mas, raciocinando demais, raciocinando mal, nós nos dedicamos a silenciar essa voz divina. Se um infeliz diz que tem fome à minha porta, a compaixão, essa voz da natureza, me impele a dividir meu pão com ele. Ao contrário, se começo a bancar o filósofo, a raciocinar, vou concluir que não tenho nada a ver com a situação dele, que não posso aliviar toda a miséria do mundo... E vou deixar morrer o infeliz que geme aos meus pés, enquanto corto uma nova fatia de pão para mim!

As faces de Alice estão em chamas. Que perturbação, que emoção! Este Jean-Jacques não é como os outros filósofos. Ela sente nele uma paixão, um ímpeto que soa de forma diferente.

— Alice, quer que lhe diga a que conclusão me levam as meditações que iniciei? A civilização é a única fonte de todos os nossos males. Ela nos degrada fisicamente, nos enfraquece, nos torna doentes pela inatividade. Ela nos arruína moralmente, transforma-nos em egoístas, hipócritas e indiferentes. Pior: criou entre nós desigualdades que não correspondem a nada na natureza. Por que devo me inclinar diante de quem possui mais do que eu? De onde vêm essas hierarquias, esses títulos, esses privilégios? Olhe à nossa volta, Alice, observe. Uns dançam com trajes de seda, outros enchem os copos e limpam o chão com trajes de lã. De onde vem isso? Da natureza? De maneira nenhuma! Da história, unicamente da história! E o que foi feito pela história, por que não poderia ser desfeito pela história?

Alice aplaude efusivamente. Ali estão as ideias que ela esperava, as que vão resolver os problemas de seu tempo! Ela deixa cair o leque. Levanta-se, aproxima-se do cravo e dá um beijo na boca de Jean-Jacques.

Diário de Alice

Que emoções, que turbilhão... Como pôr um pouco de ordem nessa avalanche?

Jean-Jacques!... É a primeira vez que tenho um sentimento assim. Estou atraída por seu corpo e por seu pensamento, ao mesmo tempo. Ele é encantador e profundo, sutil e envolvente. O problema não é a diferença de idade, é a diferença de época. Estar apaixonada por um homem que vive a dois séculos e meio de distância não é o mesmo que viver em lugares diferentes. Vou ter de pedir conselhos à Fada. Gostaria tanto de encontrá-lo em breve!

Decididamente, esse Sr. de Voltaire não me agrada nem um pouco. O Canguru explicou que ele travou uma guerra terrível contra Rousseau. Que o insultou, caricaturou, humilhou de maneira infame. Não conheço os detalhes, mas não me surpreende.

Qual é a frase para viver?

"Nossa alma se corrompeu à medida que nossas ciências e nossas artes avançaram para a perfeição" (Rousseau, *Discurso sobre as ciências e as artes*, 1750).

Acho que entendi o que magoa Jean-Jacques. A falta de sinceridade. Ele confia tanto nos outros e nas palavras que eles proferem que lhe parece chocante desejar que alguém tenha um "bom dia" sem realmente acreditar nisso. A polidez, que faz cada um dizer mil amabilidades ao vizinho sem ser sincero, lhe parece uma hipocrisia abominável. A seu ver, é o cúmulo da imoralidade. Acontece que, para ele, a moralidade importa mais que tudo. Se, ao longo dos séculos, os seres humanos não se tornarem mais sinceros, mais solidários, mais fraternais, de nada adianta possuírem casas mais confortáveis ou transportes mais rápidos. A grande questão, acho, é saber se se trata de evoluções paralelas ou interligadas. Esclareço. Alternativa 1: Enquanto as ciências e as técnicas se desenvolvem, as virtudes se degradam. Alternativa 2: As qualidades morais regridem porque as ciências e as técnicas se desenvolvem. As duas opções são diferentes. Parece-me que Jean-Jacques hesita entre as duas. Vou ter de falar sobre isso com ele.

32

Retorno à nave

O Canguru continua trancado no banheiro. Recusa-se a sair. Refugiado atrás da porta, derrama abundantes lágrimas. Nem pensar em ver Alice, está muito magoado, triste, desesperado. Observou tudo e entendeu tudo. A cena do beijo lhe partiu o coração. Se pudesse, metia-se debaixo da terra, para não ver mais ninguém.

A Fada espera para tratar do assunto com ele. É cedo demais. Mas, como não há outros banheiros na nave, sua permanência naquele espaço logo vai se tornar problemática. Enquanto isso, é melhor deixá-lo curtir a tristeza.

Por outro lado, a Fada está feliz por ver Alice emancipar-se. É normal que seja exatamente nesse momento. O objetivo da época das Luzes é, de fato, cada um se tornar livre, escolher a própria vida, deixar de obedecer. Deixar de ser tutelado, menor e dominado. E essa liberdade é conquistada com luta, ruptura e, às vezes, revolução.

Alice está frenética. Não sabe por que se encontra na nave. Quer voltar ao castelo, rever Louise e, principalmente, reencontrar Jean-Jacques. A Fada não ousa lhe dizer que os visitantes do País das Ideias não devem iniciar histórias de amor com os habitantes. Limita-se a pedir que Alice fale daquela estadia e de seus encontros. Alice está radiante, confessa que nunca se divertiu tanto...

— Não gosto muito de Voltaire — diz —, ele é mundano e irônico demais. Mas adoro Rousseau, o que ele pensa me representa.

O pensamento dele me parece importante para as gerações futuras. Ele compreende que o progresso técnico provoca a infelicidade da humanidade…

— Objeção! — diz a Fada. — É preciso modular. Voltaire não é tão sombrio, e Rousseau não é tão luminoso. Desconfie das oposições muito simples. Claro que pensam de modo diferente. Goethe, o grande escritor alemão, defende que com Voltaire "acaba-se um mundo" – o das cortes régias, do Antigo Regime, das palavras espirituosas mortais –, e com Rousseau "começa um mundo" – o das repúblicas, da justiça social, da sinceridade. Minha objeção a Goethe é que Voltaire não desapareceu quando Rousseau chegou. Na verdade, ambos estão atuais.

— Explique!

— Na medicina, por exemplo, aqueles que defendem a eficácia dos tratamentos validados pelas ciências são filhos de Voltaire, mesmo que não o tenham lido, porque confiam no progresso, nas descobertas de novas terapias, nas vacinas. Em compensação, do lado de Rousseau estão, às vezes sem saber, aqueles que preferem os medicamentos suaves, a medicina natural à base de plantas, as práticas tradicionais. Estes desconfiam dos efeitos nocivos da inovação e suspeitam que as ciências, afinal, são mais perigosas que benéficas.

"A oposição entre eles também persiste em outros campos. No que se refere à ação ecológica, aqueles que pensam que soluções científicas e técnicas podem combater eficazmente os perigos gerados pelas ciências e técnicas são voltairianos. São rousseaunianos aqueles que, ao contrário, sustentam que as formas de pensar e agir que geraram uma catástrofe não podem servir para impedir a catástrofe. Esses são partidários de mudar tudo, de abandonar o mundo do grande artifício para se reconectar com o da natureza.

"Em se tratando de comércio e consumo, a oposição continua ativa: são voltairianos os que veem os benefícios da globalização, rousseaunianos os que preferem os circuitos curtos e os produtos locais.

— Voltaire, glifosato, Rousseau, permacultura! — exclama Alice.

— É possível dizer isso — continua a Fada —, mas cuidado com as caricaturas e simplificações. Você, que quer saber como viver, tenha em mente o seguinte conselho da sua Fada: nunca acredite que os seres e as situações são de uma cor só. Procure as faces duplas, as nuances, as contradições. As ideias de Voltaire não formam um bloco homogêneo, as de Rousseau também não – aliás, assim como as ideias do século do Iluminismo e do País das Ideias em seu conjunto. Em tudo, é preciso procurar as falhas, as tensões internas. Sim, Voltaire está mais do lado da ordem. É conservador, teme as revoltas e a violência popular. Mas isso não o impede de combater a ordem estabelecida, as ideias que considera perigosas e, sobretudo, o fanatismo! Sim, ele gosta do luxo e esforça-se por fazer fortuna, mas é para ser livre. Às portas da velhice, em seu castelo de Ferney, em plena glória, ele assume riscos só por preocupação com a justiça. Jean Calas, um protestante de Toulouse, foi acusado injustamente do assassinato do próprio filho. Condenado à morte, é executado. Voltaire faz de tudo para demonstrar a inocência dele e reabilitar sua memória. Parte para a luta contra o ódio e os preconceitos, custe o que custar, porque se recusa a ficar calado e a condescender com o intolerável.

"Quanto a Rousseau, seria loucura imaginar que ele vê apenas os inconvenientes das técnicas... Ele sabe muito bem que as ferramentas facilitam o trabalho e possibilitam realizar ações que seriam impossíveis sem elas. Não defende sua eliminação, mas a compreensão de que as consequências de sua existência são tanto positivas como negativas.

"Frente e verso, vantagens e desvantagens, direito e avesso... nunca se esqueça disso, Alice! Não há luz sem sombra. O seu Jean-Jacques, tão doce e pacífico, tão próximo dos pequenos e dos pobres, também tem algo de perigoso. Ele quer pureza demais. A concessão não é do seu estilo. Você acha esse radicalismo atraente, entusiasmante até, eu sei. Mas esse desejo de pureza pode desembocar num novo fanatismo. Porque o fanatismo não é apenas religioso, pode ser político. Em nome da verdade que acreditam possuir, os fanáticos da pureza não respeitam mais nenhum limite.

Alice pergunta por que os limites são tão importantes. A Fada responde que ela vai saber em breve.

33

Um almoço com Kant. Königsberg, 1790

O Canguru não sabe mais o que fazer. A Fada lhe deu uma bronca. Disse que seus sentimentos não podem, de jeito nenhum, atrapalhar o trabalho. Ele está encarregado da documentação e não deve manifestar desejos nem decepções. Caso contrário, fim do trabalho!

Nem pensar! Mas ele não sabe como retomar o serviço. Alice percebeu? Sabe que ele está desesperado? Não sabe que ele lançou um alerta vermelho para trazê-la urgentemente de volta. Ele propõe à Fada não dizer nada, no interesse do serviço. Vai acompanhar Alice, sozinho, a Königsberg, terra de Immanuel Kant. Porque é uma etapa indispensável do País das Ideias. Além disso, é um filósofo difícil, e as explicações do Canguru serão úteis.

— Sem objeções — responde a Fada.

— Vamos aos três K, Alice!

— Quais? Ku Klux Klan?

— Não, Majestade, Königsberg, Kant, Kaliningrado, nome atual de Königsberg! Vou conduzir Vossa Alteza às margens do Báltico, noroeste da Alemanha, no porto de Königsberg. Nessa velha cidade calma e próspera viveu o filósofo Immanuel Kant. Nasceu lá e nunca a deixou. Seus dias são organizados minuto a minuto, e ele trabalha quase sem parar. Em todos os campos – ciências, filosofia, moral, estética, direito –, ele desfaz confusões e traça fronteiras. Examina as ferramentas de que dispomos e esclarece o que elas podem permitir.

— Que divertido! — resmunga Alice.

— Pode mudar de ideia, não é um selvagem. Todos os dias, ele convida de seis a oito pessoas à sua mesa para almoçar. E, acima de tudo, é amigo da liberdade, da Revolução Francesa, da emancipação dos povos.

Alice não parece convencida. Só ouve metade do que ele diz.

Canguru se arma de coragem: precisa cumprir sua missão. Seu sofrimento não importa.

— Em seu gabinete de trabalho, esse filósofo tem apenas um retrato, o de Jean-Jacques Rousseau! Kant o admira. Encontra nele - cito suas próprias palavras - "rara penetração de espírito, nobre ímpeto de gênio e uma alma cheia de sensibilidade". Considera que Jean-Jacques propõe uma nova concepção da natureza e da filosofia. À sua maneira, Kant prolonga e justifica as intuições de Rousseau.

— Vamos lá? — pergunta Alice, impaciente.

A casa de Kant, na rua Princesa, não muito longe do castelo de Königsberg, é ampla e confortável. Nada de ostentoso, não é um palácio, mas o prédio é de bom tamanho. O conforto de Immanuel Kant é devido a um trabalho árduo. Ele é "professor particular", pago pelos alunos. Não recebe nenhum salário do Estado ou da universidade e dá aulas em casa. É o costume da época.

Lampe, o mordomo, bate à porta de seu quarto, todas as manhãs, às quatro horas e quarenta e cinco minutos, dizendo: "Está na hora!" Às cinco horas, Kant começa a preparar suas aulas e depois, das sete às nove, desce ao térreo para receber seus alunos e ensinar-lhes geografia, física, direito etc. Em seguida, vai para seu gabinete de trabalho e durante todo o dia continua a redação de suas obras filosóficas, interrompida apenas pelo almoço e pela habitual caminhada do final do dia.

— No almoço, como lhe disse, de seis a oito convidados — continua Canguru. — E duas regras: só homens e nada de conversas filosóficas.

Alice está furiosa. Por que só homens? O Canguru sugere que ela se disfarce e se faça passar por um jovem. Por prudência, o Canguru se tornou invisível. Sua presença na cidade teria atraído atenção. E Kant não gosta de escândalos.

Alice, vestida com um colete masculino, chega pontualmente na hora marcada, pois o mestre não suporta retardatários. Está irritada por ter de se disfarçar assim, mas ao mesmo tempo se diverte com a artimanha. Gostaria de entender quem é esse personagem austero que lhe lança um olhar penetrante, por debaixo da peruca severa. Ele se interessa pela questão dos limites, mas em que sentido? Que relação existe entre esse professor alemão, que parece não saber dançar, e o maravilhoso Jean-Jacques, que inflama seu coração? Alice não vê de que modo esse homem poderia ajudá-la a saber como viver.

À mesa, ela descobre rapidamente um anfitrião mais simpático do que imaginava. Atento, amável, acolhedor, Kant sabe como deixar os convidados à vontade. Entre os convivas, há um médico que afirma ter encontrado um novo tratamento para a "doença da pedra" — cálculos renais —, um violinista que está voltando de uma viagem a Berlim, um vizinho cuja filha vive na França. Quando o dono da casa se vira para o rapaz-Alice, este explica seu desejo de compreender o que está mudando naqueles tempos no campo das ideias.

— Essa é uma questão importante, rapaz — diz Kant. — Vezes sem conta, os filósofos consideram o mundo como se ele fosse fixo, como se a história não fosse uma evolução contínua. Pelo contrário, é preciso examinar o presente para descobrir o que ele contém de especial e original. Por exemplo, o que chamamos de Iluminismo tem de novo o fato de estimular cada um a pensar por si mesmo, a fazer uso da própria razão e, portanto, a deixar de se submeter à autoridade dos outros. Em vez de me dizerem no que devo acreditar e o que devo fazer, agora posso descobri-lo com minhas próprias forças! E posso expressá-lo livremente, submeter meus pensamentos aos outros, às suas opiniões críticas.

— Para que eles digam se esses pensamentos são do gosto deles?

— Não, rapaz. Os juízos de gosto, como "gosto do vinho das Canárias" ou "não gosto do cheiro do alho", não podem ser discutidos. São constatados, mas não podem ser objeto de argumentos ou demonstrações. O que eu chamo de "crítica" é um exame racional. Tem como objetivo discernir o que é válido numa afirmação e o que não é. Essa crítica não é um ataque. Não visa demolir, mas distinguir as fronteiras. Sem elas, as ideias se tornam campos de batalha, cada um acredita ter razão e quer impor seu ponto de vista. Esses confrontos provêm, na maioria das vezes, de mal-entendidos e confusões. Ao estabelecer, em cada campo, o que é possível e impossível, contribui-se para a paz!

— Se estou entendendo bem, professor, nossas ideias e nossos saberes têm, portanto, limites. Mas de que natureza são eles?

— É importante distinguir claramente entre marcos e limites. Os marcos, como aqueles que marcam a extensão de um campo, são móveis. Podem ser deslocados. Quando nosso conhecimento avança, quando nosso saber aumenta, esses marcos se movem. Por outro lado, existem limites fixos que permanecem intransponíveis. Por exemplo, nunca poderemos saber, de forma segura e certa, o que acontece após a morte, se a alma é imortal, se Deus existe...

— Por quê?

— Porque todos os raciocínios que possamos apresentar sobre essas questões estão fora do perímetro da nossa experiência. O conhecimento que podemos adquirir diz respeito apenas ao que somos capazes de experimentar. Para além disso, já não são saberes, são crenças. É possível *acreditar* que a alma não morre, ou acreditar que tudo perece com o corpo. Mas ninguém jamais *saberá*. Todos os argumentos lógicos que se apresentem, de um lado e do outro, nunca redundarão em outra coisa que não seja uma crença. Se perdermos de vista essa fronteira entre o que podemos verdadeiramente *saber* e o que só podemos *crer*, a confusão se instalará, e a guerra também.

Alice está impressionada com a clareza das palavras e com a linguagem cortante do filósofo. O homem é obstinado e resoluto. O Canguru sussurra ao ouvido de Alice que, após as nossas possibilidades de conhecer, ele assumiu o objetivo de traçar o mapa de nossas capacidades de agir. Após a indagação "o que posso saber?", Kant aborda a indagação "o que devo fazer?", a questão da moral. Ele busca os critérios que possibilitem definir um ato moral.

Alice ouve atentamente a voz do Canguru. À mesa, a conversa mudou de assunto. O médico começou a falar de beterrabas. Kant, que as considera ótimas, questiona-o sobre suas propriedades. Esses detalhes aborrecem Alice, e ela não sabe como intervir para passar das beterrabas à moral. Felizmente, o violinista vem em seu socorro sem querer, perguntando a Kant que obra está redigindo.

— Sabem que não quero falar de filosofia à mesa... Mas para o nosso amigo violinista estou disposto a fazer uma exceção! O livro que estou escrevendo atualmente terá o título de *Crítica da razão prática*. Após a razão pura e a fronteira entre conhecimentos e crenças, procuro, com a razão prática, determinar o que define um ato moral, independentemente de todas as circunstâncias que possam influenciar a decisão.

Kant propõe parar por aí. A resposta pode ser longa e não interessar a todos os convivas. O rapaz-Alice insiste: a questão diz respeito a todos, de modo direto. Os convivas acenam com a cabeça. Kant serve-se de um copo de vinho branco.

— Como todos sabem, pode-se agir por amor, por egoísmo, por vingança, por interesse, por devoção, por cálculo... A primeira dificuldade, portanto, é encontrar, na imensa diversidade das situações, o que constitui o princípio indiscutível de uma ação propriamente moral. Meu ato será moral se, e somente se, todos puderem também agir de acordo com a regra que me guia. É por isso que não é moralmente possível mentir, prestar falso testemunho, não reembolsar um empréstimo ou roubar. Além disso, para que o meu ato seja moral, devo agir apenas por respeito a essa lei moral universal, e por nenhuma outra razão.

"Esse último ponto até uma criança de dez anos pode compreender facilmente. Imaginem, por exemplo, um príncipe que peça a um de seus conselheiros que preste falso testemunho para prejudicar um inimigo do reino. A única regra universal é que um testemunho deve ser veraz, caso contrário, a validade de todos os testemunhos desmorona. O dever do conselheiro é, portanto, fácil de ver: em nenhuma circunstância deve aceitar prestar falso testemunho. Mas será que ele conseguirá cumprir esse dever?

Imaginem que o príncipe ameace: se o conselheiro não obedecer, vai mandar prendê-lo, confiscará sua fortuna, arruinará sua família. Esse homem irá prejudicar os seus, sua reputação, sua própria sobrevivência por puro respeito à lei moral? É de se perguntar.

"Deveríamos até perguntar se alguma vez foi realizado um único ato puramente moral. De fato, os seres humanos escolhem ser 'morais' por motivos completamente diferentes: por preocupação com a autoestima, para preservar sua reputação ou por desejo de serem elogiados. Esses motivos não têm nada a ver com o puro respeito à lei.

Alice acha que a explicação tem o mérito de ser clara. Mas se pergunta de que serve expor como viver moralmente, se ninguém consegue... Kant viveria num mundo imaginário? O vizinho que tem uma filha na França pergunta a Kant o que ele pensa daquela revolução que está pasmando a Europa, a tomada da Bastilha, a prisão do rei, a Declaração Universal dos Direitos do Homem e do Cidadão...

— Caro amigo — responde Kant —, após 14 de julho, eu estava tão impaciente para ler o jornal que mudei a hora da minha caminhada. Pela primeira vez em quarenta anos! Fiquei abalado pela grandeza desse acontecimento e ainda estou. Não diz respeito apenas à França, nem à política, mas sim à moral e a toda a humanidade. Pela primeira vez, de fato, com a Declaração Universal dos Direitos do Homem e do Cidadão, a própria lei proclama a universalidade da moral, ao declarar que "os homens nascem e permanecem livres e iguais em direitos", e obriga a respeitar essa universalidade. É um progresso sem precedentes nas relações entre o direito e a moral.

— Professor, perdoe minha pergunta que pode parecer ingênua — retoma Alice, esforçando-se para fazer voz masculina. — Por que os homens não conseguem comportar-se moralmente por conta própria?

— Sua pergunta é de extrema importância, rapaz! Somos seres racionais e entendemos que a lei se aplica a todos, sem exceção, portanto a nós mesmos. Se parássemos por aí, poderíamos acreditar que, racionalmente, todos obedecemos às leis de nosso país assim como à lei moral. Não é o que acontece, como todos sabem. Na verdade, não somos apenas seres racionais, mas também seres passionais. A ira, o ódio, os apetites e as ambições nos levam a recusar a aplicação da lei a nossos atos pessoais. Nós *desejamos* uma exceção para nós, mesmo *entendendo* que não deve haver exceções. Por causa dessa tensão interna, é indispensável que sejamos obrigados a respeitar as leis pela força, pela intervenção da polícia, pela existência dos tribunais e das punições.

"A natureza humana é dupla, razão e paixão, anjo e demônio. A madeira com que o homem é feito é tão torta que não é possível cortar nada totalmente reto. Queremos a lei para todos, e a exceção para nós mesmos. Queremos coexistir com os outros e viver cada um por si. Fazemos questão de viver em sociedade, estabelecer leis comuns e o reino da paz entre nós. Ao mesmo tempo, desejamos escapar à ordem comum, prevalecer sobre os outros e não ser processados. É isso que eu chamo de 'sociabilidade insociável' dos homens. E essa contradição não tem fim...

Alice está surpresa. Achava que Kant era chato. Descobriu um homem feliz por falar com os seus semelhantes, expressando-se quase como todo mundo.

A refeição termina. Cada um vai cumprimentar o dono da casa antes de se despedir. O jovem inclina-se respeitosamente diante do filósofo agradecendo-lhe a hospitalidade.

Diário de Alice

Achei muito bizarro esse Kant que quer pôr tudo em ordem, tanto as ideias quanto as horas de seu dia. E que vergonha convidar apenas homens para a sua mesa! Os gregos faziam isso. Mas os modernos? Como ousam afirmar que as mulheres são incapazes de pensar, raciocinar, argumentar, filosofar? Ainda bem que Louise Dupin trabalha com Jean-Jacques para desfazer essas ideias falsas. Gostaria muito de voltar a Chenonceau.

Qual é a frase para viver?

"A madeira com que o homem é feito é tão torta que não é possível cortar nada totalmente reto" (Kant, *Ideia de uma história universal de um ponto de vista cosmopolita*, 1784).

A ideia da perfeição impossível me interessa. Humanos perfeitos, que tristeza! Seja como for, eles formariam um mundo que não teria nada a ver com o nosso. Deve-se, por isso, imaginar que todos são maus? Basta olhar ao redor para ver que existem muitas pessoas boas e boas ações, e não só criminosos e bárbaros. A questão que deve ser aprofundada, creio, é a do obstáculo à possibilidade de fazer o mal que existe praticamente em todos nós. Segundo o Canguru, Kant diz que as leis devem ser concebidas "para um povo de demônios". Isso não significa que todos os humanos sejam diabos, mas que, na formulação de regras coletivas, é preciso prever essa possibilidade. Interessante.

34

De volta à Rotunda, ponto final à vista

Atravessando o parque, Alice tem uma impressão estranha. A grande alameda, as árvores, o imenso edifício branco onde vive a silhueta-nuvem da Rainha Branca, tudo parece ter encolhido. Em sua lembrança, o lugar era gigantesco, o palácio, imponente. Agora, tudo parece muito banal, quase modesto.

— O que aconteceu? Tudo está menor! — exclama Alice ao reencontrar a Rainha.

— Não, nada mudou! Foi você, Alice, que cresceu desde nosso último encontro. A Fada, o Canguru e as Camundongas me mantiveram informada sobre sua jornada. Foi grande o progresso em seu interior. Você também compreendeu melhor como se desencadearam os processos que levaram ao mundo que lhe causa preocupação. E, finalmente, mas não menos importante, se me permite dizer, reuniu elementos para saber como viver. Ainda não tem a resposta, eu sei, mas são maiores os seus recursos do que no início, e ainda nem terminou a viagem.

— Na verdade, já não sei se tenho pressa para voltar ou vontade de ficar! — responde Alice. — Agora, o que me espera?

— Olhe pela janela!

Alice atravessa a Rotunda. Reconhece de relance tudo o que já percorreu e, no final, se detém diante da última porta-janela. O que contempla é preocupante: a paisagem está escurecida pela fumaça, incêndios ardem ao longe, fábricas pretas expelem nuvens densas. Ela vislumbra multidões, caminhões, aviões, bombardeios. Quando se aproxima da porta entreaberta, ouve gritos de alegria e de desespero, explosões, assobios, cantorias. Também entrevê, por momentos, rostos radiantes de mulheres, como raios de luz nas trevas.

— Preciso ir mesmo?

— Claro! Esses são os últimos tempos que antecedem os seus. Os outros tempos não desapareceram, deixaram marcas, ideias, monumentos. Mas, dessa vez, o movimento acelera. As mudanças que você viu desenvolvem suas consequências em grande escala. As ciências tornam-se construções colossais, as técnicas transformam as maneiras de viver e de matar. As cidades crescem desmedidamente, os transportes tomam uma dimensão sem precedentes, as diferentes civilizações se encontram e, às vezes, se confrontam. Você está entrando na era das revoluções e das guerras. As estruturas construídas pelos mundos anteriores estão sendo severamente testadas. Antigos poderes são aniquilados, instalam-se novas formas políticas. Surgem conhecimentos nunca vistos, crenças milenares desmoronam. Há uma oposição de forças colossais, umas querendo pacificar, edificar, vivificar, outras querendo dominar, destruir, exterminar. Nunca o País das Ideias esteve tão agitado, atravessado por movimentos contrários, conflitos e lutas mortais.

"Talvez o País das Ideias também esteja ameaçado por uma catástrofe muito pior: a indiferença. O desinteresse por tudo, a convicção de que as ideias não passam de vento, que todas valem o mesmo e não valem nada, um tempo em que se renunciaria a refletir e a lutar, em que já não se acreditaria em nada, em que não se esperaria mais nada.

Alice de fato não faz questão de atravessar aquela paisagem tumultuada nem descobrir essa nova forma de anestesia. Não estaria melhor em outro lugar? No jardim de Epicuro, por exemplo? Ou com Marco Aurélio? Com Buda, os hebreus ou Montaigne? Ela explica à Rainha Branca que tem vontade de voltar atrás, de rebobinar o filme, não de ir explorar essas dilacerações e esse risco de vazio...

— Decididamente, você já não é a mesma! — responde a Rainha Branca. — Tenho na lembrança uma Alice muito zangada por estar longe de seu tempo e das preocupações de sua geração. Uma Alice que só queria falar do que acontece hoje, dos perigos que ameaçam e das lutas que precisam ser travadas. Então, já não quer mais isso? No momento de chegar à sua época, quer fugir?

— Não... Não... Mas tenho medo!

— Não tem nada que temer. Nossos amigos vão com você. Finalmente vai ver os últimos desenvolvimentos do processo que gerou o mundo onde vive. Já entendeu que o movimento vem de longe. Quando percorrer esses últimos episódios, poderá perguntar como viver nesse mundo. Você deve descobrir. Nós vamos ajudar.

— Se me permite, já redigi um dossiê — diz uma voz que Alice conhece bem.

SÉTIMA PARTE

Em que Alice vai percebendo por que nossa época e suas revoluções entusiasmam e amedrontam ao mesmo tempo

35

Última aula de Hegel em Berlim, 1831

Canguru retira um documento espesso de seus arquivos. Preparou-o especialmente, prevendo a preocupação de Alice. De fato, o tempo que eles veem se aproximar dá motivos para alarme.

Ao ver o tamanho do dossiê, Alice faz uma careta. Horas de leitura pela frente...

— Também preparei um resumo, uma visão geral — tranquiliza Canguru com um olhar cheio de ternura.

Alice não responde, dá-lhe um beijão na orelha. Canguru segura uma lágrima enquanto Alice começa a ler.

O tempo que vamos abordar estende-se aproximadamente de 1789 a 1910. Pode-se chamar de tempo das revoluções, porque tudo muda, em todos os campos, com repercussões profundas no País das Ideias.

Revoluções políticas derrubam os poderes estabelecidos e instalam novos regimes. A Revolução Francesa põe fim à monarquia, instaura a República, proclama a liberdade e a igualdade dos cidadãos e a universalidade dos direitos humanos. É seguida, na Europa de 1830 e 1848, por outras insurreições que querem aumentar os direitos dos trabalhadores e libertar as mulheres da tutela masculina, ou, mais tarde, abolir a propriedade privada, como em 1871 com a Comuna de Paris. Esse movimento se espalha por muitos países, assumindo diferentes formas: os poderes tradicionais são contestados, as minorias querem emancipar-se e redesenhar as fronteiras das nações, remodelar a produção e os modos de vida.

Revoluções econômicas e técnicas criam em paralelo uma nova ordem industrial e social. As fábricas começam a cobrir o planeta, primeiro na Europa e nos Estados Unidos, e em seguida no resto do mundo. As minas de carvão, depois os poços de petróleo, expandem-se e aumentam o poder da ação humana. A produção torna-se automática, os ritmos aumentam, os preços caem. Ferrovias e navios a vapor transportam mercadorias e viajantes entre as grandes cidades que se multiplicam. Pouco a pouco, os agricultores se tornam operários, o trabalho muda, adapta-se às máquinas, ao ritmo das fábricas, aos horários e aos gestos repetitivos. Uma disciplina rígida regula agora os horários, a circulação de pessoas, as instituições. Diante dessa proliferação crescente de regulamentos, normas e coações, os sonhos de liberdade começam a se radicalizar, defendendo a destruição das máquinas, a recusa a aceitar qualquer autoridade, o reinado dos indivíduos livres.

Revoluções científicas aceleram essas transformações técnicas em grande escala. A descoberta das leis da termodinâmica, que regulam as conversões de energia, abre caminho para um domínio sem precedentes dos recursos naturais. O conhecimento do eletromagnetismo, com Maxwell e Faraday, possibilita uma infinidade de aplicações práticas, que conferem à técnica um aspecto completamente diferente do que foi moldado outrora pelas ferramentas manuais do sapateiro ou do carpinteiro. Os raios X vão, por exemplo, transformar a cirurgia e a medicina.

Revoluções artísticas, literárias, musicais e estéticas sucedem-se em todas as esferas da criação. Nunca, sem dúvida, houve tantos gênios explorando tantos novos caminhos, tantos criadores rompendo com as evidências antigas e inventando mundos.

Por fim, *revoluções intelectuais, filosóficas e espirituais* marcam esse tempo de que ainda somos herdeiros. Para compreender o que está acontecendo, para criar bússolas e imaginar o futuro, os pensadores inventam novas ideias, modificam ideias antigas, questionam e desfazem os quadros mentais habituais.

— Aí está o que lhe falta percorrer, minha querida Alice — conclui Canguru. — Essa fragmentação explodiu antigos pilares do País das Ideias. Agora preciso levá-la para ver os focos de incêndio, para que você possa sentir o poder e o perigo deles.

Alice está para fazer uma pergunta, mas a Fada não lhe dá tempo. É preciso partir, o tempo urge, resmunga.

— De novo Alemanha! Por quê? — pergunta Alice, navegando com a Fada em direção ao seu destino.

— Porque é lá que são reinventadas as ideias modernas — responde a Fada. — Se o século XVIII foi dos filósofos franceses, com destaque para Montesquieu, Condillac, Voltaire, Diderot e o seu queridíssimo Rousseau, o século XIX vai ser o tempo dos filósofos alemães, com Kant e seus leitores, Fichte, Schelling e muitos outros, em especial Hegel, cuja importância é considerável.

— Objeção! — interrompe maliciosamente Alice. — Minha grande Fada, está dizendo por que vamos à Alemanha, mas não diz por que as novas ideias surgem lá, e não em outro lugar...

— Hegel é justamente o filósofo que pode responder. Pois ele procura saber as razões pelas quais um povo, uma língua, uma civilização, em determinado momento, se tornam portadores da história, aqueles que a fazem avançar, criando formas e modos inéditos de viver. A partir da Antiguidade, por exemplo, foram os egípcios, depois os gregos, em seguida os romanos. Nos Tempos Modernos, foram os italianos durante o Renascimento, os franceses depois, seguidos pelos alemães e, finalmente, pelos anglo-saxões. Como se a força criadora viajasse de um povo para outro, conforme as épocas.

— Fruto do acaso? — pergunta Alice, intrigada.

— De jeito nenhum! Hegel se recusa a admitir que a história da humanidade se desenrolaria ao acaso, segundo catástrofes, guerras ou caprichos dos governantes. Ele tenta compreender o sentido global, a lógica interna dessa imensa série de acontecimentos. Não se trata, de modo nenhum, de "um conto cheio de ruído e fúria contado por um idiota", como diz um personagem de Shakespeare em *Macbeth*. Hegel tenta captar a direção global da história e a dinâmica interna de seu processo, observando a sucessão das civilizações, a inventividade dos povos, das religiões, das arquiteturas, das formas estéticas. Tudo expressa a evolução das ideias e a história do pensamento.

— Impressionante! — diz Alice.

— Ele sonha em construir o sistema filosófico supremo, capaz de englobar todos os aspectos da realidade, todas as obras, todas as ideias e de dar conta de sua sucessão.

— E conseguiu?

— Não, porque tal realização é impossível, mas ele forjou novas ferramentas para pensar a história. Antes dele, desde Aristóteles até Kant, a lógica era binária: uma coisa existe ou não existe, um número é par ou ímpar, uma afirmação é verdadeira ou falsa... não há terceira solução.

"Hegel afirma que essa racionalidade não é suficiente para conceber a marcha do mundo real. É preciso forjar 'conceitos impossíveis', diz, inventar um 'caminho que anda sozinho'. Porque a realidade avança graças às contradições internas que contém. As situações não são fixas e imutáveis, são atravessadas por tensões internas que as fazem transformar-se em seu contrário e, de certa forma, explodir de dentro para fora.

— Não entendo... — diz Alice. — Pode me dar exemplos?

— Pense na sequência dos seguintes acontecimentos ocorridos na França: Antigo Regime, Revolução, Primeiro Império. A monarquia é minada pelas suas contradições. Os privilégios imensos de alguns, a miséria injustificável da maioria a enfraquecem cada vez mais. A Revolução Francesa é a negação do Antigo Regime. Ela substitui o governo de um só pelo governo do povo. Em vez dos privilégios, instaura a igualdade dos cidadãos. Mas a Revolução é, por sua vez, trabalhada pelas suas próprias contradições. A igualdade nunca parece suficiente, o fervor dos cidadãos nunca é intenso o bastante. Instala-se o período do Terror. A Revolução devora a si mesma.

"Bonaparte toma o poder e funda o Império, negação da Revolução, que era negação da monarquia. Mas essa negação da negação – está acompanhando? – não é o retorno da realeza destruída. Essa etapa última conserva algo da Revolução (os direitos dos cidadãos, o ideal de uma nação livre, a igualdade de todos). O que foi 'eliminado' é 'conservado', com outra forma. Essa é a lógica do movimento.

"É uma lógica nunca vista, cujos resultados não são previsíveis. A destruição pode revelar-se construtiva. O mal pode produzir o bem. Essa lógica inédita chama-se, em Hegel, dialética. Em grego antigo, essa palavra significava simplesmente 'dialogar'. Lembre-se de Sócrates e Platão: é por meio de argumentos opostos que o pensamento trilha seu caminho. Hegel dá a esse termo um sentido mais amplo: a história avança por contradições dos acontecimentos, das guerras, dos pensamentos.

Alice espera compreender melhor assistindo à aula do mestre. Mas, assim que chega, fica impressionada pelo estranho silêncio que reina em Berlim. Incomum.

A cidade está absolutamente calma, as ruas, quase desertas. A população, há vários meses, vive em estado de choque. Uma epidemia de cólera espalha o pânico. Surgindo na Índia, a praga alastrou-se para a Rússia, a Polônia, agora a Alemanha. Apesar dos avanços da medicina, ninguém sabe como acabar com a contaminação. Os habitantes morrem aos milhares. Muitos abandonam a cidade. Os outros se trancam em casa. Os teatros fecharam as portas, as igrejas, também. Hegel ficou em Berlim, mas suas aulas estão suspensas.

O filósofo se instalou com a família em Kreuzberg, nos jardins de Grunow, onde alugou uma casa ampla para o verão. Aos poucos, a epidemia parece estar regredindo. Os contágios são menos numerosos. Alguns teatros reabrem. A vigilância relaxa. A universidade deverá funcionar normalmente no outono.

Na época, Hegel é o filósofo mais ouvido de toda a Alemanha. Titular da cátedra de filosofia de Berlim há cerca de doze anos, acaba de ser nomeado reitor. Suas aulas, dedicadas à filosofia do direito e à história do pensamento, exercem forte influência. Os discípulos são numerosos e ativos: encontram-se hegelianos em quase todos os movimentos políticos e círculos intelectuais.

No entanto, tudo começou devagar. Antes desses anos de glória, Hegel foi, sucessivamente, preceptor, professor de liceu, redator-chefe de um pequeno jornal, diretor de escola, professor nas universidades de Nuremberg, Heidelberg e, finalmente, Berlim.

— Se me permite — diz o Canguru —, ele encarna a primeira grande figura do filósofo universitário. Entre todas as revoluções deste tempo, com frequência não se cita esta: os filósofos, daí por diante, são todos professores. Isso nunca tinha acontecido. Claro que desde a Antiguidade existem ensinos de filosofia, escolas e universidades. Mas os filósofos não eram sistematicamente funcionários do Estado e empregados nas universidades. Entre os Modernos que você conheceu, nenhum era professor: Montaigne, Maquiavel, Descartes, Espinosa, Voltaire, nem o seu querido Rousseau... Foi após Kant que ocorreu e se generalizou essa mudança. Aos poucos, a filosofia se torna profissão, disciplina, com diplomas, currículos, departamentos especializados, revistas e respectivos editores...

— Isso é um problema? — pergunta Alice.

— Problema? Não! Mas um tempo diferente, claro. A aula magistral, a palavra do professor, os trabalhos dos estudantes, as dissertações, as teses etc., tudo isso reorganiza de maneira especial uma parte do País das Ideias e... Xiu... ele está entrando!

No anfiteatro, os estudantes estão apinhados há muito tempo. O professor Hegel avança em direção ao estrado, coloca um maço de notas na mesa e retoma a aula sobre filosofia da história, o lugar e a definição do Estado e da liberdade. Sua voz monótona vai ficando mais animada aos poucos, à medida que passam os minutos.

Nesta manhã de quinta-feira, ninguém pode desconfiar que o mestre estará morto cinco dias depois. No sábado, ele ainda aplica exames. Mas o cólera continua circulando. No domingo, Hegel passa a sofrer de vômitos e espasmos que duram toda a noite. Na segunda-feira à tarde, o filósofo do saber absoluto desaparece, vencido por uma bactéria.

Suas ideias não desaparecem. Terão longa posteridade e até um destino inesperado. Entre os fervorosos leitores de Hegel encontra-se Karl Marx, que trabalhará pela revolução comunista contra o capitalismo. Seu impacto na história é imenso. Pelo menos por um tempo...

Diário de Alice

E se o mundo fosse governado por ideias? Ideias invisíveis, unindo todos os aspectos de uma mesma sociedade ou de uma mesma época, ideias-chave, interligando artes e arquitetura, crenças e poderes, leis e vida quotidiana? É isso que Hegel explica, pelo que entendi. Para cada civilização, uma ideia organizadora. Interessante. Mas como verificar? Já ouço a Fada objetar...

Qual é a frase para viver?

"O que é racional é real, e o que é real é racional"
(Hegel, *Princípios da filosofia do direito*, 1820).

Eu não entendia o sentido dessa frase. O Canguru explicou. A ambição de Hegel é reunir o pensamento e o mundo. A seu ver, a lógica não é uma série de categorias imaginárias que nós aplicamos à realidade. Ela constitui a própria realidade. É por isso que a evolução da realidade é pensável, em vez de ser absurda ou insensata. O espírito encarna na história e nela se manifesta, concretizando-se.

36

Chá com Marx no British Museum. Londres, 1858

— Reconheço quase tudo... Ainda assim, é como se fosse outro planeta!

Alice não consegue acreditar que está andando pelas ruas de Londres naquela época. Os cocheiros açoitam os cavalos, raros são os pedestres na tarde chuvosa. A Fada fixou o rumo: British Museum. Não para as coleções de arte egípcia nem para as estátuas gregas. É à biblioteca do museu que a Fada leva Alice. Todos os dias, durante horas, na grande sala de leitura circular, rodeado de milhares de livros, sempre no mesmo lugar, um homem trabalha. Com ar grave, absorto, percorre suas fichas, toma notas, redige.

— Karl Marx — explica a Fada. — Está preparando uma revolução mundial que fará a humanidade entrar numa nova fase da história, que a fará "sair da pré-história", como ele diz, ou seja, escapar finalmente ao tempo da dominação e da exploração do homem pelo homem.

"Quando digo que ele está preparando essa revolução, me expresso mal. Ele não pretende provocá-la nem dirigi-la. Pelo contrário, acha que ela é inevitável. Ninguém tem o poder de desencadeá-la nem de impedi-la. O trabalho dele é explicar por quê. Ele analisa as leis da história, os mecanismos do funcionamento econômico, as lutas das classes sociais, para mostrar como a evolução da sociedade mercantil e industrial moderna torna inevitável essa revolução.

"Trabalha aqui para ter à mão a documentação desta imensa biblioteca. Mas não só. É também para encontrar calma, para escapar dos gritos das crianças e do barulho da cozinha. Karl Marx tem pouco dinheiro, vive num pequeno apartamento com a mulher e três filhas, depois de perder outros três filhos em tenra idade. Escreve para jornais, de forma irregular. Suas atividades no movimento operário lhe consomem muito tempo. Acima de tudo, seu compromisso político radical afasta-o dos empregos universitários. Há duas semanas, suas filhas, ele e a esposa só comem pão e batatas. Não é certo que terá dinheiro para comprar comida na próxima semana, a não ser que o amigo Friedrich Engels lhe envie uma ajuda financeira a tempo, como costuma fazer.

"Marx vem da Alemanha. Estudou em Berlim e leu muito Hegel. A censura do Estado prussiano levou-o ao exílio: os jornais onde publicava seus artigos foram proibidos. Viveu em Paris, em Bruxelas, agora em Londres, sendo constantemente considerado perigoso pelas autoridades. Porque apoia a derrubada do regime econômico e social em vigor. Marx não tem armas consigo, nem em seu porão. Não comanda nenhuma tropa. Mas suas ideias são armas.

Alice ouve atentamente. Sente-se seduzida pela ideia de que tudo muda. Compreendeu que este mundo é injusto, oprime os fracos, impõe-lhes trabalho exaustivo em troca de um salário de miséria. Como derrubar essa construção? Substituí-la pelo quê? Como viver? É também como viver em sociedade! Como conviver? Que relações têm os humanos entre si? Com a natureza? É isso que ela tem vontade de perguntar a Marx, desde que a Fada consiga uma audiência.

Imerso no trabalho, no início ele recusa. Não gosta de ser interrompido, especialmente de forma inesperada. Considera, por outro lado, que tem coisas mais importantes para fazer do que responder às perguntas de uma jovem. Mas, quando ouve falar de Hegel, do tempo das revoluções, do destino das gerações futuras, propõe à Fada que Alice o acompanhe para tomar um chá no salão do museu.

Alice não pode deixar de sorrir por dentro. O tema da audiência será sério, disso não tem dúvidas. Mas o cenário é tão antiquado, tão conservador, que é cômico o contraste com as convicções revolucionárias de Marx. Ao vê-lo acomodar-se, pensa que ele parece um burguês como outro qualquer, terno escuro, barba grisalha. O casaco está um pouco puído, a barba, mal aparada, mas esses detalhes não dão sinais da força de sua rebelião interior. Marx parece mais um bibliotecário do que um insurgente. Exceto quando se atenta para seu olhar. Nele, Alice vê relâmpagos.

— Você parece nova demais para ter conhecido o Velho! — diz Marx, vertendo uma nuvem de leite em sua xícara de chá.

— O Velho?

— Hegel! É assim que o chamo... A concepção da dialética dele é uma ferramenta de grande poder. O Velho compreendeu que a contradição é o que anima por dentro a realidade, que é o movimento que faz a história avançar. Percebeu com clareza que esse movimento escapa à vontade dos homens. Mas vê tudo ao contrário! Sua dialética está de cabeça para baixo!

— Como assim?

— Ele acredita que são as ideias que moldam as sociedades e as épocas, o trabalho concreto dos homens. É o inverso! As condições de vida concretas moldam as ideias. É a organização do trabalho que se reflete no mundo das ideias!

— Eu achava que as ideias podiam transformar o mundo!

— Só se corresponderem ao mundo real, aquele onde vivem as pessoas de dada época e de dada sociedade. As ideias não existem por si mesmas. São o reflexo, em nosso cérebro, das condições de vida dentro da sociedade em que estamos. Portanto, é necessário analisar a organização dessa sociedade para compreender as contradições que ela contém e o movimento interno que a anima.

— E como se faz isso?

— É preciso examinar a organização da produção econômica. Como funciona o sistema industrial? Por que alguns possuem máquinas, fábricas, matérias-primas? Por que compram de outras pessoas, que só possuem a própria força de trabalho, horas de sua atividade em troca de um salário? Por que essa operação rende dinheiro, muitíssimo dinheiro, para os que fazem trabalhar, e tão pouco dinheiro aos trabalhadores? Essas são as perguntas que é preciso fazer e responder. São questões econômicas, concretas e materiais, não especulações metafísicas. Ao desvendá-las, como estou fazendo atualmente, ao escrever *O Capital*, é possível descobrir que o lucro se baseia num roubo, num truque. O valor acrescentado a uma mercadoria pela atividade do trabalhador só lhe é devolvido em pequena parte, enquanto a maior parte vai para o bolso do capitalista.

— Isso não é justo! — diz Alice.

— E tudo está organizado para mascarar esse truque e esse roubo. Há um preço oficial da hora de trabalho, essas horas são trabalhadas, esse preço é pago, portanto tudo parece justo, transparente, equitativo. Desmontar o mecanismo, tornar visível o avesso do cenário, é dar aos trabalhadores armas para lutar! Esta será a última batalha da história. Depois, os homens serão livres!

Alice está sonhadora. Amanhã, num dia não tão distante, todos os homens serão livres? Mesmo?

— Toda a história é feita da luta dos dominados contra os dominadores. Antigamente, os escravos contra os amos, na Idade Média, os servos contra os senhores feudais; hoje, os proletários contra os capitalistas. Se conseguirmos elucidar as leis da história, compreenderemos que esse sistema caminha para a ruína. A abolição da propriedade privada mudará radicalmente a produção, mas também as mentalidades, os sentimentos, as relações dos indivíduos, suas representações do mundo e da vida. É para isso que devemos trabalhar. Até agora, os filósofos apenas interpretaram o mundo. É preciso transformá-lo!

Alice agradece a Karl Marx com entusiasmo. Se não estivesse tão apegada a Jean-Jacques, teria lhe dado um beijo também. Fim da exploração! Vida livre para todos! A Fada resmunga. Faz uma careta. Tudo indica que tem um monte de objeções. Alice pressente que vai detestá-la.

* * *

— Deteste-me quanto quiser — diz Objeção, que sempre lê os pensamentos de Alice —, isso não me impedirá de cumprir meu dever. Meu dever é formular objeções, se necessário. Com as ideias de Marx, é imprescindível.

— Nunca está de acordo, Fada? Prefere as desigualdades? A sujeição, a exploração?

— Não, claro que não. Mas não se deve misturar moral e ciência.

— Não estou entendendo.

— Lutar contra as injustiças, a miséria, a dominação de uma minoria sobre a maioria é uma questão de moral. Em Londres, Marx sofre ao ver crianças morrendo por viverem em barracas, trabalharem do amanhecer à noite. Essa indignação, essa emoção que leva à revolta, não tem nada a ver com o conhecimento da economia e dos processos históricos, com ciência das leis da história. No entanto, Marx pretende construir uma ciência que estabelece que o capitalismo não pode durar e, inevitavelmente, dará lugar ao comunismo. Portanto, *não é por ser injusto* que o sistema deve mudar, mas porque suas contradições internas conduzem ao colapso. Essa é minha primeira objeção.

"Tenho outras. Ao pretender desenvolver uma doutrina científica da história, Marx, sem perceber, arruína a própria ação política. Se a queda do sistema capitalista é inevitável, por que construir movimentos operários, criar sindicatos, lançar greves? Se a chegada da sociedade sem classes deve ocorrer de qualquer forma, para que servem essas lutas? Ou a doutrina de Marx é uma ciência, e as lutas se tornam inúteis, ou são as lutas que mudam o mundo, mas o resultado é necessariamente incerto. A ideia de vitória garantida nada mais é que muleta psicológica, uma maneira de se consolar, mas não uma descoberta científica.

"Minha última objeção diz respeito ao risco de ditadura. Quando se acredita saber, de forma segura e certa, para onde vai a história da humanidade, são bons todos os meios para chegar lá. O que opuser obstáculo deverá ser eliminado. Essa é uma convicção extremamente perigosa. Leva a um fanatismo político semelhante ao fanatismo religioso. Censurar, prender, torturar, doutrinar, eliminar os adversários – inimigos de classe, traidores, dissidentes –, todas essas atrocidades de repente passam a ser justificadas pela certeza de que se possui uma verdade absoluta.

"A continuação da história, após a morte de Marx, mostra que esse risco de ditadura não é imaginário. É confirmado pela aventura dos partidos comunistas, depois pela revolução bolchevique de 1917 com Lênin, o nascimento da URSS com Stálin, a China com Mao Tsé-Tung. A revolução operária despertou imensas esperanças, gerou inúmeras lutas com heróis e sacrifícios. Mas esse movimento gigantesco gerou regimes sangrentos, sufocantes, responsáveis por dezenas de milhões de mortes.

Alice está à beira das lágrimas. Sem seguir seu primeiro ímpeto de raiva contra a Fada Objeção, preferiu ouvi-la atentamente. Lembra-se de suas aulas de história, das imagens dos campos do Gulag aonde o regime de Stálin enviou para morrer milhões de camponeses russos. Dos campos de reeducação da revolução cultural na China, aonde foram enviados outros milhões de cidadãos cujas ideias não estavam em conformidade com a linha oficial do Partido. Alice chora em silêncio. A crueldade nunca cessará? A esperança de uma humanidade livre deve necessariamente ser frustrada? Criar sempre novos senhores, novos escravos, novos horrores?

— Nada é certo... — responde a Fada, entregando-lhe um lenço de papel.

No dia seguinte, na nave, Alice recupera-se de suas emoções. Mas continua agitada. Muitos elementos se atropelam em sua cabeça: revolução, dialética, marcha da história, liberdade, ditadura...

— Se me permite...

— Claro, querido Canguru, permita-se! Com certeza você pode me ajudar.

O Canguru coça a cabeça, percorre algumas fichas, pensa. A melhor maneira de ajudar Alice é tomar distância. Ela está sobrecarregada de informações. É preciso fazê-la ver a paisagem mais de cima.

— A partir de Marx, ocorre uma mudança da qual ainda não falamos. O tempo das revoluções também é o tempo daqueles que chamamos de "mestres da suspeita". Esses pensadores criticam a religião e a ideia de Deus. Suspeitam que seja uma ilusão, uma miragem, uma ficção pura e simples forjada pelos humanos para se tranquilizarem ou para dominarem os semelhantes. Marx desenvolve a ideia de que não foi Deus quem criou os homens, mas os homens que criaram Deus. Nietzsche anuncia "a morte de Deus", ou seja, o fim da crença. Freud analisa a fé religiosa como um vestígio de nossos medos de criança e de nossa necessidade arcaica de proteção.

"Estes três pensadores diferem profundamente uns dos outros. Mas têm em comum o fato de mostrarem que a ideia de Deus, tão importante para muitas pessoas, esconde algo: os conflitos entre classes sociais para Marx, os conflitos entre instintos e valores para Nietzsche, os conflitos psíquicos da sexualidade infantil para Freud.

— Que relação tem isso com as revoluções? Como isso pode me ajudar? Você está complicando as coisas sem necessidade, Canguru… Ei, está me ouvindo?

O Canguru ouviu muito bem, mas se pergunta como responder de forma rápida e clara.

— O mais importante não é a crítica deles às religiões. Esses três mestres da suspeita, na verdade, realizam uma forma de revolução profunda na própria maneira de conceber as ideias. Antes deles, as ideias eram transparentes, se assim se pode dizer. A pessoa que tinha uma verdadeira ideia a possuía em sua totalidade. Ela não tinha face oculta, fundo duplo, dimensão desconhecida. Claro, as ideias eram de naturezas diferentes. Você se lembra, por exemplo, das ideias eternas de Platão, das ideias errantes de Montaigne, das ideias claras e distintas de Descartes, das ideias originárias e naturais de Rousseau… No entanto, apesar dessas fortes nuances, todas as ideias tinham em comum o fato de que se podia vê-las em todos os aspectos e confiar nelas.

"Com Marx, isso já não ocorre. Porque as ideias, sem dizerem, refletem o ponto de vista dos dominadores. Esse reflexo é enganador: por exemplo, as ideias de liberdade e igualdade parecem universais, parecem aplicar-se de modo idêntico a cada um. Mas o operário não vende livremente sua força de trabalho a um capitalista que é livre para contratá-lo. O sistema econômico impõe um papel a cada um. A ideia exposta não corresponde aos fatos vividos.

"Em outras palavras, as ideias mascaram a realidade, em vez de expressá-la. Apresentam uma visão deformada, invertida, do que realmente é. Falam de liberdade enquanto reina a servidão, de igualdade enquanto domina a desigualdade, de fraternidade quando persiste a exploração.

"Não basta dizer que essas ideias são máscaras e ilusões. É preciso também compreender que sua origem nos foge. Não se sabe de onde elas vêm realmente. Para cada um desses mestres da suspeita, as ideias têm uma origem que costuma ficar invisível. Para Marx, são a luta de classes e as condições concretas de organização da produção: embora pareçam neutras, as ideias na verdade defendem os interesses dos dominadores. Para Nietzsche, como você vai ver, são os instintos dos fortes ou dos fracos que se expressam nas ideias. Os valores morais, espirituais, intelectuais estão a serviço dos apetites, das ambições, das vinganças, mas isso não é mostrado! Para Freud, são desejos inconscientes que se expressam nas ideias, sem que saibamos.

"Você vai compreender isso com mais clareza em breve, mas eu queria desde já chamar sua atenção para essa revolução no País das Ideias. A mudança se resume em dois pontos: as ideias falam de outra coisa que não de si mesmas, e são lugares de tensões, de conflitos. Elas resultam de uma relação de força.

"Para perceber isso, é preciso passar para o outro lado do cenário, atravessar as aparências. Ou, para dizer como Nietzsche, ir ver 'na cozinha' como são cozinhadas as grandes ideias: justiça, igualdade, verdade... Percebe-se que sua fabricação não é nada apetitosa...

— Como você disse? Nitch?

— Nietzsche, Friedrich Nietzsche.

— Quem é?

— Um gênio, um louco, um sábio, um artista, um filósofo, um poeta, um profeta... Você vai ver.

Diário de Alice

As ideias conduzem o mundo, ou o mundo conduz as ideias? Hegel ou Marx? Nunca tinha pensado na profundidade e na complexidade dessa questão. Se acrescentarmos a hipótese de que ambas as posições sejam verdadeiras ao mesmo tempo (na perspectiva de uma interação permanente, de uma interdependência entre as ideias e o mundo que se modifica constantemente), ficaremos atordoados.

Qual é a frase para viver?

"Os filósofos apenas interpretaram o mundo de diferentes maneiras; a questão, porém, é transformá-lo" (Karl Marx, *Teses sobre Feuerbach*, 1845).

É inútil a teoria que não muda o mundo. Concordo. Mas será que os filósofos não transformam nada? Será que apenas interpretam? E se interpretar permitir transformar? Marx realmente faz outra coisa?

A Fada Objeção me fez uma pergunta muito mais difícil: devemos transformar o mundo? É viável? Pior ainda: essa ideia de um mundo diferente, melhor, é um objetivo acessível ou uma ilusão?

37

Passeio com Nietzsche em Sils-Maria, verão de 1887

Alice anda a passos largos, mas não consegue alcançá-lo. O caminhante avança depressa, muito depressa, mesmo considerando a ladeira e a altitude. Ao que tudo indica, está acostumado. Alice não sabe se vai conseguir executar o plano previsto. A Fada deu-lhe uma instrução precisa: seguir o caminhante, fazer de conta que leva um tombo quando o alcançar. Ele deveria ajudá-la a se levantar, e eles iniciariam a conversa. Não é um plano inteligente, mas Alice aceita.

De qualquer modo é preciso alcançá-lo, e ela não consegue. Suas botinas, justas demais, apertam os tornozelos. Por mais que ela se esforce por manter o ritmo, Nietzsche vai se afastando aos poucos.

Respirando fundo, Alice acelera. Tem vontade de ver de perto aquele estranho personagem que afirma "partir ao meio a história do mundo". Ele não se considera qualquer um! No entanto, leva uma vida solitária, sempre em viagem, há anos, alojado em quartos baratos de pensões modestas, entre Turim, Nice, Gênova e os Alpes suíços, escrevendo incessantemente, exceto quando está muito doente. Porque está muito doente. Foi por isso que largou o posto na Universidade de Basileia.

Canguru explicou essas coisas a Alice antes que ela chegasse à Suíça. Friedrich Nietzsche, filho de pastor protestante, destacou-se muito jovem, em Weimar, na Alemanha, por seus dotes literários e pela extraordinária competência em línguas antigas. Com menos de vinte anos, dominava o grego antigo com a mesma precisão dos melhores eruditos da época. A Universidade de Basileia lhe ofereceu um posto antes mesmo que ele defendesse sua tese! Mas ele não se limita a explicar Sófocles, Homero ou Platão, nem a examinar os textos para corrigir uma palavra duvidosa ou um trecho incerto. Descobre que "os eruditos tricotam as meias do espírito", enquanto ele quer correr livre, descalço, para o mais longe possível. Ressuscita a alma dos gregos, reinventando-os, sonhando-os. Explica as tensões que os habitam, divididos entre o "dionisíaco" e o "apolíneo". Do lado de Dionísio, a embriaguez, a orgia, o caos, a fragmentação do eu, a perda de controle. Do lado de Apolo, a ordem clara, a harmonia e a medida, o domínio das formas e dos sentimentos. A grandeza dos gregos, para Nietzsche, está em terem vivido entre os dois, em terem tentado conciliar os contrários, sem a eliminação de nenhum.

Assim, Nietzsche começou a explorar o lado oculto das ideias, sua origem obscura, sua fonte desconhecida. Vislumbrou as forças e os conflitos por trás da calma aparente dos gregos, os instintos em luta por trás do equilíbrio exibido. Viu o corpo como o país esquecido de onde provêm os desejos e os sentimentos, com suas forças múltiplas, inclinações contrárias, sabedoria e loucura – em guerra permanente.

Seu próprio corpo sofredor — assaltado por dores de cabeça, vertigens, enxaquecas oculares — ele optou por transformar em posto de observação, campo de experiências para descobrir como vivem as ideias, como elas minguam ou se fortalecem. Todos os verões, vem aqui, a Sils-Maria, na Alta Engadina, para caminhar ao redor dos lagos e pelas trilhas dos Alpes suíços. A aldeia é pequena, situada à beira da água, numa faixa de terra entre dois lagos, e as paisagens são grandiosas. Nietzsche não se hospeda no hotel Edelweiss, grande edifício rococó, muito caro. Todos os anos retorna a um quartinho do andar de cima de uma casa assobradada que fica a pouca distância de lá, um quarto com cheiro de madeira resinosa como nos chalés. Uma cama de ferro com um grande edredom, uma poltrona de couro capitonê, um jarro de água de porcelana e uma janela para a floresta são suficientes para acalmá-lo. Ele sabe que aqui o ar é leve.

Porque Nietzsche é hipersensível. Reage a tudo: umidade, vento, luz, comida... Se muda de região regularmente, é para encontrar a luminosidade que lhe convém de acordo com a estação, os sons e a alimentação que podem lhe devolver o vigor. Basta um nada, uma canção na rua ou um chá morno, para ele se sentir melhor ou pior. Então observa, tateia, anota os resultados.

E caminha. Independentemente do lugar, da temperatura, da estação, ele se dedica a andar. Em movimento, mudando de ponto de vista, alterando as perspectivas, ele pensa. Foi isso que o Canguru disse. Alice não sabe mais nada, porém isso despertou nela o desejo de conhecer aquele homem singular. Especialmente porque o dedicado Izgurpa acrescentou que Nietzsche se revela um especialista incomparável quando lhe perguntam como viver.

Reunindo forças, Alice consegue alcançar o caminhante. A aldeia, vista do alto da colina, já parece menor. Mais alguns metros... Alice ultrapassa o solitário. Nota seus olhos fundos, o bigode abundante que esconde o lábio inferior. E se estatela no chão da trilha pedregosa.

— Senhorita, permite que lhe ofereça o braço para ajudá-la a levantar-se?

— É muito amável, cavalheiro, estou confusa. Devo ter torcido o tornozelo e perdi o equilíbrio.

— Agora de pé sente alguma dor?

— Nada de grave, agradeço. A quem tenho a honra de falar?

— Friedrich Nietzsche, viajante. Viajo por prazer e por necessidade, nas montanhas, mas também no tempo, nas ideias, nos sentimentos. Desculpe, temo que essas considerações lhe pareçam aborrecidas...

— De maneira nenhuma! Sou eu que temo importuná-lo!

— Para onde vai? Senhorita...?

— Alice, meu primeiro nome basta. Vou ao velho moinho.

— O velho moinho! Excelente ideia! Gosto imensamente desse lugar. Até lá a ladeira é íngreme, mas o trabalho dos músculos dá origem aos melhores pensamentos! Se lhe apetece, caminhamos juntos. Está de férias?

— Estou de passagem, fiz uma viagem longa para tentar encontrar a resposta a uma pergunta que me obceca.

— É indiscreto querer saber qual é a pergunta?

— Não, não é. Como viver? Essa é a pergunta que me faz viajar.

— O mais importante, se quiser minha opinião, não é a resposta a essa pergunta. O essencial é saber *quem* a faz. Procurar saber como viver é sinal de enfraquecimento, de decadência. Os animais selvagens não se fazem essa pergunta! Os fortes também não. Os que são dotados de instintos poderosos, que se afirmam e sabem para onde vão, nunca se fazem essa pergunta. Ela é sintoma de perda de vitalidade, sinal de que a vida já não é suficientemente forte para ter confiança em si mesma. Por isso, busca uma bússola exterior, exige indicações vindas de fora para saber aonde se dirigir. Como se já não enxergasse claramente dentro de si, ou quisesse se proteger.

Alice protesta. Acha chocante aquela representação de uma vida dominadora, selvagem, que se impõe sem reflexão. Explica que, na verdade, ao perguntar "como viver?", tenta descobrir como agir bem, como evitar agir mal.

Nietzsche cai na risada. Uma risada sonora, prolongada, como se Alice lhe tivesse contado uma enorme piada.

— O bem? O mal? Piadas! Piadas sinistras e perfeitamente tóxicas! São fábulas inventadas pelos fracos, tímidos, medrosos, pelos cordeiros, com o intuito de culpabilizar as feras. É normal a ovelha ter medo do leão. Mas, se a ovelha começa a convencer o leão de que comer ovelhas é realmente muito ruim, vergonhoso, malvado, se lhe explica que ser leão é uma monstruosidade, uma anomalia, uma coisa muito feia, então é o leão que sofre, é ele que se torna a vítima da ovelha...

"Moral, justiça, igualdade, esses belos valores que pretendem dizer como viver, não passam de vingança, ciúmes, mentiras destinadas a domesticar os fortes. Por isso é preciso defender os fortes contra os fracos!

Alice fica em silêncio, aturdida, enquanto continua caminhando a passos largos. Será que ele é louco? É sábio? À primeira vista, esse provocador é insuportável. Depois, pensando melhor, ela conclui que ele pode não estar totalmente errado. Alice nunca pensou que o desejo de igualdade pudesse ser vingança, uma espécie de ressentimento cultivado por aqueles que são incapazes de se impor. Acha esse pensamento horrível e desagradável, gostaria de afastá-lo. E então reflete que só porque é desagradável não significa necessariamente que seja falso...

— Acho que adivinho o que sente, senhorita. Sem dúvida, a brutalidade de minhas palavras explica seu silêncio. Poderia pedir desculpas, mas não o farei, pois isso seria ofensivo para a senhorita. A qualidade de uma alma se mede pela dose de verdade que ela consegue suportar. Pois a verdade não é necessariamente agradável e reconfortante. É ilusório acreditar que ela consola ou protege. Pelo contrário, abala, corta, choca, machuca. Quanto mais caminho no ar cristalino destas montanhas, mais descubro como os ideais, os valores e os objetivos supostamente sublimes das religiões, das morais, das filosofias e até das ciências não passam de artimanhas lamentáveis, cortinas de fumaça para nos iludir.

"Olhando por trás da fachada, descobri que do outro lado do cenário há em abundância baixezas, infâmias, pequenos ódios e grandes rancores. Não é agradável, garanto!

Alice continua chocada com as palavras de Nietzsche. Elas vão de encontro ao que sente, de encontro também ao que descobriu no País das Ideias.

— Posso lhe fazer uma pergunta? — diz ela timidamente. — As religiões, mas também as filosofias, as espiritualidades, as morais me parecem, no geral, animadas por um desejo de paz, amor, benevolência. Não conseguem mantê-lo o tempo todo nem aplicá-lo em todos os lugares, admito. Mas o intuito delas não me parece ruim. O que pensa sobre isso?

Novamente, Nietzsche cai na risada.

— O que fazem esses belos pensamentos? Alimentar o desejo de outro mundo, melhor, mais bonito, mais justo. Platão imagina o céu perfeito das ideias eternas para escapar do mundo real, onde tudo muda constantemente. Os cristãos inventam a vida eterna, que deve ser conquistada por meio da virtude e de sacrifícios. Esses além-mundos são ficções elaboradas para fugir do mundo real, da vida real. São os sonhos de espíritos doentes, enfraquecidos, desregulados, incapazes de ver a beleza da vida, incapazes de suportar a vida real. Então, inventam dispositivos aterradores para condenar o corpo, a natureza, os instintos. Aperfeiçoam técnicas de adestramento incomparáveis, punições e recompensas imaginárias. Esses perturbados tornam assim a vida cada vez mais doentia.

"Eu vou modificar e inverter tudo! Vou anunciar que Deus está morto! A comédia acabou! A vida vai retornar, a grande saúde vai se manifestar! Outro homem vai nascer, tão distante de nós quanto nós estamos distantes do macaco!

A voz de Nietzsche se torna mais aguda, seus passos aceleram, suas mãos se agitam. Alice começa a ficar preocupada. Felizmente, avistam o velho moinho. O lugar é aprazível. Já estão caminhando há algum tempo. E se se sentassem por um instante?, propõe ela.

— Se bem entendo — começa Alice, assim que se sentam num banco —, basta proclamar a morte de Deus para que tudo mude?

— Claro que não! Não está entendendo, eu tinha certeza disso, mas está enganada de um modo bastante sutil, e isso me estimula a esclarecer. Deus era uma invenção grandiosa. Causou imenso mal, mas também imenso bem à humanidade! Obrigou o animal humano a se examinar, controlar, superar. Forçou-o a se comportar de maneira diferente. Quando essa ideia desaparece, num primeiro momento, o animal não sabe mais o que fazer! Aquele que está sem Deus vive uma existência absurda, miserável, insignificante. Torna-se o que chamo de "último homem", que se acredita muito esperto, mas que é só estúpido e desencantado, fechado num conforto estreito, sem horizonte.

— Então, o que é que se deve fazer?

— Começar por quebrar os ídolos, as aparências, as ideias sufocantes, despedaçá-las a marteladas, brutalmente, sem contemplação!

Deus, liberdade, bondade, justiça, igualdade, democracia, progresso, paz... É preciso despedaçar tudo, moer, pulverizar como esse velho moinho fazia com os grãos de trigo...

— E depois?

— Inventar novos valores! Forjar homens novos! Artistas da vida, músicos da existência... Quanto mais se é filósofo, mais se é músico! Já não basta caminhar nem mesmo correr, é preciso dançar, está vendo? Dançar! Dançar! Dançar!

Nietzsche levanta-se e arrasta Alice para uma valsa endiabrada que quase termina na valeta à beira da plantação.

— Desculpe, eu me entusiasmei demais... Sempre que o assunto é música, isso me acontece. Estou convencido de que sem música a vida seria um erro!

— Ah! Vou precisar me lembrar disso! — diz Alice. — Posso anotar essa frase?

— Anote, por favor. É minha única resposta à pergunta "como viver?". Não vale a pena procurar outra, ela contém tudo. Viver é viver como músico, ou seja, criar no mundo, com a vida, instante a instante, prolongar o corpo com o coração e a razão, por meio de formas e ideias encarnadas. Eis um mundo diferente da verdade de outrora! Quem pensaria em refutar um som? Quem diria que Beethoven é "mais verdadeiro" que Mozart ou "menos verdadeiro" que Bizet? Uma música é mais solar ou menos nebulosa que outra, mas isso não tem nada a ver com certezas lógicas!

— E o que faz o senhor com essas certezas?

— Eu as dinamito, senhorita, ou as contorno... Não é a dúvida que enlouquece, é a certeza! Dito isso, desejo-lhe boa viagem!

Nietzsche levanta-se tão rapidamente que Alice não tem tempo nem de se despedir. Ei-lo já na altura do moinho, dando grandes passadas, sem se voltar.

Deixada para trás, Alice é levada de volta para a nave. Está tentando entender. Quem é, afinal, esse personagem? Ele faz questão de derrubar tudo sem que se saiba se é sério ou não. Muda constantemente de estilo e de ponto de vista. O que diz é perturbador e inquietante.

O Canguru se permite esclarecer. Explica que, em vida, Nietzsche teve pouquíssimos leitores. Os filósofos de seu tempo o consideravam poeta ou literato, enquanto os literatos o viam como filósofo. E os últimos dez anos de vida contribuíram para sua má reputação.

— Ele não reconhecia mais ninguém, não conseguia escrever. Prostrado, frequentemente paralisado, às vezes tocava piano. Sua irmã Elisabeth construiu em torno dele uma espécie de museu em sua honra. Reuniu seus manuscritos, anotações, correspondência. Nos "Arquivos Nietzsche", em Weimar, as pessoas vão visitar o gênio extinto, com os olhos fixos em sua cadeira de rodas. Naquele estranho inferno, Elisabeth esforçou-se por aproximar a obra do irmão de ideias políticas extremistas. Ligada aos movimentos antissemitas e nacionalistas alemães, ela manipulou os textos para fazer de Nietzsche, que se tornou incapaz de se defender, um pensador de referência para racistas e xenófobos.

"É verdade que Nietzsche não é um democrata. De fato, ele sonha com um regime autoritário. Mas odeia a Alemanha e, acima de tudo, os antissemitas. Sua posição é ambígua e complicada, feita de tantos paradoxos e nuances que provocou discussões sem fim. Quiseram fazer dele um pensador de esquerda, explicando que ele tinha sido vítima das manipulações da irmã. Em contraposição, tentaram transformá-lo em inspirador de Hitler e do nazismo, esquecendo-se os vários textos que mostram ser isso impossível.

— E então? — pergunta Alice.

— O debate não está encerrado. Se lhe interessar, você poderá ver por si mesma os elementos do dossiê e os argumentos de uns e de outros. É importante, mas há outra coisa que deve ser guardada. Nietzsche também transforma a maneira de encarar as ideias. Elas escondem sentimentos, emoções, desejos. Têm outros rostos além daquele que conhecemos. As ideias não são calmas nem inofensivas. São trabalhadas pelos instintos, de destruição ou de sobrevivência, de dominação ou de proteção. São permeadas pelos conflitos da história, por hierarquias, heranças genéticas, ardis da imaginação. A ideia de uma verdade, única, universal, científica, impessoal é ilusão pura e simples, e a ciência nada mais é que uma religião moderna. É isso o que Nietzsche clama. Dá para entender por que esse filósofo é tão importante e tão problemático. O sonho dele é implodir todo o País das Ideias!

Diário de Alice

Esse Nietzsche me amedronta, mas de um jeito interessante. Alguma coisa aterrorizante vive no olhar dele. Como se varasse fachadas, cenários, todas as aparências. Ele sacode a gente, a ponto de desmantelar quem não é sólido. Apesar disso, oferece perspectivas novas, detonando evidências antigas. Segundo o Canguru, esse pensador que dizia "Sou dinamite" precisa ser manuseado com precaução.

Qual é a frase para viver?

"O que enlouquece não é a dúvida, mas a certeza" (Nietzsche, *Ecce Homo*, 1888).

Aí está uma frase falsamente clara. Porque não se sabe, na verdade, de que dúvida e de que certeza se trata. Ter certeza de que a água ferve a cem graus nunca deixou ninguém louco. Ter certeza de que dois mais dois são quatro também não. Por outro lado, ter a certeza de que o povo ariano deve dominar o mundo ou de que o movimento operário deve instaurar a sociedade sem classes pode ocasionar delírios mortais. Ninguém mata em nome da dúvida. Mas a minha velha questão retorna: como se vive duvidando?

38

Entrevista no gabinete de Freud. Viena, 1910

Na larga rua pavimentada passam alguns automóveis, como nos velhos filmes mudos, em preto e branco, em que as pessoas andam com um passinho sacolejado. Os outros veículos são puxados por cavalos. Alice está quase tranquila. Só meio tranquila, porque está se aproximando de sua época e da crise que tanto a assusta, quando não sabe como viver.

Tem a estranha impressão de que adquiriu muitas ideias e fez mil descobertas das quais nem desconfiava, mas de que sabe cada vez menos para onde ir e o que escolher. Na verdade, sente-se desorientada. Muito mais informada, sim, porém perdida. Como se não conseguisse ver claramente na própria cabeça, no próprio coração. É possível isso?

"Talvez ele tenha a resposta", pensa Alice ao chegar à porta número 19 da Berggasse, "rua da Montanha", em Viena. Tem um encontro marcado com Sigmund Freud, o médico que descobre o inconsciente e inventa a psicanálise. A Fada conseguiu uma entrevista para Alice fazendo-a passar por uma jovem jornalista francesa, que supostamente iria publicar a conversa com Freud numa revista para senhoras. Felizmente, ele fala francês bastante bem. Há alguns anos, estudou hipnose em Nancy com Bernheim e assistiu às aulas de neurologia do professor Charcot na Salpêtrière, em Paris.

Alice sabe também, como indicou o Canguru, que aquele médico, especialista no sistema nervoso, se dedicou ao tratamento de transtornos "estranhos", como paralisia intermitente na ausência de qualquer lesão orgânica, ou como o terror inexplicável a um objeto banal. Ao falar com seus pacientes, analisar seus sonhos, às vezes se fixar em detalhes aparentemente minúsculos, Freud consegue encontrar a origem de alguns desses transtornos "nervosos" que ninguém sabia explicar. Ao longo do caminho, faz descobertas curiosas. Memórias antigas, bloqueadas, mostram-se como causa dos distúrbios. A reconstituição desse passado reprimido põe fim aos sintomas.

Essas primeiras observações o levam a hipóteses inéditas sobre o funcionamento do pensamento, do desejo e da linguagem. Elas não dizem respeito apenas a alguns casos raros, mas a todas as pessoas e, à sua maneira, transformam o País das Ideias.

Alice atravessa a grande porta do edifício, sobe as escadas até o primeiro andar e bate à porta da direita, a do gabinete. Uma empregada vem abrir e conduz Alice a uma pequena sala de espera. O encontro é ao meio-dia, faltam cinco minutos. Dizem que o doutor é pontual.

Às doze em ponto, ele abre a porta, cumprimenta o homem que sai de seu gabinete e faz sinal a Alice para entrar e sentar-se numa cadeira em frente à sua mesa. O lugar é peculiar. Encostado na parede, um divã volumoso, coberto de tapetes orientais e almofadas, onde os pacientes se deitam para falar, sem ver Freud, que fica sentado numa poltrona de couro atrás da cabeça deles. Na mesa de trabalho, em frente, dezenas de estatuetas egípcias ou mesopotâmicas ocupam uma grande parte do espaço. A janela dá para um castanheiro, no pátio interior. Um cheiro terrível de charuto paira no ar.

Alice agradece ao anfitrião e se apresenta rapidamente. O professor a ouve com atenção, exibindo expressão neutra. Barba impecavelmente aparada, óculos de aros, terno bem cuidado, ele a observa com olhos penetrantes. Ela começa por questioná-lo sobre o que ele chama de inconsciente.

— O termo existe há muito tempo — responde Freud —, para designar todos os processos físicos, orgânicos, dos quais não temos consciência. Nesse sentido antigo, o crescimento do cabelo e das unhas é inconsciente, do mesmo modo que a circulação do sangue ou a regulação dos batimentos cardíacos. Mas esse inconsciente corporal dizia respeito apenas ao exterior do pensamento, uma vez que se acreditava que pensamento e consciência eram, de alguma maneira, sinônimos.

"O inconsciente do qual eu falo, aquele que a psicanálise estuda, é de outro tipo. É um inconsciente *psíquico*, e não *orgânico*. É um pensamento não consciente, essa é a descoberta!

— Mas como posso pensar em algo sem estar consciente disso, ou seja, sem saber?

— Essa é toda a questão! É preciso admitir então que uma grande parte de nossa atividade mental ocorre *fora* de nossa consciência. Associamos ideias, afastamos certos desejos perturbadores, mas, mesmo assim, encontramos meios de expressá-los... Tudo isso sem saber.

— E como descobriu isso?

— Primeiro por observação e tratamento das primeiras pacientes sob hipnose, depois por meio dos elementos recolhidos unicamente pela fala e pelas associações de ideias. Com a análise dos sonhos e dos atos falhos (esquecimentos, lapsos, pequenos erros do dia a dia), consegui estabelecer que nossa vida psíquica não se reduz à consciência, que é muito mais vasta, e a maior parte nos escapa. Acrescento que esses processos de afastamento, esquecimento e retorno são dinâmicos: resultam de relações de força e de conflitos internos dentro de nosso psiquismo.

"Imagine nossa consciência como uma sala de aula. Se alguns alunos não pararem de gritar e fazer barulho, será preciso expulsá-los para continuar a aula com tranquilidade. Quando estiverem lá fora, se ainda quiserem ser ouvidos e voltar para a sala, alguns alunos de dentro vão se sentar junto à porta e bloquear a entrada com cadeiras para impedi-los de voltar.

"Essa é uma representação simplificada do recalque. O que perturba nossa consciência é expulso, torna-se inconsciente, e se estabelece uma relação de força entre o recalcado, que quer se expressar, e a resistência que o mantém fora da consciência para preservá-la.

— Como sabe que tudo isso é verdade?

— Formulo hipóteses, não construo uma teoria incontestável e definitiva. De ano para ano, essas hipóteses são confirmadas e enriquecidas por um número cada vez mais considerável de observações e materiais. Esses materiais provêm das falas dos pacientes, meus e os dos colegas psicanalistas que formei. Também provêm das análises dos mitos, das lendas, dos rituais religiosos que realizamos, ao expandirmos as aplicações da psicanálise a várias criações culturais. Tudo confirma que nossas hipóteses são férteis. Encontramos por toda parte preocupações sexuais e conflitos relacionados com a primeira infância. Antigamente se achava que a sexualidade despertava apenas a partir da adolescência. Nossas observações mostram, ao contrário, que tudo entra em jogo nos primeiros anos de vida.

— Sua teoria da sexualidade infantil provocou debates acalorados. Pode explicar o que o levou a isso e dizer por que motivo causou tanta hostilidade?

— A sexualidade dos animais é guiada por seus instintos de maneira fixa e imutável. As modalidades da corte, do apelo sexual e da reprodução são sempre as mesmas para dada espécie. Com nossa espécie não é assim. A sexualidade humana é uma aventura psíquica. O desejo se constrói numa longa história feita de múltiplas tribulações e percursos individuais, ligados à família, à sua composição, aos acontecimentos de cada biografia. Essa construção complexa do desejo sexual humano começa já na primeira infância. Se isso não se viu antes, foi por se querer preservar uma imagem "pura" da infância, feita de inocência e angelitude, que na realidade é produto de um poderoso recalque.

"Esse mesmo recalque explica por que essa teoria causou escândalo. Tal reação afetiva confirma minhas hipóteses, em vez de combatê-las!

* * *

Alice desempenhou perfeitamente seu papel de jornalista, tomando notas de forma aplicada. Agradece calorosamente ao doutor Freud. Foi divertido. Apesar de tudo, ao repensar essa entrevista, fica preocupada. Pergunta-se quais consequências tirar dessa história de pensamento inconsciente e desejo recalcado.

As Camundongas prepararam a mesa. A Fada e o Canguru estão em uma missão. Alice fica surpresa, não estava a par. Fica decepcionada, também, porque queria mais esclarecimentos.

— E nós, não servimos para nada? — dizem as Camundongas em coro.

— Acha que somos incapazes? — diz a Camundonga Sensata.

— Acha que estou louca? — diz a Camundonga Maluca.

— Nada disso, eu gosto de vocês! — responde Alice. — Talvez vocês possam me guiar. Conhecem Freud?

— É óbvio que sim — diz a Camundonga Maluca.

— Claro — diz a Camundonga Sensata.

— Fico pensando o que ele muda no País das Ideias.

— Quer saber qual é minha citação preferida? "O eu não é senhor em sua própria casa."

— Espere, estou anotando... O que isso quer dizer?

— Que não sabemos completamente o que contém nosso próprio pensamento — responde a Camundonga Sensata. — Acreditamos querer uma coisa, mas nossas palavras ou ações mostram que desejamos outra. Não somos nós que comandamos nossos próprios pensamentos. As ideias nos chegam sem que saibamos de onde surgem, nem como, nem por quê. Não controlamos o curso de nossas ideias. Talvez não estejamos cientes de tudo o que pensamos... O que Freud muda, portanto, é a concepção de sujeito ou, se preferir, do "eu", ou "ego", da consciência individual. Na filosofia clássica, o sujeito é transparente para si mesmo. Conhece inteiramente seu próprio pensamento e consegue ver com clareza seus próprios desejos. Com a existência do inconsciente psíquico, a situação se modifica. Uma parte do pensamento escapa à consciência. O sujeito é opaco a seus próprios olhos. "Conhece-te a ti mesmo", a antiga recomendação do oráculo de Delfos, passa a ser uma missão impossível.

— Preocupante — diz Alice.

— De jeito nenhum! — comenta a Camundonga Maluca. — Quadro de Picasso!

— O que ela quer dizer com isso? — pergunta Alice.

— Que a pessoa está em pedaços: uma parte aqui, outra ali, que se ajustam mais ou menos... — responde a Camundonga Sensata. — Minha irmã Maluca não está errada, como muitas vezes acontece. Você vai notar que, nesse período que acabou de percorrer, as ideias se estilhaçam. Hegel desmantela os grilhões rígidos da lógica, Marx dissipa as ilusões dos discursos oficiais, Nietzsche quer dinamitar a moral e os valores, Freud desfaz a unidade do pensamento... As Ideias se estilhaçam.

Diário de Alice

Tenho a impressão de que tudo se desmantela. O País das Ideias, minha cabeça, a história recente... Tudo isso parece estar perdendo a antiga ordem. Como se as bússolas se desregulassem, como se os pontos de referência se tornassem vagos e incertos. Então, saber como viver parece uma missão impossível. E é pior hoje! Será que é preciso largar mão?

Qual é a frase para viver?

"O eu não é senhor em sua própria casa"
(Freud, *Uma dificuldade no caminho da psicanálise*, 1917).

O Canguru encontrou as linhas que vêm antes dessa afirmação, no texto original. Elas são claras. Freud imagina que, enquanto psicanalista, se dirige ao "eu" que acredita saber tudo, para lhe dizer: "Você tem certeza de que está informado de tudo o que se passa em sua mente, desde que tenha alguma importância, porque nesse caso, crê, sua consciência lhe dá notícia disso. E, se não tem informação de algo que ocorre em sua mente, presume, confiante, que tal coisa não existe. Na verdade, chega a considerar o que é 'mental' como idêntico ao que é 'consciente' — isto é, aquilo que é conhecido por você —, apesar da mais óbvia evidência de que muito mais coisas devem acontecer em sua mente do que aquelas que chegam à sua consciência."

Ser "senhor em sua casa" pressupõe estar informado sobre o que acontece lá. Se não conhecemos inteiramente nossos próprios pensamentos, nossos próprios desejos, temos apenas um domínio ilusório sobre nós mesmos.

Admitamos que seja assim. Opção 1: Deixamos pra lá, deixamos rolar, já que de qualquer forma não entendemos nada da coisa. Opção 2: Procuramos saber como permanecer mais ou menos responsáveis, apesar de tudo, tentando entender o que nos escapa.

39

Nazismo, comunismo e outros "-ismos"

— Não podemos levá-la para debaixo das bombas!

— O que fazer? — pergunta o Canguru, com um ar lastimável.

Indecisa, a Fada permanece em silêncio. As Camundongas também estão perplexas.

— Impossível colocá-la no meio de massacres, valas comuns, cadáveres amontoados — insiste o Canguru. — Nosso papel não é traumatizá-la!

— Claro — responde a Fada —, mas, mesmo assim, precisamos informá-la da melhor maneira possível. O século XX é o século dos pais e avós dela. A época em que ela vive decorre diretamente disso. É essencial que ela conheça bem esse tempo, se quiser entender o seu e encontrar a resposta de como viver. Sim, é um tempo assustador, que deixa para trás uma paisagem de ruínas. Mas também dá origem a horizontes de esperança que devemos lhe mostrar.

Discutem durante muito tempo, enquanto Alice, cansada da reportagem em Viena, dorme profundamente. É impossível esconder dela que o tempo que agora sobrevoam é o mais sangrento e mortal de toda a história. Impossível não se perguntar por quê, não mencionar as causas daquelas carnificinas e barbaridades sem precedentes, assim como suas consequências.

— Se me permite, estou acostumado a missões impossíveis — diz o Canguru. — Estou preparando resumos. Mesmo sem lhe escondermos nada, ela sentirá menos medo...

— Está bem — diz a Fada. — Apenas o essencial. Se ela quiser saber mais, há uma grande quantidade de livros, filmes e documentos à disposição.

Alice dormiu bem. Está de bom humor e pergunta por que o Canguru parece tão preocupado.

— Tenho coisas graves para lhe explicar — diz ele.

— Coisas graves?

— Sim, sobre nossa história.

— Minha e sua, querido Cang?

— Não... Nossa história contemporânea, a do passado recente, em que muitos sonhos desmoronam em meio a desastres.

O Canguru começa citando que a humanidade vê aumentar de modo fantástico seu poder de agir. A civilização industrial intensifica e acelera o desenvolvimento de seus meios de ação, que acabam por se tornar gigantescos. O céu é invadido por aviões, a eletricidade se espalha pela Terra. A energia torna-se o interesse principal, dependendo do carvão, do petróleo, do gás e, em seguida, das centrais nucleares. As distâncias são abolidas pelo telefone, pela televisão, pela circulação instantânea das informações.

Devido a esse florescimento, o que liga os seres humanos, os Estados e os continentes atinge uma escala nunca vista. Mas o que os divide se torna mais perigoso, uma vez que os ódios e os conflitos passam a dispor de uma imensa caixa de ressonância.

Profeticamente, Nietzsche tinha anunciado, no final do século XIX, que o século XX seria "o século das guerras". Não se enganou. A Europa, depois de ter dominado o mundo, suicida-se em 1914-1918 durante quatro anos de massacres, marcados por milhões de mortos, uma fúria sem igual e uma destruição assombrosa. Acredita-se que foi atingido o auge do horror. Pensa-se que é a última das guerras. "Nunca mais isso!", dizem os que sobreviveram. No entanto, é só o começo...

Alice se lembra das aulas de história contemporânea. A "Grande Guerra", as trincheiras, os monumentos aos mortos... Vislumbra a amplitude e as repercussões das destruições sucessivas. À medida que percebe a dimensão dessas tragédias, seu mal-estar cresce.

— Para que cessem essas abominações, não poderíamos inventar outra humanidade? — pergunta.

— Infelizmente, os sonhos de um "homem novo" são ainda piores — responde a Fada. — Em vez de acabarem com os desastres, acabam por fortalecê-los.

— Por quê? Explique!

— Se me permite — intervém o Canguru —, essa ideia de "homem novo" mais forte e mais puro do que o humano habitual tem longo passado. Platão já sonhava com isso, e o cristianismo, com São Paulo, retoma a mesma ideia, transformada. Mas, no século XX, esse sonho de "homem novo" revelou-se terrivelmente mortal.

"Ele se impôs na Alemanha com a forma de renovação da espécie. O mito da superioridade de uma suposta 'raça ariana' – branca, nórdica, loira de olhos azuis – sustenta essa ideia de novo ser humano. A raça ariana é supostamente muito inteligente e estaria destinada a dominar. Essa raça nunca existiu, aliás, a ideia de raças humanas não tem nenhuma validade científica: existe apenas uma espécie humana, sem raças de fato diferentes. Mas essa falsa biologia serviu aos nazistas para construir seu totalitarismo.

— O que significa "totalitarismo"? — interrompe Alice.

— É uma nova forma de poder político. O Estado toma o controle da totalidade da vida social, econômica, cultural e da vida pessoal dos indivíduos para moldar tudo de acordo com a sua doutrina.

"Hitler e o partido nazista põem tudo a serviço de favorecer o nascimento do 'homem novo'. Aprovam leis raciais, reformam a educação, controlam os espetáculos, as exposições, a imprensa e o rádio, impondo em todos os lugares a ideia da supremacia ariana. As outras raças, consideradas inferiores, devem submeter-se aos arianos. Os judeus, considerados tóxicos e perigosos, vistos como inimigos irreconciliáveis dos arianos, devem ser eliminados. Trata-se de afastá-los do ensino e dos cargos públicos. Em breve, o mais monstruoso projeto da história entra em ação: assassiná-los todos, erradicá-los da superfície da Terra.

— Hitler declarou guerra contra eles?

— Não. O objetivo das guerras é a conquista de territórios, a instauração de dominações, a defesa de fronteiras contra um agressor. O projeto nazista não é vencer os judeus nem dominá-los. É assassiná-los, exterminá-los – não pelo que fazem, mas pelo que são, como se a própria natureza deles fosse prejudicial.

"Veja que nesse caso se nega o próprio direito de viver. E isso é inédito, absolutamente. Nunca havia acontecido nada idêntico. Na Antiguidade e na Idade Média havia exemplos de matanças de todos os habitantes de alguma cidade ao longo de guerras, fosse por vingança ou por crueldade. Mas apagar da humanidade e da existência terrestre um povo inteiro é algo de que não se tinha notícia.

"Contrariando os direitos humanos e a dignidade humana, foi posta em marcha uma máquina inominável. Os nazistas matam a tiros milhares e milhares de filhos de mulheres e homens cujo único crime é ser judeu. Prendem, aglomeram, deportam, selecionam, assassinam, sufocam com gás e destroem pelo fogo seis milhões de pessoas em toda a Europa, para acabar com o 'problema' judeu.

Alice está horrorizada. Tenta tranquilizar-se: isso é passado, os nazistas perderam, foram julgados! Esse tempo nunca mais voltará! Podemos virar a página, não é?

A Fada explica por que isso é impossível. Nos campos de extermínio nazistas, algo se desagregou. Algo muito profundo e importante, cuja desintegração continua a se irradiar para todos os vivos. É como um buraco negro na história do mundo. Não é uma catástrofe entre outras. É uma destruição interna do humano, da qual não se pode ter ideia clara. Parece impossível criar uma representação dela.

— Podemos, claro, pensar em outra coisa. Devemos pensar em outra coisa. Nem pensar em ficar paralisado, congelado no terror. Mas não se pode escapar à sombra que, desde então, se estende no interior das ideias. E não se deve escapar. O que aconteceu parecia impossível, inconcebível. Esse impossível tornou-se real.

"Esse impossível que se tornou real transforma profundamente o País das Ideias. Primeiro, porque perturba o futuro: se 'isso' aconteceu, por que não poderia voltar a acontecer? Em outro lugar? De outra forma? A pergunta permanece sem resposta. Mas trabalha por dentro e continua inquietante.

"Também perturba a confiança no ser humano, na civilização e no progresso. Cometido um crime tão inconcebível, tão inimaginável, como continuar a acreditar em todo o resto? Parece que o humano se fissurou. E que o País das Ideias está arruinado por dentro.

"Porque está diretamente envolvido. Na época, o povo alemão era o mais culto, filosófico e musical de todos os povos europeus. E desenvolveu, em seu seio, aquela implosão do sentimento de humanidade. Nada pôde impedi-lo, nada serviu de barreira. Pode-se perguntar para que servem os ideais, os valores e as virtudes, se milhões de seres humanos assim educados acabam por conduzir seus semelhantes à morte como animais.

Alice ouve a Fada. Está muito séria. Começa a enxergar a profundidade do desastre. Tudo o que a Fada e o Canguru lhe mostraram desde o início da viagem estaria manchado, abalado pelo Holocausto?

— Deixo você meditar — diz a Fada. — Olhe os documentos, os filmes, os testemunhos. Pense nas famílias amontoadas em vagões de gado e na fumaça dos fornos crematórios, nas aldeias inteiras exterminadas, nos bairros desertos, no horror insano da devastação. Questione se ainda é possível dizer, como Epicuro, que 'a morte não é nada para nós'. Se ainda é possível ouvir Spinoza afirmar que 'por realidade e por perfeição entendo a mesma coisa'. Se ainda é possível pensar, com Hegel, que 'o que é real é racional'. Eu, a Fada, digo-lhe que não se trata de uma objeção entre outras dentro do País das Ideias. O Holocausto é uma objeção ao País em si, no seu conjunto.

— O pior — ressalta o Canguru — é que houve filósofos que participaram, ativamente, desse plano assassino. Não apenas políticos de segunda categoria e racistas de baixo nível. O pensador alemão mais conhecido dessa época, Martin Heidegger, considerado um filósofo de grande envergadura desde a publicação do seu livro *Ser e tempo*, admira e apoia Hitler, vendo no nazismo uma oportunidade de renovação para o mundo. Seus discípulos fizeram crer que ele tinha se desviado, temporariamente, mas depois se descobriu que ele havia sido nazista entusiasta do princípio ao fim. Juraram que não havia sob sua pena nenhuma frase antissemita, antes que se pudesse ler seus *Cadernos Negros*, nos quais ele não para de demonizar e condenar os judeus.

Alice está desconsolada. O que vem a ser a filosofia, se não é capaz de impedir os que falam em seu nome de mergulhar na degradação? Querer outro pensamento, um homem novo, por acaso autoriza a ser desumano, a tornar-se bárbaro?

Mas o Canguru ainda não terminou de citar os malefícios do homem novo. O nazismo, fundado na raça, não é a única versão dessa utopia. O comunismo concorre com ele durante grande parte do século XX. Falando em nome do marxismo, Lênin e os bolcheviques tomam o poder na Rússia em 1917. Em nome do marxismo e do "leninismo", Stálin edifica um regime totalitário que trabalha na construção do socialismo. É outro totalitarismo. Ele também transforma a economia, a educação, a literatura, as ideias para derrubar o antigo mundo herdado do capitalismo e construir um homem novo. O homem egoísta e individualista, antigo modelo, deve ceder lugar ao novo homem socialista, solidário, generoso, entusiasta. Aqueles que não caminham na direção da história devem ser eliminados. É assim que o totalitarismo comunista se torna tão mortífero quanto o totalitarismo nazista.

— Objeção! — diz a Fada. — Não pode ser posto no mesmo plano. A doutrina nazista é profundamente desigualitária. Defende a dominação dos arianos, a submissão dos outros. O comunismo, ao contrário, é profundamente igualitário. Tem em vista a emancipação de todos, a libertação da humanidade. Impossível confundi-los!

— Não digo que nazismo e comunismo tenham o mesmo discurso — responde o Canguru. — Pelo contrário, você tem razão nesse ponto, são absolutamente opostos entre si. Mas mantenho que têm em comum o desejo de edificar uma nova humanidade e que o nascimento desse "homem novo" passa pela violência, pela destruição do mundo existente. Para alcançar os dias radiantes, é preciso passar pelo fogo, pelo sangue e pelos massacres. Os objetivos declarados parecem, portanto, opostos, admito, mas as formas de governo são as mesmas: propaganda, adestramento dos corpos, manipulação das mentes, controle da imprensa, do cinema, do rádio. E o resultado final é o mesmo: para quebrar o antigo mundo, campos de concentração com arame farpado e torres de vigia, nos quais são amontoados para morrer milhões de mulheres e homens. Em nome de uma felicidade futura. Por causa de doutrinas que se pretendem superiormente verdadeiras e onipotentes.

Alice compreende melhor, agora, em que sentido o País das Ideias se encontra abalado. Mesmo os ideais de libertação, de justiça social e de felicidade para todos se transformaram em opressão e ditadura. Se a esperança mais intensa de acabar com a servidão gera uma servidão pior do que a anterior, como não estar desesperado? O mundo parece desprovido de sentido.

— Chamamos de "niilismo" — prossegue o Canguru — esse sentimento de que nada se sustenta, nada vale, de que as razões para viver são risíveis e as razões para ter esperanças são inexistentes. A palavra vem do latim *nihil*, "nada". O niilismo afirma que o céu está vazio e a razão é impotente. A existência é desprovida de sentido, e nossas bússolas são brinquedos inúteis. Já não há valores, e sim rejeição a qualquer ideal, recusa a toda e qualquer ideia: trata-se de um poder de destruição temível. O que ele põe em perigo são as solidariedades, os horizontes coletivos, as esperanças de um mundo reparado. Pois o melhor amigo do niilismo é o individualismo, em sua forma mais estúpida, ou seja, a convicção de que estou sozinho no mundo, de que só contam meus gostos, meus julgamentos, meus caprichos, e todo o resto é secundário.

Alice começa a entrar em pânico. Teme que isso signifique o fim do País das Ideias. Tudo o que ela viu iria se dissipar?

— Claro que não! — apressa-se a dizer a Fada. — Não temos deixado de mostrar a força e a riqueza das ideias. Fizemos de tudo para você se importar com elas, saber que elas existem e poder contar com sua ajuda. Mas também era necessário que você tomasse consciência do perigo que elas correm. Se não tiver cuidado, o País das Ideias pode ficar congelado, vitrificado para sempre. Ele corre o risco de se tornar um museu, ou mesmo uma catacumba, um cemitério esquecido, em vez de ser um lugar vivo.

40

Onde foram parar os sábios?

— E os filósofos, desapareceram? — preocupa-se Alice. — Estão adormecidos? Onde estão, nessas tempestades?

— Mais ou menos em todos os lugares — responde o Canguru. — São muitos, frequentemente criativos, mas o trabalho deles não pesa muito no caos das potências que governam o mundo. Estão descentralizados, marginais, vivem à parte. O País das Ideias transformou-se em compartimentos segmentados. Parece que os especialistas falam entre si, dentro de sua caixinha, quase sem contacto com o mundo exterior. Em cada caixinha, uma etiqueta, um nome terminado em "-ismo", que designa seu conteúdo. O paradoxo desse tempo é possível adivinhar: ganham força as ideias falsas, simplistas, dogmáticas. São elas que geraram os totalitarismos e hoje enfraquecem a humanidade. Por outro lado, as ideias bem construídas, críticas, carregadas de nuances e vivas perdem influência, mesmo quando se renovam de maneira criativa. O País das Ideias está ao mesmo tempo devastado, arruinado até, em alguns lugares, mas, apesar disso, se revela dinâmico, fecundo e vivo, de um modo fragmentado.

— Pode dar exemplos? Isso me animaria!

— Se me permite, proponho alguns "-ismos" que você poderá explorar.

"*Pragmatismo*, para começar. Essa é uma importante tentativa de renovar o País das Ideias. Começou no final do século XIX, nos Estados Unidos e na Grã-Bretanha, e continuou ao longo do século XX. Sua intenção é afastar todos os dogmas e preconceitos, para se manter nos fatos e refundar as ideias ancorando-as nas experiências concretas. *Pragma*, em grego, significa 'coisa'. Não há ideias eternas, verdades imutáveis. Os pragmatistas (como Charles Sanders Peirce, William James, John Dewey) não têm um sistema teórico pronto: consideram como verdadeiro o que funciona, o que é confirmado pelos fatos – seja no campo da psicologia, da política, da educação ou da moral. Propuseram muitas ideias interessantes para conciliar o indivíduo e o coletivo, por meio da educação e da democracia.

"Em outra caixinha, você encontrará o existencialismo, que também trabalhou para renovar a filosofia, reencontrando o sentido da liberdade contra o peso do destino e das máquinas que trituram o humano. Sua ideia-chave é 'a existência precede a essência', segundo as palavras do filósofo francês Jean-Paul Sartre, um de seus principais representantes.

— Uau... O que isso quer dizer?

— Nada muito complicado, você vai ver. Um objeto, como este copo na mesa, corresponde a um modelo antes de ser fabricado. Existe um plano, um desígnio que precede a existência do objeto, que é construído de acordo com esse plano, com essa "essência". Mas não é assim com os seres humanos. Estamos "lançados no mundo", "sozinhos, sem desculpas", como diz Sartre numa famosa conferência intitulada "O existencialismo é um humanismo". Um ser humano é uma existência que deve inventar seu sentido, dar-se suas regras, uma página em branco. Não temos uma natureza preestabelecida. Isso se chama liberdade. Para o existencialismo de Sartre, essa liberdade é absoluta. Tudo está sendo construído, escolhido, criado, e isso é ao mesmo tempo animador e esmagador. Sendo totalmente livres, somos totalmente responsáveis. Não há coisa alguma por trás da qual possamos nos esconder para dizer que não somos responsáveis.

— E por quê? Há as circunstâncias, os acasos, os imprevistos...

— Sem dúvida, mas essas situações, todas diferentes, deixam intacta a nossa responsabilidade. Não somos responsáveis pelas situações, mas somos responsáveis pelo que fazemos delas. Não sou responsável pela guerra, pela crise econômica ou pela doença que contraio, mas são integralmente escolhas minhas o sentido que lhes dou, a atitude que adoto, as decisões que se seguem. O humano permanece no centro de tudo, inventa-se a cada segundo.

Alice acha essa ideia reconfortante. Compreende imediatamente as consequências desse humanismo: os humanos podem construir sua própria história. Não são meros joguetes dos acontecimentos. Mas Alice tem desconfianças. Agora sabe que, no País das Ideias, assim que se esboça uma explicação, constrói-se uma explicação oposta. A esse humanismo deve se opor um anti-humanismo.

— Você não poderia estar mais certa — responde o Canguru. — O humanismo está sendo atacado por grande parte dos pensadores destes tempos. Em especial, pelos que se agrupam sob o rótulo de *estruturalismo*. O eixo em comum de seus trabalhos, que são muito diversos, é que a figura do humano não é o elemento central. A seu ver, para estudar a linguagem, não é necessário se preocupar com o homem como ser falante. Quanto à economia e à mitologia, também não é preciso centrar a reflexão no homem que produz e consome mercadorias ou cria mitos. A explicação correta não reside na natureza humana, mas nas leis de funcionamento da linguagem, da economia ou dos mitos. Ao examinar essas leis funcionais, descobrem-se estruturas que não são visíveis à primeira vista. São combinações de elementos que escapam à consciência, à vontade e às decisões dos indivíduos. O humano não seria, portanto, a chave de tudo. A própria história não seria essencial…

Alice se sente pouco à vontade. Decididamente, esses tempos recentes não a tranquilizam. Sem o lugar do humano, sem o lugar da história, como sair dos sistemas que trituram a vida? Entre todas essas escolas, todos esses pensadores e todos esses "-ismos", não há realmente ninguém que reabra os horizontes?

— Há, fique tranquila. Não são muitos, não formam uma corrente homogênea, mas alguns, felizmente, não desistem do futuro. Henri Bergson, no início do século XX, insiste no fato de que a novidade pode surgir a qualquer momento, porque a energia criadora do espírito é infinita. Ernst Bloch, após as guerras mundiais, o Holocausto e Hiroshima, no momento em que o desespero parece total, publica *O Princípio Esperança*. Nele, explica que o inacabado é o princípio da história e da consciência humanas. Que uma humanidade sem expectativa, sem sonho, sem desejo do que "ainda não está aqui" já não seria humanidade. Emmanuel Levinas renova a ética com o que chama de "humanismo do outro homem": o rosto do outro, a presença dele, me obriga a não matar, e eu deixo de ser humano se esqueço essa dimensão da existência.

Alice respira. Essas últimas palavras lhe transmitem um pouco de oxigênio. No entanto, permanece pensativa, preocupada. Algo não se encaixa. E as mulheres? Em toda a sua viagem, não encontrou uma única filósofa, nenhuma sábia, nenhuma mulher. Exceto Hipácia, que foi selvagemente assassinada, e Louise Dupin, que ela não reencontrou. Não há, portanto, mulheres no País das Ideias? As mulheres não têm cérebro, não têm pensamento?

— Tem razão, Alice, é um verdadeiro problema! As mulheres foram sistematicamente mantidas à parte, desde a Antiguidade até os Tempos Modernos. Pouca instrução, uma educação sumária. Cuidar da casa, cozinhar, criar filhos, esse era o papel delas. Argumentar e refletir era reservado aos homens. Ideias, teoria, política, negócios, tudo o que era importante pertencia apenas a seus pais, irmãos e maridos. Algumas raríssimas mulheres, ao longo dos séculos, constituíram exceção, em circunstâncias especiais. Essa exclusão e essa dominação começam a pertencer ao passado.

"O masculino deixa de ser referência central, o feminino já não é o continente silencioso. Ao longo do século XX, muitas mulheres se tornam cientistas, filósofas, ensaístas. Um "-ismo" novo ganha impulso: o feminismo. Com filósofas como Simone de Beauvoir, cujo livro intitulado *O Segundo Sexo* constitui uma denúncia vigorosa da dominação masculina e da fabricação da submissão feminina. "Mulher não se nasce, mulher se vem a ser", escreve ela, para significar que não há nenhuma inferioridade natural das mulheres, mas sim a prática insidiosa de sua submissão ao longo da educação.

"Hannah Arendt, que teve de fugir da Alemanha nazista por ser judia, começa a estudar o totalitarismo, a questionar-se sobre a reconstrução da política sobre as ruínas deixadas pela guerra. Ela insiste particularmente na 'natalidade' (no fato de que a humanidade é sempre jovem, de que cada ser que nasce tem o mundo para construir) e na 'pluralidade' (a humanidade é uma, mas as culturas são múltiplas, e essa diversidade é fecunda).

"Aos poucos, as mulheres se reapropriaram do País das Ideias. Elas o exploram, criticam e transformam. O ponto mais discutido é saber o que deve prevalecer, as semelhanças ou as diferenças. Explico. Do lado das semelhanças, enfatiza-se tudo o que é idêntico entre mulheres e homens, em termos de capacidade, inteligência, razão. Supõe-se que a mulher que reflete é semelhante ao homem que reflete. Nesse caso, as ideias são consideradas neutras. Estas não dependem do gênero, masculino ou feminino, dos sujeitos pensantes. Por outro lado, quando se dá ênfase às diferenças, procura-se o que há de 'masculino' nas ideias e que ideias 'diferentes' as mulheres podem elaborar. O debate não está encerrado... Cabe a você continuar a aventura!

Dizendo essas palavras, o Canguru levanta a cabeça de suas notas. Alice já não está lá!

EPÍLOGO

Em que Alice finalmente encontra respostas à sua pergunta "como viver?", mas as surpresas ainda não terminaram

Alice desapareceu!

As Camundongas gritam, correndo para todas as direções. Pulam sobre os pés da Fada, sobre o rabo do Canguru, sobre os sofás e as escotilhas. Berram, inspecionam todos os lugares. A nave não é grande, Alice não conseguiu se esconder em lugar nenhum. Ela já não está lá!

— Calma! — diz a Fada. — Vamos agir organizadamente. Quem a viu por último, quando e onde?

— Nós! Nós! — gritam as Camundongas. — Aqui mesmo. Estava tudo normal. E depois, nada!

— É incompreensível — murmura a Fada.

— É inexplicável — acrescenta o Canguru. — Onde está ela? Não tenho a menor ideia.

— Hi hi, no País das Ideias, como é engraçado... — assobia a Camundonga Maluca.

— Talvez eu tenha uma hipótese — propõe o Canguru. — Pode parecer estranha, mas é uma pista que deve ser explorada.

— Fale! — grita a Fada, ranzinza.

— Sabem que estamos num livro? — diz o Canguru.

— Claro! — responde a Camundonga Sensata.

— É óbvio, e um livro livra... — acrescenta a Camundonga Maluca.

— E daí? — diz a Fada, impaciente. — O que é que isso muda? Vai explicar, Canguru?

— Bom, Alice pode estar em páginas que o autor perdeu...

— Que história é essa? E nós, então, por que não estamos com ela? E é bom lembrar que você era quem estava falando com ela!

— Bom... Talvez ela tenha ficado no diário — arrisca o Canguru, embaraçado. — E se perguntássemos ao autor?

— Objeção — retruca a Fada. — Isso não se faz!

— Por quê? Podemos tentar. Se lhe escrevêssemos com educação...

— Os personagens nunca escrevem ao autor, não é costume!

— Dessa vez não estou nem aí para os costumes, querida Fada. Alice desapareceu, precisamos saber por quê, precisamos procurá-la por todos os meios. É nossa amiga! Eu vou escrever para ele, vamos ver. De qualquer modo, com todo esse tempo que passamos no seu livro, o autor só pode nos conhecer, não? Ele sabe o que pensamos, não?

— Tente, pelo menos — admite a Fada.

— Sim, sim, tente! — reforçam as Camundongas.

O Canguru apanha uma folha em branco e senta-se para redigir sua mensagem.

Caro autor,

Peço que desculpe minha intervenção. Estamos no País das Ideias e perdemos Alice, cujas aventuras o senhor escreve. Estamos todos muito preocupados. Recorro ao senhor em nome de todos. Alice ficou em suas notas? Sabe o que aconteceu com ela? Vai voltar em breve? Obrigado por nos manter informados.

Respeitosamente,

Izgurpa, vulgo "Canguru",
um de seus personagens.

Diário do autor

Recebendo essa carta, fico pensando nessa situação estranha. Porque também não sei onde está Alice. Evaporou. Sumiu.

Fui verificar. A hipótese do Canguru não é absurda. Eu poderia ter perdido um capítulo. É verdade que não sou um arquivista meticuloso. Mas não foi o que aconteceu. Conferi tudo. Os arquivos estão aqui, todas as notas também. E nada de Alice. Desaparecida.

É mais misterioso ainda porque, normalmente, sou eu que decido as idas e vindas dela, suas perguntas e até seus humores. É normal, quando se é autor de um livro. Claro, os personagens acabam ganhando autonomia. Depois de um tempo, eles escapam em maior ou menor grau do nosso controle. Têm comportamentos imprevistos, dizem coisas inesperadas ou tomam decisões surpreendentes. Nem sempre compreendemos o que fazem. É a maneira como eles se tornam reais. Na realidade, você aí, entende tudo? Tudo o que é dito e o que é feito? Não. A marca do real é que não entendemos tudo. Existem zonas de sombra, elementos opacos, sem significado.

Portanto, os personagens escapam do autor. É estranho... No entanto, desde que há autores escrevendo ficções, todos podem confirmar isso. Mas há limites! Os personagens se tornam autônomos, é verdade, mas não a ponto de desaparecerem sem que o autor saiba. É inacreditável.

Prova disso é que acabei de chamar a polícia. Impossível reportar o desaparecimento de Alice como desaparecimento preocupante. Expliquei tudo, mas os policiais não quiseram ouvir. Quando as pessoas desaparecem, a polícia pode procurá-las se houver indícios graves e consistentes que permitam concluir que sua ausência é preocupante. Mas essas coisas não estão previstas para personagens de romance.

O que fazer? O que aconteceu? Será que Alice ficou invisível? Será que se transformou em ideia? Isso não faz sentido. Eu saberia, ou teria afastado essa possibilidade. Tem de haver outra coisa. Mas o quê?

Recapitulando, revejo o percurso de Alice, verifico seus itinerários. Sigo seus progressos. Ela se torna cada vez mais independente, mais reflexiva também. E se...?

Ainda não tinha considerado essa possibilidade.

E se Alice tivesse começado a existir? Quero dizer, a existir "de verdade", com cabeça, pernas e uma vontade que não posso controlar. Eu sei, isso nunca acontece.

De repente, penso naquele pintor taoísta que vê o pássaro sair voando de seu quadro. Essas coisas acontecem em muitas histórias. E estamos exatamente numa história. Estamos num livro. Eis aí um argumento interessante. Os livros não obedecem às mesmas leis que a natureza. A não ser que o País das Ideias contenha muito mais possibilidades do que...

Alguém está tocando a campainha. Não estou esperando nenhum amigo nem entregador. Vou abrir. Uma jovem loira me dirige um grande sorriso.

— Bom dia, sou a Alice. O senhor é o autor?

Não consigo articular nenhuma palavra, de tão espantado que estou, mas faço-lhe sinal para entrar e sentar-se no meu escritório. Ela não é exatamente como eu tinha imaginado. Um pouco mais alta. Mais confiante. Mais presente, evidentemente. Olha-me nos olhos. Eu não imaginava que os dela fossem tão claros.

— Que coisa! — diz ela, impressionada. — O senhor se parece incrivelmente com o meu avô... Posso tratá-lo por você?

Embasbacado, aceno que sim.

— Não vou lhe contar minha vida, você já a conhece — continua Alice. — Tenho só uma pergunta para lhe fazer: como viver? E não vou sair daqui sem sua resposta. Afinal, foi você que me inventou, que me pôs na cabeça essa pergunta, que me fez viajar pelo País das Ideias. Então, tenho o direito de saber! Não pode me deixar sem me dizer o essencial do que sabe. Por sua causa, conheci sábios, filósofos, cientistas, mas ainda não tenho a resposta. Anotei frases úteis, mas ainda não encontrei a solução para minha própria vida, nem para o planeta. Você passou a vida refletindo, percorrendo o País das Ideias, conhecendo pensadores, lendo filósofos, escrevendo montes de livros, sabe muito mais do que eu e tem de responder! Como viver?

A situação é curiosa. De fato, ela não parece me reconhecer, e, de minha parte, não tenho absoluta certeza de que é mesmo minha neta. Um ar de família, sem dúvida, mas não é ela completamente. De qualquer modo, não posso me esquivar, claro. Vou tentar lhe contar o que me pareça útil para ela. Mas primeiro preciso esclarecer. Não tenho o manual de instruções detalhado da existência. Ninguém o tem! Aqueles que afirmam tê-lo são mentirosos ou fanáticos. À pergunta "como viver?", é impossível responder dizendo a que horas as pessoas devem se levantar, se devem ou não tomar suco de laranja no café da manhã, ou que exercício praticar, meditação, artes marciais ou pular corda. Nenhuma dessas receitas resolve. Porque viver é algo que se inventa o tempo todo, que se reinventa sem parar, assume formas diferentes, percorre caminhos novos. As receitas nunca serão as mesmas, a depender das épocas, dos temperamentos, das idades, dos ambientes.

Uma única coisa importa, a atitude. Não os detalhes, mas a maneira de abordar tudo. Descobrir como viver é, antes de mais nada, encontrar a atitude. É isso que quero explicar primeiro a Alice. No fundo, é muito simples. Mas não é fácil explicar. Como dizer, de forma rápida e direta, a atitude que permite viver melhor?

— Nunca se esqueça do tempo, Alice! Essa é a resposta primordial. Você vive numa época que não dá importância ao tempo e provavelmente fará isso cada vez mais, como se o presente existisse por si só, sem herança. Essa amnésia é mortífera. Estamos moldados pelo passado da humanidade, sabendo disso ou não. Nosso principal erro é acreditar que somos novos, que nada veio antes de nós, que os séculos e milênios já vividos não nos dizem respeito.

"Pelo contrário, línguas, crenças, ideias, paixões dos humanos do passado continuam povoando nosso presente. Problemas, soluções e impasses, está tudo aí, depositado, sedimentado, decomposto ou recomposto. Se nos esquecermos disso, se não utilizarmos esses imensos recursos, estaremos perdidos.

"Por isso, querida heroína saída do livro, eu quis fazê-la visitar o País das Ideias. Queria que você pudesse perceber a imensidão, a diversidade e as riquezas infinitas dele. Você só viu uma pequena parte. A lista do que descobriu é longa, mas a lista do que não viu é muito mais extensa! Se soubesse o número de ideias, autores, doutrinas, escolas sobre as quais essa primeira viagem não lhe disse nada!

Alice se agita e começa a ficar irritada.

— Eu já estou um pouco perdida em tudo o que vi, e não me ajuda saber que ainda há tantas descobertas para fazer!

— Não se esqueça do tempo! Isso também significa que o futuro existe. Quem disse que é preciso descobrir tudo de uma vez? Você tem uma longa existência pela frente. Fará mil outras viagens para abordar novas ideias. Na verdade, mesmo que tivesse mil vidas, nunca conheceria todas!

— Então, o que se deve fazer?

— Aceitar a incerteza. Se não se esquecer do tempo, vai verificar imediatamente que o passado é infinito e o futuro também. São infinitos diferentes, uma vez que o passado está escrito, e o futuro, ainda não. Mas você nunca conseguirá conhecê-los por inteiro, nunca conseguirá dominá-los.

"Aceitar viver na incerteza é fundamental, porque nem você nem ninguém no mundo pode pretender possuir a resposta suprema, definitiva, absoluta à pergunta 'como viver?' Atenção! Essa incerteza não impede de ter convicções, objetivos, crenças. Não quer dizer que tudo se iguala e que se deve abandonar o desejo de ver com clareza.

"Mas não há uma última porta, um saber absoluto, um conhecimento supremo, indiscutível. Apenas trajetórias singulares, itinerários particulares, ideias que se somam, se contradizem ou dialogam.

— Nesse infinito e nessa incerteza, como selecionar? Caminha-se a esmo? Ou existe uma bússola?

— Sim, existe uma bússola. A própria vida fornece uma. A cada instante, em todas as situações, um caminho constrói, outro destrói. Um vai em direção à vida, o outro em direção à morte. É possível não os discernir claramente de imediato, às vezes podem ser confundidos. Mas a escolha entre os dois é feita sem ambiguidade, sem hesitação. Lembra-se da frase do Deuteronômio, "Escolherás a vida"? Essa é a bússola. É a única resposta possível à sua pergunta "como viver?".

— Explique!

— Todos nós vamos morrer. Você, eu, todos os que existem neste momento. Mas a vida continua. Não cessa quando cessa nossa pequena pessoa. As gerações se sucedem. A seguinte herda e inventa, por sua vez. "Escolherás a vida" significa: construirás a tua existência e os teus percursos de tal forma que a geração seguinte tenha o mais amplo leque de escolhas possível. Não se trata de organizar a vida dessa geração nem de decidir por ela. Você não sabe o que vão querer aqueles que ainda não nasceram. Mas pode e deve preservar a liberdade deles.

"Descarte, portanto, tudo o que destrói, arruína e prejudica. Em todos os campos, todas as esferas, detecte e combata o que deteriora a natureza, os animais e as plantas, os equilíbrios terrestres, o que desfaz os laços entre humanos, o que fere os corpos e os corações, o que humilha, escraviza, empobrece, esteriliza. Não acrescente ao mundo morte, caos, desespero, sofrimento com suas ideias, palavras, ações e atitudes.

— É bonito, mas vago!

— Não, não é vago! Pelo contrário, é muito nítido, muito claro. Mas é difícil, porque raramente estamos seguros e certos do que devemos fazer. O que é vago, impreciso, difícil de ver, é o bom ajuste a cada circunstância. Porque cada situação tem suas particularidades e combina vários elementos. Portanto, é preciso julgar caso a caso, agir sempre de acordo com o que se apresenta. Fazer o melhor que se pode, mas sem ter a certeza de que se vai conseguir, fazer o máximo possível sem ter cem por cento de segurança...

— Isso não é tranquilizador!

— Concordo, mas é preciso desconfiar do que tranquiliza. Se deixarmos completamente de ter esse tipo de preocupação, correremos o risco de nos tornarmos fanáticos. Aqueles que têm certezas inabaláveis deixam de pensar. Acreditam que possuem a chave do mundo, que podem fazer tudo com ela. Estarão sempre cobertos de razão, façam o que fizerem, mesmo que aterrorizem e massacrem. Porque a verdade absoluta legitima sua conduta.

"Está vendo a armadilha? A verdade absoluta anda de mãos dadas com a morte. Gera um poder infinito de destruir, com a certeza de estar fazendo o bem. É a pior das armadilhas, pois inverte todos os sinais. Leva a confundir morte com vida, destruição com construção, mal com bem. É uma bússola que funciona ao contrário e desregula tudo.

— Então, no fim das contas, é melhor viver preocupado?

— Sim, mas não em demasia! Preocupação demais paralisa. Também impede de pensar. Na verdade, a questão é abandonar a certeza do fanático tanto quanto a angústia da incerteza total. Escolher a vida é avançar nesse afastamento permanente dos opostos. A atitude de que tento falar caminha sempre "entre". Entre a apreensão e a certeza, entre o legado do passado e a invenção do futuro, entre o realismo e a utopia, entre a reflexão e a espontaneidade.

"O que possibilita avançar é um equilíbrio-desequilíbrio permanente. Como o avanço de um equilibrista, instável, sobre uma corda, acima do vazio. A vara se inclina de um lado, do outro. O equilibrista oscila, mas não cai. Continua a dar um passo, depois mais um passo. Avança assim numa estabilidade frágil, reinventada a cada instante.

— Viver como um equilibrista, é essa a sua resposta?

— É uma imagem, mas me parece boa. O equilibrista sente o equilíbrio. Ele percebe e calcula ao mesmo tempo. Deve estar concentrado sem estar tenso, atento e calmo no coração do perigo. Isso lhe serve?

— Sim, serve! Mas onde está a vara de equilíbrio? Onde estão os sapatos próprios para isso, onde está a preparação mental?

— Para completar o seu equipamento, cinco regras, como os dedos da mão, a fim de chegar, passo a passo e por si mesma, à resposta de como viver.

"Primeiro, *ler*! O máximo possível, em todo lugar, de tudo. É carregando-se de ideias, emoções e descobertas que você poderá continuar avançando sozinha. Leia ensaios, romances, poemas, livros de história, dos antigos, dos clássicos, dos modernos, dos contemporâneos, textos de autores fáceis e de autores difíceis, de cientistas e artistas, de filósofos e contadores de histórias. Descubra aqueles que lhe falam ao íntimo, que pensam como você, que são seus amigos, irmãos, aliados. Frequente também aqueles que lhe causem repugnância, indignação, raiva.

"Ouça o que eles dizem, assista a aulas, conferências, mas não se esqueça do papel, das páginas para folhear em silêncio, do mundo onde nos encontramos sozinhos diante de uma folha cheia de sinais, que abre a porta do País das Ideias. É aí que encontramos como viver. Aí não só, claro, mas em primeiro lugar.

"Depois, *refletir*! Nunca acredite no que lê sem pensar que se pode afirmar o contrário, ou ver as coisas de outra maneira. Não recuse as ideias opostas às suas. Pelo contrário, exercite-se a examiná-las, para compreendê-las com precisão. Não necessariamente para adotá-las, também não para as tolerar apenas. Aprenda a conhecer bem as ideias que lhe pareçam perigosas para combatê-las melhor ou reforçar as suas.

"Mais ainda, faça o exercício de dizer não às suas próprias convicções. Faça-se objeções, verdadeiras objeções, não críticas de faz de conta. E veja o que tem para responder. Isso é o pensamento, o 'diálogo da alma consigo mesma', como diz Platão: ser várias pessoas na própria cabeça. O segredo é descolar-se de si mesmo, do lugar onde se está, das evidências pessoais – não grudar, aderir de modo estático ao que acredita ser verdade.

"O equilibrista não pode ficar parado. É imperativo que ele se mova para não cair. É impossível permanecer no mesmo lugar, na mesma posição, com os mesmos pensamentos. É preciso existir 'outra coisa' para não se imobilizar, para avançar. É preciso que exista 'outra coisa' para poder viver. É por existir 'outra coisa' que se ama ou se combate.

"*Amar*! Não todo mundo, é impossível, fora de cogitação. Se você escolhe a vida, *ame*. É a mesma coisa: a vida é nutrida, mantida, fortalecida pelo amor. É o sentimento mais poderoso e incompreensível. Pode-se sentir amor por certas ideias, mas não há ideia de amor. Porque ele não pode ser realmente definido. Não se encerra numa ideia. Ele derruba barreiras, precauções, prudências e nos faz sair de nós mesmos. Por natureza, o amor é 'sem razão'. Em todos os sentidos: é isento de motivos e é irracional. Sem causa aparente e insensato.

"A vida não é uma coisa racional. Isso não significa que a gente deva cultivar a loucura, desconfiar da razão. Não se trata de combater estupidamente as normas ou desafiar o bom senso. Mas nisso o pensamento racional não é o essencial. Ele é útil, indispensável até, mas não pode ser suficiente. O fracasso dos filósofos foi acreditar que a razão pode ser suficiente, que pode e deve controlar tudo, guiar a vida em sua totalidade e em todas as suas dimensões. Isso não é possível e não seria de desejar.

"O amor continua sendo o enigma que faz viver. Por que nos arrasta? Como nos faz sair de nós mesmos? De que maneira nos faz conhecer um mundo que só se revela por meio dele? Qual é esse mundo onde o eu e o outro se encontram, muitas vezes se chocam, às vezes se queimam?

"Não tenho resposta. Duvido que existam respostas sólidas. Mas acho que um equilibrista que ama nunca sente vertigem.

"Então, assuma a regra de amar. É uma regra paradoxal, pois o amor nunca conheceu lei. Para dizer de outro modo: deixe-se amar, ouça seu coração. Viver não tem outro motor.

"*Trabalhe*! Esse é o ponto número quatro. Na certa esse lhe parece o menos agradável. O que isso quer dizer? Aja, arregace as mangas, transforme as coisas, modifique o mundo! Não importa o campo de ação. Vou lhe poupar das inúmeras considerações sobre o trabalho das mulheres, sua autonomia financeira, a igualdade de remunerações e carreiras, ou sobre a escolha das profissões, a evolução da produção, a recusa da competição... Quero apenas dizer uma coisa básica: viver é agir. Trabalho, no sentido mais amplo, é a confrontação com a matéria das coisas, a matéria da realidade. Ler não é suficiente. Refletir não é suficiente. Amar não é suficiente.

"É preciso também construir moradias, escolas, leis, organizar transportes, preparar refeições, dispensar cuidados, enterrar os mortos e distrair os vivos... Mil coisas que também se chamam viver, quando se fala dos humanos.

"E que pressupõem tempo, reflexão e coração, mas também aprendizado, aplicação, esforços. Não basta submeter-se a essas obrigações. É preciso reinventá-las sem cessar, descobrir como amá-las e transformá-las. Escolher a vida é escolher trabalhar, e tornar esse trabalho vivo.

— E o último ponto?

— *Ter confiança*! É o ponto mais importante, provavelmente o menos evidente. Você tem medo do futuro. Por si mesma, porque não sabe como será sua vida, então se pergunta como vivê-la. Pela humanidade, porque você vê que os perigos se acumulam, o clima se desregula, as guerras se multiplicam, as tensões se intensificam. A angústia lhe aperta a garganta, e você tem a ideia de que a vida pode acabar em breve, e a humanidade, desaparecer. O desânimo pode dominá-la. Você acredita que é tarde demais, que estamos em rota de colisão, que tudo vai explodir.

"Não nego a gravidade nem a complexidade das situações que nos ameaçam. Não acredito, porém, que o mundo esteja chegando ao fim, nem que a vida esteja prestes a se extinguir. Antigamente, acreditava-se que a natureza era ameaçadora, hoje acredita-se que está ameaçada. Era preciso proteger-se dela, agora é preciso protegê-la. Não tenho certeza de que essas formas de pensar traduzam exatamente a realidade.

"Escolher a vida é também confiar nela. Ela tem muito mais recursos, poder e resistência do que se imagina. Há dezenas de milhares de anos, a espécie humana supera ameaças, crises, epidemias, atravessa conflitos e engana a morte. A humanidade não terminou sua aventura. E você continuará a inventá-la.

— E a minha tatuagem? A minha frase para viver? O que faço? Coloco "Você escolherá a vida"?

— Se pensar bem no que eu lhe disse, na minha opinião, não coloca nada.

— Por quê?

— Porque uma única frase nunca é suficiente. A vida está sempre para além das frases, entre elas, nos atritos infinitos das frases com as situações e nos encontros imprevisíveis das frases entre si.

"Guarde na cabeça dezenas e centenas de frases, acrescente sempre novas, compare, confronte, decida... e recomece!

Diário de Alice

Não estou entendendo nada. Ontem, voltei para casa. Minha mãe estava arrumando as compras. Perguntou se eu tinha dormido bem. Só isso. Normal, como de costume. A Diná estava dormindo no sofá. Olhei para o calendário. Nem um dia a mais. O relógio? Duas horas mais tarde.

No entanto, é absolutamente impossível que eu tenha sonhado tudo isso. Primeiro, porque me lembro de tudo, com muita clareza. Depois, tenho comigo o caderno de frases. Guardei-o na mesa de cabeceira, na gaveta que se tranca. É mais prudente.

Por enquanto, decidi não contar nada das minhas aventuras no País das Ideias. Não há necessidade de deixar minha mãe preocupada, nem de ter de responder a um monte de perguntas. Pôr em prática o que descobri já vai me manter bem ocupada.

Veja só, na caixa do correio há um pacote enviado pelo vovô. Reconheço a caligrafia dele.

Minha pequena e grande Alice,

Envio-lhe meu novo livro, *Alice no País das Ideias*. É para você. Tentei responder à sua pergunta: como viver? Espero que seja útil. Agora é sua vez de inventar a continuação.

Quando o ler, você talvez se pergunte por que não nos reconhecemos quando veio conversar comigo. É que naquele momento eu era o autor, e não seu avô, e você era a heroína, e não minha neta.

Na certa também se perguntará em que sentido e em que medida toda essa história é real. Aí cabe a você descobrir. As relações entre ficção e realidade, ideias e coisas, livros e corpos ocupam um imenso lugar no País das Ideias.

Você poderá voltar sempre a ela para examinar esse enigma, falar sobre isso com os amigos, elaborar hipóteses, montar e desmontar soluções.

As Camundongas, a Fada e a Rainha Branca mandam lembranças.

Abraço afetuoso,

Vovô

P.S.: O Canguru e Jean-Jacques Rousseau mandam beijos.

AGRADECIMENTOS

Quero agradecer primeiro ao Canguru, à Fada e às Camundongas, por terem me ajudado na condução desta viagem, sem esquecer a Rainha Branca, a própria Alice e Lewis Carroll.

Este livro não teria sido possível sem a colaboração dos sábios, pensadores e filósofos que generosamente quiseram participar, e expresso-lhes minha sincera gratidão.

Agradeço às equipes editoriais da Albin Michel a atenção, o apoio e o profissionalismo. Quero expressar minha gratidão especial a Gilles Haéri, por ter acolhido e acompanhado este romance com determinação. Sou grato a Louise Danou, diretora literária, por tê-lo assistido, a Benoîte Boutron, por tê-lo passado a limpo, a Solène Chabanais, por tê-lo apresentado a editores estrangeiros, e a Florence Godfernaux e Aurélie Delfly, por terem cuidado da informação dos meios de comunicação.

Monique Atlan, minha companheira, não cessou de me fazer observações e dar apoio ao longo desta jornada e, como sempre, lhe devo mais do que consigo expressar.

Os leitores que desejarem podem escrever-me no meu site, www.rpdroit.com.

Sumário

PRÓLOGO

Em que se fica sabendo como tudo começou

PRIMEIRA PARTE

Em que Alice descobre os primeiros filósofos gregos e os modos como eles examinam as ideias

SEGUNDA PARTE

Em que Alice explora as escolas de sabedoria da Antiguidade para aprender como viver

TERCEIRA PARTE

Em que Alice constata que os gregos não têm o monopólio das ideias

QUARTA PARTE

Em que Alice aprende o que muda na história quando a ideia de Deus predomina

QUINTA PARTE

Em que Alice descobre como nasceram as ideias dos Modernos

SEXTA PARTE

Em que Alice está em festa e vê Luzes brilhando

SÉTIMA PARTE

Em que Alice vai percebendo por que nossa época e suas revoluções entusiasmam e amedrontam ao mesmo tempo

EPÍLOGO

Em que Alice finalmente encontra respostas à sua pergunta "como viver?", mas as surpresas ainda não terminaram

Este livro foi composto na tipografia Palatino LT Std,
em corpo 11/15,1, e impresso em papel off-white
no Sistema Cameron da Divisão Gráfica
da Distribuidora Record.